UNE SAISON DE PASSION

Danielle Steel

UNE SAISON
DE PASSION

Traduction de Jeanine Landré

Roman

Titre original : *Season of Passion*

© Danielle Steel, 1979
© Éditions de Trévise, 1981, pour la traduction française, et Presses de la Cité, 1999, pour la présente édition
ISBN 2-258-04815-X

*Affectueusement
A Bill, Beatrix et Nicholas,
et des remerciements tout particuliers
à Nancy Bel Weeks.*

PREMIÈRE PARTIE

1

Le réveil sonna juste après 6 heures. Elle s'étira, sortit un bras de dessous les couvertures et arrêta la sonnerie. Elle pouvait se rendormir. Rien ne l'obligeait à y aller... ce n'était pas comme si... et le téléphone se mit à sonner.

— Zut !

Kaitlin Harper s'assit dans son lit. Elle avait encore ses longues nattes châtains de la veille et son visage était bronzé. Le téléphone sonnait toujours. Elle décrocha en soupirant, étouffa un bâillement. Sa bouche était délicate et souriait facilement quand elle était heureuse mais, ce jour-là, ses yeux verts étaient assombris. À présent, elle était complètement réveillée.

— Bonjour, Kate.

Elle sourit à la voix familière. Elle avait deviné que c'était Felicia. Personne d'autre ne savait où elle était.

— Qu'est-ce que tu fabriques à cette heure-ci ?

— Oh, rien d'extraordinaire.

— À 6 heures ! Ça m'étonnerait ! s'exclama Kate en éclatant de rire.

Elle connaissait trop bien Licia. Felicia Norman avait déjà bien du mal à se sortir du lit à 8 heures. À son bureau, sa secrétaire avait pour consigne de lui épargner tout choc inutile avant 10 heures.

6 heures du matin n'était donc pas du tout son heure, mais elle faisait une exception pour Kate.

— Tu n'as donc rien de mieux à faire que de prendre de mes nouvelles ? continua Kate.

— Apparemment non. Quoi de neuf ?

Visiblement Felicia avait du mal à se réveiller. Elle avait des cheveux blonds, mi-longs, bien coupés, un visage bien dessiné, et une main soigneusement manucurée couvrait ses yeux d'un bleu glacé. Tout comme Kate, elle avait un visage de mannequin, mais était de douze ans plus âgée que son amie.

— Que veux-tu qu'il y ait de neuf, idiote ? Je t'adore. Tout va très bien, je t'assure.

— Parfait. Je me demandais si ça te ferait plaisir qu'on se rencontre là-bas, aujourd'hui.

Là-bas ! Un mot vague pour un lieu anonyme. Felicia était donc prête à faire deux heures de route, uniquement pour la rencontrer « là-bas » ! Pour quoi faire ? Kate devait le faire seule maintenant. Elle ne pouvait pas continuer à s'appuyer sur quelqu'un d'autre. Ça durait depuis trop longtemps.

— Non, Licia, ce n'est pas la peine. Le magasin va finir par se passer de toi si tu t'enfuis ainsi en milieu de journée pour veiller sur moi.

Felicia Norman était directrice de mode d'un grand magasin de San Francisco, Kate l'avait connue alors qu'elle était elle-même mannequin.

— Ne sois pas stupide. On ne remarque même pas mon absence !

Toutes les deux savaient que c'était un mensonge. Mais Kate ignorait que Felicia devait superviser, cet après-midi-là, une présentation de collections d'hiver et qu'un travail harassant l'attendait. Kate ne pensait plus aux saisons et à la mode depuis des mois. Elle s'était complètement coupée de ce monde.

— Comment va mon petit copain ? demanda Felicia d'une voix douce.

Les yeux de Kate sourirent. Un vrai sourire, cette fois,

et elle passa une main sur son ventre rebondi. Encore trois semaines... trois semaines... et Tom...

— Il va bien.

— Comment peux-tu être si sûre que ce soit un garçon ? Tu as même réussi à me convaincre. En tout cas, j'espère que tu ne te trompes pas, dit Felicia en souriant à la pensée de tous les vêtements de bébé qu'elle avait commandés au septième étage de son magasin.

Elles éclatèrent de rire.

— Bien sûr que ce sera un garçon. Tom disait...

Un silence. Les mots lui avaient échappé. Elle continua :

— Je t'assure que je n'ai pas besoin de toi aujourd'hui. Tu peux rester à San Francisco te rendormir au moins deux heures et aller travailler en paix. Je t'appellerai si nécessaire. Fais-moi confiance.

— Il me semble avoir déjà entendu cela quelque part, répondit Felicia. Si j'attendais que tu me téléphones, je mourrais de vieillesse. Au fait, je peux venir ce week-end ?

— Encore ? Ça ne te dérange vraiment pas ?

Felicia venait presque tous les week-ends depuis quatre mois. Kate en avait pris l'habitude et la question de Felicia tout comme la réponse de Kate étaient une simple formalité.

— Qu'est-ce que tu veux que j'apporte ?

— Rien. Si jamais tu débarques avec un autre vêtement de maternité, je hurle ! Quand crois-tu que je porte tout cela ? Pour aller au supermarché ? Ma chère, je vis dans un trou. Tu sais, les hommes ici portent des tricots de corps et les femmes des blouses. Tu saisis ?

Kate riait. Pas Felicia.

— C'est bien ta faute. Je t'ai dit...

— Tais-toi. Je suis heureuse ici, interrompit Kate en se souriant à elle-même.

— Tu es folle. Ta grossesse a développé en toi une tendance à l'isolement. Mais attends l'arrivée du bébé : tu redescendras sur terre.

13

Felicia comptait beaucoup là-dessus. Elle était à l'affût d'appartements vides et en avait repéré deux ou trois dans son voisinage, à Telegraph Hill. Kate était stupide de s'enterrer ainsi. Mais elle déchanterait bientôt : encore un ou deux mois et elle reviendrait à la raison.

Kate regarda le réveil.

— Bon, il faut que je me prépare. J'ai trois heures de route devant moi.

Elle s'étira avec précaution, espérant ne pas avoir dans les jambes des crampes qui la feraient bondir hors du lit. Dans la mesure où elle pouvait encore « bondir »...

— Ça, c'est un autre problème. Tu pourrais ne plus y aller pendant le mois à venir, au moins jusqu'à la naissance du bébé. Ça ne sert à rien.

— Licia, je t'adore. Au revoir.

Kate raccrocha doucement. Elle avait déjà entendu ce discours mais elle savait ce qu'elle faisait. Elle devait y aller et elle voulait y aller. Et puis, avait-elle le choix ? Comment aurait-elle pu ne plus y aller maintenant ?

Elle s'assit au bord de son lit et respira profondément en regardant les montagnes par sa fenêtre. En pensée, elle revint dans le passé et bientôt se retrouva à des kilomètres de là. C'était il y a si longtemps.

— Tom !

Elle prononça ce nom, ce simple nom, avec douceur, sans se rendre compte qu'elle l'avait prononcé à voix haute. Tom... Comment pouvait-il ne pas être là ? Était-il vraiment parti ? Il y a si peu de temps encore, elle pouvait l'appeler et entendre sa voix. Il avait été si près d'elle. Toujours. Tom si grand, si blond, si beau, plein de rires et de caresses, plein de cadeaux pour rendre la vie encore plus merveilleuse ! Elle avait rencontré Tom pendant sa première année à l'université, alors que l'équipe était de passage à San Francisco. Elle était allée au match puis à une soirée et, par l'intermédiaire d'une amie... Quelle folie et quelle chance aussi ! Elle n'avait rien connu de comparable auparavant. Elle était tombée tout de suite amoureuse de lui, à dix-huit ans. Lui, un footballeur.

14

L'idée lui avait d'abord paru amusante. Mais ce n'était pas un simple footballeur. C'était Tom Harper. Il était infiniment tendre, chaleureux, attentif. Son père avait été mineur en Pennsylvanie, sa mère avait travaillé comme serveuse pour qu'il puisse aller à l'école. Lui-même avait travaillé le jour, la nuit et tous les étés pour payer ses études. Il était devenu professionnel et ensuite une vraie vedette. Un héros national en quelque sorte. C'est alors qu'elle l'avait rencontré.

— Bonsoir, princesse !

Les yeux de Tom Harper avaient eu sur elle l'effet d'une chaude pluie d'été.

— Bonsoir.

Elle s'était sentie si stupide. Bonsoir... C'est tout ce qu'elle trouvait à dire. Elle n'avait rien à lui dire mais quelque chose lui contractait l'estomac. Elle détourna les yeux. Elle ne pouvait supporter plus longtemps l'intensité de ses yeux bleus, lumineux, et la façon qu'il avait de la dévisager en souriant. Il la dominait de sa haute taille et de sa carrure puissante et elle se demandait ce qu'il pensait d'elle. Il la trouvait probablement ridicule. Une groupie, ou une gosse !

— Vous êtes de San Francisco ? lui demanda-t-il.

— Oui. Et vous ?

Ils se mirent à rire tous les deux car elle savait, bien sûr, qu'il n'était pas de cette ville. Tout le monde savait d'où venait Tom Harper et que l'équipe était celle de Chicago.

— Pourquoi êtes-vous si timide ?

— Je... C'est... Et puis zut !

Tout avait été plus facile après. Ils s'étaient éclipsés pour aller acheter des hamburgers.

— Vos amis vont être dans tous leurs états ?

— À coup sûr.

Elle s'assit au comptoir près de lui, balançant une de ses longues jambes, et entama son hamburger en souriant. Elle était avec Tom Harper. Elle n'arrivait pas à se faire à cette idée, mais il ne correspondait pas à sa légende. C'était tout simplement un homme et elle l'aimait bien. Pas parce qu'il était Tom Harper, mais parce qu'il était gentil. Non... plus que cela... elle ne comprenait pas bien le trouble qu'elle éprouvait à chaque fois qu'elle le regardait et elle se demandait s'il était conscient de l'effet qu'il produisait sur elle.

Ils avaient passé la nuit à se taquiner, à rire, et elle s'était tout de suite sentie proche de lui. Elle était comme une petite fille et en sécurité à ses côtés. C'était une sensation qu'elle aimait bien. Après les hamburgers, ils étaient allés en voiture à Carmel et avaient marché le long de la mer. Il n'avait pas essayé de lui faire l'amour. Ils s'étaient seulement promenés, main dans la main, et avaient beaucoup parlé jusqu'au lever du soleil, échangeant des secrets d'enfance et de jeunesse.

— Tu es très belle, Kate. Qu'est-ce que tu veux faire plus tard ?

Cette question l'avait fait rire et elle avait laissé couler délicatement une poignée de sable dans le dos de sa chemise. Il lui avait rendu la pareille et elle s'était demandé s'il allait l'embrasser. Mais il n'en avait rien fait. Elle avait tellement envie de l'embrasser.

— Arrête. Je suis sérieux. Qu'est-ce que tu veux faire ?

Elle s'assit en haussant les épaules.

— Je ne sais pas. Je viens de commencer mes études. J'aimerais me perfectionner en sciences politiques ou en littérature. Quelque chose d'intéressant dans ce genre-là. Qui sait ? J'obtiendrai peut-être un diplôme et me retrouverai vendeuse de produits de beauté chez *Saks* !

Ou elle s'enfuirait, deviendrait fanatique de ski, institutrice ou infirmière, ou... Bon sang, comment pouvait-elle le savoir ? C'était stupide de sa part de lui demander ça.

Il sourit à nouveau et la regarda de ses yeux bleus qui l'émouvaient tant.

— Quel âge as-tu ?

Il n'arrêtait pas de poser des questions, mais ces questions n'étaient que des formalités, car elle avait l'impression qu'il connaissait les réponses.

— J'ai eu dix-huit ans le mois dernier. Et toi ?

— Vingt-huit. J'ai dix ans de plus que toi. Je suis presque à mon maximum. Dans le métier que je fais, en tout cas, ajouta-t-il, le visage tendu.

— Et que feras-tu quand tu quitteras le sport ?

— J'irai avec toi vendre des produits de beauté chez *Saks*.

Cette idée la fit rire. Il mesurait facilement un mètre quatre-vingt-dix et elle ne pouvait se l'imaginer vendant quelque chose de plus petit qu'un cuirassé.

— Que font les footballeurs quand ils arrêtent de jouer ?

— Ils se marient, ont des enfants, boivent de la bière, prennent du poids et travaillent dans les assurances. Alléchant programme, n'est-ce pas ?

Tom était ironique mais aussi très sérieux.

— Ça me paraît formidable, répondit-elle en souriant doucement.

Il mit un bras autour de ses épaules.

— Pas vraiment ! fit-il, en pensant à la perspective de travailler dans les assurances. (Il la regarda et ajouta :) Est-ce que tu trouves ça formidable, Kate, de se marier et d'avoir des enfants ?

Elle haussa les épaules.

— Ça doit l'être. Mais je ne me sens pas du tout concernée.

— Tu es jeune.

— Oui, grand-père, fit-elle en éclatant de rire devant son air si sérieux.

— Que comptes-tu vraiment faire quand tu auras fini tes études ?

— Je crois que j'irai en Europe. Je veux y vivre au moins deux ans, voyager, travailler, prendre les choses comme elles viennent. J'ai encore trois ans à passer ici et j'en aurai marre de la discipline universitaire.

— Tu appelles ça de la discipline !

Il souriait en pensant à la bande de riches jeunes gens tapageurs avec laquelle Kate était arrivée à la soirée.

Ils étaient assis comme deux gosses, le bras de Tom entourant Kate, et ils bavardaient. Combien de femmes l'auraient enviée ! Quant aux parents de Kate, ils n'auraient certainement pas vu cela d'un bon œil.

— Comment sont tes parents ? demanda-t-il, comme s'il avait lu dans ses pensées.

— Collet monté mais sympathiques tout de même. Je suis fille unique et ils m'ont eue tard. Ils attendent beaucoup de moi.

— Et tu réponds à leurs espoirs ?

— En règle générale, oui. J'ai tort, pourtant. Je leur ai donné de mauvaises habitudes. Maintenant, ils s'attendent toujours à me voir obéir. C'est pour ça que je veux partir deux ans. Il se peut que j'aille faire ma dernière année d'études à l'étranger ou que je parte l'été prochain.

— Aux frais de papa, bien sûr !

Il paraissait content de lui et elle le regarda d'un air furieux.

— Ce n'est pas aussi systématique ! Je gagne de l'argent, moi aussi. Je préférerais financer mon voyage moi-même si j'arrivais à trouver un travail là-bas.

— Excuse-moi, princesse. Je m'étais fait des idées. Je ne sais pas... Les amis avec lesquels tu étais ce soir n'avaient pas l'air d'être dans le besoin.

Kate acquiesça. Il avait raison, mais elle n'aimait pas être mise dans le même sac que ces autres jeunes gens. Elle ne s'était jamais rebellée, mais ce genre de vie ne lui plaisait pas vraiment. Ces jeunes disposaient de tout à volonté mais n'avaient aucune consistance, aucune souffrance, aucun scrupule. Kate faisait partie de leur monde mais au moins elle était lucide !

— Et qu'est-ce que tu fais pour gagner de l'argent ? demanda-t-il, d'un air amusé.

— Je suis mannequin, répondit-elle, embarrassée.

— Vraiment ? Où ? Pour des magazines ?

C'était une surprise de taille. Elle avait le physique mais il pensait qu'elle ne travaillait pas. Il était impressionné. Il se tourna vers elle et la colère disparut du visage de Kate.

— Je fais toutes sortes de choses. J'ai fait de la publicité l'été dernier. La plupart du temps, je suis employée par des grands magasins pour des présentations de mode. C'est fatigant d'aller en ville juste pour ça, mais ça paie bien, et ça me procure un peu d'indépendance. C'est aussi agréable quelquefois.

Tom s'imaginait Kate s'avançant sur l'estrade, grande et mince, dans une robe à cinq cents dollars. Vu sa classe, elle devait réussir merveilleusement. Tom s'y connaissait peu, mais il avait deviné juste.

— C'est ça que tu vas faire en Europe après tes études ? Tu veux être mannequin ? demanda-t-il, intrigué.

— Seulement si c'est ça ou mourir de faim. J'aimerais faire autre chose.

— Et quoi par exemple ?

Il la serra plus fort contre lui. Pour la première fois de sa vie, elle avait envie de faire l'amour avec un homme. C'était fou. Elle était vierge et elle ne le connaissait pas. Pas encore. Mais c'était le genre d'homme avec qui on avait envie de faire l'amour dès la première fois. Il devait être doux et attentionné.

— Allons, Kate. Dis-moi les autres choses que tu veux faire en Europe, insista-t-il d'une voix taquine.

Elle avait toujours eu envie d'avoir un grand frère comme ça.

— Je ne sais pas. Travailler pour un journal peut-être. Ou pour un magazine. Être reporter à Paris ou à Rome.

Le visage de Kate s'était illuminé et Tom lui ébouriffa les cheveux.

— Écoute, pourquoi ne continuerais-tu pas à être mannequin et à vivre comme une dame ? Pourquoi veux-tu faire la chasse aux incendies et aux meurtres ? Bon sang, tu peux faire ça ici.

— Mon père en ferait une dépression nerveuse, gloussa-t-elle.

19

— Moi aussi.

Il la tenait de plus en plus serrée contre lui comme pour la protéger d'un danger invisible.

— Espèce de rabat-joie ! J'écris bien et je pourrais me débrouiller dans le journalisme.

— Qui t'a dit que tu écrivais bien ?

— Moi. Et j'écrirai un livre un jour.

Ça lui avait échappé. Elle détourna les yeux et garda le silence.

— Tu parles sérieusement, hein ?

La voix de Tom était douce comme du velours et elle acquiesça de la tête.

— C'est possible, après tout. Moi aussi, j'ai voulu écrire un livre mais j'ai abandonné l'idée.

— Et pourquoi ? demanda-t-elle, horrifiée.

Il essayait de garder son sérieux. Il aimait l'énergie qui se dégageait d'elle.

— J'ai abandonné parce que je n'écris pas bien. Tu écriras peut-être un livre pour moi, un jour.

Ils regardèrent la mer en silence, la brise de la nuit caressait leurs visages. Il lui avait prêté sa parka et ils étaient blottis l'un contre l'autre sur la plage.

— Qu'est-ce que tes parents veulent que tu fasses ? demanda Tom après un long moment.

— Plus tard ? Oh, quelque chose « d'agréable ». Un travail dans un musée, dans une université ou un collège. Ou bien, encore mieux, trouver un mari. En un mot, tout ce qu'il y a de plus ennuyeux. Et toi ? Qu'est-ce que tu feras quand les journaux arrêteront de nous dire à quel point tu es un footballeur fabuleux ?

Elle ressemblait à une gosse, étendue ainsi sur le sable, mais elle avait un regard de femme et Tom Harper en était conscient.

— Je te l'ai dit. Je prendrai ma retraite et nous écrirons ce livre.

Elle n'ajouta rien. Ils regardèrent le soleil se lever puis reprirent le chemin de San Francisco.

— Tu veux prendre un petit déjeuner avant que je te dépose chez toi ?

Ils étaient à proximité de la rue où elle habitait.

— Il vaudrait mieux que je rentre tout de suite, je suppose.

Si sa mère téléphonait et apprenait qu'elle avait découché, il lui faudrait beaucoup d'imagination pour expliquer son absence, mais les autres filles la couvriraient. Elle le faisait pour elles. Sur les quatre, deux n'étaient plus vierges et la troisième se démenait pour ne plus l'être. Kate s'en fichait un peu, elle — du moins avant de connaître Tom.

— Et ce soir ?

— C'est impossible, avoua-t-elle d'un air penaud. J'ai promis à mes parents de dîner avec eux et on a des billets pour le concert. Après, peut-être ?

Et mince ! Il allait quitter San Francisco et elle ne le reverrait plus.

La tristesse envahit le visage de Kate et il eut envie de l'embrasser. Pas comme une gosse, mais comme une femme. Il voulait la serrer contre lui et sentir son cœur battre contre le sien. Il voulait... Il se força à oublier. Elle était trop jeune.

— Après, je ne peux pas, princesse. Nous jouons demain et il faut que je sois au lit à 10 heures. Ça ne fait rien. On pourra peut-être se voir quelques minutes demain, avant mon avion. Tu veux m'accompagner à l'aéroport ?

— Oui, bien sûr.

La tristesse s'estompait un peu.

— Tu veux venir au match demain ?

Il éclata de rire quand il vit l'expression du visage de Kate.

— Allons, avoue. Tu détestes le football ?

— Absolument pas, dit-elle en riant elle aussi.

— Mais tu n'aimes pas vraiment ?

Il secoua la tête. C'était le bouquet ! Une gosse, une

21

étudiante, issue d'une famille collet monté. Quelle folie ! De la pure folie !

— Et alors, monsieur Harper ? Est-ce que ça a vraiment de l'importance si je ne suis pas une grande fan de football ?

Il baissa les yeux sur elle avec un large sourire.

— Non, aucune importance.

En fait, l'idée l'amusait. Il en avait assez des groupies. Ils se retrouvèrent soudain devant chez Kate. C'était fini.

— Bon, je t'appellerai plus tard.

Elle voulait le lui faire promettre, lui dire qu'elle allait annuler son dîner avec ses parents. Mais après tout, il était Tom Harper et elle n'était qu'une fille de plus pour lui. Il n'appellerait jamais. Elle prit son air le plus indifférent et sortit de la voiture en souriant. Elle fut arrêtée dans son mouvement avant même que ses pieds ne touchent le trottoir. Tom la tenait fermement par le bras.

— Kate, ne pars pas ainsi. Je t'ai dit que je te téléphonerai. Je le ferai.

Décidément, il comprenait tout. Elle se tourna vers lui avec un sourire de soulagement.

— Entendu. Je pensais seulement...

Il lâcha son bras et lui caressa la joue.

— Je sais ce que tu pensais mais tu avais tort.

— Ah bon ?

Ils restèrent là un long moment, à se regarder, les yeux dans les yeux.

— Oui. Et maintenant, essaie de dormir un peu.

Il avait téléphoné deux fois ce matin-là et encore une fois le soir, après sa soirée avec ses parents. Il était couché mais n'arrivait pas à dormir. Ils se fixèrent rendez-vous après le match le lendemain. Mais tout se passa différemment alors. Trop de tension, de précipitation. Ils avaient gagné le match. Tom était gonflé à bloc et Kate était nerveuse. Ce n'était plus la plage de Carmel et le lever du soleil. Ce fut le tourbillon de la carrière de Tom Harper et un bar bondé de l'aéroport avant qu'il ne s'envole vers Dallas pour un autre match. Des joueurs se joignirent à eux pendant un moment, deux femmes lui demandèrent un autographe, le barman leur faisait des clins d'œil. Murmures, signes de tête, interpellations. C'était affolant.

— Tu veux venir à Dallas ?

— Quand ? demanda-t-elle, éberluée.

— Maintenant.

— Maintenant ?

L'expression du visage de Kate le fit sourire.

— Pourquoi pas ?

— Tu es fou. Il faut que je... J'ai des examens...

Elle n'était plus qu'une petite fille apeurée. Tom comprit que son escapade à Carmel représentait un acte de bravade. Elle pouvait faire face à ce genre de situation. Mais aller à Dallas, c'était une autre affaire. Bon. Les choses étant ce qu'elles étaient, il allait devoir procéder autrement. Il avait en face de lui une fille très spéciale.

— Ne t'inquiète pas, princesse. Je plaisantais. Mais on pourrait se voir après tes examens ?

Il avait parlé avec beaucoup de douceur en espérant que personne ne viendrait lui demander un autographe ou le féliciter pour le match. Personne ne vint. Il attendit sa réponse.

— Oui. Ce serait possible.

Elle tremblait intérieurement mais quelle merveilleuse sensation.

— D'accord. Nous en reparlerons.

Il n'insista pas. Ils rirent et se taquinèrent jusqu'à la porte d'embarquement. Puis ils s'arrêtèrent et Kate se demanda s'il allait l'embrasser. Il se pencha vers elle avec un doux sourire et l'embrassa légèrement puis, comme elle l'entourait de ses bras, il la serra fort contre lui et pressa ses lèvres contre les siennes. Elle en perdit le souffle et eut une impression de vertige. Il la quitta brusquement et elle resta seule à la porte.

Il lui téléphona le soir même et chaque soir pendant un mois. Il l'invitait là où il jouait, mais elle ne pouvait pas s'échapper. Soit l'emploi du temps de Tom était trop chargé, soit elle avait une présentation de mode, soit encore ses parents avaient des projets avec elle, soit... et elle n'était pas sûre de vouloir vraiment « le faire » de toute façon. Elle savait qu'il comprenait sans avoir à le lui expliquer.

— Qu'est-ce que tu me racontes, princesse ? Je ne vais jamais te revoir ?

— Bien sûr que non. Mais, jusqu'à présent, je n'ai pas pu. C'est tout.

— Ce sont des mensonges. Viens à Cleveland ce week-end ou je vais te chercher.

La voix de Tom était toujours rieuse, toujours douce et elle savait qu'elle pouvait être sûre de lui. Il répétait sans cesse qu'il la voulait auprès de lui. Il savait pourquoi. Il voulait lui donner plus qu'une simple nuit : une lune de miel.

— Cleveland, ce week-end ? fit Kate en réprimant un tremblement dans la voix.

— Oui, trésor, Cleveland. Ce n'est pas Milan, je suis désolé.

— Tu peux l'être !

Cependant elle y était allée. Cleveland était hideux mais Tom fut merveilleux. Il l'attendait à l'aéroport avec un sourire radieux. Il la regardait venir à sa rencontre, une longue rose corail à la main. Il avait emprunté une maison au cousin d'un de ses coéquipiers, elle n'était pas luxueuse mais agréable.

Kate était comme Tom : sans prétention, tendre, affectueuse. Il la déflora avec tant de douceur que c'est elle qui eut, la première, envie de recommencer. À partir de ce moment, elle fut à lui, tout entière.

— Je t'aime, princesse.

— Moi aussi, je t'aime.

Elle le regarda timidement. Ses longs cheveux bruns, humides et doux tombaient sur son épaule. Elle était surprise de constater à quel point elle se sentait à l'aise avec lui.

— Tu veux bien te marier avec moi, Kate ?

24

— Tu plaisantes ? répondit-elle en écarquillant les yeux.

Ils étaient allongés, nus sur le lit, et regardaient le feu mourir dans l'âtre. Il était près de 3 heures du matin et il avait un match le lendemain. C'était la première fois de sa vie que quelque chose avait été plus important que le match.

— Non, Kate, je suis sérieux.

— Je ne sais pas, dit-elle, songeuse. Je n'ai jamais envisagé l'avenir sous cet angle. Ça m'a toujours semblé si loin de moi. Je n'ai que dix-huit ans et...

Elle leva les yeux vers lui, à la fois grave et malicieuse, avant d'ajouter :

— Mes parents en feraient une attaque !

— À cause de moi ? À cause de ton âge ?

Il connaissait la réponse et elle hésitait, cherchant les mots justes.

— Ne t'inquiète pas. Je comprends.

Il souriait, un peu blessé cependant. Elle se jeta brusquement à son cou.

— Je t'aime, Tom. Et si nous nous marions un jour, c'est parce que je t'aime, toi et ce que tu es. Parce que tu es Tom, pas à cause de tout le reste. Je me ficherai alors de ce que les autres penseront. Mais... je n'y avais jamais pensé. Je suppose que je me sentirai un peu perdue pendant un moment.

— Mon amour, tu te trompes. Tu n'es pas du genre à te laisser impressionner.

C'était elle qui était supposée vouloir se marier et voilà que c'était lui qui lui offrait le mariage, sur un plateau d'argent. Pendant un bref moment, elle eut un merveilleux sentiment de puissance. Elle était femme maintenant. Et, plus encore, elle était la femme de Tom Harper.

— Vous savez quoi, monsieur ? Vous êtes formidable !

— Vous aussi, mademoiselle Kaitlin.

Elle fit une grimace.

— Je hais ce nom.

Mais quand il l'embrassa, elle oublia tout. Il bondit

25

soudain du lit pour aller chercher une bière dans la cuisine. Elle regarda alors ses larges épaules, ses hanches fines, ses longues jambes. Quand il se retourna et lui sourit, elle se surprit à rougir, embarrassée, et détourna les yeux vers le feu.

Il s'assit près d'elle sur le lit et l'embrassa.

— Il ne faut pas avoir peur de me regarder, princesse, surtout si c'est agréable !

Elle hocha la tête et but une gorgée de bière.

— Tu es beau, dit-elle doucement.

Il lui caressa l'épaule, les yeux fixés sur ses seins.

— Petite idiote. Je viens d'avoir une bonne idée. Tu ne veux pas te marier tout de suite, alors pourquoi ne vivrait-on pas ensemble, pour un temps ?

L'idée semblait le satisfaire et Kate sourit.

— Tu sais quoi ? Tu me sidères. C'est comme si tu m'offrais la lune dans un ruban de satin bleu.

— Tu aurais préféré du velours rouge ?

Elle secoua la tête.

— Alors ?

— Ne pourrait-on pas attendre un petit peu ?

— Pourquoi ? Nous nous connaissons, maintenant. Nous venons de passer un mois au téléphone. Nous avons partagé nos idées, nos rêves, nos espoirs, nos craintes. Nous savons tout ce que nous avons besoin de savoir. Tu ne crois pas ?

Elle acquiesça, au bord des larmes.

— Et si les choses changeaient, si...

Il comprit soudain ce qui la troublait.

— Tu penses à tes parents ?

— Oui.

— Ne t'inquiète pas. Nous ferons face à la situation en temps voulu. Et si tu préfères attendre un peu pour t'habituer à cette idée, d'accord. Disons, à la fin de l'année universitaire !

Ce ne serait pas trop long. Il ne restait plus que six semaines. Ensuite, c'était l'été. Elle approuva au fond d'elle-même et Tom sentit qu'il avait gagné. Kate se souvint toujours avec beaucoup de tendresse de cette nuit où Tom l'initia aux plaisirs de l'amour.

Dans l'avion qui la ramena à San Francisco, elle pleura, déchirée par leur séparation. Elle avait besoin de lui. Quand elle arriva chez elle, des roses l'attendaient, envoyées par Tom. Il prenait soin d'elle mieux que ses parents ne l'avaient jamais fait. Ils étaient si distants, si froids, si peu attentifs aux sentiments de Kate. Tom était tout le contraire. Il téléphonait deux ou trois fois par jour et ils bavardaient pendant des heures. C'était comme s'il était toujours avec elle. Le week-end suivant, il vint à San Francisco et emprunta à nouveau un appartement à un ami. Il était toujours discret et prenait soin de tenir Kate à l'abri des journalistes. Quand les cours se terminèrent, elle sut qu'elle devait vivre avec lui. Pendant les six semaines qui s'étaient écoulées depuis Cleveland, ils avaient parcouru le pays en tous sens et ce n'était pas une vie. Une semaine après la fin des cours, Tom signa un contrat à San Francisco. C'était l'idéal. Ils loueraient un appartement et elle voyagerait tout le temps avec lui. Ils ne se quitteraient plus, elle en était sûre. Elle terminerait ses études plus tard, dans un an ou deux. Cela n'avait pas d'importance. Elle attendrait même peut-être que Tom prenne sa retraite.

Ses parents ne virent pourtant pas les choses du même œil.

— Tu perds la tête, Kaitlin ?

Son père était à sa place favorite près de la cheminée et regardait sa fille d'un air incrédule et désespéré. Il continua :

— Quitter l'université pour faire quoi ? Vivre avec cet homme ? Avoir un enfant alors que vous n'êtes pas mariés ? Ou même un enfant d'un autre. Je suis sûr que d'autres hommes dans l'équipe seraient ravis de sauter sur l'occasion.

Les yeux furibonds, il avait ainsi changé de sujet de conversation et Kate remarqua combien Tom était tendu à l'autre extrémité de la pièce.

— Papa, ce n'est absolument pas la question. Je ne porte le bébé de personne, fit Kate d'une voix tremblante.

— Ah bon ? Comment peux-tu en être si sûre ? Est-ce que tu sais quel genre de vie tu vas mener avec cet homme ? Tous les sportifs ont une vie déplorable, désordonnée. À quoi aspires-tu donc ? À rester assise dans des bars en regardant des matches de football à la télévision et à aller jouer au bowling le mardi soir ?

— Pour l'amour du ciel, papa, tout ce que je t'ai dit, c'est que j'arrêtais les cours pendant un an et que j'aimais Tom. Comment peux-tu...

— Tu ne te rends pas compte de ce que tu es en train de faire !

Son ton était impitoyable et la mère de Kate hochait la tête silencieusement, en parfait accord avec son mari.

— Me permettez-vous de placer un mot, monsieur ?

C'était la première fois que Tom intervenait. Il avait accompagné Kate dans le seul but de lui apporter un réconfort moral, car c'était un problème à régler entre Kate et ses parents. Pourtant, il se voyait forcé d'intervenir. Le père de Kate faisait exprès de ne rien comprendre. Cela se voyait dans ses yeux.

— Je pense que vous avez une vision quelque peu effrayante de la vie que je mène, commença Tom d'un ton calme. C'est vrai, je ne suis ni homme de loi ni agent de change, et jouer au football n'a rien de très intellectuel, mais c'est ma vie. C'est un métier physique, dur, pour lequel il faut se donner au maximum. Les gens qui le pratiquent sont comme les autres, il y en a des bons et des mauvais, des stupides et des intelligents. Mais Kate n'aura rien à voir avec l'équipe. Ma vie privée est extrêmement calme et je serais très surpris si vous étiez choqué par...

Le père de Kate lui coupa la parole, d'un air furieux.

— C'est vous qui me choquez, monsieur Harper ! C'est simple. Quant à toi, Kaitlin, si tu fais ça, si tu arrêtes tes cours, si tu nous ridiculises ainsi, c'en est terminé. Je ne veux plus te revoir dans cette maison. Tu peux prendre ce que tu voudras dans tes affaires personnelles et partir. Je ne veux plus rien avoir à faire avec toi, et ta mère non plus. J'en ai décidé ainsi.

Kate le regardait, les yeux remplis de larmes par la colère et la souffrance.

— Tu m'as entendu ?

Elle hocha la tête sans détacher les yeux des siens.

— Tu ne changes pas d'avis ?

— Non, répondit-elle. Je pense que tu te trompes. Et je trouve que tu te montres... très désagréable.

Elle eut un sanglot dans la voix.

— C'est moi qui ai raison. Si tu crois que j'ai attendu dix-huit ans pour renvoyer ma fille unique, tu te trompes. Ta mère et moi, nous avons fait tout ce que nous avons pu pour toi. Nous t'avons tout donné, tout appris. Et voilà maintenant que tu nous trahis. Je constate que nous avons vécu avec une étrangère pendant toutes ces années. C'est comme si tu n'étais pas notre fille mais la fille de quelqu'un d'autre.

Tom écoutait, de plus en plus horrifié, mais il était d'accord avec lui sur un point : elle appartenait à quelqu'un d'autre maintenant. À lui. Et il allait l'aimer encore davantage après cela. Quels êtres durs et sans cœur !

— Tu ne fais plus partie de la famille, Kaitlin. Notre fille n'aurait pas fait ça, dit son père d'un ton calme et solennel.

La gorge contractée de Kate laissa échapper un rire presque hystérique.

— Faire quoi ? Arrêter mes études ? Est-ce que tu sais combien de jeunes le font chaque année ? Est-ce que c'est ça qui compte donc tant ?

— Nous savons parfaitement tous les deux que là n'est pas la question, répondit-il en lançant un regard vers Tom. Une fois que tu auras souillé ton honneur, puisque tels sont tes projets, le fait de faire ou pas des études ne changera rien. Ton attitude, tes aspirations, tes ambitions n'ont rien de commun avec nous, Kaitlin. C'est fini entre nous. Bon, si tu désires emporter des effets personnels, fais-le vite. Ta mère en a assez entendu.

Sa mère ne semblait cependant ni épuisée ni émue. Elle était assise, raide, et fixait sa fille d'un air indifférent. Pendant un moment, Tom crut qu'elle était en état de choc. Mais elle se leva, avec la même expression glaciale, et ouvrit la porte du salon qui avait été soigneusement fermée pour que la domestique n'entende pas la conversation. Sur le seuil, elle se retourna vers Kate qui se levait lentement et douloureusement de sa chaise.

— J'attendrai pendant que tu feras tes valises. Je tiens à voir ce que tu emportes.

— Pourquoi ? Tu as peur que je prenne l'argenterie ? fit Kate en regardant sa mère, stupéfaite.

— Absolument pas, elle est sous clé !

Kate tourna les yeux vers Tom puis vers son père, le visage changé.

— Oublions tout ça.

— Oublions quoi ? fit son père, décontenancé.

— Je ne veux rien de vous. Je m'en vais, vous pouvez garder tout ce qu'il y a dans ma chambre.

— Comme c'est aimable à toi !

Il y eut un long silence, puis elle se dirigea vers la porte et marqua un temps d'arrêt avant de se retourner vers eux.

— Au revoir.

Elle se retrouva aussitôt dehors, le bras de Tom entourait ses épaules. Tom aurait voulu rentrer pour tuer son père et gifler sa mère si fort qu'elle en aurait avalé ses dents. Bon sang, qu'est-ce qui ne tournait pas rond chez eux ? De quoi étaient-ils faits ? Comment pouvaient-ils faire une chose pareille à leur unique enfant ? Il eut les larmes aux yeux en pensant à l'amour de sa propre mère et en imaginant ce que Kate venait de vivre. Avant de monter dans la voiture, il la tint longtemps serrée contre lui, essayant, par ses bras, son cœur, la chaleur de son corps, de lui dire ce qu'il pouvait difficilement exprimer avec des mots.

— Tout va bien, trésor. Je t'aime.

Elle ne pleurait pas. Elle tremblait légèrement dans ses bras et leva les yeux vers lui. Elle essaya de sourire malgré son regard trop sérieux.

— Tom, je suis désolée de t'avoir imposé cela.

— C'est moi qui suis désolé pour toi.

Elle hocha la tête et s'écarta de lui. Il ouvrit la portière et elle se glissa à l'intérieur.

— Eh bien, on se retrouve tous les deux, commença-t-elle d'une toute petite voix. Mon père a dit qu'il ne voulait plus jamais me revoir. D'après lui, je les ai trahis.

Elle poussa un profond soupir. Comment les avait-elle trahis ? En aimant Tom ? En arrêtant ses études ? Aller à Stanford était une tradition dans la famille. Se marier également. Pour son père, « vivre en concubinage » était une honte. Aimer « n'importe qui » également. Le fils d'un mineur. Elle oubliait qui elle était, qui étaient ses parents, qui avaient été ses grands-parents... toutes les écoles comme il faut, les clubs comme il faut, les maris comme il faut, les épouses comme il faut. Elle se retrouvait assise dans la voiture près de Tom, assommée par le coup. Il lui jeta un regard inquiet.

— Il changera d'avis, dit-il en lui tapotant la main.

Il démarra.

— Peut-être. Peut-être pas.

Il l'embrassa très tendrement et caressa ses cheveux.

— Allons, trésor. Rentrons à la maison.

Ils vivaient alors dans l'appartement d'un joueur de sa nouvelle équipe. Mais Tom fit une surprise à Kate le lendemain. Il avait été très occupé toute la semaine mais avait trouvé un appartement dans une maison victorienne située sur une colline qui surplombait la mer. Il la conduisit jusqu'à la porte, lui remit les clés, la porta sans effort en haut des trois volées de marches et la déposa sur le seuil. Elle riait et pleurait tout à la fois.

Il était toujours plein de tendresse à son égard, surtout depuis cette scène avec ses parents. Tom n'arrivait pas à comprendre leur attitude et leurs raisons. Pour lui, la famille, c'était la famille. C'était l'amour et des racines indestructibles, des liens éternels, des personnes qui ne vous abandonnaient jamais, quelle que soit votre conduite. Les parents de Kate avaient espéré qu'elle ferait partie de leur monde et elle avait commis la faute impardonnable de tomber amoureuse de quelqu'un de différent. Elle avait elle-même osé être différente et avait trahi leurs règles. Elle les avait blessés ; alors à leur tour, ils lui avaient fait mal. Ils allaient essayer de justifier leur action au point de se convaincre que la faute de Kate était irréparable, au point de ne même pas s'avouer combien la perte de leur fille les blessait. S'ils avaient des moments de doute, sa mère en parlerait à ses amies de bridge, son père à ses collègues et ils seraient très vite rassurés : « C'était la seule façon... vous n'avez fait que votre devoir ! » Kate était très consciente de tout cela. Ainsi donc, Tom était tout pour elle : sa mère, son père, son frère, son ami, et elle s'épanouissait à ses côtés.

Elle voyagea en sa compagnie, posa comme mannequin, écrivit des poèmes et prit grand soin de l'appartement. Elle revit, de temps en temps, quelques-uns de ses anciens amis, mais de moins en moins souvent, et elle se lia d'amitié avec certains joueurs de l'équipe de Tom. Cependant, la plupart du temps, Kate et Tom étaient seuls et sa vie gravita de plus en plus autour de lui. Après un an de vie commune, ils se marièrent. Deux événements mineurs menacèrent de gâcher leur mariage mais ce n'était pas vraiment possible. Le premier fut le refus des parents de Kate d'assister à la cérémonie, ce qui n'était pas une grande surprise. Le second fut que Tom se trouva mêlé, dans son bar favori, à une discussion orageuse et qu'il assomma un homme. Il avait été très tendu les jours précédents. L'équipe de San Francisco n'était pas comme l'ancienne et il faisait partie des « vieux ». Il n'y eut aucune conséquence à l'incident dans le bar, mais les journaux s'appesantirent dessus. Kate trouva cela stupide mais Tom n'y attacha pas d'importance : leur mariage passait avant tout.

Un joueur de l'équipe fut garçon d'honneur et une amie d'école de Kate lui servit de demoiselle d'honneur. Ce fut une étrange petite cérémonie à la mairie et le *Magazine des Sports* fit un reportage. Kate appartenait à Tom à présent, pour toujours. Et elle était ravissante dans sa robe d'organdi blanc ornée de fine dentelle avec un décolleté de petite fille et de grosses manches bouffantes à l'ancienne mode. Cette robe était un cadeau de Felicia qui adorait de plus en plus ce délicieux jeune mannequin étrangement accouplé avec un héros national. La robe accentuait encore la beauté et la jeunesse de la mariée dont les longs cheveux étaient ramenés vers le haut dans le style victorien et tressés de muguet. Elle portait un bouquet de ces mêmes petites fleurs blanches si odorantes. Kate et Tom avaient les larmes aux yeux quand ils échangèrent les alliances et que le juge les déclara mariés officiellement.

Ils passèrent leur lune de miel en Europe ; elle lui montra tous ses endroits préférés. C'était la première fois que Tom allait à l'étranger. Il y acquit de la distinction et elle de la maturité.

La première année de leur mariage fut idyllique. Kate suivit Tom partout, fit les mêmes choses que lui, et passa son temps libre à écrire de la poésie et à tenir un journal. La seule ombre au tableau était qu'elle n'aimait pas dépendre de Tom financièrement. La position de Felicia lui offrait des possibilités de travail, mais ses voyages continuels étaient un obstacle. Elle avait, bien sûr, la petite somme que sa grand-mère lui avait léguée, mais c'était à peine suffisant comme argent de poche. Il lui était donc impossible d'offrir à Tom des cadeaux aussi somptueux que les siens. Le jour de leur premier anniversaire de mariage, Kate déclara qu'elle avait pris une décision. Elle ne voyagerait plus avec lui et resterait à San Francisco pour y travailler comme mannequin à temps complet. À ses yeux, cela paraissait sensé. Pour lui, non.

Il était déjà difficile de voyager avec cette nouvelle équipe et, s'il devait être seul, ce serait encore plus dur.

Il avait besoin de Kate à ses côtés mais elle prétendait qu'il lui fallait une femme indépendante financièrement. Il chercha des arguments mais dut s'avouer vaincu. Trois mois plus tard, il se cassa une jambe lors d'un match.

— Eh bien, princesse, je crois que la saison est finie pour moi.

Il paraissait prendre bien la chose quand il rentra à la maison mais ils savaient tous deux que cela pouvait signifier la fin de sa carrière. Il avait passé la trentaine, l'âge fatidique. C'était une mauvaise cassure et la jambe n'était pas belle à voir. Il en avait de plus en plus assez de jouer, de toute façon : du moins, c'est ce qu'il disait. Il aspirait à autre chose : des enfants, la stabilité, un avenir. Son transfert dans l'équipe de San Francisco lui avait apporté une insécurité sur le plan professionnel, due en partie au fonctionnement de l'équipe elle-même, mais aussi aux constantes menaces du manager qui l'appelait « le vieux ». Cet homme le rendait fou mais il arrivait à vivre avec sa haine. De plus, lors de ses voyages, Tom s'inquiétait pour Kate. À vingt ans, elle avait besoin d'un mari auprès d'elle beaucoup plus souvent qu'il ne pouvait l'être. Il serait avec elle à présent, à cause de cette jambe. C'est ce qu'il crut. Mais en réalité Kate avait beaucoup de travail en tant que mannequin et s'était inscrite à des cours de littérature féminine, deux fois par semaine.

— Au prochain trimestre, il y aura un cours d'expression écrite. C'est formidable, tu ne trouves pas ?

— Oui.

Elle avait l'air d'une gosse quand elle parlait de ses cours. Lui se sentait exactement comme on l'appelait dans l'équipe : un vieux. Un vieux, solitaire et nerveux, qui s'ennuyait. Les matches lui manquaient. Kate lui manquait. Même la vie lui manquait. Un mois plus tard, il assomma un type dans un bar et se retrouva en prison. L'histoire parut dans les journaux. Il en parlait, constamment, et avait des cauchemars. Et si on le suspendait ? Mais cela n'arriva pas. Le type retira sa plainte et Tom lui envoya un gros chèque. Sa jambe n'était toujours pas guérie et Kate était toujours occupée à l'extérieur la plupart du temps. Rien n'avait changé. Un mois plus tard, il frappa à nouveau un type dans un bar et lui cassa la mâchoire. Cette fois-ci, la plainte fut maintenue, et il dut payer une amende colossale. Le manager de l'équipe restait étrangement calme.

— Tu ferais peut-être mieux de boxer au lieu de jouer au football, chéri ! s'exclama Kate, trouvant Tom amusant.

— Écoute, ma petite, tu trouves peut-être ça drôle mais moi pas. Je deviens fou à rester ici en attendant que cette satanée jambe veuille bien guérir.

Kate comprit. Il était à bout. Et peut-être pas seulement à cause de sa jambe, à cause de beaucoup de choses. Le lendemain, elle revint à la maison avec un cadeau. Après tout, c'est pour cela qu'elle travaillait : pour lui offrir des cadeaux. Elle avait acheté deux billets pour Paris.

Le voyage fut le bienvenu pour Tom. Ils passèrent deux semaines à Paris, une à Cannes, cinq jours à Dakar et un week-end à Londres. Tom la gâta énormément et Kate se réjouit de lui avoir offert ce voyage. Ils revinrent en pleine forme et la jambe de Tom était guérie. La vie fut encore plus belle qu'avant. Plus de rixes dans les bars. Il recommença à s'entraîner avec l'équipe. Kate eut vingt et un ans. Pour son anniversaire, Tom lui acheta une voiture. Une Mercedes.

Pour leur second anniversaire de mariage, Tom l'emmena à Honolulu. Et se retrouva en prison. Une rixe au bar du *Kahala Hilton* qui fut rapportée sans ménagement dans le *Time Magazine* et avec encore moins de ménagement dans *Newsweek*. Elle fit la une de tous les journaux du pays. C'était le comble. Et ce fut par le *Time* que Kate apprit la véritable raison de cette rixe : le contrat de Tom ne serait pas renouvelé ! Il avait trente-deux ans et il était professionnel depuis dix ans.

— Pourquoi ne me l'as-tu pas dit ? lui demanda-t-elle, blessée. À cause de la rixe ?

Il se contenta de secouer la tête, les lèvres pincées.

— Non. Cet imbécile qui dirige l'équipe est obsédé par l'âge. C'est le pire dans la profession. Se battre n'a rien d'exceptionnel, tout le monde le fait. Rasmussen descend plus de gens dans la rue que sur le terrain. Jonas s'est fait prendre l'année dernière à cause de la drogue. Hilbert est pédé. Tout le monde a quelque chose. Moi, c'est mon âge. Je suis trop vieux, Kate. J'ai trente-deux ans et je ne sais toujours pas ce que je vais faire de moi après le football. Bon Dieu, c'est tout ce que je sais.

Lui avait des larmes dans la voix, elle dans les yeux.

— Pourquoi ne signerais-tu pas un contrat avec une autre équipe ?

Il tourna les yeux vers elle, l'air sinistre.

— Parce que je suis trop vieux, Kate. C'est tout. Je suis fini, et ils le savent, c'est pour ça qu'ils me harcèlent. Ils savent bien qu'ils me tiennent.

— Alors, fais autre chose. Tu pourrais être journaliste sportif, entraîneur, manager...

Il secoua la tête.

— J'ai perdu toutes mes chances. C'est fini pour moi dans la profession.

— D'accord. Eh bien, trouve quelque chose d'autre. Tu n'as pas besoin d'un travail sur-le-champ. Nous pourrions suivre des cours ensemble.

Elle essayait de paraître enjouée. Elle voulait tant qu'il soit heureux, partager sa jeunesse avec lui. Mais ses efforts n'eurent pour effet que de le faire sourire tristement.

— Je t'aime, ma chérie.

Il la prit dans ses bras. Tout ça n'avait pas d'importance. Ce qui comptait, c'est ce qu'ils avaient. Son soutien financier suffirait pendant une année. Mais après leur troisième anniversaire de mariage, les choses empirèrent. Le contrat de Tom était en discussion et celui-ci recommença à se battre dans les bars. Deux rixes d'affilée et, cette fois-ci, deux semaines en prison, une amende de mille dollars plus une de cinq mille dollars imposée par l'équipe. Tom contre-attaqua en justice : il perdit et fut suspendu. Kate fit une fausse couche alors qu'elle ne savait même pas qu'elle était enceinte. Tom faillit en perdre la tête. À l'hôpital, il pleura encore plus qu'elle. Il avait l'impression d'avoir tué leur enfant. Cette succession d'événements porta un coup à Kate. Tom était suspendu pour un an et cela signifiait des rixes, des amendes, la prison. Pourtant, il était si bon avec elle, si doux, si attentionné. Il était tout ce qu'elle avait rêvé mais elle envisageait l'avenir avec anxiété.

— Pourquoi n'irions-nous pas en Europe pendant un an ?

Il avait haussé les épaules, indifférent à sa suggestion. Il passa les semaines qui suivirent à broyer du noir, pensant à l'enfant qu'ils avaient failli avoir. Mais ce qui l'effrayait le plus, c'était sa carrière. Quand sa suspension finirait, sa carrière serait terminée, elle aussi.

— Nous allons monter une affaire, suggéra Kate.

Elle était encore si jeune. Pourtant, son optimisme ne faisait que le déprimer davantage. Elle ne savait pas ce que c'était — sa terreur de n'être plus qu'un anonyme, d'avoir à conduire un camion ou même de travailler dans les mines comme son père. Il n'avait pas investi correctement son argent et il ne pouvait pas compter sur ce revenu. Qu'allait-il bien pouvoir faire ? Représentant en sous-vêtements ? Souteneur pour la carrière de mannequin de Kate ? Lui faire écrire ses mémoires ? Se pendre ? Seul l'amour de Kate le détourna des solutions irrémédiables. Le pire c'est qu'il ne voulait qu'une seule chose : jouer au football. Et aucun coéquipier ne l'accepterait comme entraîneur : ses accrochages lui avaient fait une trop mauvaise réputation.

Ils allèrent donc en Europe. Ils y restèrent une semaine. Il détesta ce séjour. Puis ils allèrent au Mexique. Là aussi, il se sentit mal à l'aise. Ils rentrèrent chez eux. Il ne se sentit pas mieux. Et surtout, il ne se supportait plus. Il but, se battit, et les journalistes le harcelèrent partout où il alla. Mais qu'avait-il à perdre maintenant ? Il était déjà suspendu et son contrat ne serait probablement pas renouvelé. La seule chose dont il était sûr, c'est qu'il voulait un fils, et qu'il lui donnerait tout.

Juste avant Noël, Kate fut de nouveau enceinte. Cette fois-ci, ils firent tous deux très attention. Kate arrêta de travailler, Tom cessa de boire et de se battre. Ils restaient ensemble. Entre eux, tout n'était que tendresse et paix, à part, de temps en temps, les crises de mauvaise humeur et de larmes de Kate. Mais ni l'un ni l'autre ne les prenait au sérieux. Elles faisaient partie de la grossesse et amusaient Tom. Il ne pensait même plus à la suspension. Qu'ils aillent tous au diable ! Il les forcerait à renouveler son contrat, il les supplierait. Tout ce qu'il voulait maintenant, c'était une autre année de travail pour pouvoir mettre de l'argent de côté et prendre soin de son fils. Il acheta à Noël un manteau de vison à Kate.

— Tom, tu es fou ! Quand le porterai-je ? s'exclama-t-elle avec un large sourire.

Elle l'essaya par-dessus sa chemise de nuit. Il était merveilleux. Mais elle se demandait ce que Tom essayait de cacher. Que lui arrivait-il ? Qu'est-ce qu'elle ne savait pas ?

— Tu le porteras à l'hôpital quand tu accoucheras de mon fils.

Il avait acheté un berceau ancien, un landau anglais de quatre cents dollars et une bague en saphir pour Kate. Il était fou et follement amoureux d'elle. Et elle de lui. Pourtant, dans son for intérieur, elle avait peur. Ils passèrent Noël seuls à San Francisco. Tom parlait d'acheter une maison. Pas une grande maison ; juste une maison confortable dans un coin agréable pour y élever un enfant. Kate était d'accord, mais se demandait s'ils en avaient vraiment les moyens. À l'approche du Nouvel An, elle eut une idée : ils iraient passer le week-end à Carmel. Cela leur ferait du bien à tous les deux.

— Pour le Nouvel An ? Pourquoi, trésor ? Il fait froid et il y a du brouillard. Pourquoi aller à Carmel en décembre ?

Il la regardait en souriant et caressait son ventre encore plat. Mais bientôt... bientôt... l'idée lui réchauffa le cœur. Leur bébé... son fils.

— Je tiens à aller à Carmel parce que c'est le premier endroit où nous sommes allés ensemble. Tu veux bien ?

Elle avait à nouveau l'air d'une petite fille malgré ses vingt-trois ans. Ils se connaissaient depuis cinq ans. Il accepta, évidemment.

— Si Madame veut aller à Carmel, alors, allons-y !

Ils prirent le meilleur appartement, dans le meilleur hôtel, et le temps fut clément pendant les trois jours qu'ils passèrent là-bas. Le seul souci de Kate, c'était que Tom achetait tout ce qu'il voyait, pour elle et le bébé, quand ils flânaient le long des boutiques de la rue principale. Mais ils restèrent beaucoup dans leur chambre, burent une grande quantité de champagne et les soucis s'envolèrent.

— Il est peut-être temps que tu t'arrêtes.

— Arrêter quoi ? demanda-t-il, interloqué.

— Le football, mon amour. Le moment est peut-être venu de tout laisser tomber. Finies les tracasseries, plus d'imbéciles pour te traiter de « vieux ». Seulement nous deux et le bébé.

— Et la faim !

— Allons, chéri. Nous sommes loin de mourir de faim, fit Kate, ébranlée intérieurement.

Si la question d'argent le tracassait à ce point, pourquoi alors lui avoir offert le manteau de vison et la bague ?

— C'est vrai, mais nous n'avons pas de grosses économies. Du moins elles sont insuffisantes pour assurer une vie convenable au bébé pendant les cinq ou dix ans à venir. Une année de plus de travail serait souhaitable.

— Nous pouvons investir l'argent que je gagne.

— Il est à toi, dit Tom d'une voix subitement froide. Tu l'as voulu, tu l'as gagné. C'est moi qui subviendrai aux besoins du bébé et aux tiens. Un point, c'est tout.

— Entendu.

Le visage de Tom s'était alors adouci et ils avaient fait l'amour dans la tendre lumière du crépuscule. Cela rappela à Kate leur première « lune de miel » à Cleveland. Cette fois-ci, Tom s'endormit le premier dans les bras de Kate et elle le regarda pendant des heures, espérant que cette année serait différente, qu'on serait plus correct avec lui, qu'il subirait moins de vexations. C'était tout ce qu'elle désirait.

Le lendemain de leur retour à San Francisco, un article annonçait dans tous les plus grands journaux du pays que Tom était « fini ». Fini. Il enragea à la lecture de cet article et, après avoir mené une petite enquête, il sut que cette histoire avait été montée par l'équipe... l'équipe... le vieux. Il était parti en claquant la porte, sans un mot à Kate, et elle ne l'avait revu qu'à 6 heures ce soir-là. Aux actualités.

Il s'était rendu chez le patron de l'équipe et avait menacé de le tuer. Puis il s'était battu avec le manager. Les deux hommes s'étaient rendu compte que Tom était ivre et avait perdu la tête. Le patron affirmait que Tom délirait, leur reprochant ce qu'ils avaient fait à son fils. D'un ton soigneusement monocorde, le présentateur mentionna que Tom Harper n'avait pas de fils. Il n'avait pas besoin d'ajouter que Harper était devenu fou, bien évidemment. Kate l'écoutait, le cœur chaviré. Le présentateur continua :

— Les deux hommes ont essayé de maîtriser Harper alors qu'il s'acharnait contre eux et tentait de leur donner des coups. Mais, soudain, Harper a sorti un revolver de sa poche, a visé le patron de l'équipe puis, se retournant vers le manager, a tiré. Il a miraculeusement raté sa cible mais avant que quiconque ait eu le temps de bouger, il a retourné l'arme contre lui et pressé deux fois la détente. Cette fois-là, il n'a pas manqué sa cible. Le manager et le patron sont indemnes mais Harper a été hospitalisé dans un état critique.

Il marqua un temps de pause, le regard sombre, avant d'ajouter :

— Une tragédie pour le football américain.

Pendant un moment, Kate divagua en pensant que si elle avait bondi pour changer de chaîne, rien de tout cela ne serait arrivé. Elle n'avait qu'à passer sur une autre chaîne et quelqu'un lui dirait que ce n'était pas vrai. Ça ne pouvait être vrai. Pas Tom... oh non, pas Tom, par pitié... pas lui ; elle murmurait doucement son nom tout en tournant en rond, les yeux fixes, se demandant quoi faire. Le présentateur n'avait pas dit dans quel hôpital était Tom. Que devait-elle faire : téléphoner à la police ? À l'équipe ? À la télévision ? Et pourquoi personne ne l'avait-il appelée ? Elle se rappela soudain qu'elle avait débranché le téléphone pendant sa sieste de deux heures. Mon Dieu... et si... s'il était vraiment mort ? Elle éteignit le poste en sanglotant et se précipita sur le téléphone. Felicia... Felicia saurait... Elle l'aiderait. Sans réfléchir, elle composa le numéro de Felicia au magasin. Elle y était encore.

Felicia reçut un choc en apprenant la nouvelle et dit à Kate de ne pas bouger. Pendant que son assistante appelait un taxi, elle téléphona à la police pour savoir dans quel hôpital Tom se trouvait. Au *San Francisco General.* Il était encore vivant, tout juste. Felicia quitta son bureau en trombe en se demandant pourquoi Kate l'avait appelée, elle. Elle avait sûrement quelqu'un d'autre : sa mère, une amie intime, quelqu'un ? Kate et elle étaient de bonnes amies sur le plan professionnel, mais elles se voyaient très rarement en dehors. Kate était toujours trop occupée avec Tom. Le centre de sa vie, c'était cet homme qui était en train de mourir au *San Francisco General.*

Quand Felicia arriva chez Kate, celle-ci divaguait mais elle était habillée. Le taxi attendait en bas.

— Allons, mets tes chaussures.

— Mes chaussures, dit Kate d'un air absent. Mes chaussures ?

Des larmes emplirent ses yeux, son teint était livide. Felicia découvrit, dans un placard, une paire de chaussures noires à talons plats.

41

— Voilà.

Kate les enfila et quitta l'appartement sans sac ni manteau. Felicia mit son propre manteau sur les épaules de la jeune femme. Quant au sac, elle n'en avait pas besoin car elle n'était pas en état d'aller seule quelque part. Felicia resta avec elle jour et nuit pendant quatre jours. Au bout de ces quatre jours, Tom était toujours vivant. Il était dans le coma, les espoirs étaient minces, mais il vivait. Les deux balles avaient fait un assez joli travail. Il ne pourrait jamais plus marcher et on ne connaissait pas encore toutes les lésions subies par le cerveau.

Quand Felicia retourna travailler, Kate resta à l'hôpital, tel un automate, allant du lit de Tom au couloir, du couloir au lit de Tom et ainsi de suite pour pleurer seule. Felicia se joignait à elle, dès qu'elle le pouvait, mais il était impossible de faire sortir Kate de l'hôpital. Elle avait trop de chagrin pour Tom. Elle restait assise, les yeux fixes, ou pleurait, ou fumait, mais elle était absente et le docteur hésitait à lui donner quoi que ce soit à cause de sa grossesse. Felicia s'étonnait d'ailleurs qu'elle n'ait pas fait de fausse couche.

Les journaux mettaient Tom en pièces et Kate se déchirait elle-même. Pourquoi n'avait-elle pas vu de signe prémonitoire ? Pourquoi n'avait-elle pas deviné ? Aurait-elle pu l'aider ? Avait-elle pris ses angoisses au sujet de l'avenir suffisamment au sérieux ? Tout était de sa faute, forcément. Elle se tourmentait ainsi continuellement. Le football avait été toute la vie de Tom et maintenant il l'avait tué. L'idée qu'il avait failli tuer deux autres hommes était encore plus terrifiante, mais elle ne croyait pas qu'il aurait pu faire cela. Pas Tom. Mais ce qu'il avait fait suffisait : il s'était détruit lui-même. Pauvre amour, il était devenu fou à la pensée de perdre cette dernière année de sécurité qu'il voulait pour son fils. Kate essayait cependant de ne pas penser au bébé. De ne penser qu'à Tom. Ce cauchemar dura sept semaines pendant lesquelles elle fut constamment harcelée par des journalistes. Puis Tom reprit conscience.

Il était faible, brisé, harassé, mais, peu à peu, il reprit des forces. Il vivrait — du moins ce qui restait de lui —, les médecins en étaient sûrs à présent. Il ne marcherait plus jamais, mais il pouvait bouger, parler et penser — comme un enfant ! Les longues semaines de coma l'avaient fait régresser et maintenu dans cet état. Sa tendresse, sa douceur, son amour étaient intacts, mais il était redevenu petit garçon. Il ne se souvenait plus des coups de feu mais il reconnut Kate. Il pleura dans ses bras tandis qu'elle étouffait les sanglots qui agitaient son long corps terriblement maigre. La seule chose qu'il comprenait vraiment, c'était qu'il lui appartenait. Il ne savait pas bien comment : quelquefois il pensait qu'elle était sa mère, quelquefois son amie. Il l'appelait Katie. Il ne l'appellerait plus jamais sa princesse... Katie... voilà ce qu'elle était désormais pour lui.

— Tu ne me quitteras pas ?

— Non, Tom, répondit Kate, en secouant la tête d'un air grave.

— Jamais ?

— Jamais. Je t'aime trop pour te quitter.

Ses yeux s'emplirent à nouveau de larmes et elle dut se forcer à penser à autre chose. Il ne fallait pas qu'elle pense trop à lui en prononçant ces mots car cela la tuerait, et elle ne pouvait pas lui faire ça.

— Moi aussi, je t'aime. Tu es jolie.

Il la regardait avec les yeux brillants d'un garçonnet de sept ans et le visage blême, fatigué, d'un homme mal rasé et très malade.

Après quelques semaines, il se sentit mieux. Cela faisait drôle de le voir. C'était comme si Tom Harper était parti et avait été remplacé par un petit garçon qui lui ressemblait. Et c'était définitif.

Trois mois après ce que Kate et Felicia appelaient « l'accident », Tom fut placé dans un établissement spécialisé à Carmel. Les photographes entouraient l'ambulance. Tom avait voulu leur faire un signe de la main, mais Kate avait détourné son attention et il s'était accroché à sa main. Kate avait l'habitude des photographes. Certains de leurs visages lui étaient devenus familiers. Depuis trois mois, ils avaient mis sa vie à nu, fait exploser les flashes devant elle, rampé sur le toit de leur maison pour avoir une meilleure vue de leur appartement. Elle n'avait personne vers qui se tourner, personne pour la défendre. Pas de famille, pas d'homme. Ils le savaient bien. Ils avaient même raconté comment ses parents l'avaient répudiée, à cause de Tom, et qu'elle était morte pour eux. Elle avait passé des nuits, allongée sur son lit, à sangloter et à prier pour qu'ils s'en aillent, qu'ils la laissent seule. Mais ils étaient restés, jour après jour, jusqu'à ce que Tom aille à Carmel. Alors, comme par magie, ce fut comme s'ils avaient tout oublié. Comme si Tom n'avait plus existé, comme si elle, sa femme, n'existait plus. Ils étaient tous les deux sortis du cercle magique. Enfin.

Quand Tom quitta San Francisco, Kate en fit autant. La maison l'attendait. Felicia avait vu l'annonce et l'endroit se trouva être parfait. Le propriétaire vivait dans l'Est. Sa mère était morte et lui avait laissé une maison dont il n'avait pas besoin et qu'il ne voulait pas vendre. Un jour, il y prendrait sa retraite mais d'ici là, ce serait la cachette de Kate, nichée dans les montagnes au nord de Santa Barbara. C'était à trois heures de voiture de l'établissement de Tom à Carmel, mais Felicia était persuadée que Kate reviendrait à San Francisco dès que ces événements seraient un peu oubliés, dès la naissance du bébé. C'était une jolie maison, entourée de champs et d'arbres, et un petit ruisseau coulait en bas de la colline. Un endroit merveilleux pour se remettre. Cela aurait été un endroit merveilleux avec Tom. Kate essaya de ne pas trop y penser quand elle signa le bail.

Quatre mois plus tard, elle était déjà habituée. C'était chez elle. Elle se réveillait à l'aube quand le bébé s'agitait, aspirant à plus de place qu'elle ne pouvait lui en donner. Elle restait allongée calmement, sentant le bébé remuer en elle et se demandait ce qu'elle lui dirait un jour. Elle avait pensé changer de nom mais décida de n'en rien faire. Elle était Kate Harper et personne d'autre. Elle ne voulait plus porter le nom de son père et le bébé de Tom serait un Harper. Tom ne comprenait pas le ventre gonflé de Kate, ou peut-être ne s'en souciait-il pas. Kate se souvenait que les enfants étaient tous ainsi, dans la mesure où ça ne changeait rien pour eux. Et ça ne changeait rien pour lui. Elle continuait à lui rendre visite, un peu moins souvent au fur et à mesure que la grossesse avançait. Pour le moment, elle y allait deux fois par semaine. Elle était toujours là et y serait toujours. C'était sa vie à présent et elle l'avait acceptée. Elle comprenait que chaque fois qu'elle le verrait, il serait le même, toujours. Jusqu'à sa mort. Personne ne pouvait savoir quand. Le docteur disait qu'il pourrait vivre « beaucoup plus vieux », bien que cela ne corresponde pas à ce qu'on appelle normalement « vieux ». Il pouvait aussi mourir dans l'année. À un certain moment, le corps de Tom s'affaiblirait et il mourrait, sans en avoir conscience. D'ici là, Kate serait à ses côtés, le chérirait. De temps en temps, la lumière magique des yeux de Tom permettait à Kate de faire semblant de... mais c'était un jeu futile. C'était elle maintenant qui le tenait comme il l'avait tenue autrefois. Elle ne pleurait même plus.

Après le coup de téléphone de Felicia, elle se leva et ouvrit la fenêtre pour respirer à fond l'air estival. Elle se sourit à elle-même. Des fleurs nouvelles avaient éclos dans le jardin. Elle allait lui en porter quelques-unes.

La pendule sur la table de chevet indiquait 6 h 25. Il lui restait une demi-heure pour se préparer si elle voulait arriver à Carmel avant 10 heures. C'était un long trajet. Mais Kate Harper n'était plus une petite fille. Le bébé s'agita dans son ventre quand elle enleva sa chemise de nuit et se glissa sous la douche. Une longue journée l'attendait.

2

La voiture décapotable bleu foncé démarra sans problème. Kate quitta rapidement l'allée de gravier puis descendit la colline. Même en cette fin d'été, la campagne
était luxuriante car il y avait eu suffisamment de pluie.
Ce paysage majestueux étonnait toujours Kate : des montagnes à l'arrière, des collines à perte de vue devant elle,
couvertes de fleurs blanches et de bosquets. Des animaux
paissaient dans le lointain. Un endroit merveilleux pour
élever un enfant. Il y grandirait en toute liberté, jouerait
avec les enfants des ranchs et des fermes. Il serait plein
de vie et équilibré. Pas retors comme les parents de Kate,
ou tourmenté comme Tom. Il courrait pieds nus dans la
prairie près de la maison et se reposerait au bord du ruisseau, les pieds dans l'eau. Elle lui construirait une balan-
çoire, lui achèterait quelques animaux, peut-être même
un cheval, un jour. Ce serait la vie telle que Tom l'aurait
souhaitée pour son fils. Si l'enfant était une fille, elle
aurait la même vie. Quand elle serait plus âgée, elle pourrait aller dans le monde si elle le désirait, mais Kate, elle,
n'y retournerait pas. On l'oublierait. On ne la blesserait
plus, ni les journalistes, ni ses parents, ni personne. C'est
ici qu'elle vivrait dorénavant. Elle s'était fait son trou, elle
avait choisi son rôle. La veuve Harper. Cela ressemblait
à un mauvais western et elle se mit à rire en ouvrant la

radio. Elle alluma une cigarette. C'était un beau matin d'été et elle se sentait étonnamment bien. La grossesse n'était pas aussi pénible qu'elle s'y attendait, mais elle avait eu tant de choses à penser, tant de décisions à prendre, tant de changements à envisager ; elle n'avait pas eu le temps de s'inquiéter pour des brûlures d'estomac, des crampes aux jambes et autres douleurs. Elle en avait eu heureusement très peu. Peut-être était-ce dû à la vie détendue qu'elle menait à la campagne. Elle était reposante en effet, à l'exception des longs trajets pour aller voir Tom et de son état après ces visites.

La radio diffusait des ballades douces, des airs de rock et le speaker intervenait de temps à autre et donnait des flashes d'information. C'était l'été. Tout le monde était en vacances, faisait des voyages, des excursions, allait à la plage. Kate avait du mal à se souvenir de cette vie. Son existence consistait à aller voir Tom, puis à revenir chez elle et à écrire. Elle allait quelquefois dans la chambre du bébé et s'asseyait dans le rocking-chair, pensant à ce qu'elle ressentirait quand elle le tiendrait dans ses bras. Aurait-elle une étrange sensation ou l'aimerait-elle immédiatement ? Être mère était difficile à imaginer, même avec le bébé en elle. Ressemblerait-il à Tom ? C'était son désir le plus cher. Si c'était un garçon, il s'appellerait Tygue, si c'était une fille, ce serait Blaire. Elle voulait un nom original, joli, spécial. Tom aurait... Elle laissa échapper un petit soupir en jetant sa cigarette et augmenta le son de la radio. Elle en avait assez de se plonger dans ses pensées. Elle baissa la glace et laissa ses cheveux flotter dans l'air vif. Elle ne s'était pas fait de tresses ce matin-là car Tom la préférait les cheveux libres. La tunique en coton était trop étroite mais il ne le remarquerait pas. Elle tapota son ventre doucement, d'une main, en tournant pour prendre l'autoroute. Puis elle accéléra, jusqu'à cent vingt kilomètres-heure. Elle voulait arriver le plus vite possible : elle avait envie de voir Tom. Après deux heures et demie sur l'autoroute, elle sut que la sortie était proche.

Le bâtiment principal ressemblait à n'importe quelle grande demeure bien entretenue. Il était peint en blanc ; des jardinières ornaient presque toutes les fenêtres et des fleurs magnifiques poussaient au bord des pelouses. Une allée étroite et très longue conduisait à l'entrée principale où l'on pouvait lire sur une petite plaque de cuivre : MEAD HOME. Seulement ces deux mots, et cela suffisait car tous les gens qui venaient là savaient où ils étaient. Près de la maison principale s'élevaient plusieurs maisons jaune et blanc plus petites et, plus loin, une douzaine de bungalows jaunes, d'aspect confortable, étaient entourés de fleurs. Les bungalows n'abritaient qu'un résidant ou deux et, dans chaque bungalow, un responsable s'occupait du résidant ou de la résidante. Tom vivait là, aux bons soins d'un calme vieillard, M. Erhard, qui disparaissait discrètement quand Kate arrivait. L'énorme assurance que Tom avait contractée en tant que membre de l'équipe couvrait fort heureusement les frais de séjour à Mead, et cela pour dix ou douze ans. Par la suite, Kate devrait se débrouiller autrement, mais d'ici là...

Kate s'avança vers le bungalow et sentit l'humidité de l'herbe à travers ses sandales. Elle n'avait plus besoin de passer par le bâtiment principal. Les résidants étaient soigneusement protégés mais elle était connue à présent. On la voyait arriver des fenêtres et elle pouvait aller et venir comme elle le voulait. Elle se rendait directement chez Tom et il n'était jamais bien loin. Mais, ce jour-là, quand elle arriva au bungalow, il ne s'y trouvait pas.

— Tom ?

Aucune réponse au coup qu'elle frappa à la porte.

— Monsieur Erhard ?

Celui-ci n'était pas là non plus. Elle ouvrit la porte avec précaution et jeta un œil à l'intérieur. La pièce était bien rangée et aussi claire, aussi jolie que le reste de l'établissement. C'est pourquoi elle avait choisi Mead Home pour Tom. Elle avait visité un certain nombre d'endroits de ce genre aux alentours de San Francisco, mais tous les autres lui avaient semblé sinistres et déprimants. Mead, au contraire, était plein d'espoir et de soleil. C'était un havre de paix bien à l'abri qui ressemblait plus à une école qu'à une maison de santé. Kate s'attendait toujours à y entendre chanter des enfants ou à les voir courir pour jouer au base-ball.

Elle s'assit dans un fauteuil pour récupérer en se demandant où Tom était parti. Elle était essoufflée ce jour-là, plus que d'habitude. Le bébé pesait de plus en plus et elle avait conduit pendant trois heures sans s'arrêter en dépit des ordres du docteur. Mais s'arrêter prenait trop de temps. Elle regarda les dessins de Tom accrochés aux murs : sa main avait la maturité que sa tête n'avait plus. C'étaient de belles aquarelles représentant des fleurs et des oiseaux. Kate ignorait qu'il savait dessiner avant Mead. Il n'avait jamais fait quoi que ce soit de ce genre. Il jouait au football, c'était tout. À présent, il ne se souvenait même plus qu'il avait joué. Il avait dû retomber en enfance pour enfin l'oublier.

C'était un bungalow idéal pour un malade ou un bien portant, adulte ou enfant, et Kate aimait se dire que Tom y était heureux. Il pouvait facilement se déplacer dans sa chaise roulante. À l'extérieur se trouvait un hamac, et M. Erhard l'aidait à s'y mettre : Tom s'y reposait en observant les oiseaux. Il restait même quelquefois la nuit, bien au chaud sous des couvertures, et regardait les étoiles. M. Erhard était gentil avec lui. Il avait été un de ses supporters et avait été ravi de le prendre en charge.

Kate se leva du fauteuil quand elle entendit un bruit de pas à l'extérieur : M. Erhard racontait une histoire à Tom, de sa chaude voix de baryton. Puis la voix s'arrêta : on devait avoir remarqué que la porte du bungalow était entrouverte. Kate entendit son pas sur l'étroite allée dallée et un moment plus tard la crinière blanche de M. Erhard apparut à la porte.

— Oui ? fit-il d'un ton sévère.

C'était la voix d'un homme qui ne souffrait ni bêtises ni intrusions. Mais son visage s'adoucit immédiatement quand il vit Kate.

— Bonjour. Comment vous sentez-vous ?

— Bien. Grosse !

Ils éclatèrent de rire tous les deux.

— Comment va notre ami ?

M. Erhard secoua la tête d'un air satisfait.

— Il va bien. Il a fait toute une série de dessins hier et, ce matin, nous avons cueilli des fleurs. Il vous racontera.

— Andy !

C'était la voix de Tom. Sa chaise était prise dans l'herbe.

— J'arrive, mon petit.

Erhard quitta le bungalow et Kate le suivit. Un sourire illumina ses yeux, et ses lèvres s'ouvrirent. Pourquoi se sentait-elle encore comme cela ? Comme si c'était le Tom d'autrefois, comme si... Elle ressentait le même frisson, la même excitation, le même plaisir quand elle le regardait, le touchait, le tenait dans ses bras, sachant qu'il était bien et qu'il lui appartenait.

— Katie ! s'exclama Tom, ravi, en voyant Kate s'avancer vers lui.

Ses yeux brillaient et il souriait en tendant les bras.

— Bonjour, chéri. Comment vas-tu aujourd'hui ?

— Très bien. Attends de voir ce que nous avons trouvé !

Les yeux du sage vieillard étincelaient quand il poussa doucement Tom vers le bungalow. Ils entrèrent tous les trois puis M. Erhard disparut comme par enchantement.

— Tes nouveaux dessins sont merveilleux, dit Kate.

Mais elle ne regardait pas les dessins. C'était Tom qu'elle regardait. Il paraissait bronzé, fort, heureux. Il roula sa chaise jusqu'à elle et elle se pencha pour le prendre dans ses bras. Une étreinte chaste et chaleureuse. C'était ainsi que Tom la comprenait mais par cette étreinte, Kate, elle, exprimait tout ce qu'elle ressentait pour son mari.

— Tu es jolie, Katie.

Il avait l'air un peu mal à l'aise et manœuvra rapidement sa chaise vers la table où il prit un vase plein de fleurs jaunes.

— Je les ai cueillies pour toi.

Des larmes jaillirent des yeux de Kate mais elle sourit en prenant le vase. C'étaient des larmes de bonheur, des larmes de femme enceinte, non pas des larmes de chagrin.

— Elles sont magnifiques.

Elle avait envie de le serrer à nouveau dans ses bras mais elle devait attendre. Il serait encore plus mal à l'aise si elle en faisait trop. Il viendrait vers elle à son heure.

— Tu veux aller te promener ?

— D'accord.

Elle mit son sac à main de côté et poussa la chaise roulante... C'était plus lourd que prévu, ou peut-être était-elle exceptionnellement fatiguée. Le bébé pesait une tonne ! Mais Tom l'aida quand ils arrivèrent dans l'allée. Il guidait les roues avec ses mains et ils prirent bientôt une allée facile.

— Tu veux qu'on aille s'asseoir au bord du lac ?

Il se retourna vers elle et fit oui de la tête, l'air ravi. Puis il se mit à siffler.

Le lac était minuscule mais agréable comme tout le reste à Mead. Kate avait acheté pour Tom un voilier miniature et il venait souvent le faire naviguer. D'après M. Erhard, c'était une de ses occupations favorites. Mais ils l'avaient oublié au bungalow. Elle fit tourner la chaise et s'assit lourdement sur l'herbe.

— Alors, qu'est-ce que tu as fait, toute cette semaine ? demanda-t-elle.

— Pourquoi n'es-tu pas venue me voir ?

— Parce que je suis trop grosse.

Elle eut, encore une fois, cette envie folle de lui en parler, comme si cela pouvait ébranler sa mémoire, comme s'il pouvait comprendre que le bébé était de lui, ou même qu'il y avait un bébé.

— Tu dois avoir des problèmes pour courir !

Tom sourit et étouffa un gloussement qui fit rire Kate. Elle prit sa main.

— En effet. Je ressemble à une vieille mère poule !

Il riait lui aussi et ils restèrent ainsi longtemps, main dans la main. Soudain, le visage de Tom s'assombrit.

— Pourquoi est-ce que je ne peux pas rentrer avec toi, Katie ? Je me débrouille tout seul avec ma chaise. Et même, on pourrait emmener M. Erhard ? Hein ?

Bon sang, il recommence !

Kate secoua lentement la tête mais garda la grosse main de Tom dans la sienne.

— Tu ne te plais pas, ici ?

— Je veux rentrer à la maison, avec toi.

Son visage reflétait un tel désir qu'elle avait envie de pleurer. Elle ne pouvait pas discuter de cela avec lui. Pas une nouvelle fois. Il ne comprenait pas. Il lui donnait l'impression qu'elle l'abandonnait ici.

— Ce serait difficile de faire ça sur-le-champ. Pourquoi ne pas en reparler une autre fois ?

— Ce sera pareil, alors. Je te promets d'être sage.

Il avait les larmes aux yeux, et elle ne pouvait rien pour lui. Elle se mit sur les genoux et l'entoura de ses bras en le serrant très fort.

— Tu es sage et je t'aime. Je te promets, chéri, que si c'est possible un jour je t'emmènerai à la maison.

Il y eut un long silence, plein de tristesse. Ils étaient tous deux plongés dans leurs pensées, dans des mondes très éloignés l'un de l'autre et pourtant ils n'avaient jamais été si proches.

— D'ici là, continua Kate, je viendrai te voir et nous jouerons ensemble. M. Erhard s'occupera bien de toi et...

Les larmes l'empêchèrent de continuer, mais Tom avait déjà perdu le fil de la conversation.

— Entendu. Oh, regarde !

Il pointait un doigt vers le ciel, tout excité, et Kate se pencha en arrière pour regarder dans le soleil, en essuyant ses yeux.

— Il est joli, hein ? J'ai oublié son nom, M. Erhard me l'a dit hier.

C'était un oiseau bleu et vert avec une queue jaune et des ailes chatoyantes. Kate sourit et se rassit dans l'herbe.

— J'ai apporté un pique-nique. Qu'est-ce que tu en dis ?

— C'est vrai ?

Elle leva la main, solennellement.

— C'est vrai. Je le jure.

C'était agréable de faire des choses pour lui, même si ce n'était qu'un déjeuner sur l'herbe. Elle avait apporté des sandwiches au salami, des grosses pommes de terre frites du pays, de la salade de macaroni, de belles pêches, un panier de cerises, de la limonade dans une bouteille thermos et un morceau de gâteau au chocolat. Il mangeait même comme un enfant maintenant.

— Qu'est-ce que tu as apporté ? demanda-t-il, les yeux brillants.

Son désir de rentrer avec Kate était déjà oublié. Pour le moment.

— Tu verras bien quand ce sera l'heure du déjeuner.

Elle agita un doigt vers lui et il l'attrapa. C'était un jeu auquel ils jouaient depuis leur première rencontre. Ils y jouaient encore et elle pouvait croire, pendant un moment, une minute, l'espace d'un instant, que rien n'avait changé.

— J'ai faim.

— Ce n'est pas vrai. Tu veux seulement voir ce qu'il y a dans le panier de pique-nique.

Elle était allongée sur le dos et lui souriait.

— Mais j'ai vraiment faim.

Ils éclatèrent de rire tous les deux.

— Comment peux-tu avoir faim ? Il est 10 h 30.

— M. Erhard ne m'a pas donné le petit déjeuner.

Tom n'arrivait pas à garder son sérieux.

— Espèce de menteur !

— Katie, je t'assure, je meurs de faim.

— Tu es impossible.

Elle s'assit et envisagea d'aller chercher le panier. S'il avait faim, pourquoi pas ?

— Je t'ai apporté un cadeau.

— Ah ! C'est quoi ?

— Tu verras.

— Oh ! C'est toi qui es impossible ! s'exclama-t-il, d'un ton outré et plein d'impatience.

Kate se mit debout et se pencha pour embrasser Tom sur le bout du nez.

— Ne fais pas ça ! dit-il en la repoussant doucement.

— Et pourquoi pas ?

— Parce que tu es impossible, voilà tout !

Mais il mit ses bras autour de sa taille et ils restèrent ainsi pendant un moment, lui assis dans sa chaise, elle debout à ses côtés. Cette fois, c'est elle qui s'écarta la première.

— Je vais aller chercher tout ça.

— Tu veux que je t'aide ?

— D'accord. Tu peux porter le panier.

Il se dirigea vers la voiture de Kate qui marchait lentement près de lui, au soleil. Ils bavardèrent : il lui raconta ce qu'il avait fait, ses dessins, le nouveau jeu qu'elle lui avait apporté la semaine précédente, lui parla d'une infirmière qu'il détestait, du meilleur repas qu'il ait jamais fait. Kate l'écoutait, comme si tout cela était important.

Quand ils arrivèrent à la voiture, elle déposa soigneusement le panier sur les genoux de Tom et prit un paquet blanc et rouge attaché avec un gros nœud.

— C'est pour toi, mon amour.

Elle ferma la voiture et poussa la chaise lentement vers le haut de l'allée.

— Dépêche-toi.

— Tu as un ennui ?

Elle aurait besoin de M. Erhard. Tom était bien trop lourd pour qu'elle puisse l'aider.

— Non, idiote. Je veux voir mon cadeau !

Il le tenait serré contre lui et avait déjà plongé une main

dans le panier pour en extraire une poignée de cerises et un petit morceau de gâteau.

— Arrête immédiatement, Tom Harper, ou bien je...

— Non, Katie, tu m'aimes trop.

— C'est vrai.

Kate l'installa sous un arbre près du bungalow, le sourire aux lèvres.

— Je peux l'ouvrir, à présent ?

Il la regarda, attendant la réponse, et elle fit oui de la tête. Il déchira alors rapidement le papier. C'était fou de l'avoir acheté, mais elle n'avait pas pu résister. Elle en avait acheté un également pour la chambre du bébé.

— Oh ! Il est merveilleux ! Comment s'appelle-t-il ?

Tom serrait très fort le gros ours brun. Kate fut à la fois surprise et ravie de voir qu'il était aux anges.

— Je ne sais pas. C'est à toi de me le dire.

— Lucius ?

Kate était maintenant tout à fait contente de le lui avoir donné. Et même si c'était stupide, quelle importance, du moment qu'il était heureux ?

— Pas Lucius, c'est horrible ! Je sais : Willie !

— Willie ?

— Willie.

Tom serra Kate dans ses bras et lui fit un petit baiser sur le front.

— Merci, Katie, il est très beau.

— Il te ressemble.

Il lui donna une petite tape avec l'ours et ils rirent tous les deux.

— Tu veux t'asseoir dans ton hamac ? J'appelle M. Erhard, si tu veux.

— Non, je suis bien ici.

Il avait déjà plongé le bras jusqu'au coude dans le panier et ils mangèrent, Willie sur les genoux de Tom.

Ils se reposèrent après le déjeuner et Kate s'endormit presque dans la chaleur de l'été. Une minuscule brise ébouriffait ses cheveux. Elle était allongée près de la chaise de Tom et, pour la première fois ce jour-là, le bébé la laissait en paix. Ils se passaient le panier de cerises et crachaient les noyaux en l'air en riant.

— Un jour, il y aura un champ entier de cerisiers et personne ne saura pourquoi !

— Nous, nous le saurons, Katie.

— Oui.

La voix était songeuse et si douce que Kate pensa qu'il devait savoir. Mais à quoi cela aurait-il servi qu'il sache ? C'est pourquoi elle n'avait jamais essayé de le faire se souvenir. S'il recouvrait ses esprits, il devrait comparaître devant la justice pour tentative de meurtre. Il était mieux là à Mead Home, comme il était, que dans une prison. De toute façon, il ne pouvait pas retrouver la mémoire. Le docteur l'avait souvent expliqué à Kate. Mais l'espoir ne l'abandonnait jamais.

— Katie ?

— Oui ?

Elle leva les yeux vers lui, tenant encore dans la main des cerises qu'elle avait oubliées pendant un moment.

— À quoi tu pensais ?

— Oh, à rien. Je paresse, c'est tout.

— Tu es jolie quand tu penses.

Les yeux de Tom glissèrent poliment vers le ventre de Kate. Il était désolé qu'elle soit si grosse mais ça n'avait pas une grande importance. Il l'aimait telle qu'elle était.

— Merci, Tom.

Elle lui versa un verre de limonade et s'allongea sur l'herbe. Au-dessus d'eux, un grand arbre les protégeait du soleil, et ils goûtaient le calme merveilleux de cet après-midi d'été. Il ne manquait qu'une seule chose : le grincement d'une double porte dans le lointain et le claquement de cette porte quand un enfant vient chercher un verre d'eau fraîche.

— C'est agréable ici, n'est-ce pas ?

Il acquiesça de la tête et lança un autre noyau en direction du bungalow.

— Il me faut une fronde.

— Et puis quoi encore !

— Pas pour blesser quelqu'un, dit-il d'un air offensé. Juste pour des noyaux de cerises, par exemple. Ou des boulettes de papier. Tu vois, pour tirer dans les arbres.

Mais il ne pouvait s'empêcher de sourire malicieusement.

— Comment connais-tu ces choses-là ? Elles sont démodées depuis longtemps.

— J'ai vu une fronde à la télévision.

— Ah bon !

— Je pourrais peut-être en fabriquer une.

Elle ne l'écoutait plus. Le bébé venait de lui donner un violent coup dans les côtes. Elle respira profondément, songeant qu'il était peut-être temps pour elle de partir. Elle avait un long voyage à faire pour rentrer chez elle et il était presque 2 heures de l'après-midi. Elle était là depuis quatre heures. Ce n'était pas beaucoup mais elle ne pouvait pas plus. Elle regarda Tom qui visait avant de lancer un noyau. Il avait encore une trace de gâteau au chocolat sur une joue. Elle s'assit, le nettoya puis tourna les yeux vers le bungalow. Elle avait vu M. Erhard y rentrer une heure auparavant.

— Je vais à l'intérieur pour une minute. Tu as besoin de quelque chose ?

— Non, fit-il en secouant la tête d'un air heureux.

M. Erhard attendait en lisant le journal et en fumant la pipe. C'était une occupation d'hiver par une journée si chaude et si ensoleillée.

— Vous partez ?

— Je crois que c'est préférable.

— Je suis même étonné que votre docteur vous laisse venir.

Puis il ajouta avec un sourire paternel :

— Vous ne lui demandez peut-être pas la permission ?

— Disons que nous nous faisons tous les deux des concessions !

— Vous savez, vous pourriez ne pas venir pendant une quinzaine. Je m'occuperai de lui. Il se plaindra peut-être quand vous reviendrez mais il ne remarquera pas votre absence.

Ce que M. Erhard disait était déprimant mais vrai.

— Je ne sais pas. Je verrai comment je me sentirai la semaine prochaine.

— Entendu.

Elle sortit, suivie de M. Erhard qui salua Tom de sa pipe.

— Alors, comme ça, tu as lancé des noyaux de cerises toute la journée ? dit-il avec un large sourire.

Tom éclata de rire, tout heureux.

— Je parie que tu ne peux pas atteindre cet arbre.

Mais il se trompait. Tom frappa en plein dans le mille.

— Vous avez intérêt à ouvrir l'œil, monsieur Erhard, il veut une fronde.

— Tu te souviens ? Celle qu'on a vue l'autre jour à la télévision ? Quand le garçon...

L'histoire était longue et embrouillée, mais M. Erhard entra dans tous les détails. Kate le regarda en silence. Elle n'aimait pas le quitter. Elle n'aimait jamais le quitter. Cela aurait dû la soulager, mais ce n'était pas le cas. Le quitter lui déchirait toujours le cœur.

— Trésor, il va falloir que je parte maintenant mais je reviendrai bientôt.

— Entendu, Katie, à bientôt.

Il fit un signe de la main, avec nonchalance. La discussion du matin était oubliée depuis longtemps. Il était ici chez lui, plus que n'importe où ailleurs. Son départ ne le fit pas broncher. Elle se pencha pour l'embrasser sur la joue et lui étreignit l'épaule.

— Prends soin de Willie, chéri.

Elle s'éloigna en souriant, le cœur gros. Quand elle fit marche arrière, elle pouvait encore le voir, assis dans son fauteuil roulant, l'ours en peluche sur les genoux. Elle baissa la glace pour saluer une dernière fois mais il avait repris sa conversation avec M. Erhard.

— Au revoir, Tom. Je t'aime, murmura-t-elle en s'éloignant.

3

Le voyage de retour n'avait jamais paru aussi long à Kate. Elle revoyait Tom avec son ours en peluche et songeait aux choses qu'il avait dites. Elle réussit pourtant à chasser ces images et alluma la radio. Elle avait des crampes dans les jambes et n'avait qu'une idée : rentrer chez elle. La journée avait été trop longue et elle éprouvait cette terrible sensation de fatigue qui l'assaillait si rapidement maintenant. M. Erhard avait sans doute raison. Elle ferait peut-être bien de ne plus venir les prochaines semaines. La naissance était attendue dans trois semaines. Elle ne voulait même pas penser à cela. Ni au bébé ni à Tom. Elle ne songeait plus qu'à son lit et à enlever ses vêtements qui l'étouffaient. Quand elle s'arrêta enfin, elle avait l'impression d'être au volant depuis une éternité. Elle était tellement épuisée qu'elle ne remarqua même pas la petite Alfa Romeo rouge garée sur le côté de la maison. Elle se glissa hors de la voiture, respira un moment en se frottant les chevilles et s'avança lentement, toute raide, vers la porte d'entrée.

— Tu me sembles en grande forme.

C'était la voix profonde et cynique de Felicia Norman. Kate sursauta.

— Allons, du calme. Je suis une bien pauvre sage-femme.

Kate leva les yeux et éclata de rire.

— Tu m'as fait terriblement peur, Licia.

— Je suis étonnée qu'il te reste assez de force pour être effrayée. Est-ce que tu te rends compte de la mine que tu as ?

Elle prit le panier des mains de son amie.

— Ne te tracasse pas ; qu'est-ce que tu fais ici si tôt ?

— J'ai décidé que j'avais besoin de vacances et toi d'une invitée.

— Des vacances ?

— Oh, un week-end prolongé ! J'ai pris quatre jours.

Elle était contente d'être venue. Kate paraissait à bout de forces. Si c'était le fait de ses visites à Carmel, elle pourrait peut-être l'empêcher d'y retourner pendant un temps ou l'y conduire. Mais c'était une folie.

— Tu réalises que c'est un vrai miracle que tu n'aies pas encore été virée à cause de moi ?

Kate souriait. C'était si bon de voir Felicia.

— Ils ont bien de la chance que je n'aie pas encore laissé tomber ! Si nous faisons une présentation de mode de plus ce mois-ci, je fais une dépression nerveuse.

Et son assistante également. Pour pouvoir être avec Kate, Felicia lui avait à nouveau confié toutes les présentations de la semaine. Cela lui coûterait un autre sac Gucci, un gros déjeuner chez *Trader Vic* mais elle avait le pressentiment que... Il fallait qu'elle descende voir Kate. Et elle était contente d'être venue. Elle posa le panier à pique-nique sur la table de la cuisine et regarda autour d'elle. C'était vraiment une maison agréable ; elle l'avait bien choisie.

— Comment va Tom ?

— Bien. Il est heureux. Rien de neuf.

Felicia hocha la tête d'un air solennel et s'assit dans un fauteuil. Kate l'imita.

— Licia, tu sais que tu as l'air encore plus crevée que moi. Mais tu as fait un plus long trajet. Tu veux le reste de limonade ?

— Chérie, je t'adore, dit Felicia en faisant une grimace. Mais tu sais que je ne raffole pas de la limonade. Où as-tu la tête ?

Kate la regarda avec un sourire désolé.

— Je n'ai rien de plus intéressant à te proposer, excuse-moi.

— Mon œil.

Felicia sourit malicieusement et se dirigea vers un placard, l'air ravi.

— J'ai laissé du vermouth et du gin la semaine dernière et j'ai apporté des oignons et des olives.

Elle sortit les petits bocaux de son sac.

— Tu ferais une merveilleuse scoute.

— N'est-ce pas ?

Elle prit les bouteilles et se prépara un authentique martini. Kate se raidit un peu dans son fauteuil.

— Tu as à nouveau des brûlures d'estomac ?

Felicia connaissait l'expression de son visage. Elle était restée avec elle depuis suffisamment de temps pour reconnaître tous les symptômes, tous les signes.

— Je crois que j'ai mangé trop de cerises au déjeuner. Ça ressemble plus à une indigestion qu'à des brûlures d'estomac.

Allons bon, elle avait bien besoin de cela en plus de son gros ventre. Pauvre bébé, pourquoi lui avait-elle fait ça ?

— Un martini me ferait peut-être du bien.

Mais elles savaient toutes deux que ce n'était pas vrai. Kate n'avait pas bu d'alcool depuis des mois.

— Pourquoi ne vas-tu pas t'allonger un peu ? Moi, je vais prendre une douche et ensuite je préparerai le dîner.

Felicia paraissait très raisonnable et très à l'aise.

— Comme ça, tu es venue jusqu'ici pour faire la cuisine ?

— Oui. Allez, va enlever ta robe et repose-toi.

— Oui, maman.

Pourtant, elle se sentit mieux après s'être déshabillée et en pleine forme après une douche. Elle entendait Felicia s'agiter dans la cuisine. Elle s'arrêta un moment dans la chambre d'enfant. Il était là. Willie. Le même ours que celui de Tom. Elle se demandait ce que son Willie faisait, juste à cet instant. Tom le cajolait-il ou l'avait-il déjà oublié ? Elle caressa doucement la peluche puis quitta la pièce.

— Qu'est-ce que tu fais ?

— Des spaghetti, ça te va ?

C'était une des trois choses que Felicia savait préparer. Les deux autres étaient les œufs et le steak.

— Parfait. Je vais prendre deux kilos de plus mais au point où j'en suis !

Elles dînèrent aux chandelles en regardant le paysage. C'était bon d'avoir quelqu'un à qui parler. Kate était trop habituée au silence et à la seule compagnie de Tom. Elle avait besoin que Felicia apporte un peu de piment à sa vie. Et Felicia en apportait beaucoup. Du piment fort. Elle racontait à Kate tous les ragots du magasin — qui avait couché avec qui, qui avait eu une promotion... Mais Kate n'écoutait pas avec autant d'attention que d'habitude, elle ne riait pas d'aussi bon cœur.

— Qu'est-ce qui se passe, trésor ? Tu es pâle. Ce sont les spaghetti ?

— Non. Je crois que ce sont encore ces sacrées cerises.

Elle ressentait le même malaise qu'avant le dîner, mais en plus intense.

— Et puis quoi encore ! Tu es épuisée voilà tout. Tu devrais t'allonger sur le divan, ou mieux, aller te coucher.

— Je ne me sens pas vraiment fatiguée.

Elle se sentait énervée mais elle avait déjà été dans cet état, après ses visites à Tom. Elle s'allongea pourtant sur le divan et plaisanta avec Felicia.

— Après tout, c'est peut-être bien tes horribles spaghetti.

— Va au diable, ma petite. Il se trouve que c'est moi qui fais les meilleurs spaghetti de tout l'Ouest.

— Mama Felicia.

Felicia se prépara un autre martini et les deux jeunes femmes continuèrent à parler et à rire.

— Je vais peut-être aller me coucher en fin de compte.

— D'accord à demain.

La vaisselle était déjà faite. Kate alla dans sa chambre. Elle aurait voulu dire à son amie combien elle était contente qu'elle soit là, mais elle le lui avait répété tant de fois dans le passé qu'elle ne savait plus très bien comment le lui dire.

Kate s'endormit avant 9 heures. Felicia, elle, s'installa sur le divan avec un livre. Elle n'était pas fatiguée et la semaine de travail avait été dure. Elle se sentait bien là, assise, à se relaxer, loin de tout. Elle se plongea dans son roman et il était près de 1 heure du matin quand elle entendit Kate remuer dans sa chambre. Elle écouta une minute pour s'en assurer et vit alors de la lumière sous la porte de la chambre.

— Tout va bien ? cria Felicia en fronçant les sourcils.

La voix de Kate lui répondit aussitôt.

— Ça va.

Elle avait l'air d'aller bien, en effet.

— Tu as toujours mal au ventre ?

— Euh... oui.

Kate sortit de sa chambre deux minutes plus tard et s'arrêta sur le seuil. Vêtue d'une longue chemise de nuit rose et blanc, elle ressemblait à une enfant au ventre étrangement rond et souriait, les yeux grands ouverts et lumineux.

— Felicia...

— Oui, qu'y a-t-il ?

Felicia ne comprenait pas l'expression du visage de Kate. Celle-ci avait l'air aux anges et elle ne l'avait jamais vue ainsi.

— Je ne crois pas que ce soit un mal de ventre. Je pense plutôt que... c'est le bébé, dit Kate en éclatant de rire.

Elle était à la fois transportée et effrayée. C'était fou, c'était bien trop tôt, mais elle était tout excitée. Le bébé. Il arrivait enfin !

— Tu penses que tu vas l'avoir ? demanda Felicia, soudain pâle.

— Peut-être. Je n'en suis pas sûre.

— Ce n'est pas trop tôt ?

Kate acquiesça mais ne parut pas inquiète.

— À huit mois, il n'y a pas de problème. Et ça fait presque huit mois et demi.

— Tu as appelé le docteur ?

Kate hocha la tête à nouveau d'un air triomphant. Elle allait avoir son bébé. Cette nuit peut-être. Elle n'aurait plus à attendre. Tout était fini ! Tout commençait !

— Il m'a dit de le rappeler dans une heure, ou si les douleurs s'amplifiaient.

— Tu as des douleurs ? s'écria Felicia en fixant son amie, le livre serré sur ses genoux.

— Je suppose. Je croyais que c'était une indigestion, mais elles deviennent de plus en plus fortes et puis de temps en temps...

Elle s'assit et prit la main de Felicia.

— Tu sens, maintenant.

Sans réfléchir, Felicia laissa Kate poser sa main sur le ventre arrondi. Elle sentit sa dureté, sa pression. Ce n'était pas un ventre, c'était un mur, un plancher, quelque chose qu'il aurait fallu défoncer et non pas presser.

— Mon Dieu ! Ça te fait mal ?

Kate secoua la tête, le regard toujours aussi excité, mais des gouttelettes de transpiration perlaient à son front.

— Non. Mais ça serre très, très fort.

— Que puis-je faire, chérie ?

Les mains de Felicia tremblaient et Kate éclata de rire.

— Rien, mais si tu me laisses tomber maintenant, tu auras affaire à moi. Je suis contente que tu sois ici.

— Moi aussi.

Elle ne semblait pas très à l'aise et Kate éclata de rire à nouveau.

— Du calme.

— Entendu.

Felicia poussa un profond soupir et s'adossa à son fauteuil.

— Je peux me débrouiller dans n'importe quelle situation difficile, continua-t-elle, mais je ne m'y connais absolument pas en matière de bébés. Je n'en ai jamais eu, enfin... et puis zut. Je crois que j'ai besoin de boire quelque chose.

L'inébranlable Felicia Norman était complètement sens dessus dessous en face de Kate, qui, elle, était étrangement calme. Elle attendait ce moment depuis presque neuf mois.

— Tu n'as pas besoin de boire, Licia. Moi, j'ai besoin de toi.

Cette pensée retint Felicia, mais Kate ne semblait vraiment pas avoir besoin de qui que ce soit.

— Vraiment ?

— Oui.

La voix de Kate était à nouveau tendue et Felicia en connaissait maintenant la cause.

— Une douleur ?

Kate hocha la tête, l'air vague, comme si elle pensait à quelque chose d'autre. Felicia lui tint la main en silence et la serra très fort. Les douleurs recommençaient.

4

Kate avait à peine un moment pour respirer entre les contractions. Felicia était assise, tendue, près du lit de la sinistre chambre d'hôpital et tenait la main de son amie. Le soleil venait juste de se lever derrière les collines.

— Tu veux un autre morceau de glace ?

La voix de Felicia résonnait désagréablement dans la pièce silencieuse. Kate secoua la tête. Elle ne pouvait plus parler. Elle haletait obstinément comme elle avait appris à le faire pendant les cours qu'elle avait suivis deux mois auparavant.

— Tu n'en as pas assez de faire ça ?

Kate secoua à nouveau la tête, ferma les yeux, et la respiration accélérée s'arrêta pendant dix secondes. Elle avait à peine le temps de respirer normalement qu'une nouvelle contraction la convulsait. Ses cheveux étaient collés sur son visage et pour la énième fois pendant cette nuit, Felicia se leva pour lui essuyer le front avec un linge mouillé. Il n'y avait plus trace d'excitation sur ce visage ravagé par la souffrance.

Moins d'une minute plus tard, l'infirmière entra.

— Comment ça va, les filles ?

Felicia la regarda d'un œil froid.

— D'après vous, comment ça va ?

Elle était furieuse. Pourquoi donc l'infirmière ne faisait-elle rien pour Kate ? Celle-ci souffrait atrocement. Des gens mouraient dans cet état, non ?

— Ça me paraît suivre son cours normal, répondit l'infirmière en regardant Felicia du même regard féroce.

Elle s'approcha du lit et prit la main de Kate.

— Vous y êtes presque. C'est la partie la plus difficile, la phase intermédiaire. Après ça, ce sera beaucoup plus facile et vous pourrez commencer à pousser.

Kate agitait la tête d'un côté et de l'autre, frénétiquement, et ses larmes se mêlèrent à la sueur de ses cheveux.

— Je n'en peux plus... je n'en peux plus.

Elle eut un haut-le-cœur mais ne vomit pas.

— Mais si, vous pouvez. Allons, je vais respirer avec vous.

L'infirmière se mit aussitôt à haleter, en tenant fermement la main de Kate.

— Allez-y, Kate, maintenant...

Une contraction ravageait à nouveau le visage de la jeune femme. Cette respiration accélérée rendait Felicia folle mais Kate paraissait plus calme. Après tout, elle allait peut-être réussir. Mais c'était horrible, quand même. Pourquoi avait-on besoin de souffrir autant ? Une douce plainte, un petit cri aigu et le murmure de l'infirmière ! C'était interminable et Felicia se demandait comment Kate faisait pour tenir le coup. Elle lui avait toujours paru si frêle. Aucun enfant ne valait une telle douleur. Aucun homme. Personne. Felicia regardait le soleil se lever, les larmes aux yeux. Elle ne supportait plus de voir son amie dans un tel état. Quand elle se détourna de la fenêtre, elle rencontra le regard de l'infirmière et, cette fois-ci, il était plus tendre.

— Pourquoi n'allez-vous pas boire une tasse de café ? La cafétéria doit être ouverte à cette heure-ci.

— Non, ça va. Je...

— Allez-y, tout va bien ici.

Elle avait raison : Kate semblait aller mieux. La douleur se lisait encore dans ses yeux mais elle réagissait et était probablement trop concentrée pour se soucier de l'absence de Felicia pendant quelques minutes. C'était ça le travail, dans le vrai sens du terme.

— Bon, d'accord. Je reviens tout de suite.

— Nous serons encore là !

L'infirmière sourit et se remit à respirer avec Kate en calculant la durée des contractions. Pour la première fois, Felicia se sentit exclue. Elle se demandait ce que les pères ressentaient en voyant leur femme se tordre de douleur et s'efforcer d'atteindre un but qu'ils pouvaient voir mais jamais éprouver. Felicia savait qu'elle ne connaîtrait jamais cette souffrance. Elle n'aimerait jamais suffisamment quelqu'un pour ça. Pas comme Kate avait aimé Tom. Elle se dirigea vers la cafétéria, le cœur déchiré par cette dernière pensée.

Elle n'y resta que cinq minutes. Elle y serait restée pendant des jours si cela avait dépendu d'elle, mais elle ne voulait pas laisser Kate seule.

Quelque chose avait changé. Tout avait changé. Felicia n'avait encore jamais vu sur un visage la lumière qui illuminait celui de Kate. Elle avait soudain envie de participer elle aussi, d'aider, de faire la course avec son amie et de sentir le ruban du vainqueur sur sa poitrine en franchissant la ligne d'arrivée. Elle gagnait à présent, cela se sentait. Elle réussit même à sourire entre deux contractions. Le sourire s'effaça vite mais il en resta la trace.

L'infirmière sonna et, cette fois-ci, la porte s'ouvrit rapidement sur deux infirmières qui poussaient un brancard.

— Le médecin nous attend dans la 2. Comment va-t-elle ?

Elles avaient l'air détendues, et leur attitude rassura Felicia. Kate ne semblait pas les avoir remarquées. L'infirmière à son chevet attendit une accalmie avant de regarder ses deux collègues avec un grand sourire.

— Nous sommes prêtes. Tout à fait prêtes. N'est-ce pas, Kate ?

Kate hocha la tête et, pour la première fois, chercha Felicia des yeux. Elle voulut parler mais dut attendre la fin d'une contraction. Les deux infirmières profitèrent de ces quelques secondes pour la porter sur le brancard. Kate tenait cependant à parler à son amie qui s'approcha.

— Viens avec moi, Licia... je t'en prie...

— Maintenant ?

— Je veux que tu...

Ce fut soudain trop difficile pour elle de continuer à parler. Tout son souffle était comme bloqué pendant les contractions. La sueur coulait sur son visage jusque dans son cou mais elle ne voulait pas laisser Felicia s'échapper.

— Je t'en prie... quand le bébé arrivera... toi aussi.

Felicia comprit. Mais pourquoi elle, bon sang ? Les infirmières étaient là, elles connaissaient leur métier et pouvaient beaucoup mieux l'aider qu'elle. Pourtant, le regard de Kate suppliait.

— Entendu, trésor. Concentre-toi. Moi, je te tiendrai la main.

Elle marchait déjà près du brancard. L'infirmière qui avançait rapidement au côté de Kate leva un sourcil interrogateur en direction de Felicia.

— Vous allez venir dans la salle d'accouchement ?

Felicia hésita une fraction de seconde.

— Oui, dit-elle d'une voix ferme.

Elle en avait le cœur chaviré mais elle ne pouvait absolument pas laisser tomber Kate.

— Alors, il va falloir vous laver et changer de vêtements.

— Où ?

— Là-dedans.

L'infirmière désigna une pièce du doigt.

— L'infirmière de service vous aidera. Venez ensuite dans la salle numéro 2.

Le personnel était en pleine effervescence. Kate était recouverte de draps blancs et ses jambes attachées en l'air. Cela semblait primitif et cruel à Felicia mais Kate ne paraissait pas s'en rendre compte. Elle soulevait sa tête comme s'il y avait quelque chose à voir. Felicia éprouva une sensation étrange à la pensée que peut-être il y avait en effet quelque chose à voir. Ce n'était plus un martyre pour Kate. C'était un événement : une naissance. Dans quelques minutes, un bébé allait naître, et toute cette horrible souffrance serait terminée. Pourtant, Felicia devait admettre que, dès à présent, Kate ne vivait plus « l'horreur ». Pour la première fois depuis des heures, elle tourna la tête vers elle et ses yeux riaient.

Puis soudain, il y eut une succession de sons, un cliquetis d'instruments, un grognement du docteur, un petit cri de l'infirmière, le silence de Kate et un petit vagissement prolongé.

— C'est un garçon !

Le docteur lui donna une claque ferme sur les fesses et Kate s'allongea, des larmes aux yeux, souriant à Felicia.

— Nous avons réussi !

— Tu as réussi ! Tu es une championne !

Felicia pleurait elle aussi.

— Oh, il est si beau !

Il était petit, rondelet et hurlait, le visage rouge de colère. Puis il suça son minuscule pouce et les cris s'arrêtèrent. Kate regardait son fils en riant. Felicia n'avait jamais rien vu de plus beau que l'expression de Kate à ce moment-là. Elle ne pouvait pas s'arrêter de pleurer et son amie souriait en silence, toute fière. Sans un mot, le bébé fut enveloppé et tendu à sa mère. Le cordon avait été coupé. Il était libre maintenant. Il était à elle.

Son bébé dans les bras, Kate leva vers Felicia des yeux pleins de larmes. Celle-ci comprit. Elle l'avait remarqué elle aussi. Il ressemblait à Tom.

— Comment s'appelle-t-il ? demanda l'infirmière en regardant le petit visage rose niché dans les bras de sa mère.

C'était un gros bébé de neuf livres.

— Tygue.

Le docteur souriait en la regardant et Kate éclata soudain d'un rire joyeux. Elle ressemblait à nouveau à une petite fille. Elle leva la tête et lança à la cantonade :

— Écoutez, tout le monde, je suis maman !

Tout le monde se mit à rire et Kate souriait au milieu de ses larmes.

5

— Tu es sûre que ça va aller ?

— Non, répondit Kate en souriant. Je vais paniquer et appeler la Croix-Rouge avant midi !

— Idiote !

Felicia sourit elle aussi en sirotant le reste de son café. C'était un dimanche matin calme et Tygue avait presque neuf jours. Felicia était repartie à San Francisco mais elle était revenue pour le week-end. Elle regardait Kate donner le sein au bébé.

— Est-ce que ça fait mal ?

Kate secoua la tête, en baissant les yeux vers son fils. Il était rose et potelé après sa première semaine d'existence.

— Non. Ça fait un drôle d'effet mais j'ai l'impression d'être faite pour cela. Je ne pensais pas que j'allais aimer.

— Moi non plus. Mais tu sais, je commence à réviser beaucoup de mes positions, à cause de toi. J'ai toujours cru qu'avoir un enfant était la pire des catastrophes. Jusqu'à ce que ce bout de chou arrive.

Felicia sourit à nouveau en le regardant. Elle n'était pas encore remise de la beauté de la naissance.

— Vous allez beaucoup me manquer, tous les deux.

— Ça te fera du bien. Ça fait si longtemps que je ne suis pas allée en Europe. J'ai oublié à quoi ça ressemble.

Felicia y partait pendant un mois, pour son travail.

— Tu veux venir avec moi, à mon prochain voyage ?

— Avec Tygue ? demanda Kate, surprise.

— Pourquoi pas ? Ce serait agréable.

— Peut-être.

Mais elle détourna le regard. Son visage était fermé.

— Kate, tu ne comptes quand même pas rester ici ?

Cela commençait à la tourmenter.

— Mais si. Je viens de signer un nouveau bail.

— Pour combien de temps ?

— Cinq ans.

— Ne peux-tu pas le résilier ? demanda Felicia, consternée.

— Je ne sais pas. Je n'en ai pas l'intention. Licia, je sais que tu ne me comprends pas mais c'est ici chez moi à présent. Je n'ai jamais eu envie de retourner dans le monde, et avec Tygue, je suis prête à commencer une vie nouvelle. C'est ici que je veux être. Il aura une vie simple et saine. Je peux aller voir Tom et, dans une ville comme celle-ci, Tygue n'aura jamais besoin de savoir ce qui est arrivé à son père. Harper est un nom tout à fait banal. Personne ne posera de questions. Si nous retournons à San Francisco, un jour, toute l'histoire remontera à la surface.

Elle soupira profondément et regarda Felicia droit dans les yeux.

— Je serais folle d'y retourner.

La pensée des journalistes la faisait encore frémir.

— Entendu. Mais Los Angeles ? N'importe quel endroit civilisé ?

Kate sourit devant l'insistance de son amie : elle savait qu'elle ne voulait que son bien. Elles étaient encore plus proches l'une de l'autre, depuis la naissance de Tygue. Elles avaient partagé les moments les plus importants d'une vie.

— Pourquoi Los Angeles ? Rien ne m'attire là-bas. Ce n'est qu'une ville. Écoute, Licia, je n'ai pas de famille, nulle part où aller, rien de particulier à faire. J'ai un petit garçon qui poussera bien ici et pour moi c'est l'endroit idéal pour me mettre à écrire. Je me plais ici.

— Mais tu viendras en ville de temps en temps, n'est-ce pas ?

Il y eut un long silence et Felicia comprit la réponse.

— Non ?

Sa voix était douce et triste. Elle était triste pour Kate qui était partie pour de bon. Elle n'était pas faite pour vivre ici et, quand elle s'en apercevrait, ce serait trop tard. Elle s'en rendrait compte quand son fils serait grand et qu'il la quitterait.

— Tu viendras à San Francisco, hein ?

Elle insistait mais lorsque Kate leva les yeux du visage de Tygue, endormi sur son sein, son expression était résolue. Elle boutonna son chemisier.

— Nous verrons, Licia. Je n'en sais encore rien.

— Mais ce n'est pas dans tes projets, avoue.

Bon sang, pourquoi lui infligeait-elle cela ?

— D'accord, tu as deviné juste. Est-ce que tu te sens mieux maintenant que tu le sais ?

— Non, petite imbécile, ça m'afflige profondément. C'est ridicule. Tu es belle, tu es jeune. Ne fais pas ça !

— Je n'ai plus rien là-bas, Licia. Plus maintenant. Je n'ai plus de famille, plus de souvenirs auxquels je tienne, rien. À part toi. Et je te vois ici quand tu peux te libérer.

— Et la vie, et les gens ? Le théâtre, l'opéra, les ballets, les soirées ? Kate, pense à ce que tu rejettes.

— Je ne rejette rien. Je pars de plein gré et je retrouverai tout ça si jamais je change d'avis un jour.

— Mais tu as vingt-trois ans. C'est maintenant que tu devrais profiter de tout ce que la vie peut t'offrir.

Kate sourit et baissa les yeux vers son fils. Puis elle regarda Felicia. Il n'y avait plus rien à dire. Felicia avait perdu.

Elle ferma les yeux pendant un moment et se leva.

— Je ne sais pas quoi te dire.

— Contente-toi de me jurer que tu reviendras nous

voir quand tu pourras. Profite bien de ton voyage en Europe.

Le petit sourire assuré de Kate n'invitait pas à la discussion.

— Et toi, qu'est-ce que tu vas faire ?

— Je vais commencer à travailler sur un livre.

— Un livre ?

Ciel, cela ressemblait à l'adolescence ! Kate gâchait sa vie et tout cela parce que son mari avait perdu la tête et s'était retrouvé dans un établissement spécialisé. Mais pourquoi devait-elle, comme lui, s'enterrer vivante ? Les bracelets de Felicia cliquetèrent quand elle posa avec nervosité sa tasse de café sur l'évier. Elle voulait raisonner son amie, mais elle devrait attendre son retour d'Europe pour faire une nouvelle tentative. Quelque chose lui disait, pourtant, qu'elle ne réussirait pas. Kate avait beaucoup changé depuis la naissance du bébé. Elle avait beaucoup plus d'assurance et était têtue comme une mule !

— Pourquoi es-tu si surprise que je veuille écrire un livre ?

— Je trouve seulement que c'est une drôle d'occupation. Et que c'est une occupation horriblement solitaire !

— Nous verrons bien. Tygue va me tenir compagnie à présent.

— À sa manière, répondit Felicia d'un air sinistre. Que feras-tu de lui quand tu iras voir Tom ?

— Je n'en sais rien encore. Une des infirmières de l'hôpital connaît peut-être une bonne nourrice, une femme d'un certain âge qui est merveilleuse avec les bébés. Mais peut-être l'emmènerai-je avec moi. Le voyage est trop long pourtant et... je ne sais pas vraiment.

Tom ne comprendrait pas. Il serait préférable de laisser Tygue à la maison avec une nourrice.

— L'idée de la nourrice me semble meilleure.

— Oui, maman.

— Taisez-vous, madame Harper. Tu sais que tu vas me donner plus de cheveux blancs que le magasin.

— Ça te va très bien.

— C'est tout ce que ça te fait ! dit Felicia en souriant. Essaie de te souvenir de moi dans un de tes livres.

L'idée fit rire Kate qui coucha le bébé dans le joli couffin bleu et blanc que Felicia lui avait offert. Dans un mois, elle pourrait le mettre dans le vieux berceau que son père avait acheté. Pour le moment, il était un peu trop grand ! Tygue s'y serait perdu. Felicia s'approcha pour le regarder.

— Il est gentil ? demanda-t-elle avec une infinie douceur dans les yeux.

— Il est parfait. À part la tétée de 4 heures du matin ! Et puis, je commence à me demander...

— Ne te pose pas de questions. Contente-toi d'en profiter.

Une tristesse insurmontable pesait sur Felicia. C'était comme si elle disait adieu à Kate, pour de bon. Kate comprit ce qu'elle ressentait.

— Ne prends pas cela au tragique, Licia.

— Je pense quand même que tu es folle de rester ici. Mais je reviendrai dès mon retour et toutes les fois que je pourrai, par la suite.

Elles savaient toutes les deux que ce ne serait plus tous les week-ends. Elles devaient vivre leur vie. Les choses seraient différentes. Felicia prit son sac, les larmes aux yeux, et Kate ouvrit la porte d'un air calme. Elles s'avancèrent vers la petite voiture rouge. Kate serra très fort Felicia dans ses bras.

— Je suis désolée, Licia, dit-elle, des larmes dans la voix. Mais je ne peux vraiment pas partir d'ici.

— Je sais. Je comprends, répondit Felicia avec un sourire, en l'étreignant elle aussi. Fais bien attention à mon filleul !

— Et toi, fais attention à toi.

Felicia jeta son sac dans la voiture et se glissa à l'intérieur. Les deux femmes échangèrent un dernier long sourire plein d'amour et de compréhension. Puis Felicia disparut en faisant un dernier salut de la main.

Kate rentra dans la maison en regardant l'heure à sa

75

montre. Il lui restait deux heures et demie avant la prochaine tétée de Tygue. Elle avait donc beaucoup de temps devant elle pour travailler à son livre. Elle avait déjà écrit trente pages, mais n'avait pas voulu le dire à Felicia. Ce livre était son secret. Et un jour — l'idée la fit sourire —, un jour...

DEUXIÈME PARTIE

6

— Kate ! Kate !

Kate sursauta, surprise, à l'appel de son nom. Elle était assise à son bureau, pieds nus, vêtue d'un vieux chemisier et d'un jean râpé.

— Madame, est-ce que vous devenez sourde, en plus ?

— Licia !

Elle était sur le seuil, plus apprêtée et plus à la mode que jamais dans un ensemble en daim couleur lie-de-vin.

— Tu ne m'as pas dit que tu venais.

— Je suis venue jeter un coup d'œil au magasin de Santa Barbara, alors j'ai voulu te faire la surprise. Quelle tenue ! Les choses vont aussi mal que ça ?

Kate rougit, confuse, et remonta sa fermeture éclair.

— Excuse-moi, je travaillais et je n'attendais personne.

— Comment ça marche ? demanda Felicia en serrant Kate dans ses bras, un œil sur la machine à écrire.

— Je crois que ça va ; enfin, c'est difficile à dire.

Elle haussa les épaules et suivit Felicia au salon. Elle ne l'avait pas vue depuis Noël, deux mois auparavant. Felicia avait passé une semaine avec eux et gâté Tygue à la folie.

— Ne sois pas aussi sévère envers toi-même. Si tu en as vendu un, tu peux en vendre un autre.

— Dis ça à mon éditeur !

— Je le ferais avec plaisir. Tu veux un martini ?

Kate secoua la tête en souriant. Felicia ne changeait pas. Ses vêtements suivaient la mode ; dans sa vie, les hommes entraient et sortaient, et, périodiquement, elle déménageait pour prendre un appartement plus grand et plus cher. Mais, pour l'essentiel, elle ne changeait pas. C'était rassurant. Les martinis, la voix puissante, le style, la loyauté, la solidité, les belles jambes.

— Je suis sérieuse, Licia, quand je dis que je ne sais pas quoi penser de mon livre. Le premier était mauvais, même s'il a été publié. Et ils n'ont pas accepté mon deuxième. Je commence à m'inquiéter.

— Tu as tort. Le chiffre trois est magique. Et puis, ton premier n'était pas « mauvais ». Il s'est bien vendu, si j'ai bonne mémoire.

— Et alors ? fit Kate d'un air renfrogné.

— Aie un peu confiance en toi ! Combien de femmes de ton âge ont écrit deux livres ?

— Des centaines probablement.

Mais Kate aimait être rassurée. Qui d'autre aurait pu le faire ? Elle n'avait personne à qui parler. Avec les gens de la ville, elle se limitait volontairement aux « Bonjour, comment ça va ? » Sa vie se composait de Tygue, de Felicia, de son travail et de ses visites à Tom. Il n'y avait pas de place pour quoi que ce soit d'autre.

— Je commence à me demander si j'ai ce qu'il faut pour écrire un bon roman.

— Peut-être ne veux-tu pas faire ce qu'il faut ! dit Felicia par-dessus son épaule.

Elle était en train de se servir un martini dont elle gardait toujours une carafe dans le placard de Kate. Chaque fois qu'elle venait ici, elles avaient l'impression de ne jamais s'être quittées. Kate aimait ce côté de leurs relations.

— Peut-être ne veux-tu pas courir le risque d'un succès ? Ça t'obligerait à faire des choix que tu redoutes.

Felicia pensait depuis longtemps à cet aspect de la question.

— Quels choix ? Envoyer Tygue au collège ou ne pas l'envoyer ?

— Ça, ce serait une conséquence, pas un choix. Je parle de ce qui t'arriverait à toi, si le livre faisait l'effet d'une bombe. Pourrais-tu continuer à vivre ici ? Est-ce que tu te livrerais à la publicité ? Est-ce que tu condescendrais à te rendre à la « grande ville » pour des interviews ? Voilà les choix, trésor.

— Je verrai bien quand je serai au pied du mur.

— J'espère que ce sera bientôt.

Felicia leva son martini en portant un toast à Kate et celle-ci se mit à rire.

— Tu n'abandonnes jamais.

— Bien sûr que non.

Trois ans et demi s'étaient écoulés et elle espérait toujours que Kate reviendrait vivre en ville. Elle admettait, bien sûr, que Tygue était en pleine forme et heureux : c'était un bel enfant aux bonnes joues roses et aux grands yeux bleus comme ceux de son père. Il n'avait pas encore souffert du manque de culture dans la vie que sa mère avait choisie mais cela viendrait bientôt. C'était le tout dernier argument de Felicia et il n'avait pas mieux marché que les autres.

— Tu es la femme la plus entêtée que je connaisse.

— Merci, dit Kate, l'air ravie.

— Mais, au fait, où est mon filleul ? Je lui ai apporté un cadeau.

— Sans toi, Licia, il n'aurait aucun jouet. Mais grâce à toi, il en a davantage que tous les autres gosses d'ici. Le train est arrivé la semaine dernière.

— Ah bon ! s'exclama Felicia, d'un air faussement innocent.

Il était peut-être trop jeune mais, d'après elle, il devait absolument en avoir un.

— Après tout, dans ce désert, le pauvre enfant a besoin de jouets pour s'amuser. Où est-il ?

— À la maternelle.

— Déjà ? Il est si jeune !

— Il a commencé à Noël et il adore ça.

— Il va attraper des microbes, dit Felicia en finissant son martini.

Kate éclata de rire. C'était un vendredi après-midi ensoleillé de la fin février, et là où Kate vivait, on sentait déjà le printemps.

— Il devrait revenir à la maison dans une demi-heure. Il y va de 2 heures à 5 heures, après sa sieste. Tu veux profiter de cette demi-heure pour jeter un coup d'œil à mon manuscrit ?

Felicia acquiesça en souriant gaiement.

— Qu'est-ce que tu regardes ? demanda Kate.

— J'essayais de me rappeler si j'étais si bien que ça à vingt-six ans. Et je m'en souviens à présent. Je n'étais pas aussi bien !

— C'est dû à ma vie ici. Je ne vis pas dans une ville misérable.

— Ce qu'il ne faut pas entendre !

Mais elle avait peut-être raison. En tout cas, elle paraissait en forme. Même les visites à Tom lui pesaient moins. En réalité, rien n'avait changé : elle s'était tout simplement habituée.

Tom était toujours à Mead et M. Erhard s'occupait de lui. Tom jouait aux mêmes jeux, lisait les mêmes livres, faisait les mêmes puzzles. Maintenant que Kate avait un point de comparaison avec Tygue, la stagnation de Tom était évidente mais il était toujours aussi doux et adorable. Elle le voyait deux fois par semaine. Tygue croyait qu'elle allait travailler.

Kate regarda sa montre en tendant le manuscrit à Felicia. Il restait un peu de temps avant le retour de Tygue et Kate avait hâte de savoir ce que son amie en pensait. Celle-ci leva les yeux du livre vingt minutes plus tard, l'air surprise :

— Comment as-tu fait pour écrire la scène érotique ?

— Que veux-tu dire par là ?

— Tu t'amuses ici beaucoup plus que je ne le pensais !

Felicia la regardait avec un sourire en coin et Kate se sentit gênée.

— Ne sois pas stupide ! Je l'ai écrite, c'est tout. C'est de la fiction.

— C'est surprenant.

Felicia semblait impressionnée mais ses yeux étaient pleins de malice.

— Pourquoi ? C'est mauvais ? demanda Kate, inquiète.

— Non. C'est étonnamment bon. Je suis seulement surprise que tu aies autant de mémoire. Tu sais, vu la merveilleuse vie saine que tu mènes ici, tous les hommes que tu vois...

— Felicia Norman, ça me regarde !

Mais Kate souriait quand Felicia se replongea dans le manuscrit. Pendant une minute, elle s'était sentie mal à l'aise. Felicia la relançait souvent au sujet de sa vie sexuelle, ou plutôt de son absence de vie sexuelle. Felicia n'avait peut-être jamais connu l'amour fou mais elle avait toujours quelqu'un sous la main pour s'entretenir. Kate, elle, n'avait pas fait l'amour avec un homme depuis quatre ans. Elle ne voulait même plus y penser. Cela ne faisait plus partie de sa vie. Toute son énergie était concentrée sur Tygue et sur ses livres. Les livres n'en étaient peut-être que meilleurs. Elle se posait quelquefois la question. Les livres étaient ses amants. Tom et Tygue étaient ses enfants. Felicia ne reposa le manuscrit qu'une heure plus tard, le visage grave. Kate la regardait en tremblant.

— Tu as détesté ?

Pendant un moment, Felicia se contenta de hocher la tête.

— Non. J'ai beaucoup aimé. Mon petit, tu vas au-devant de quelque chose que tu refuses.

— C'est-à-dire ?

Une histoire d'intrigue, évidemment. Elle avait pourtant fait bien attention.

— Ce dont je t'ai déjà parlé : le succès !

Le visage de Felicia resta grave mais celui de Kate s'illumina.

— Vraiment ?

— J'en suis sûre. Mais toi, qu'est-ce que tu vas faire ?

— Oh, ne te tourmente pas ! Je me débrouillerai toujours.

— Je l'espère.

Leur conversation fut interrompue par le retour de Tygue. Il entra en trombe dans la maison, vêtu d'un jean, d'une chemise rouge en flanelle, de petites bottes de cowboy en cuir de vache et d'une parka d'un jaune étincelant.

— Tante Licia, tante Licia !

Il bondit sur ses genoux, et Kate frissonna à l'idée de ce qui allait arriver à l'ensemble en daim. Mais Felicia semblait ne pas y attacher d'importance.

— Attends de voir ce que je t'ai rapporté.

— Un autre train ? demanda-t-il, le visage radieux.

Les deux jeunes femmes éclatèrent de rire.

— Non. Va voir. Il y a une grosse boîte dans la voiture. Tu peux l'apporter ?

— Bien sûr, tante Licia.

Il ressortit à toute vitesse et Kate le regarda s'en aller. Il grandissait si vite... Elle rencontra le regard de son amie et y lut une drôle d'expression.

— Bon, d'accord. Maintenant, dis-moi tout. Qu'est-ce que tu lui as apporté ? Un cobra vivant ? Des souris blanches ? Dis-moi la vérité.

— Rien de semblable, Kate, je t'assure.

Mais elle entendait déjà les cris perçants dehors. Depuis son arrivée, Felicia s'était fait du souci à propos du petit chien qu'elle comptait offrir à Tygue. Elle lui avait même porté en cachette une soucoupe d'eau. Il dormait alors. Mais maintenant, il ne dormait plus. Il était vigoureusement serré dans les bras de Maître Tygue.

— Il est formidable !

— Bien sûr qu'il est formidable ! dit Felicia en souriant devant le visage du garçonnet.

Kate souriait elle aussi.

— Il est à toi, tante Licia ?

C'était un très jeune basset artésien, encore tout ridé, au regard triste. Kate avait envie de rire rien qu'en le regardant. Tygue le posa par terre et les pattes du chien se dérobèrent sous lui. Ses oreilles battaient l'air et il levait vers le petit garçon un regard infiniment triste en agitant la queue.

— Il te plaît, Tygue ?

Tygue hocha la tête d'un air sauvage puis s'assit près du petit chien noir et blanc.

— Tu en as de la chance. Je voudrais bien qu'on en ait un, nous aussi. J'en veux un comme ça, maman.

— Tu en as un, Tygue.

Tante Licia était agenouillée près de son filleul.

— J'en ai un ? demanda Tygue, confus.

— Celui-ci est à toi. Rien qu'à toi.

Elle posa un tendre baiser sur ses cheveux blonds.

— À moi ?

— À toi.

— Oh ! Oh !

Il ne put rien dire d'autre pendant un moment puis il s'élança vers le chien, tout à fait ravi.

— Comment s'appelle-t-il ?

— C'est à toi de décider.

— Il va falloir que je demande à Willie.

Willie, l'ours bien-aimé, était devenu son meilleur ami. Tom avait toujours le sien, lui aussi, et il aurait été difficile de dire lequel était le plus aimé et le plus abîmé, celui de Tygue ou celui de son père.

Tygue sortit de la pièce une minute plus tard et Kate se baissa pour caresser le petit chien.

— Tu es furieuse, Kate ? demanda Felicia sans manifester aucun remords.

— Comment pourrais-je l'être, folle que tu es. Mais la prochaine fois, ne t'avise pas de lui apporter une voiture. Attends au moins qu'il ait six ans !

Le chien était irrésistible. Kate le prit sur ses genoux avec plaisir. Tygue revint bientôt avec Willie.

— Willie dit qu'il s'appelle Bert.

— Alors, c'est Bert.

Tygue le serra à nouveau dans ses bras et Bert agita la queue. La famille était au complet. Et Felicia avait même aimé le début de son nouveau livre. Kate sentait que l'avenir s'annonçait bien. Licia avait tort de penser que le succès allait tout compliquer. Si l'éditeur acceptait le livre ce serait suffisant. Pas besoin que ce soit un best-seller. Cela n'arrivait qu'une fois sur mille et elle savait que ce n'était pas pour elle.

7

— Tu vas donner tes cours, aujourd'hui, maman ?

Kate hocha la tête et tendit à Tygue un autre morceau de pain grillé.

— Je l'avais deviné. Je devine toujours.

Il paraissait content de lui. Kate le regarda avec émotion. Il était plein de grâce, solide, attentionné, intelligent et si beau ! Il ressemblait alors un peu moins à Tom. Il avait presque six ans.

— Et comment devines-tu que je vais donner mes cours ?

Depuis longtemps déjà, ils avaient pris l'habitude de bavarder pendant le petit déjeuner et, par ce beau matin de printemps, elle se sentait d'humeur joyeuse. Tygue était la personne avec laquelle elle parlait le plus. De temps en temps, elle lui répondait à son niveau à lui, mais, le plus souvent, elle lui parlait comme à un adulte.

— Tu portes des vêtements « plus mieux ».

— Ah bon ?

Les yeux de Tygue étaient aussi malicieux que ceux de Kate.

— Oui. Et tu te mets ce truc en plus sur le visage.

— Quel truc en plus ?

Elle riait, la bouche pleine de pain.

— Tu sais, le truc vert.

87

— Ce n'est pas vert, c'est bleu. Et ça s'appelle du fard à paupières. Tante Licia en met, elle aussi.

Comme si c'était une référence.

— Oui, mais elle, elle en met tout le temps et le sien est marron. Toi, tu ne le mets que pour faire tes cours. Comment ça se fait ?

— Parce que tu n'es pas assez vieux pour l'apprécier, petit polisson !

Mais Tom non plus. Elle se maquillait et mettait des vêtements « plus mieux » pour rendre visite à Tom, à Mead. Cela lui semblait correct. Là-bas, elle était Mme Harper. Ici, elle était seulement maman. Et, occasionnellement, madame, au supermarché.

Depuis un moment déjà, elle avait expliqué à Tygue qu'elle allait dans une école de Carmel apprendre à écrire à des enfants attardés. Ainsi pouvait-elle parler de Tom, de ses dessins. Quand il avait réussi quelque chose de difficile, appris un jeu ou complété un puzzle plus compliqué, elle pouvait partager son sentiment de triomphe avec Tygue. En lui disant qu'elle donnait des cours à des enfants attardés, elle avait aussi une excuse pour s'enfermer dans sa chambre après une dure journée. Tygue le comprenait. Il était désolé pour les enfants dont elle lui parlait et il trouvait que sa mère était bien bonne d'aller là-bas. Elle se demandait par moments si c'était la raison pour laquelle elle lui racontait cela... Pauvre maman... bonne maman... elle fait tout ce trajet pour s'occuper d'enfants attardés. Elle chassa ses pensées. C'était ridicule de se faire remonter le moral par un enfant de six ans.

— Comment ça se fait qu'ils n'ont jamais de vacances ? demanda Tygue en avalant ses céréales.

Kate était déjà avec Tom en pensée.

— Hein ?

— Comment ça se fait qu'ils n'ont pas de vacances ?

— C'est comme ça. Tu veux que Joey vienne à la maison avec toi aujourd'hui ? Tillie sera là quand vous rentrerez.

Mais elle n'avait pas besoin de le lui dire. Il le savait.

— ... Elle pourrait par exemple vous emmener tous les deux voir les nouveaux chevaux du ranch des Adams.

— Non.

— Non ?

Kate le regarda, étonnée. Il fixait ses céréales d'un air blasé, mais son regard était toujours malicieux. Il complotait quelque chose.

— Qu'est-ce que tu as ? D'autres projets ?

Il leva les yeux, en rougissant légèrement, et sourit en secouant la tête.

— Non.

— Écoute, sois sage avec Tillie, aujourd'hui. Tu me le promets ?

Tillie avait le numéro de téléphone de Mead, mais Kate était sur la route une bonne partie de la journée et elle se tourmenterait, même après toutes ces années.

— Ne fais pas de sottises pendant mon absence, Tygue. Je suis très sérieuse.

La voix de Kate se fit soudain sévère et Tygue regarda sa mère dans les yeux.

— Je te le promets, maman.

Comme s'il avait dix ans de plus ! Soudain, ils entendirent un ronflement saccadé et la grosse Jeep jaune qui servait de car de ramassage s'engagea dans l'allée.

— Ils sont là !

— Il faut que tu partes. À tout à l'heure.

La cuiller vola, une dernière bouchée de pain, son chapeau de cow-boy favori, un livre égaré sur la table, un salut alors qu'elle lui envoyait un baiser : il était parti. Elle avala une autre gorgée de café en se demandant ce qu'il mijotait, mais quoi que ce soit, Tillie saurait y faire face. C'était une vieille grand-mère, veuve depuis bien longtemps. Elle avait élevé cinq garçons et une fille, avait fait marcher le ranch toute seule pendant des années avant de le céder à son fils aîné, et elle s'occupait de Tygue depuis sa naissance, pendant les absences de Kate. Elle était à la fois rude et pleine d'idées, et ils s'entendaient merveilleusement bien. C'était une vraie femme de la campagne, pas une immigrante comme Kate. La différence existait et elle existerait probablement toujours. En outre, Kate était écrivain, elle n'était femme ni d'intérieur ni d'extérieur. Elle aimait la campagne mais n'y connaissait pas grand-chose.

Elle jeta un coup d'œil autour d'elle dans la cuisine avant de prendre sa veste et son sac à main. Elle avait la sensation d'oublier quelque chose, la sensation étrange qu'elle ferait mieux de ne pas partir. Mais elle était habituée aussi à cela : elle n'écoutait plus ses pressentiments. Elle s'arma donc de courage et partit.

Elle mit son esprit en veilleuse pendant tout le trajet vers Carmel et il resta ainsi toute la journée. La route était ennuyeuse et trop familière, Tom morne et apathique et le temps brumeux. Jusqu'au déjeuner, qui fut semblable à d'autres. Certaines journées avec Tom ressortaient comme des pierres rares, d'autres étaient sombres, froides et avaient un goût amer. Certaines fois, elle ne ressentait que de la fatigue en partant. Elle avait hâte de rouler sur l'autoroute aussi vite que possible et de se retrouver dans la petite maison sur les collines, avec Tygue et l'adorable basset artésien aux yeux tristes qui était devenu un membre de la famille. Elle aurait peut-être dû rester à la maison. Au retour, le compteur marqua souvent bien plus que cent vingt kilomètres-heure. Cela arrivait souvent mais elle se faisait rarement prendre. Seulement deux fois en six ans. La route était si ennuyeuse que la vitesse seule la rendait supportable. De temps en temps, la pensée de Tygue la faisait ralentir, mais c'était rare.

Il était presque 5 heures quand elle arriva sur les petites routes menant à la maison. Pourquoi s'était-elle sentie si mal à l'aise toute la journée ? Elle roula sur le gravier de l'allée, aux aguets à cause du chien, et cherchant des yeux Tygue autour de la maison. Elle le vit et sourit en freinant pour garer la voiture. Il était tout sale mais heureux. Elle avait été folle de s'inquiéter. Tillie était aussi sale que lui et même Bert semblait avoir besoin d'un bon bain. Ils étaient tous les trois couverts de boue : Tillie en avait sur les joues, Tygue dans les cheveux. Ils avaient tous l'air contents.

Tygue faisait de grands signes et lui criait quelque chose. Il fallait donc qu'elle sorte de la voiture, qu'elle soit à nouveau maman. Tillie enleva son bleu de travail ; ce qu'elle avait dessous était à peine plus élégant. Comme toujours, quand elle revenait de Carmel, Kate se sentit aussitôt trop habillée. Elle prit son sac à main et sortit de la voiture pour respirer à pleins poumons l'air frais de la campagne. Puis elle soupira en se baissant pour caresser Bert qui reniflait joyeusement le bas de son pantalon.

— Salut, vous deux. Qu'est-ce que vous avez fabriqué ?

— Tu vas voir, maman. C'est formidable. C'est moi qui l'ai fait. Moi tout seul ! Tillie n'a rien fait !

Elle l'avait déjà pris dans ses bras, avec la boue et tout le reste, et il se débattait pour se libérer.

— Viens, maman. Il faut que tu viennes voir.

— Tu peux me donner un baiser d'abord ?

Elle lui en avait déjà donné un et le serrait très fort tandis qu'il levait les yeux vers elle avec un sourire attendrissant.

— Tu viendras voir après ?

— D'accord.

Il lui fit un rapide baiser et tira vigoureusement le bras de sa mère.

— Attends une minute. Qu'est-ce que je vais aller voir ? Pas des serpents encore, n'est-ce pas Tillie ?

Elle jeta un coup d'œil en direction de la vieille femme. Tillie n'avait encore rien dit. Elle parlait généralement peu, surtout avec d'autres femmes. Elle avait plus de choses à dire à Tygue qu'à Kate. Pourtant, il y avait entre elles une certaine chaleur, un certain respect. Tillie ne comprenait pas bien ce que Kate faisait sur sa machine à écrire, mais le premier livre publié dont elle put parler à ses amis l'avait impressionnée. C'était un drôle de roman au sujet de drôles de gens de San Francisco, mais il avait été publié et c'était quelque chose. Kate disait qu'un autre allait sortir dans un mois. Elle deviendrait peut-être célèbre un jour. Et puis, c'était une bonne mère. Et une veuve, elle aussi. Elles avaient cela en commun. Cependant, Kate avait quelque chose de différent qui maintenait une certaine distance entre elles. Elle n'était pas snob, elle n'était pas fière et elle n'avait rien que les autres n'avaient pas. Mais la mère de Tillie avait dit qu'elle était raffinée. C'était peut-être le mot qu'il fallait employer pour la définir. Elle était élégante et belle, mais trop mince et avait parfois un air triste qu'elle cherchait à cacher. Tillie connaissait bien ce regard triste. Elle l'avait vu dans le miroir pendant des années après la mort de son propre mari. Elle ne l'avait pas gardé aussi longtemps que Kate, cependant. Tillie se demandait parfois si le fait d'écrire n'entretenait pas le chagrin. Et elle écrivait peut-être sur ce chagrin. Elle ne savait pas vraiment.

Tillie regardait Kate tourner au coin de la maison, entraînée par son fils. Ils riaient tous les deux, la main dans la main. Il était encore si jeune et pourtant, par moments, paraissait si mûr ; c'était probablement dû au fait que sa mère lui parlait comme s'il était un homme. Cela ne pouvait pas lui faire de mal. Tillie avait agi de même avec ses fils après la mort de son mari. Ça lui rappelait des souvenirs de voir Tygue lever les yeux vers Kate devant la parcelle de jardin qu'ils avaient arrangée pendant son absence.

— On l'a fait pour toi. La moitié est en fleurs, l'autre en légumes. Tillie a dit qu'on devrait planter des légumes pour que tu puisses faire des salades. Tu sais, des poivrons, des choses comme ça. La semaine prochaine, on plantera des fines herbes. Tu aimes les fines herbes ?

Le doute l'effleura un instant. Pour lui, les herbes étaient des affaires de filles. Il continua :

— Je veux planter des potirons et des noix de coco.

Kate sourit et se pencha pour l'embrasser.

— Ce jardin est merveilleux, Tygue.

— Non, pas encore. Mais il va l'être. On a semé toutes sortes de fleurs. On avait acheté les graines la semaine dernière, et je les avais cachées.

C'était donc là la raison de son air mystérieux, ce matin-là. C'était son premier jardin.

— C'est lui qui a fait tout le travail difficile, dit Tillie en s'approchant pour lui tapoter l'épaule. Il sera fier quand il verra quel beau jardin il a planté. Ça ne va pas être long.

— Et des tomates aussi.

Kate eut un instant envie de pleurer et de rire à la fois. Elle s'était fait du souci toute la journée alors qu'il était en train de jardiner. Quel monde formidable !

— Tu sais quoi, Tygue ? C'est le plus beau cadeau que j'aie jamais reçu.

— Vraiment ? Pourquoi ?

— Parce que tu as beaucoup travaillé et que c'est vivant. On va le voir pousser. On mangera toutes les bonnes choses qui y pousseront et on aura de jolies fleurs. Chéri, c'est un cadeau magnifique.

— Oui.

Il regarda autour de lui, doublement fier de lui-même, puis serra la main de Tillie d'un air sérieux. Les deux femmes essayèrent de ne pas rire. Ce fut un beau moment. Soudain Tillie leva les yeux, se souvenant tout à coup de quelque chose.

— On a téléphoné pour vous.

Felicia, évidemment. Kate hocha la tête, contente mais pas extrêmement intéressée.

— ... De New York.

— New York ?

Kate eut un pincement au cœur, une fraction de seconde. New York ? C'était impossible. C'était probablement quelque chose d'insignifiant : le siège de sa compagnie d'assurances par exemple. Elle s'était déjà fait des idées plusieurs fois dans le passé. Mais elle avait vieilli à présent. Six années avaient passé.

— On veut que vous rappeliez.

— Il est trop tard, maintenant.

Il était déjà 5 heures et demie, c'est-à-dire 8 heures et demie sur la côte Est. Kate ne paraissait pas particulièrement ennuyée.

Tillie hocha la tête de l'air caractéristique des gens de la campagne, faciles à vivre, jamais pressés.

— Oui. Il a dit qu'il pourrait bien être trop tard. Il a laissé un numéro à Los Angeles. Vous pouvez appeler là-bas.

Son cœur se pinça à nouveau. Plus fort, cette fois-ci. C'était ridicule. Elle jouait avec elle-même. Pourquoi était-elle si nerveuse aujourd'hui ?

— J'ai tout écrit près du téléphone.

— Je ferais peut-être bien d'aller voir.

Elle baissa les yeux vers Tygue en souriant tendrement et sa voix se radoucit.

— Merci pour mon beau jardin, trésor. Je l'adore et je t'adore toi aussi.

Elle se pencha pour le serrer très fort dans ses bras puis ils se dirigèrent vers la maison, main dans la main. Bert gambadait près d'eux, dans la mesure où ses courtes pattes le lui permettaient.

— Vous voulez une tasse de café, Tillie ?

La vieille femme secoua la tête.

— Il faut que je rentre. Les gosses de Jake viennent dîner ce soir et j'ai des choses à faire.

Elle monta dans son break en saluant de la main puis se pencha à la portière.

— Vous retournez à Carmel cette semaine ?

Sa question était étrange et Kate regarda Tillie en fronçant légèrement les sourcils. Elle allait toujours voir Tom deux fois par semaine mais elle s'était posé la même question sur le chemin du retour. Elle n'avait tout simplement pas envie d'y retourner une seconde fois cette semaine.

— Est-ce que je peux vous le dire demain ?

Ça ne changerait rien à la somme qu'elle donnait à Tillie — une somme forfaitaire une fois par mois pour garder Tygue deux fois par semaine. Il était plus facile de remplir un seul chèque par mois et ça les arrangeait toutes les deux. Si elle décidait d'aller au cinéma le soir, elle déposait Tygue chez Tillie et le reprenait au retour. Tillie ne lui faisait rien payer pour cela, elle considérait Tygue comme un de ses petits-enfants. Mais Kate n'allait pas souvent au cinéma. Elle passait ses soirées devant sa machine à écrire. Sortir le soir lui rappelait Tom et il lui manquait alors beaucoup. Il était plus facile de rester à la maison.

— Bien sûr, vous me téléphonez demain ou après-demain. De toute façon, je vous réserve la journée.

— Merci.

Kate sourit en saluant de la main, puis elle poussa doucement Tygue devant elle pour entrer dans la maison. Elle pouvait peut-être se libérer une journée et ne pas aller voir Tom ? Elle pourrait ainsi planter d'autres choses dans le jardin en compagnie de Tygue. Tillie avait eu une idée superbe. Pourquoi ne pensait-elle pas d'elle-même à des choses comme celles-là ?

— Qu'est-ce qu'on mange, ce soir ?

Tygue se jeta sur le carreau propre de la cuisine avec Bert, mettant de la boue partout. Kate grimaça.

— Je vais te faire des pâtés de boue si tu ne vas pas te laver dans la salle de bains dans dix secondes. Et emmène Bert avec toi.

— Oh maman !... je veux regarder...

— Tu ferais mieux d'aller regarder le savon et l'eau, mon chéri. Je suis sérieuse.

Elle montrait du doigt la salle de bains, d'un air décidé quand, soudain, son regard s'arrêta sur le petit billet de Tillie. Kate se rappela alors l'appel de New York. Il venait du bureau de l'agence à laquelle elle vendait ses livres à Los Angeles. Tous les éditeurs étaient à New York. Son agent envoyait donc ses manuscrits là-bas et laissait le bureau de New York s'en occuper. Il se contentait de lui servir de boîte aux lettres, en attendant de passer à l'action au cas où elle vendrait ses droits pour la réalisation d'un film. Cette simple idée la faisait éclater de rire. Elle faisait partie des rêves des écrivains. Seuls les novices pensaient avoir une chance. Kate, elle, était plus avertie et elle s'estimait déjà bien heureuse de vendre un livre de temps à autre, même si ça ne lui rapportait que la modeste somme de deux mille dollars tous les trois ans. Cela s'ajoutait au petit revenu qu'elle tirait des investissements de Tom.

Elle écrivait donc son livre, l'envoyait à son agent de Los Angeles, qui le transmettait à New York. New York mettait jusqu'à deux mois avant de se manifester. Après, si elle avait de la chance, ils vendaient le livre. Elle recevait alors un chèque et, deux fois par an, des royalties. C'était tout. La première fois, ils avaient mis au moins un an pour lui vendre son livre. La seconde fois, ils avaient mis un an avant de lui dire que son livre n'était pas bon du tout et qu'ils ne pouvaient pas le vendre. La dernière fois, ils avaient dit qu'ils étaient « pleins d'espoir ». Mais il leur avait fallu presque deux ans pour le vendre. C'était il y a un an. Il devait finalement sortir le mois suivant. Tout cela correspondait aux normes de l'édition. Elle savait que les éditeurs gardaient quelquefois un livre deux ou trois ans avant de le publier. On lui avait fait une avance de trois mille dollars et ce serait tout. Elle n'était même plus déçue. Le livre serait tiré à cinq mille exemplaires et elle pourrait le voir à la librairie du coin si elle prenait la peine d'y descendre. Une année plus tard, il serait épuisé, et il disparaîtrait aussi discrètement qu'il était apparu. Mais au moins elle l'avait écrit et elle était contente. Elle était même un peu nerveuse à l'idée que ce dernier livre puisse se vendre. Son sujet était un peu trop personnel. Elle avait presque souhaité qu'il ne se vende pas, au cas où quelqu'un se souviendrait d'elle. Mais, après tout, qui était Kaitlin Harper ? Personne. Elle était à l'abri. Le livre était un roman, mais il parlait beaucoup de football professionnel et des pressions exercées sur les joueurs et leurs femmes. Écrire ce livre lui avait fait du bien, l'avait libérée de cauchemars tenaces. Elle avait aussi beaucoup parlé de Tom, du Tom qu'elle avait aimé, pas de celui qui avait perdu la tête.

— Maman, tu as commencé à préparer le dîner ?

La voix de Tygue la sortit de sa rêverie. Elle était près du téléphone depuis cinq minutes.

— Non.

— Mais j'ai faim, moi, répondit-il d'un ton pleurnichard.

Il avait travaillé dur toute la journée et sa fatigue commençait à se voir. Mais Kate aussi était fatiguée.

— Tygue, dit-elle dans un soupir, veux-tu me faire le plaisir d'aller prendre ton bain. Je te ferai à manger après. Il faut d'abord que je téléphone.

— Pourquoi ?

Il commençait à faire son insupportable. Mais il n'avait que six ans. Kate devait s'en souvenir de temps en temps.

— C'est pour mon travail. Allons, trésor, sois gentil.

— Oh... bon...

Il partit en grognant. Bert lui mordillait les talons.

— ... J'ai faim quand même.

— Je sais. Moi aussi !

Zut. Elle ne voulait pas s'en prendre à lui. Il était 6 heures moins 20. Elle composa le numéro de l'agence de Los Angeles. Si personne ne répondait, elle appellerait New York le lendemain matin. Mais on décrocha rapidement et la standardiste la mit en ligne avec l'homme à qui elle avait généralement affaire : Stuart Weinberg. Elle ne l'avait jamais rencontré mais, après des années de conversations téléphoniques, ils se sentaient comme de vieux amis.

— Stu ? C'est Kate Harper. Comment allez-vous ?

— Très bien.

Elle s'était fait une image de lui : il devait être jeune, petit, mince, nerveux, avec des cheveux très noirs. Il était probablement bel homme et devait porter des vêtements chers. Ce soir-là, il était de bonne humeur.

— Et vous, comment ça va, dans votre trou ?

— Je ne suis pas si loin que ça de Los Angeles !

Ils rirent car ils échangeaient ce genre de propos à chaque fois qu'ils se téléphonaient.

— Écoutez, continua Kate. J'ai reçu un coup de téléphone de Bill Parsons de New York. Le message est un peu embrouillé, mais il fallait que je le rappelle ou que je vous appelle si c'était trop tard pour lui. C'est ce que je fais. Je ne m'attendais pas à vous trouver encore à l'agence.

— Vous voyez comme on travaille dur pour vous, chère madame. On se tue à la tâche...

— Arrêtez, vous allez me rendre malade.

— Excusez-moi. Je pensais seulement que je méritais un peu de sympathie.

— Maman, j'ai faim !

L'exclamation sortit de la salle de bains, avec force éclaboussements et aboiements de Bert. Ciel !

— Du calme, là-bas !

— Quoi ?

Weinberg ne comprenait plus et Kate éclata de rire.

— Il y a de l'agitation ici en ce moment. Je crois que mon fils est en train de noyer le chien.

— Bonne idée, dit-il en étouffant un rire.

Kate chercha une cigarette. Elle ne savait pas pourquoi mais Weinberg la mettait mal à l'aise.

— Stu ?

— Oui, madame ?

Il y avait quelque chose d'étrange dans la voix. C'était le même ton que Tygue au petit déjeuner, avant de planter son jardin-surprise.

— Savez-vous pourquoi Parsons voulait que je vous appelle ?

— Oui.

— Eh bien ?

Pourquoi jouait-il ainsi avec elle ? Elle était morte de peur.

— Vous êtes assise ?

— Ils ne vont pas publier le livre ?

Son cœur défaillait. Elle se sentait prête à pleurer. Un choc de plus, et c'est elle qui l'avait provoqué. Elle ne vendrait plus jamais de livres. Celui-ci était pourtant si bon !

— Kate, la chance a été de notre côté aujourd'hui. Parsons a conclu un marché à New York et moi, j'en ai conclu un ici. Votre éditeur a vendu vos droits d'auteur et moi j'ai vendu votre film !

Elle ouvrit la bouche, mais aucun son ne sortit. Puis, tout arriva en même temps : les larmes, les mots, la confusion, le chaos. Son cœur battait la chamade, sa tête éclatait.

— Mon Dieu ! Mon Dieu ! s'exclama-t-elle, en riant.

— Kate, vous allez tout oublier. Nous en reparlerons demain... En fait, nous allons beaucoup bavarder dans les prochaines semaines et les prochains mois. Contrats, projets, publicité. Beaucoup de conversations. Vous devriez venir à Los Angeles pour fêter ça.

— Je ne peux pas le faire par téléphone ?

La panique s'installait en elle. Seigneur, qu'arrivait-il ?

— Nous discuterons plus tard. Les droits se sont vendus quatre cent cinquante mille dollars et... j'ai vendu le film pour cent vingt-cinq mille dollars. Vous allez partager la somme pour les droits à égalité avec votre éditeur mais ça fait quand même encore un bon chiffre !

— Mon Dieu, Stu, ça fait deux cent vingt-cinq mille dollars !

Elle était abasourdie et n'arrivait pas à réaliser.

— Vous allez toucher en tout trois cent cinquante mille dollars. Sans tenir compte des royalties, des retombées publicitaires et des conséquences sur votre carrière. Ce pourrait être la voie rapide vers le succès. Je dirais même que vous avez déjà atteint l'objectif. L'éditeur a poussé le tirage de la réimpression à vingt-cinq mille exemplaires. Pour une édition brochée, c'est formidable !

— Ah bon ? Vraiment ?

— Maman, une serviette !

— Une seconde !

— Du calme, Kate.

— Oui, je ne sais pas quoi dire. Je n'avais jamais pensé que cela pourrait m'arriver.

— Ce n'est que le début.

Mon Dieu, si quelqu'un se souvenait de Tom ? Si quelqu'un faisait le rapprochement entre elle et ce qui était arrivé six ans et demi auparavant ? Si...

— Kate ?

— Excusez-moi, Stu. Je suis assise et j'essaie de mettre de l'ordre dans mes pensées.

— Vous n'y arriverez pas. Détendez-vous, nous en reparlerons demain. D'accord ?

— D'accord. Stu... Je ne sais pas quoi dire... ça m'a fait un choc... Je...

— Toutes mes félicitations, Kate.

Elle soupira profondément et sourit au téléphone.

— Merci.

Elle raccrocha mais resta immobile une minute avant de se lever. Trois cent cinquante mille dollars ? Juste Ciel ! Et que voulait-il dire par : « Ce n'est que le début » ?

— Maman !

— J'arrive !

Elle revint sur terre en entrant dans la salle de bains. Tygue Harper était assis dans la baignoire, avec le chien, un chapeau de cow-boy sur la tête, et il y avait au moins dix centimètres d'eau par terre.

— Qu'est-ce que tu fabriques ?

Elle arrivait à peine à se tenir debout dans l'eau savonneuse.

— Pour l'amour du ciel, Tygue !

Ses yeux brillaient de colère et le petit garçon parut soudain blessé.

— Mais je t'ai fait un jardin !

— Et moi, j'ai vendu un film ! Je... Oh Tygue !...

Elle s'assit dans l'eau, par terre, le sourire aux lèvres, les larmes aux yeux.

— ... J'ai vendu un film !

— Ah bon ? fit-il en la regardant d'un air sombre. Pourquoi ?

8

— Et pourquoi trouves-tu ça raisonnable ?

Trois jours s'étaient écoulés depuis la conversation avec Stuart Weinberg et Kate téléphonait à Felicia pour la vingtième fois au moins.

— Kate, essaie un peu d'y voir clair, tu es en train de faire fortune. Il ne va pas se contenter de t'envoyer ces contrats par la poste. Il veut t'en parler.

Felicia essayait de prendre un ton apaisant mais elle échouait lamentablement. Elle était trop excitée, trop enthousiaste, et sa voix était pressante.

— Mais pourquoi ici ? Toutes ces années, nous nous sommes parfaitement arrangés par téléphone. Et puis zut ! Je n'aurais jamais dû écrire ce fichu livre !

Kate semblait à bout.

— Es-tu folle ?

— Mais si quelqu'un découvre la vérité ? J'ai failli perdre la tête il y a six ans et je ne tiens pas à ce que cela recommence. Tu t'imagines ce que c'est que d'être constamment harcelée par des journalistes ? Ils vivaient à ma porte, ils se sont presque installés dans ma voiture, ils m'ont pratiquement poussée en bas de l'escalier. Pourquoi penses-tu que je suis venue vivre ici ?

— Je sais, Kate. Mais c'était il y a longtemps. C'est le passé.

— Qu'en sais-tu ? Personne n'en sait rien. Ces journalistes sont peut-être prêts à le faire revivre. Et s'ils découvraient l'endroit où se trouve Tom ? Qu'est-ce que Tygue deviendrait ? Tu imagines, Licia ?

Cette pensée lui fit peur. Pourtant, dans son bureau de San Francisco, Felicia secoua la tête avant d'ajouter :

— Tu aurais dû y penser quand tu as écrit le livre. Toujours est-il que c'est un très bon livre. C'est un roman, Kate. Personne ne saura que c'est authentique. Fais-moi le plaisir de te calmer ! Tu te mets dans tous tes états pour rien.

— Je ne veux pas voir Weinberg ! Qu'est-ce que je lui dirai ?

Elle ne s'était pas trouvée seule avec un homme depuis six ans et demi.

— Il ne va pas te manger ! Ou alors, tu aurais beaucoup de chance !

— Tu es vraiment merveilleuse ! Bon sang, comment me suis-je mise dans une telle situation ?

— C'est à cause de ton talent, de ta grande intelligence et de ta machine à écrire. Mais c'est formidable.

Kate soupira en guise de réponse et Felicia secoua la tête en souriant. Le tremblement de terre venait seulement de commencer et les conséquences se feraient sentir pendant des mois, des années même.

— Enfin, je ferais peut-être mieux de raccrocher pour me trouver des vêtements décents.

— Oui. Kate ?

— Quoi ?

— N'oublie pas de remonter ta fermeture !

— Oh, toi !

Lorsqu'elle raccrocha, elle avait le sourire aux lèvres, mais les paumes de ses mains étaient moites. S'il la draguait ? S'il était du genre tombeur ?... Si...

Elle finissait de s'habiller quand Stu Weinberg sonna à la porte. Elle respira profondément en écrasant sa cigarette et jeta un dernier coup d'œil au salon avant d'aller ouvrir. Elle portait un pantalon noir, un chandail noir et une paire d'élégantes chaussures italiennes en daim, souvenirs du passé. Elle paraissait ainsi très grande, très mince et très sérieuse.

— Kate Harper ?

Il était un peu hésitant et ne ressemblait pas du tout à l'image qu'elle s'était faite de lui. Il était à peu près de sa taille et avait des cheveux d'un roux vif. Il portait un Levis et un pull en cachemire beige. Il avait bien sûr les chaussures Gucci, l'attaché-case Vuitton, la montre Cartier et la veste sur son bras était la classique Bill Blass. L'accoutrement conventionnel de Los Angeles. Mais il avait un visage de gosse piqueté de taches de rousseur. Elle sourit en pensant que, depuis six ans, elle confiait sa carrière à cet homme. Si elle l'avait vu avant, peut-être ne l'aurait-elle pas fait. Il semblait ne pas avoir plus de vingt-deux ans et en avait quarante et un, comme Felicia.

— Stu ? dit-elle en souriant.

— Je sais, je sais. Vous voulez voir mon permis de conduire et vous avez envie de déchirer votre contrat sur-le-champ. J'ai raison ?

— Pas exactement. Entrez.

Elle le fit entrer tout en se demandant si la maison paraissait misérable ou simplement confortable. Elle remarqua qu'il la détaillait de la tête aux pieds et qu'il jetait un regard circulaire sur la pièce. Il semblait perplexe.

— Du café ?

Il hocha la tête, déposa sa veste et son attaché-case sur un fauteuil et regarda par la fenêtre.

— La vue est splendide, ici.

Pendant une minute, elle resta debout, étonnée de se sentir si rassurée. Ce n'était pas un ennemi : seulement un homme inoffensif qui voulait l'aider à gagner de l'argent. Et il avait l'air sympathique.

— C'est vrai que c'est splendide. Je suis contente que vous ayez fait tout ce chemin pour venir me voir.

— Moi aussi.

Elle lui versa une tasse de café et ils s'assirent.

— Kate, puis-je vous poser une question stupide ?

Sa façon de sourire le rendait encore plus sympathique. Il ressemblait plus à un ami de Tygue qu'à son agent littéraire.

— Bien sûr, allez-y !

— Qu'est-ce que vous pouvez bien faire ici ?

— Vous avez trouvé la réponse quand vous avez regardé par la fenêtre. Cet endroit est reposant et idéal pour élever des enfants.

— Vous mentez !

Sa franchise la fit rire et elle avala une gorgée de café.

— Pas du tout.

— Autre chose : seriez-vous venue à Los Angeles si je n'étais pas venu ici ?

Elle secoua la tête avec un petit sourire.

— C'est bien ce que je pensais. Et pourquoi ?

— Parce que je suis un ermite et que j'aime ça. Quand j'ai perdu mon mari, j'ai... j'ai arrêté de sortir.

— Pourquoi ?

— Je suis très occupée ici.

Il était trop près du point sensible. Kate recommençait à avoir peur.

— Qu'est-ce que vous faites de vos journées ?

— J'écris, je joue à la maman, je donne des cours. Ma vie est bien remplie.

Bon sang, elle était morte de peur. Mais elle avait peur de quoi au juste ? Stu n'arrivait pas à trouver la réponse. Elle avait peut-être peur des hommes ? Des gens ? De la vie ? Il y avait en elle quelque chose qu'il ne pouvait déceler mais qu'il lisait dans ses yeux.

— Vous n'avez pourtant pas le physique de l'emploi. Vous n'avez jamais été mannequin ? Actrice ?

En plein dans le mille !

— Non.

Elle secoua nerveusement la tête en allumant une nouvelle cigarette. Elle cachait vraiment quelque chose, il était certain qu'elle mentait. Il le voyait dans sa façon de s'asseoir, de bouger, de marcher. Est-ce que c'était naturel ou bien avait-elle appris ? Hôtesse de l'air, peut-être ? Elle n'était certainement pas restée dans cette ville perdue toute sa vie. Il avait aussi remarqué ses chaussures. Des chaussures à quatre-vingts dollars. Quel que soit son secret, elle enthousiasmerait les éditeurs s'il arrivait à la faire sortir de sa cachette. C'était la raison de sa visite : découvrir sa vraie valeur marchande. Il connaissait la réponse maintenant. Sans aucun doute possible. Mais il fallait qu'elle coopère. Il sourit gentiment à Kate et sirota son café, imaginant l'effet fantastique qu'elle produirait à la télévision.

— Vous avez combien d'enfants ?

— Neuf ! dit-elle en éclatant de rire. Non, je n'en ai qu'un mais il tient la place de neuf !

— Comment s'appelle-t-il ?

— Tygue.

— Qu'est-ce qu'il pense du succès de sa maman ?

— Je ne crois pas qu'il ait compris. Et, pour être franche, moi non plus.

— Vous n'avez pas de souci à vous faire pour le moment, Kate. Vous n'avez même pas de souci à vous faire du tout. Nous nous occuperons de tout. Tout ce que vous avez à faire, c'est de jeter un œil sur les contrats, aujourd'hui ; ensuite, vous pourrez passer le mois qui vient à profiter de la vie. Acheter de nouveaux rideaux, un nouveau ballon pour le gosse, un os pour le chien...

Il regardait autour de lui d'un air innocent, ce qui fit rire Kate. Il avait compris : elle aimait la vie simple. Mais elle devina qu'il refusait de prendre cette vie très au sérieux.

— Que se passera-t-il quand le livre paraîtra ?

— Rien pendant deux semaines.

— Et ensuite ?

— Ensuite, vous vous montrerez un peu, vous ferez quelques interviews. Dans la limite de vos possibilités et de vos désirs.

— Et si je ne fais rien de tout cela ?

105

— Le livre en subira les conséquences, c'est prouvé statistiquement, répondit-il, l'air sérieux.

— Est-ce dans mon contrat ?

Il secoua la tête avec regret.

— Non. Personne ne peut vous forcer à le faire. Mais vous feriez une grosse erreur si vous vous absteniez, Kate. Si vous aviez des dents de cheval, un gros nez ou si vous louchiez, alors je vous conseillerais d'éviter de paraître en public mais, dans votre cas...

Il la regarda avec un sourire triste avant d'ajouter :

— ... Vous pourriez faire du très bon travail.

Ce qu'elle pouvait dire, il s'en fichait ; il était persuadé maintenant qu'elle avait été mannequin, à sa façon de traverser la pièce. Pourtant, ce qui l'intriguait le plus, c'était cette carapace impénétrable. Il n'avait jamais perçu cela au téléphone. Et il se demandait à présent pourquoi il n'avait jamais eu la curiosité de la rencontrer avant. Il devait confesser, bien entendu, qu'il ne l'avait jamais pressentie comme un succès possible ; pas avant ce dernier roman en tout cas, *La Dernière Saison*. Il ne pensait pas alors qu'elle était capable d'écrire un tel livre.

— Nous parlerons de la publicité plus tard. Pourquoi ne jetterions-nous pas un œil sur les contrats, d'abord ?

— D'accord. Vous voulez encore du café ?

— Oui, merci.

Il avala cinq tasses de café pendant les deux heures qu'ils passèrent à étudier les contrats. Elle sut alors plus que jamais pourquoi elle appréciait cet homme en tant qu'agent. Elle reconnut enfin celui avec lequel elle avait l'habitude de parler au téléphone ces dernières années. Il lui expliqua toutes les possibilités, les dangers, les bénéfices, chaque ligne, chaque mot, chaque nuance. Ce fut du bon travail.

— Ciel, vous auriez dû être homme de loi !

— Je l'ai été. Pendant un an.

Lui qui semblait si jeune ? Un homme de loi avec des taches de rousseur ! Quand ? Kate sourit en y pensant.

— Je n'ai pas aimé. J'aime beaucoup mieux ce que je fais maintenant.

— Moi aussi, je préfère !

Elle pensait à nouveau aux trois cent cinquante mille dollars.

— Kate, j'espère que ça ne va pas vous monter à la tête.

— Soyez tranquille, Stu. Il n'y a aucun risque.

Sa voix avait la certitude du roc mais son sourire était amer. Elle ajouta :

— Je me contenterai de rideaux neufs et d'un os pour le chien.

— J'en suis ravi. Mais si par hasard vous vous arrêtez devant mon bureau dans une Rolls toute neuve, disons dans trois mois, que me donnerez-vous pour avoir eu raison ?

— Un coup de pied au derrière ?

— Bon, nous verrons, dit-il avec un grand sourire.

Kate entendit le car de ramassage s'arrêter dehors. Il était déjà 5 heures un quart. Ils avaient beaucoup travaillé.

— Aimeriez-vous rester dîner avec nous ?

Dîner : pâté en croûte, macaroni au fromage, carottes et gelée de fruits. Affreux. Mais il secoua la tête en regardant sa montre plate aux chiffres romains, qui ressemblait à une peinture de Dalí collée sur son poignet.

— J'aimerais beaucoup mais j'ai un dîner à Los Angeles à 8 heures.

— À Beverly Hills, j'espère !

— Évidemment !

Ils rirent de bon cœur et Kate se dirigea vers la porte pour accueillir Tygue. Le garçon entra, serra sa mère dans ses bras et s'arrêta soudain quand il vit Stu.

— Bonjour, Tygue. Je m'appelle Stu.

Il lui tendit la main mais le garçon ne bougea pas.

— Qui est-ce ? demanda-t-il à sa mère, comme s'il avait reçu un choc.

— Trésor, c'est mon agent de Los Angeles. Ne pourrais-tu pas lui faire un meilleur accueil ?

Tygue était aussi effrayé que Kate, et Stu sentit immédiatement de la sympathie pour lui. Tygue n'était visiblement pas plus habitué que Kate à voir chez lui des étrangers.

Le garçon s'approcha de Stu à contrecœur et lui serra la main.

— Salut !

Sa mère se détendit un peu et Stu rangea lentement les contrats dans son attaché-case.

— Eh bien, Kate, vous n'avez plus qu'à vous relaxer.

Elle avait tout signé.

— Et pour le reste ?

— Quoi ?

Il savait quoi mais il voulait l'entendre dire.

— La publicité.

— Ne vous inquiétez pas pour ça.

— Stu... je ne peux pas le faire.

— Vous ne pouvez pas ou vous ne voulez pas ? demanda-t-il en la fixant dans les yeux.

— Je ne veux pas.

— D'accord.

Sa voix était calme, trop calme. Tygue les observait en silence.

— Vous êtes sérieux ?

— Oui. Je vous l'ai dit, personne ne peut vous forcer. Ce serait une folie de ne pas le faire, mais c'est votre livre, votre argent, votre carrière. C'est à vous de voir. Moi, je ne fais que travailler pour vous.

Elle se sentit tout à coup petite, stupide, lâche. S'il l'avait su, il aurait été content.

— Je suis désolée.

— Réfléchissez-y. D'ici là, je tiendrai à l'écart les directeurs de publicité. Entendu comme ça ?

— Entendu.

Apparemment, il voulait lui faire sentir qu'elle avait gagné quelque chose, mais elle ne savait pas exactement quoi. Ils se serrèrent la main et elle le regarda reculer la longue Jaguar couleur prune dans l'allée.

Elle lui fit un salut de la main sous le regard de Tygue. Stu leur sourit avant de s'éloigner. Tous les trois comprirent brusquement que tout allait changer.

9

Felicia téléphona quand Tygue fut couché.

— Alors, tu as survécu ?

— Oui. Il est très sympathique. Je le soupçonne d'être un fichu arriviste mais je l'aime bien.

— Bien sûr que c'est un arriviste ! Comment penses-tu qu'il a réussi à gagner ta fortune ?

Kate éclata de rire.

— Tu as raison. Si j'avais pensé à cela, j'aurais vraiment été très nerveuse. Licia, tu sais ce qui me surprend ?

— Oui. Toi.

— Non, sérieusement. Après toutes ces années, je n'avais pas tellement peur de parler avec lui. On s'est assis l'un à côté de l'autre, comme de vieilles connaissances, on a bu du café et on a examiné les contrats. C'était vraiment très bien.

— Tu es amoureuse ?

Felicia semblait amusée.

— Mon Dieu, non. Il ressemble au frère d'*Alice au pays des merveilles,* en dépit de ses cheveux roux. Mais c'est un bon agent. Et parler à un homme ne m'a pas provoqué une crise cardiaque !

Felicia était contente pour elle.

— Bon. Et alors ?

— Quoi, et alors ?

— Qu'est-ce qui va se passer ?

— Rien. Je vais mettre l'argent à la banque, envoyer Tygue au collège. Stu m'a suggéré d'acheter un nouvel os pour Bert. Je vais peut-être acheter également ces chaussures en daim rose dont nous avons parlé ce matin.

— Tu oublies quelque chose, ma chérie.

La voix de Felicia était sarcastique et à nouveau très assurée. Kate connaissait trop bien cette voix-là.

— Et la publicité pour le livre ?

— Il a dit que ce n'était pas nécessaire.

— Je ne te crois pas.

— C'est pourtant vrai.

— Il ne t'a pas demandé d'en faire ? ajouta Felicia, abasourdie.

— Si.

— Et alors ?

— J'ai répondu que je ne voulais pas.

— Tu sais ce que tu es, Kate Harper, une ingrate et une froussarde. Si j'étais lui, je te botterais les fesses !

— C'est bien pour ça que tu n'es pas mon agent.

— Et il n'a pas insisté ?

— Non.

Kate souriait et sa voix ressemblait à celle de son fils.

— Alors, il est fou.

— Soit il est fou, soit il est très intelligent.

Felicia se le demandait, soudain.

— Peut-être. En tout cas, j'ai signé les contrats et j'en ai terminé. C'est fini, jusqu'au prochain livre.

— Quel ennui !

— Qu'est-ce que tu veux dire par là ?

— Juste ça. Tu te casses la tête pour trouver des idées, tu veilles tard, tu bois beaucoup de café et, au bout du compte, tu ne fais même pas ce qu'il y a de plus agréable. Tu ne dépenses même pas ton argent.

— Et comment ça ?

— Tu achètes quoi ? De l'épicerie. Comme c'est excitant ! Tu pourrais au moins t'offrir le luxe d'aller jusqu'à

111

un endroit civilisé : à Los Angeles, ou ici, à Santa Barbara. Tu pourrais même aller faire des courses à Carmel.

— Je n'ai pas besoin de vêtements.

— Bien sûr, tu ne vas nulle part.

À cause de cela était-elle une ratée ? Pourquoi devait-elle aller quelque part, s'habiller, s'agiter ? Écrire n'était-il pas suffisant ? D'ailleurs, elle irait peut-être faire des courses à Carmel la prochaine fois qu'elle rendrait visite à Tom. Ça, c'était un autre problème. Elle devait aller le voir le lendemain.

— Écoute, Licia, je ne vais pas discuter de ça avec toi. Et puis, il faut que je raccroche.

— Quelque chose ne va pas ?

— Non. Il faut seulement que j'appelle Tillie.

— D'accord, chérie.

Felicia semblait froide et distante quand elles se dirent au revoir.

Kate s'organisa avec Tillie pour le lendemain, puis elle prit un bain chaud et se coucha. La journée avait été éprouvante et ses impressions ne lui plaisaient pas. Elle voulait se sentir fière et se sentait seulement agacée, comme si elle avait raté quelque chose. Elle s'endormit enfin et ne se réveilla qu'à 6 heures du matin, quand le réveil sonna.

— Tu vas encore donner des cours ?

Tygue regardait Kate par-dessus son bol. Il avait posé la question d'un ton gémissant.

— Oui, chéri. Tillie sera ici avec toi.

— Je m'en fiche de Tillie.

— Tu peux travailler dans ton jardin. Tu vas bien t'amuser. Mange tes céréales.

— Elles ne sont pas assez croustillantes.

— Allons, Tygue.

— Pouah ! Il y a un insecte sur mon pain !

Il repoussa sa tartine. Bert l'attrapa sur le bord de la table et l'avala, ravi.

— Tygue, tu es insupportable !

Elle vit alors des larmes dans les yeux de son fils et

regretta son mouvement d'humeur. Ce n'était vraiment pas une bonne façon de commencer la journée. Elle s'assit et lui tendit les bras. Il vint, lentement.

— Qu'est-ce qu'il y a, trésor ? Quelque chose te tracasse ?

— Je le déteste.

— Qui ?

— Lui.

Allons bon !

— Qui, pour l'amour du ciel ?

Elle était trop fatiguée pour jouer aux devinettes.

— L'homme... celui qui était dans le fauteuil.

— Hier ?

Il hocha la tête.

— Mais c'est mon agent, chéri. C'est lui qui vend mes livres.

— Je ne l'aime pas.

— C'est ridicule.

Tygue haussa les épaules. La Jeep klaxonna.

— Ne te tourmente pas à son sujet. D'accord ?

Il haussa à nouveau les épaules. Elle le prit dans ses bras et le serra très fort.

— C'est toi que j'aime. Toi seul ! Tu comprends ?

Un petit sourire réapparut sur son visage.

— Alors, amuse-toi bien aujourd'hui.

— D'accord. Au revoir, maman.

Il prit sa veste, fit une caresse à Bert et sortit.

— Au revoir, trésor.

Mais, quand il fut parti, elle repensa à ce qu'il venait de lui dire. Il avait l'air jaloux de Stu Weinberg... Ce n'était pas surprenant. Il n'avait jamais vu d'homme chez eux auparavant. Il était donc grand temps qu'il s'habitue à voir quelqu'un de temps à autre. Sa réaction mettait Kate mal à l'aise. Tygue la tirait d'un côté, les autres d'un autre côté. Tout le monde attendait quelque chose d'elle. Et elle, qu'est-ce qu'elle voulait ? Elle ne le savait pas très bien. Elle n'avait même pas eu le temps de se poser la question. Il fallait qu'elle se dépêche si elle voulait voir

Tom... voulait voir Tom... voulait... Quelle idée surprenante. Elle s'arrêta net en plein milieu de la cuisine. Est-ce qu'elle voulait aller voir Tom ? Elle ne s'était encore jamais posé la question. Elle allait voir Tom mais le voulait-elle ? Probablement. Évidemment. Elle prit son sac, donna une petite tape à Bert et sortit, sans décrocher le téléphone qui sonnait.

10

Kate se leva et s'étira. Elle n'était avec lui que depuis deux heures et pourtant elle était harassée. Tom était épuisant ce jour-là. Même M. Erhard paraissait exténué.

— Allons, chéri. Nous pourrions aller nous promener jusqu'au petit lac, par exemple.

Les cheveux de Tom grisonnaient mais son visage était encore clair et heureux comme celui d'un enfant. Enfin, heureux la plupart du temps. Car il avait parfois la nervosité irrépressible d'un enfant angoissé.

— Je ne veux pas aller au lac. Je veux Willie.

— Alors, allons le chercher.

— Non, je ne veux pas de Willie.

Kate serra les mâchoires et ferma les yeux une minute. Elle les ouvrit ensuite avec un grand sourire.

— Tu veux te reposer dans ton hamac ?

Il secoua la tête, prêt à pleurer. Il avait le même air que Tygue au petit déjeuner. Mais Tygue était jaloux de son agent. Qu'est-ce qui tourmentait Tom ? Il était pourtant si facile à vivre, si affectueux quelquefois. Pourquoi fallait-il qu'il soit dans cet état d'esprit aujourd'hui ? Elle avait suffisamment de choses à penser sans cela en plus.

— Excuse-moi, Katie.

Il leva les yeux vers elle et lui tendit les bras. C'était

comme s'il comprenait tout à coup et elle se sentit coupable. Elle se baissa pour le prendre dans ses bras.

— Ce n'est rien, trésor. Je suppose que tu as besoin de nouveaux jeux.

Elle ne lui en avait pas apporté depuis des mois. La prochaine fois, elle lui donnerait les jeux dont Tygue ne se servait plus. Elle serra Tom très fort contre elle et il resserra son étreinte. Elle eut soudain envie de l'embrasser. Comme un homme, pas comme un enfant.

— Je n'ai besoin que de toi, Katie. Tu n'as pas besoin de m'apporter des jeux.

Les paroles de Tom lui firent un drôle d'effet. Elle s'écarta de lui et le regarda dans les yeux. Elle rencontra le regard d'un enfant. L'homme n'était pas là.

— Je t'aime, moi aussi.

Elle s'assit dans l'herbe près de lui. Avec la main de Tom dans la sienne, l'impression d'irritation de la matinée se dissipa. Pendant un moment, elle voulut lui dire ce qui lui arrivait : le livre, le film, les conséquences pour sa vie...

— Tu veux jouer au Bingo[1] ? demanda-t-il, l'air radieux.

Elle lui répondit par un petit sourire fatigué. Elle portait une vieille jupe en laine couleur lavande et un pull en cachemire assorti. Tom lui avait acheté cet ensemble peu de temps après leur mariage et il l'aimait beaucoup. Autrefois. Maintenant, soit il ne remarquait pas, soit il ne s'en souvenait plus : il voulait jouer au Bingo.

— Tu sais, chéri, je suis un peu fatiguée ; en fait...

Elle respira profondément et se leva. Elle avait suffisamment joué pour aujourd'hui. Avec Tygue, avec Tom, avec elle-même.

— ... En fait, je crois qu'il est temps que je rentre à la maison.

— Non ! Il n'est pas encore l'heure.

_____

1. Bingo : sorte de loto public (*N.d.t.*).

Il paraissait accablé. Oh, ciel ! Non ! Il n'allait pas, lui aussi, lui donner mauvaise conscience !

— Si, mon chéri. Mais je reviendrai dans deux jours.

— Non, tu ne reviendras pas.

— Si.

Elle lissa sa jupe et leva les yeux vers M. Erhard qui approchait. Il portait sous son bras quelques livres et Willie.

— Oh, regarde ce que M. Erhard t'apporte !

Mais Tom avait le visage triste d'un petit garçon en colère.

— Sois gentil, chéri. Je reviendrai bientôt.

Il l'étreignit une minute et, pour la première fois depuis longtemps, le cœur de Kate se brisa. Elle avait besoin de lui et il n'était pas là.

— Je t'aime, dit-elle doucement.

Puis elle s'éloigna en reculant, un sourire lumineux sur les lèvres. Mais Tom tenait déjà Willie et feuilletait ses livres.

— C'est fou !

Elle dit cela à haute voix puis éclata de rire. Elle alluma une cigarette et mit le moteur en marche. Elle eut alors une idée et s'adossa une minute, en souriant malicieusement : Carmel ! Depuis six ans et demi qu'elle venait voir Tom, elle n'avait jamais effectué les derniers vingt kilomètres jusqu'à la ville, pour flâner dans les magasins ou pour se reposer sur la plage. Tout à coup elle eut envie de pousser jusqu'à Carmel, d'aller voir la ville, de se promener un peu... les boutiques... les gens...

Elle regarda sa montre. Elle était en avance. Elle avait raccourci sa visite de presque deux heures. Deux heures ! Elle tourna à gauche quand elle arriva à la route. À gauche : la route pour Carmel.

C'était une jolie route bordée de palmiers et de temps à autre, de petites villas couleur pastel. À l'approche de la ville, rien ne lui était familier et son cœur battait. Bon sang, qu'est-ce qu'elle était en train de faire ? Pourquoi maintenant ? En deux jours, elle s'était aventurée plus

117

avant dans le monde que lors des sept années passées. Elle avait laissé Stu Weinberg venir de Los Angeles et, maintenant, elle allait à Carmel. Des actes insignifiants certes, mais qui ressemblaient à des lézardes dans le mur qu'elle avait construit autour d'elle. Qu'est-ce qui allait suivre ? Un torrent ? Une inondation ? Et si elle perdait pied ? Si...

Soudain, tout redevint familier. Rien n'avait beaucoup changé depuis la dernière fois qu'elle était venue avec Tom, il y avait bien longtemps. Les villas pastel, les virages de la route, les petits hôtels, et la rue principale bordée d'arbres qui menait directement à la mer toute proche. Dans cette rue, des douzaines de boutiques minuscules. Plusieurs d'entre elles étaient des pièges à touristes mais la plupart étaient d'élégants magasins : Gucci, Hermès, Jourdan, Dior, Norrell, Galanos, Givenchy... Des noms, des marques, des écharpes, des parfums, des chaussures. Elle conduisait lentement tout en regardant les vitrines puis elle se gara. Elle se sentait bien maintenant et était contente d'être venue. Ce fut avec un grand sourire qu'elle sortit de la voiture.

La première chose qui la frappa dans une vitrine ce fut un adorable tailleur en soie crème. Il était présenté avec un chemisier couleur pêche et des chaussures crème ornées d'une petite chaîne dorée à l'arrière du talon. Elle se sentit soudain comme une gosse et... elle riait presque en entrant dans le magasin. Elle était heureuse d'avoir mis son vieil ensemble en cachemire qui était encore tout à fait présentable. Ses cheveux étaient noués derrière sa nuque : elle ne les avait même pas défaits pour Tom.

— Madame ?

La vendeuse qui s'occupait du magasin était française de toute évidence et elle détailla Kate sous toutes les coutures. Elle était petite et bien mise ; ses cheveux blonds grisonnaient ; elle portait une robe de soie et un collier à trois rangées de perles assez impressionnant. Kate se souvenait de cet aspect de Carmel. Les gens s'habillaient : commerçants, restaurateurs, visiteurs, habitants de la ville. Seuls quelques « artistes » jouaient les originaux. Tous les autres étaient sur leur trente et un, comme s'ils allaient chez *Maxim's* pour déjeuner.

— Puis-je vous aider ?

— Pourrais-je jeter un coup d'œil d'abord ?

— Bien sûr, répondit aimablement la vendeuse avant de se plonger dans le dernier *Officiel,* ouvert sur son bureau.

Kate se souvint d'avoir posé pour ce magazine autrefois. Des années et des années auparavant. Puis elle tomba à nouveau en arrêt devant le tailleur de la vitrine. La vendeuse leva les yeux en souriant. Elle n'avait pas voulu suggérer quoi que ce soit, mais elle avait eu la même idée que Kate. Leurs regards se rencontrèrent et Kate se mit à rire.

— Puis-je l'essayer ?

— Avec plaisir. Nous venons de le recevoir et je suis sûre qu'il vous ira à merveille.

— Il vient de Paris ?

— De New York. Halston.

Halston. Ça faisait si longtemps qu'elle n'avait pas touché ce genre de tissu et qu'elle n'avait pas vu de tels vêtements. Ça n'avait alors pas beaucoup d'importance pour elle, mais maintenant elle avait besoin de célébrer son succès.

Elle prit trois robes et une jupe pendant que la vendeuse sortait le tailleur de la vitrine. Kate était aux anges et quand elle essaya le tailleur elle l'aima encore plus. Il était fait pour elle. Le chemisier couleur pêche donnait une teinte rosée et chaude à sa peau délicate et pâle. La jupe arrivait à mi-mollets ; la veste était longue, féminine, gracieuse. Elle enfila les chaussures et elle se fit l'effet d'être une princesse. Le tailleur coûtait deux cent quatre-vingt cinq dollars, les chaussures quatre-vingt-six. Une folie ! Et où porterait-elle cela ? C'est ce qu'elle répétait à Felicia continuellement. À quelle occasion pourrait-elle mettre ce genre de vêtements ? Pour aller au supermarché ? Pour emmener Tygue à l'école dans le car de ramassage ? Pour donner un bain à Bert ?

— Je le prends.

D'un geste hâtif, elle ajouta la jupe en laine rouge, le chemisier rose et la robe noire à manches longues et col montant qu'elle avait essayée en premier. Elle faisait presque trop sérieuse mais elle était tellement élégante. Et un tout petit peu sexy. Sexy ? Ça aussi, c'était fou. Pour qui avait-elle besoin d'être sexy ? Pour Willie, l'ours en peluche ? Qu'est-ce qu'elle fichait, bon sang ? Elle était en train de dépenser la bagatelle de cinq cents dollars en vêtements qu'elle ne porterait probablement jamais. Elle pourrait à la rigueur mettre le tailleur crème à la remise des prix du collège de Tygue. Faudrait-il encore que ce soit Princeton ou Yale. L'idée la fit sourire tandis qu'elle remplissait le chèque. Elle devenait folle mais c'était une agréable folie et elle s'en délectait. Elle alla même jusqu'à acheter un flacon de parfum — celui qu'elle utilisait dans le temps. Lorsqu'elle retourna à sa voiture, les bras chargés de paquets, elle remarqua l'endroit où elle s'était garée : devant l'hôtel où Tom et elle étaient descendus lors de leur dernier séjour à Carmel... leur hôtel...

— Non, plus maintenant.

Elle prononça ces mots avec douceur et détourna les yeux pour mettre les paquets dans le coffre. Elle fit le trajet de retour encore plus vite que d'habitude et elle ne se sentit absolument pas coupable. Ce qui était le plus drôle, c'était que personne ne savait qu'elle avait fait quelque chose de différent. Personne ne devait le savoir. Elle pourrait même peut-être recommencer. Cette idée la fit rire. Elle s'engagea dans l'allée de la maison à l'heure habituelle. Elle avait bien utilisé ces deux heures supplémentaires. Elle fit un salut à Tillie avant de garer sa voiture derrière la maison. Tillie et Tygue s'occupaient à nouveau du jardin et le petit garçon paraissait beaucoup plus heureux que le matin. Il lui fit un salut de la main tout en continuant à jardiner.

120

— Bonjour, mon chéri.

Elle laissa les paquets dans la voiture et courut l'embrasser mais il était trop occupé. Même Bert avait un nouvel os et s'affairait de son côté. Kate déambula dans la maison, tout heureuse. Tout allait bien. Il y avait un message de Felicia : elle arrivait le week-end suivant.

C'est ce qu'elle fit, avec trois bouteilles de champagne et une brassée de cadeaux. Des cadeaux ridicules, des babioles pour le bureau de Kate, pour la maison, pour sa chambre. Puis du fond de son sac, elle sortit pour Kate une petite boîte recouverte d'un papier argenté.

— Oh, non, encore un cadeau !

Kate riait encore, mais le visage de Felicia était devenu calme et sérieux, et la tendresse se lisait dans ses yeux.

— Ciel, quelque chose me dit que celui-ci en est un vrai !

— Peut-être bien.

Une petite enveloppe était collée sous le ruban de la boîte argentée. Kate l'ouvrit précautionneusement et lut la carte, les larmes aux yeux : « La dame au cœur d'or a seulement besoin de courage. Le lion lâche a découvert qu'il avait toujours eu du courage. Il avait seulement besoin d'une médaille pour le lui rappeler. Ceci servira à te rappeler que tu es non seulement brave mais aussi capable, bonne, sage et énormément aimée. » C'était signé « La Bonne Sorcière du Nord. » Kate sourit à travers les larmes.

— C'est tiré du *Wizard of Oz*[1] ?

— Plus ou moins.

Kate défit le paquet. À l'intérieur, la boîte était en satin rouge et sur un tissu de velours bleu scintillait une montre en or ornée d'une chaîne. C'était une montre d'homme, en forme de cœur, et quand Kate la retourna, elle y lut l'inscription suivante : « Je te souhaite beaucoup de courage, beaucoup de cran. Je t'aime. » Kate serra très fort la montre et jeta ses bras au cou de Felicia. Elles

---

1. Le Magicien d'Oz (*N.d.t.*).

s'étreignirent un moment. Kate avait envie depuis si longtemps d'une telle étreinte, de la part de quelqu'un qui lui dirait que tout allait bien.

— Je ne sais pas quoi te dire, fit Kate.

Les larmes ruisselaient sur son visage.

— Dis-moi seulement que tu vas être gentille et tenter ta chance. C'est tout ce que je veux.

Kate fut sur le point de lui raconter ses emplettes à Carmel mais c'était impossible. Pas encore.

— Je vais essayer. Avec une montre comme ça, je me sens presque obligée. Licia, je serais perdue sans toi.

— Non. Tu serais tranquille, personne ne serait là pour t'embêter. Ce serait idéal.

— Tu plaisantes.

Elles échangèrent un sourire et parlèrent du livre, des contrats, du magasin de Felicia. Pour Kate, le succès ne faisait que commencer. Elles burent du champagne jusqu'à 4 heures du matin, se souhaitèrent une bonne nuit et se couchèrent, mortes de fatigue.

Ce fut un merveilleux week-end, très reposant. Kate avait accroché sa nouvelle montre à son tee-shirt favori. Ils pique-niquèrent tous les trois puis ils firent du cheval au ranch des Adams. Le dimanche, Licia fit la grasse matinée tandis que Kate emmenait Tygue à l'église. Ils prirent ensuite un déjeuner sur l'herbe. Felicia ne parla de retour qu'à 5 heures de l'après-midi. Elle était allongée dans l'herbe chaude et regardait le ciel, en tenant la main de Tygue et en essayant de se libérer de Bert.

— Tu sais, de temps en temps, je comprends, Kate, pourquoi tu aimes vivre ici.

— Ah ?

Kate était à des milliers de kilomètres de là, mais elle sourit à son amie.

— C'est tellement calme.

Kate éclata de rire en voyant l'expression de Felicia.

— C'est un reproche ou un compliment ?

— En ce moment, c'est un compliment. Ça ne me dit

vraiment rien de partir. Et je ne vais pas pouvoir revenir avant plusieurs mois, probablement.

Kate la regardait dans les yeux, d'une façon étrange.

— Quelque chose ne va pas ? demanda Felicia.

— Je réfléchissais.

— À quoi ?

— À ce que j'ai dans la voiture.

— Ah bon ! fit Felicia qui ne comprenait pas.

— Qu'est-ce que tu fais demain, Licia ?

— Oh, ne me pose pas la question. J'ai trois réunions le matin : nous devons organiser les présentations de mode pour l'automne et toute la collection d'hiver.

— Et ensuite ?

— Que veux-tu dire ?

Kate la rendait nerveuse. Que cherchait-elle à savoir ?

— Est-ce que tu es prise au déjeuner ?

— Non, pourquoi ? Je peux faire quelque chose pour toi ?

— Oui, dit Kate en souriant. Il y a quelque chose que vous pourriez faire pour moi, mademoiselle Norman.

— Et quoi ?

— M'emmener déjeuner.

— Mais, trésor, il faut que je retourne là-bas.

Felicia s'était assise et elle souriait, un peu confuse.

— Je sais qu'il faut que tu repartes. Je pars avec toi.

— À San Francisco ?

Felicia sourit en regardant Kate d'un air abasourdi. Kate hocha la tête.

— Oui. Après tout...

Felicia se jeta à son cou et les deux jeunes femmes s'étreignirent de joie. Tygue les observait, les yeux grands ouverts, tout triste.

— Qui va rester avec moi ?

Kate baissa les yeux vers lui, surprise, et le prit dans ses bras.

— Tillie, trésor. Et peut-être qu'un de ces jours je t'emmènerai à San Francisco, toi aussi.

— Ah bon ?

123

Mais il ne paraissait pas impressionné et Kate le laissa un moment avec Felicia. Elle avait des choses à faire. Appeler Tillie, sortir des paquets de la voiture, faire ses bagages... San Francisco, ça faisait six ans et demi.

— Alléluia !

Felicia criait de joie. Kate entra dans la maison, les bras chargés des vêtements qu'elle avait achetés à Carmel. Kate allait à San Francisco.

11

Après l'excitation du début et une conversation à bâtons rompus, le silence s'installa dans la voiture pendant près d'une heure. Elles étaient à mi-chemin et Kate avait remarqué la route pour Carmel. Felicia l'avait vue, elle aussi.

— Kate ?

— Oui.

Il faisait sombre mais Felicia distinguait son profil. Kate n'avait pas changé depuis six ans et demi, depuis le jour où Felicia l'avait conduite dans sa « retraite ». Si elle avait su alors combien de temps Kate s'y cacherait, elle n'aurait jamais accepté de lui chercher une maison.

— Qu'est-ce qui te préoccupe, Licia ? demanda Kate en se tournant vers elle avec un sourire.

— Qu'est-ce qui t'a fait changer d'avis ?

— Je ne crois pas avoir vraiment changé d'avis. J'ai seulement... Oh, zut ! Je n'en sais rien, Licia. Peut-être que ce qui est arrivé avec le dernier livre m'a un peu déboussolée. J'étais tellement satisfaite de ma vie là-bas : Tygue, le chien, tout ça.

— Mon œil !

Kate lui lança un regard vif.

— Tu ne me crois pas ?

— Non. Je pense que tu t'ennuies depuis longtemps.

Tu ne voulais pas l'admettre devant moi, mais tu en étais consciente. Tu ne peux pas t'enterrer vivante de cette façon. Tes livres sont pleins de vie mais ce n'est pas du vécu, tu le sais bien. Tu es jeune, Kate. Tu as besoin de voir des gens, de sortir, de voyager, tu as besoin d'hommes, de vêtements, de succès. Tu as quitté le monde trop tôt. Tom, lui, avait vécu la meilleure partie de sa vie. Il en a profité pleinement. Je crois que s'il... s'il était toujours le même, ça le tuerait de te voir enfermée comme une vieille femme. Tu n'es pas Tillie, que je sache. Enfin, je t'ai déjà dit tout ça une centaine de fois. Excuse-moi, je radote...

Kate souriait toujours dans l'obscurité.

— Je croirais que tu ne m'aimes plus si tu ne me le répétais plus ! Enfin, tu as peut-être raison. Peut-être bien, en effet, que je m'ennuyais. Ennuyer n'est pourtant pas le mot qui convient. J'aime la vie que je mène. J'ai simplement... j'ai soudain eu envie de quelque chose d'autre. Je voulais voir des gens. Des gens vrais. Vendredi, quand je suis allée voir Tom, ça a été assez dur et je l'ai quitté plus tôt que d'habitude. Et, sans raison, j'ai soudain eu envie d'aller jusqu'à Carmel.

— Tu y es allée ?

Kate hocha la tête, à la fois contente et honteuse.

— Petite cachottière. Tu ne m'en avais rien dit. Qu'est-ce que tu as fait là-bas ?

— J'ai dépensé une fortune !

— Et comment ? Je meurs d'envie de savoir.

— Des trucs ridicules. Des vêtements. Des choses dont je n'ai pas besoin. Je ne sais même pas où je les porterai. Ou plutôt, je ne savais pas jusqu'à ce soir. C'est peut-être pour ça que j'ai décidé d'aller à San Francisco avec toi. Pour avoir l'occasion de porter mes nouveaux vêtements.

Elle ne plaisantait qu'à moitié. Pourquoi se rendait-elle à San Francisco, elle n'aurait pu le dire avec certitude. Mais un nouveau démon en elle lui criait : « Va donc !

Bouge ! Vis ! Rêve ! Dépense ! Existe ! » Elle pensa tout à coup à quelque chose qui la dégrisa.

— Crois-tu que ce soit vraiment mal, vis-à-vis de Tygue ?

Les yeux de Kate regardaient au loin, dans l'ombre.

— Quoi, partir pour un jour ou deux ? Ne sois pas ridicule. La plupart des parents le font continuellement. Ça va lui faire du bien.

— J'aurais peut-être dû prendre plus de temps pour le préparer.

— C'est ça ! Tu aurais changé d'avis !

Kate acquiesça en silence et alluma une cigarette. Quelques instants plus tard, Felicia la regarda en souriant.

— Tu es prête ?

— À quoi ?

Kate réalisa soudain ce que Felicia voulait dire. Elle était tellement perdue dans ses pensées qu'elle avait raté les premiers embranchements. Elles approchaient maintenant.

Elles avaient déjà dépassé l'aéroport. Oui, elle était prête. Encore trois kilomètres, la dernière courbe sombre de l'autoroute et voilà. Kate garda le silence et sourit lentement à travers ses larmes. C'était chez elle. En dépit du fait qu'elle n'était pas venue depuis longtemps, c'était chez elle. La ligne d'horizon était un peu plus élevée, un peu plus édentée mais elle n'avait quand même pas vraiment changé. San Francisco était une ville qui changeait peu. Elle gardait toujours sa personnalité intacte, et sa beauté. D'en bas, la flèche de la Trans-America pointait vers le ciel. Kate pensa à des endroits qu'elle avait enfouis dans sa mémoire depuis des années : les rues bordées d'arbres de Pacific Heights, les petites maisons victoriennes, le yacht-club par une nuit d'été, la Marina[1] le dimanche matin, la majesté du Presidio[2], la courbe du

---

1. Quartier en bord de mer (*N.d.t.*).
2. Grand parc autrefois réservé aux militaires (*N.d.t.*)

Golden Gate bridge [1] et tous les lieux qu'elle avait connus avec Tom. Felicia fonçait vers la ville, et Kate repensait à des souvenirs qu'elle avait depuis longtemps enfermés dans de vieilles malles moisies. Elle les revivait et ils dégageaient un parfum familier. Elle baissa la vitre et l'air de la nuit fouetta son visage.

— Il fait frisquet. Il doit y avoir du brouillard.

Felicia lui sourit sans répondre. Kate n'avait pas vraiment envie de parler. Elle voulait seulement regarder, écouter, sentir. Elles étaient déjà sur la rampe d'accès à la ville.

Dans Franklin Street, elles prirent vers le nord, en direction de la baie. La voiture grimpait les collines et les lumières scintillaient de l'autre côté de la baie. Même la circulation était sophistiquée : des Jaguar, des Mercedes se mêlaient aux fourgonnettes, aux Volkswagen et aux quelques motos. Tout allait très vite et tout paraissait lumineux et bien vivant. Il était 10 heures, un dimanche soir.

Felicia tourna à droite dans California Street et, une rue plus loin, elles se retrouvèrent au pied d'un funiculaire qui grimpait la colline. Kate éclata de rire.

— Mon Dieu, Felicia, j'avais oublié. J'adore cette ville. Elle est tellement jolie.

Felicia avait envie de se lever pour crier victoire. Kate était revenue et allait peut-être revenir pour de bon.

Felicia dépassa prudemment le funiculaire au sommet de Nob Hill et Kate admira en silence la splendeur dépouillée de la cathédrale, le Pacific Union Club [2], le *Fairmont* et le *Mark* [3]. La voiture redescendit la pente à vive allure vers le quartier des affaires avec le Ferry Building [4] juste en face. Kate se mit de nouveau à rire.

---

1. Célèbre pont de San Francisco (*N.d.t.*).
2. Un parc (*N.d.t.*).
3. Deux hôtels de grand luxe (*N.d.t*).
4. Gratte-ciel (*N.d.t*).

— Bon, avoue maintenant. Tu l'as fait exprès, n'est-ce pas ?

— Quoi ?

— La visite guidée. Tu sais bien ce que je veux dire.

— Moi ?

— Toi. Mais j'adore. Continue.

— Tu veux voir autre chose ?

— Je ne sais pas.

Elle redécouvrait tant de choses à la fois qu'elle ne savait pas ce qu'elle voulait voir encore.

— Tu as faim ?

— Un peu.

— Tu veux qu'on s'arrête manger quelque chose chez *Vanessi* ?

— Dans cette tenue ?

Kate regarda avec horreur son jean, son chemisier rouge et ses espadrilles décolorées.

— Le dimanche, qui veux-tu qui le remarque ? Et puis, il est tard.

— Je ne sais pas, Licia, fit Kate, un peu nerveuse.

Vanessi était le lieu de rendez-vous des belles et des moins belles, des importants, des bientôt célèbres, et des sans-importance-qui-se-croyaient-importants ! Des patrons, des matrones et des péronnelles, des hommes ventrus en costumes bleus, des femmes en noir aux lourds bracelets d'or. Et près d'eux, des jeans et des tignasses frisottées. C'était un endroit où l'on pouvait se perdre, un endroit où l'on pouvait être retrouvé. C'était *Vanessi* tout simplement. Kate et Tom avaient beaucoup aimé cet endroit. Au début, ils l'avaient trouvé trop bruyant pour leurs tête-à-tête romantiques mais, par la suite, ils avaient été conquis et Tom y était toujours à peu près tranquille : quelques autographes, une ou deux poignées de main, mais pas de harcèlements, pas d'embrassades, pas d'étreintes.

— On y va ? demanda Felicia en se garant à proximité.

Ça ne lui plaisait pas de laisser Kate en décider mais c'était tout de même plus juste. Kate regarda autour

129

d'elle puis, inconsciemment, sa main toucha la montre en forme de cœur accrochée à son chemisier. Du courage ! Du cran !

— Oui.

Elle sortit de la voiture et étira ses jambes. Le bruit et l'animation lui causèrent un choc mais elle savait que ce qu'elle considérait comme un vacarme n'était qu'un demi-sommeil pour San Francisco.

Felicia prit son ticket de parking et, bras dessus, bras dessous, les deux jeunes femmes s'avancèrent vers le restaurant.

— Tu as peur ?

— Je suis morte de peur.

— La plupart des gens sont dans ton état quatre-vingt-dix fois sur cent. Ne l'oublie pas.

Elles se mirent à courir, en riant aux éclats, jusqu'à la porte. Le maître d'hôtel leur ouvrit et, même à 10 heures du soir, *Vanessi* les engloutit dans une avalanche de bruits et d'odeurs. Cris des serveurs, rires au bar, discussions politiques, débuts d'aventures amoureuses, tout y était. C'était fabuleux. Kate resta plantée là et sourit. Pour elle, tous ces bruits ressemblaient à un orchestre jouant « Bienvenue chez toi ».

— Une table pour deux, mademoiselle Norman ?

Felicia hocha la tête en souriant et le maître d'hôtel regarda Kate, l'air indifférent. Il était nouveau ici et ne connaissait ni Kate ni Tom. Seulement Felicia. De toute façon, Kate n'était qu'une femme vêtue d'un jean et d'un chemisier rouge.

Elles s'assirent tout au fond. L'éclairage rose faisait paraître les visages jeunes et animés. Le serveur leur tendit les menus. Kate lui rendit le sien.

— Cannelloni, salade maison et zabaglione en dessert.

Felicia commanda un steak, une salade et un martini. Kate regarda sa montre.

— Tu as déjà un rendez-vous ?

— Non. Je me demandais si je pouvais appeler Tillie.

— Elle dort probablement.

Kate acquiesça. Un remords essayait de s'immiscer dans sa soirée mais elle allait se défendre. Elle s'amusait trop. Le dîner fut aussi bon qu'autrefois. Elles se promenèrent ensuite dans les petites rues colorées de North Beach : boutiques hippies, repaires d'artistes, cafés et odeur dense de marijuana. Rien n'avait changé ici non plus. Elles retournèrent ensuite à la voiture de Felicia. Il était juste minuit. Kate bâillait.

— Tu peux m'appeler Cendrillon !

— Demain matin, tu feras la grasse matinée.

— À quelle heure pars-tu travailler ?

— Ne me le demande pas. Tu sais dans quel état je suis le matin !

Kate bâilla pendant tout le trajet, jusqu'à l'appartement de Felicia. Elle arrivait à peine à garder les yeux ouverts. Lorsqu'elles arrivèrent au sommet de Telegraph Hill, Felicia appuya sur un bouton dans la voiture et une porte de garage un peu plus loin s'ouvrit.

— Mon Dieu, Licia, quel luxe !

— Oh, c'est une simple question de sécurité.

Kate regardait l'immeuble avec amusement. Il était encore plus élégant que celui que Felicia occupait quand Kate était partie de San Francisco. C'était l'immeuble typique pour vieux célibataires. Cher, bien tenu, tranquille, des appartements de une ou deux pièces avec vue extraordinaire sur le port ou la baie. Ce n'était pas conçu pour les enfants, c'était sans chaleur, sans charme et seulement cher.

— Tu n'aimes pas ? demanda Felicia, amusée, en entrant dans le garage.

— Bien au contraire ! Qu'est-ce qui te fait croire ça ?

— La tête que tu fais. Rappelle-toi, je suis le rat des villes et toi le rat des champs.

— D'accord, d'accord. Je suis trop fatiguée pour me chamailler avec toi.

Kate sourit en étouffant un bâillement. Elles montèrent par l'ascenseur et, une fois à l'étage, Felicia ouvrit la porte juste à droite. Elles pénétrèrent dans une entrée tapissée de

131

papier français aux riches teintes vieux rose et garnie de tapis moelleux couleur crème. Sur les murs, des aquarelles, un vieux miroir anglais. Deux grands palmiers. Tout cela était d'un goût exquis et ressemblait tout à fait à Felicia.

— Est-ce que je dois enlever mes espadrilles ? demanda Kate en ne plaisantant qu'à moitié.

— Tu te fiches de moi ! Je ne suis pas maniaque. Tu peux te rouler par terre si ça te fait plaisir.

— Oui, j'aimerais beaucoup.

Cette entrée, à elle seule, aurait fait une chambre magnifique. Felicia allumait déjà dans le salon, tout en soie blanc cassé et en damas crème, avec des tables orientales en marqueterie. La vue était à couper le souffle et le décor merveilleusement dépouillé. Plus loin, la salle à manger, qui ressemblait au salon, avec un sol de marbre blanc et noir, était ornée de nombreux candélabres en cristal et d'un petit lustre. Kate était certaine que Felicia ne vivait pas aussi luxueusement, six ans auparavant. Elle vivait alors dans une élégance moins spectaculaire. Une terrasse pleine de fleurs et de plantes luxuriantes entourait l'appartement. C'était de toute évidence le travail d'un vrai jardinier.

— Alors, ça te plaît ?

— Tu es en deçà de la vérité. C'est superbe. Depuis quand vis-tu comme ça ?

— Depuis ma dernière grosse promotion, dit Felicia en souriant. Il faut bien que je fasse quelque chose de mon argent. Comme tu ne me permets pas d'acheter une voiture à Tygue, voilà ce que j'en fais.

— C'est magnifique.

— Merci, Kate. Je vais te montrer ta chambre.

Felicia était ravie que l'appartement lui plaise car elle, elle s'en lassait déjà. Elle y vivait depuis deux ans et demi et envisageait de le quitter pour quelque chose de plus élaboré. La chambre d'amis allait bien avec le reste ; c'était une pièce bleu et blanc, tapissée d'un beau papier français ; une cheminée en marbre blanc, des plantes, une porte donnant sur la terrasse, un petit bureau français et une bergère victorienne.

— Il faut que tu saches tout de suite que je ne vais peut-être jamais repartir d'ici ! fit Kate.

Puis, soudain, elle éclata de rire.

— Qu'y a-t-il de si drôle ?

— Je pensais à Tygue ici ! Tu imagines notre bout de chou installé dans cette bergère ?

— Oui. Ce serait formidable.

Felicia parut presque ennuyée puis haussa les épaules.

— Oh, peut-être...

Elles éclatèrent alors de rire, comme des collégiennes. Mais Kate avait conscience que son fils lui manquait un peu. C'était la première fois depuis sa naissance qu'elle était séparée de lui une nuit. Si jamais il avait besoin d'elle ? S'il avait un cauchemar ? S'il n'arrivait pas à trouver Willie ?

— Kate ?

— Quoi ?

— Je sais à quoi tu penses. Arrête. Tu lui parleras demain.

— Je repars à la maison demain. Mais d'ici là...

Elle sauta sur le lit d'un air heureux.

— C'est le paradis !

— Bienvenue chez toi.

Felicia sortit de la chambre et traversa le couloir pour entrer dans la sienne.

— Je peux la voir ? cria Kate.

Elle était blanche, dépouillée, très froide et ressemblait beaucoup au salon. Kate fut déçue.

— Tu t'attendais à voir des glaces au plafond peut-être ?

— Au moins !

— Au fait, tu veux boire quelque chose ?

Kate secoua la tête en souriant. Elle savait exactement ce qu'elle voulait et après avoir souhaité une bonne nuit à Felicia, elle courut pieds nus sur la terrasse, en chemise de nuit, regarder le brouillard qui recouvrait la baie, les navires en contrebas, le Bay Bridge et les voitures qui le traversaient. Elle resta là une demi-heure et ne rentra que lorsqu'elle se mit à trembler de froid.

12

Quand Kate se leva, elle trouva une assiette de crois-
sants, un reste de café préparé par Felicia et un mot :
« Viens me chercher au bureau à midi. Fais les soldes
avant ou après, comme tu veux. Baisers. F. » Les soldes.
Ce n'était pas son vœu le plus cher. Elle voulait revoir la
ville. Seulement la ville. Des endroits, des souvenirs, des
moments.

Elle s'étira paresseusement, pieds nus dans la cuisine.
Ses longs cheveux bruns avaient des reflets roux dans le
soleil. De la cuisine, Kate pouvait voir le panorama, et
elle le parcourut des yeux, tout heureuse, en grignotant
une pêche. Le café chauffait. Le téléphone sonna juste au
moment où elle finissait son fruit. Felicia probablement.

— Allô !

— Allô ! Vous êtes de retour ?

Le cœur de Kate s'arrêta. Qui était cet homme ?

— ... Oui.

Elle se tenait toute raide et attendait d'entendre sa voix
à nouveau.

— Et vous faites la grasse matinée, je vois. Est-ce que
ça fait un choc d'être de retour ?

— Non. C'est très agréable.

Seigneur, qui était-ce ? Il semblait la connaître mais
elle n'avait aucune idée de son identité. Sa voix était pro-

fonde, intéressante, mais ne lui rappelait rien. Pourtant, elle tremblait intérieurement, car elle avait l'impression d'être vue sans pouvoir voir.

— J'ai essayé de vous appeler pour dîner hier soir mais vous n'étiez pas encore rentrée. Comment va votre amie ?

Kate soupira. Ainsi, c'était donc ça. Mais il ne devait pas bien connaître Felicia s'il avait confondu la voix de Kate avec la sienne.

— Excusez-moi. Je crois qu'il y a une horrible confusion.

— Ah bon ?

— C'est moi, l'amie. Enfin, je ne suis pas Felicia. Je suis désolée. Je ne sais absolument pas pourquoi j'ai supposé que vous saviez qui j'étais, mais vous sembliez me connaître.

— Je suis désolé moi aussi. Vous êtes l'amie de la campagne ?

Il semblait amusé et son rire était aussi agréable que sa voix.

— Le rat des champs. À votre service.

Enfin, pas exactement. Mais c'était plaisant de parler avec lui, maintenant qu'elle savait qu'il ne s'agissait pas d'elle. Il devait être un des amis de Felicia pour être au courant de ses week-ends à la campagne.

— Excusez-moi, dit Kate. Je ne voulais pas vous induire en erreur. Puis-je faire une commission à Felicia ? Je la vois à l'heure du déjeuner.

— Dites-lui seulement, si vous voulez bien, que c'est confirmé pour ce soir. Je viendrai la chercher à 8 heures. Le ballet est à 8 heures et demie. Nous irons ensuite dîner chez *Trader Vic*. Ce programme devrait convenir à Mlle Norman.

— Mon Dieu, oui !

Kate éclata à nouveau de rire puis se sentit gênée. Il était peut-être moins familier.

— Je lui dirai que ça vous convenait.

— Et moi, je lui dirai que vous avez téléphoné, répondit Kate.

135

— Merci beaucoup.

Ils raccrochèrent et Kate s'aperçut soudain avec horreur qu'elle ne lui avait pas demandé son nom. C'était stupide mais ça lui avait fait un tel effet de bavarder avec un homme... et c'était la deuxième fois en une semaine ! Enfin, elle supposait que Felicia saurait qui il était, sinon elle irait au ballet en compagnie d'un inconnu. Les hommes. Kate aimait toujours sa vie de célibataire mais elle reprenait plaisir à jouer avec eux. Elle avait envie de jouer, rien de plus. Elle partit s'habiller, le sourire aux lèvres.

Elle sortit de sa valise ses nouveaux vêtements, d'un air malicieux, tout excitée. La robe noire n'allait pas, elle était trop habillée. La jupe rouge serait parfaite. Elle avait apporté un pantalon de flanelle grise, un chemisier blanc et un gros shetland gris clair. Mais elle n'avait pas envie de tout cela. Elle voulut mettre le tailleur de soie crème avec le chemisier pêche et les jolies petites chaussures à la chaîne d'or. Elle en trépignait d'impatience. Une demi-heure plus tard, elle se planta devant la glace, ravie de l'image qu'elle lui renvoyait. Baignée, maquillée, parfumée, drapée dans le tailleur divin qu'elle avait acheté à Carmel. Ses cheveux étaient relevés et attachés assez lâches dans un style très féminin, et elle avait mis des perles à ses oreilles. Elle se sentait à nouveau dans la peau d'un mannequin, avec quelques années de plus. Elle approchait de la trentaine et était prête maintenant pour le style très habillé. Elle n'avait encore jamais eu de vêtements du genre de ce tailleur crème. Elle pivota sur un talon en se faisant un sourire. Qui était cette personne ? Une jeune femme de la campagne en visite ? La mère d'un petit garçon flanqué d'un ours en peluche et d'un basset artésien du nom de Bert ? L'épouse éplorée de... non, elle n'était pas cette dernière personne. Pas maintenant. Mais elle était toutes les autres à la fois et aucune d'elles en particulier.

Elle mit sous son bras un petit sac plat en daim beige dont la couleur s'harmonisait avec celle du tailleur. Il était muni d'un fermoir en corail et avait appartenu à sa mère, il y avait de cela très longtemps. Dans une autre vie. Maintenant, ce n'était qu'un sac. Et c'était un jour merveilleux dans une ville merveilleuse. Elle avait des choses à faire. Elle descendit Telegraph Hill et trouva un taxi dans Washington Square. Elle se rendit alors à une agence de location de voitures et, à partir de là, se promena seule dans la ville, en paix, et ce fut très agréable. Elle se souvint d'une époque où, juste avant son départ pour la campagne, se déplacer ainsi la terrifiait. Elle devenait partout claustrophobe. Elle était alors enceinte, seule, sa vie s'était brisée et le simple fait de descendre en ville était pour elle un cauchemar. Maintenant, elle trouvait ça drôle, tous ces gens aux vêtements colorés qui entraient et sortaient des édifices, ces voitures en tous sens, ces funiculaires agités de soubresauts et l'hôtel *Saint-Francis*, qui dominait Union Square d'un air bienveillant. Kate s'arrêta un moment, souriante. Rien n'avait changé ici : le square toujours vert, les grands magasins, les pigeons toujours aussi nombreux, ainsi que les ivrognes : le monde tournait rond. Elle obliqua dans Geary et ralentit devant le magasin de Felicia. Peut-être que lui aurait changé ? Mais non. Le portier s'avança vivement pour l'aider.

Avec un immense émoi, Kate ouvrit la lourde porte vitrée et entra dans le magasin de marbre marron clair. Le sanctuaire ! Le paradis ! Des sacs à droite, des bijoux à gauche, le rayon hommes à l'extrême droite, un peu plus important maintenant ; des cosmétiques et des parfums dans un renfoncement à l'extrême gauche. Tout était pareil, et que c'était joli, incroyablement joli. Une foule d'articles auxquels les femmes ne peuvent résister : sacs à bandoulière en daim rouge, ceintures en lézard noir, gigantesques lanières en or, argent et pourpre tissée d'or, grandes et luxueuses capes, écharpes de Lanvin, forte odeur de parfum... fleurs en soie... daim... satin... et une infinie palette de couleurs. On avait l'impression qu'on ne pouvait être belle sans tout cela. Kate sourit en voyant les femmes se jeter sur tout ce qu'elles pouvaient toucher. Elle avait bien envie de les imiter, mais elle n'était pas sûre de se rappeler les règles du jeu et elle ne voulait pas faire attendre Felicia. Et puis, elle se sentait suffisamment élégante dans son tailleur.

L'ascenseur s'arrêta au second étage, puis au troisième. Elle avait vécu à ces étages, porté les robes, montré les visons, les robes de mariée. Lorsque la porte de l'ascenseur s'ouvrit, elle aperçut de nouveaux visages. Ils n'étaient pas là de son temps. Vingt-neuf ans, était-ce donc si vieux ?

Elle sortit au huitième. Elle ne se souvenait plus très bien où était le bureau de Felicia, mais on la renseigna vite. C'était un bureau en angle, naturellement. Le directeur de mode de toute une chaîne de magasins en Californie se devait d'avoir un bureau en angle. C'était la moindre des choses. Kate souriait encore lorsqu'elle pénétra dans la petite pièce qui servait d'entrée. Elle fut immédiatement arrêtée par deux jeunes femmes très stylées et un homme vêtu d'un pantalon bleu pâle en daim.

— Oui ? siffla-t-il entre ses dents parfaites et ses lèvres délicates.

— Je suis Mme Harper. Mlle Norman m'attend.

Le jeune homme regarda une liste puis disparut. Un moment plus tard, Felicia sortit d'une grande pièce blanche qui se trouvait derrière Kate. Tout était en blanc, en verre ou en chrome. C'était froid mais exquis. Le blanc était décidément la couleur préférée de Felicia à cette époque.

— Grand Dieu ! C'est bien toi !

Felicia s'arrêta net sur le seuil et contempla son amie. Si elle avait commandé un modèle droit pour la première grande représentation de mode, elle aurait voulu que ce soit celui-là. Elle se sentit tout à coup fière de Kate, et contente que sa montre soit délicatement fixée sur le merveilleux tailleur.

— Est-ce que c'est correct ?

Felicia roula des yeux et la tira à l'intérieur du bureau.

Même la démarche de Kate était différente : elle ondulait des hanches et marchait comme si elle se sentait aussi belle qu'elle l'était en réalité. Felicia avait envie de chanter.

— C'est ça que tu as acheté à Carmel ?

— Oui.

— C'est divin. Tu as dû te faire arrêter par tous les hommes du magasin ?

— Non, dit Kate avec un sourire. Mais toi, tu vas ce soir au ballet avec un inconnu dont je ne connais pas le nom, qui viendra te chercher à 8 heures et qui t'emmènera ensuite dîner chez, *Trader Vic*.

— Mon Dieu ! Peter !

— Alors, tu le connais.

— Plus ou moins.

Le plus s'appliquait au physique, et le moins au mental mais quelle importance. Ça regardait Felicia. Elle paraissait contente à l'idée du dîner.

— Tu veux venir avec nous ?

— Je suis sûre qu'il serait ravi ! Mais je retourne à la maison, Licia.

— Ah bon ? Déjà ? Pourquoi ?

Felicia avait l'air consternée. Était-il arrivé quelque chose ?

— Je ne pars que cet après-midi. Et j'ai déjà fait beaucoup de choses. Beaucoup plus que tu ne le penses.

Mais Felicia savait. Elle savait rien qu'en regardant Kate dans les yeux. Kate était à nouveau sûre d'elle, une assurance qu'elle n'avait pas eue depuis des années.

— Est-ce que tu reviendras ? dit Felicia en retenant sa respiration.

Kate hocha la tête et sourit.

— Oui, avec Tygue. Je crois qu'il devrait connaître un peu San Francisco. Il est en âge de l'apprécier.

Elle marqua un temps et son sourire s'éclaira.

— Et moi aussi. Peut-être.

— Tu veux dire, certainement. Allons déjeuner.

Elle l'emmena dans un nouveau restaurant niché entre

les jetées et elles burent encore du champagne pour célébrer l'événement. C'était la fête tous les jours. Le restaurant servait une nourriture raffinée et était fréquenté par le gratin de la ville. C'était plus ou moins un club où il fallait réserver. Les réservations étaient parcimonieusement attribuées mais Felicia se pliait à ce rite. Elle y amenait toujours des gens sélectionnés, se montrait merveilleuse et faisait au restaurant une bonne publicité. « Mademoiselle Norman » était quelqu'un qu'on vénérait au « Port » — tel était le nom du lieu. Kate réalisait peu à peu que Felicia était devenue une personnalité en ville.

— Est-ce que tout le monde te connaît ?

— Seulement les gens intéressants !

Kate secoua la tête en riant.

— Tu es impossible !

Pendant toutes les années de retraite de Kate, Felicia avait été très occupée et elle aussi avait vieilli. Elle était quelqu'un d'important, à présent : succès, argent, classe. Felicia avait énormément de classe et elle amassait succès et argent depuis des années. En l'observant dans son propre milieu, Kate ressentit soudain un nouveau respect pour elle.

— Au fait, tu as parlé à Tillie ?

Felicia avait posé la question d'un air nonchalant mais le cœur de Kate faillit s'arrêter.

— Est-ce qu'elle a téléphoné ?

— Bien sûr que non. Je pensais seulement que tu l'avais peut-être appelée.

Felicia regretta d'avoir abordé le sujet.

— Non. J'allais le faire, mais Tygue était déjà parti à l'école quand je me suis levée. Je lui parlerai ce soir. Je vais essayer de rentrer à la maison suffisamment tôt pour le voir.

— Ça lui fera du bien de te voir comme ça, Kate. Il a besoin d'autre chose que des vieux jeans usés.

Felicia avait pris soudain un air sévère.

— C'est pour ça que je veux l'amener ici. Comme ça tu pourras lui enseigner les choses de la vie, tante Licia !

140

— Fais-moi confiance, trésor.

Elles burent le reste du champagne à leur santé et Felicia regarda sa montre à regret.

— Mon Dieu, ça ne me dit rien de retourner travailler. Quand reviens-tu ?

Elle voulait fixer une date, tout de suite, avant que Kate ait le temps de changer d'avis.

— Le mois prochain peut-être. Ce sera les grandes vacances.

Elle était donc bien décidée. Felicia s'illumina.

— Kate, j'ai hâte que tu lui annonces la nouvelle.

— Moi aussi.

13

Kate rentra en moins de cinq heures et sans amende pour excès de vitesse. C'était un vrai miracle. Elle avait fait du cent cinquante, cent soixante mais elle voulait absolument voir Tygue avant qu'il se couche. Elle voulait lui parler de San Francisco, de son projet de l'y emmener, des funiculaires et du pont. Elle lui avait rapporté du chocolat de Ghirardelli Square et, de ça aussi, elle voulait lui parler. Elle avait tant de choses à lui raconter. Elle trépignait d'impatience en roulant sur l'allée de gravier. Pour rentrer, elle avait mis la jupe rouge et le chemisier rose vif. Felicia avait raison : ça lui ferait peut-être du bien de la voir jolie. Elle voulait partager l'excitation de la nouveauté avec lui.

La maison paraissait gaie et bien éclairée quand elle gara lentement la voiture. Pas de bonsoirs, pas d'aboiements, mais elle savait qu'ils étaient tous bien au chaud à l'intérieur. Elle ouvrit la porte avec sa clé et vit Tygue installé à la table de la cuisine, en train de faire un puzzle avec Tillie. Il avait mis son pyjama en flanelle bleu ciel et la petite robe de chambre jaune que Licia lui avait envoyée Dieu sait quand. Il semblait très bien, confortablement installé, au chaud, et il était bien à elle. Elle le regarda un moment et Tillie lui sourit, mais Tygue fixait son puzzle intensément.

— Bonsoir, vous deux.

Silence. Tillie leva les sourcils mais ne dit rien. Elle savait ce que Kate voulait entendre et ça ne la concernait pas. Mais rien n'arriva. Pas de « Bonsoir, maman ». Bert se contenta d'agiter paresseusement sa queue.

— Bonsoir, petit dur. Tu ne me dis pas bonsoir ?

Elle s'avança vivement vers lui et le serra dans ses bras mais il l'ignora.

— Oui, bonsoir.

Les yeux de Kate rencontrèrent ceux de Tillie. Alors, c'était donc ça. Il était fâché. Kate s'assit lentement sur une des chaises de la cuisine et l'observa. Il ne la regardait toujours pas. Tillie se leva et prit ses affaires. Une chose était sûre avec Kate, elle revenait toujours quand elle l'avait dit. Pas de surprise. Elle avait dit qu'elle serait là lundi soir et elle était là. Tillie appréciait cette façon d'agir. Elle savait que Kate aurait des difficultés à son retour, car Tygue ne se ressemblait plus depuis qu'elle était partie.

— Elle ne reviendra pas pour dormir, Tillie ! Elle est partie et ne reviendra pas dormir ici !

Tygue avait reçu un choc.

— Où as-tu trouvé ce nouveau puzzle ?

— C'est Tillie. Nous l'avons acheté aujourd'hui.

— Très bien. Tante Licia te fait une grosse bise.

Nouveau silence. Ciel, la glace allait mettre longtemps à fondre, à ce régime ! Elle en était à se demander si elle n'avait pas eu tort de partir à San Francisco mais elle savait bien que non. Il fallait qu'il comprenne.

— Écoute. J'ai une surprise pour toi.

Elle se blottit contre lui et essaya de l'embrasser dans le cou, mais il se raidit et s'éloigna.

— Ah ! C'est quoi ?

Il n'avait jamais montré aussi peu d'enthousiasme en matière de surprise.

— Un voyage.

Il leva les yeux vers elle, horrifié. Mais elle continua :

— Tu aimerais venir avec moi, à San Francisco, voir tante Licia ?

Elle s'attendait à voir ses yeux s'agrandir, sa respiration se couper. Mais rien de tout ça. Il s'éloigna d'elle, les larmes aux yeux.

— Je n'irai pas ! Je n'irai pas !

Il s'enfuit de la table et, un moment plus tard, elle entendit claquer la porte de sa chambre. Tillie enfila son manteau en regardant Kate et celle-ci soupira d'un air fatigué.

— Je savais qu'il n'allait pas être content que je sois partie, mais à ce point !

— Il va s'en remettre. C'est un grand changement pour lui.

Tillie paraissait désolée pour eux deux mais Kate se sentit irritée.

— Un grand changement, le fait que je le laisse pour une nuit ?

Bon sang, elle avait le droit de faire au moins ça ! Non ? Elle en était sûre. C'était un enfant. Il ne pouvait quand même pas s'attendre à ce qu'elle lui consacre tout son temps. Mais elle l'avait fait jusqu'à présent.

— Combien de fois l'avez-vous quitté pour la nuit, Kate ?

Tillie connaissait déjà la réponse, bien sûr.

— Jamais.

— Alors, voilà le grand changement. Il s'habituera si vous prévoyez de le refaire. Je pense qu'il sent un changement. C'est peut-être pour ça qu'il est sens dessus dessous.

— Tillie, moi aussi je suis sens dessus dessous. J'ai bien réussi avec un de mes livres, je l'ai su la semaine dernière. Ça signifie beaucoup de bonnes choses pour nous, mais aussi des choses que je ne comprends pas encore. Je suis allée à San Francisco pour y voir un peu plus clair et savoir un peu ce qui se passe dans le monde.

— Il ne comprend pas cela. Il le sent mais il ne le comprend pas. Il connaît très peu de choses, il n'est jamais allé très loin d'ici. Voilà que vous le quittez pour une nuit et vous lui dites ensuite que vous allez l'emmener à San Francisco. Vous et moi, nous savons que c'est passionnant. Mais lui, ça le terrifie. Et, à vrai dire, ça terrifierait un bon nombre de vieilles personnes d'ici.

— Je sais. Moi aussi, cela m'a terrifiée pendant de nombreuses années... Je suppose que j'attends trop de lui.

— Il va s'habituer. Donnez-lui du temps. Et vous savez...

Elle regarda Kate, en s'excusant.

— ... Même le fait de vous voir habillée comme ça l'effraie. Il a peut-être l'impression de vous perdre ou de vous voir changer. On ne sait jamais avec les enfants. Ils s'imaginent les choses les plus incroyables. Quand mon mari est mort, mon plus jeune fils pensait que ça voulait dire qu'on allait le faire adopter. Ne me demandez pas pourquoi, mais il pensait vraiment qu'on allait lui aussi le renvoyer. Il a pleuré pendant trois semaines avant de nous le dire. Tygue a peut-être peur que vous le quittiez en vous voyant habillée ainsi. Vous êtes pourtant bien jolie.

— Merci, Tillie.

— Ne vous en faites pas. Au fait, est-ce que vous allez donner vos cours, demain ?

— Je crois que je ferais mieux d'attendre un jour ou deux avant d'y penser.

— C'est bien qu'ils puissent être aussi souples.

— Oui.

Mon Dieu, Tillie. Ne me provoquez pas sur ce sujet, en plus. Je vous en prie. Mais Tillie n'en fit rien. Elle fit un salut de la main et ferma la porte sans bruit.

Kate se sentit soudain seule dans la maison. Pourtant, Bert faisait sentir sa présence et cherchait à jouer avec la petite chaîne en or de ses chaussures neuves.

— Bert, il n'en est pas question. Ces chaussures m'ont coûté quatre-vingt-six dollars !

Elle le repoussa de la main et remarqua combien la

145

maison paraissait vide avec seulement le son de sa propre voix. Elle s'assit un moment, sans bouger, puis se leva et enleva sa jupe. Elle ouvrit sa valise, chercha son jean et son chemisier rouge, et plia sa jupe neuve et son chemisier rose sur le dossier d'une chaise. Puis elle remit soigneusement les chaussures dans la valise de peur que Bert n'en fasse son dîner. Chaussettes aux pieds, elle alla doucement jusqu'à la chambre de Tygue et frappa.

— Je peux entrer ?

Silence, puis la voix de Tygue :

— Oui.

Il était assis dans l'obscurité et son visage de lune paraissait tout petit dans la pièce sombre.

— Tu ne veux pas de lumière ?

— Non.

— Bon. Tu as Willie ?

— Oui.

— C'est déjà bien.

— Quoi ?

Sa voix était si petite, si circonspecte.

— Je suppose que le fait d'avoir Willie te fait du bien. Tu sais que tu l'as. Il est à toi pour toujours.

— Oui.

Sa voix parut plus douce dans la nuit. Kate était allongée sur son lit et essayait de déchiffrer son visage.

— Est-ce que tu sais que tu m'as exactement comme tu as Willie ? Et même plus. Pour toujours, pour l'éternité. Est-ce que tu le sais ?

— Oui et non.

— Comment ça, oui et non ?

Ce n'était pas une accusation. C'était une question.

— J'ai dit oui et non.

— D'accord. Qu'est-ce qui se passe quand tu mets un ruban rouge à Willie ? Est-ce qu'il est différent ?

— Oui. Il a l'air stupide.

— Mais est-ce que tu l'aimes moins ?

Il secoua la tête avec véhémence en tenant son ours serré contre lui.

— Alors, même si je te parais stupide, ou que je porte des vêtements inhabituels, je suis toujours ta maman, d'accord ?

Un hochement de tête.

— Je t'aime tout autant quoi que je fasse, quelle que soit mon apparence, où que je sois.

— Willie ne me quitte pas, lui !

— Moi non plus, je ne te quitte pas. Quelquefois, il se peut que je parte, mais je ne te quitte pas, chéri. Je ne te quitterai jamais. Jamais.

— Mais tu es partie.

Sa voix tremblait mais elle était à nouveau normale.

— Seulement pour une nuit et je suis revenue. Exactement comme je l'avais dit, non ?

Il hocha la tête, bougon.

— Pourquoi tu as fait ça ?

— Parce que j'en avais besoin. Parce que j'en avais envie. Les adultes ont quelquefois envie d'aller quelque part, sans les enfants.

— Tu n'en as jamais eu besoin avant.

— Non. Mais cette fois-ci, oui.

— Est-ce que c'est cet homme qui t'a forcée à partir ?

Elle savait de qui il parlait.

— Stu Weinberg ?

Il acquiesça.

— Bien sûr que non. Personne ne m'a forcée. C'était donc si désagréable que ça, seulement pour une nuit ?

Il haussa les épaules d'un air dégagé, puis soudain il se mit à pleurer en tendant les bras.

— Tu m'as manqué ! Je croyais que tu ne m'aimais plus.

— Chéri, mon bébé... Comment as-tu pu penser une telle chose ? Je t'aime tant. Toi aussi, tu m'as manqué. Mais... je... il le fallait. Je reviendrai toujours, toujours. La prochaine fois que je partirai, tu viendras avec moi.

Elle ne pouvait lui promettre qu'elle ne partirait plus. Comment aurait-elle pu renoncer maintenant qu'elle venait de retrouver le monde ?

Il pleura pendant près d'une demi-heure, puis, peu à peu, il se calma. Il leva les yeux vers elle avec un tout petit sourire.

— Si je tordais mon chemisier, on pourrait presque donner un bain à Bert, rien qu'avec tes larmes. Tu t'imagines ?

Il étouffa un rire rauque et Kate l'embrassa en lissant les cheveux blonds qui lui recouvraient le front.

— Tu n'aurais pas envie de chocolat, par hasard ?

— Maintenant ?

— Bien sûr.

Elle en avait acheté une énorme tablette enveloppée dans du papier doré et de la taille d'un livre. Elle lui avait également rapporté une boîte de sucettes et un pistolet en chocolat. C'était mieux qu'à Pâques ou à Halloween[1]. Quand il vit le pistolet en chocolat enveloppé de papier doré, sa bouche s'ouvrit et ses yeux s'arrondirent. Il tendit les mains.

— Oh !

— Pas mal, hein, trésor ?

— Maman, c'est magnifique.

— Toi aussi, tu es magnifique.

Elle le prit sur ses genoux pendant qu'il entamait la grande tablette. Il gardait le pistolet pour le montrer à ses amis d'école.

— Mais si quelqu'un le casse ?

— Alors, on en achètera d'autres quand on ira à San Francisco ensemble.

Elle trembla intérieurement pendant un moment mais il leva les yeux vers elle avec un grand sourire et un air ravi.

— Oui. Ça doit être génial.

— C'est vrai.

Ce soir-là, elle le tint longtemps serré contre elle.

---

1. Halloween : veille de la Toussaint (*N.d.t.*).

14

— Bon, maintenant, trésor, tu fermes les yeux...

Tygue était assis, tout raide, sur le siège à côté de Kate et fermait les yeux. Elle avait reconnu le dernier virage avant que n'apparaisse San Francisco à l'horizon. Elle se demandait ce qu'il allait en penser. Il n'avait encore jamais rien vu de semblable. Elle prit le virage lentement et sourit à la vue qui s'offrit à elle.

— Tu peux ouvrir les yeux, maintenant.

Il les ouvrit, très calme, puis regarda sans dire un mot. Kate fut surprise de cette réaction.

— Eh bien, qu'est-ce que tu en penses ?

— Qu'est-ce que c'est ?

— San Francisco, idiot ! Ce sont les grands buildings du bas de la ville.

Tygue n'avait jamais vu un édifice de plus de quatre étages. Kate en prenait tout à coup conscience. À son âge, elle était déjà allée à New York et était montée au sommet de l'Empire State Building[1].

— Je croyais qu'il y avait des collines.

Il semblait déçu et un peu effrayé.

— Il y en a mais tu ne peux pas les voir d'ici.

---

1. Le plus célèbre gratte-ciel de New York (381 m) construit en 1929 (*N.d.t.*).

— Ah !

Elle ne savait pas quoi lui dire. Il était toujours assis, le regard fixe, et voulait rentrer à la maison. Elle voulait qu'il aime San Francisco. Elle avait tout programmé avec Felicia. Ils allaient y séjourner une semaine. Une semaine complète !

Il tenait fermement Willie sur ses genoux et Kate avait envie de le secouer. Il était à San Francisco. C'était excitant. C'était son premier voyage. Pourquoi n'était-il pas heureux ? Pourquoi ne se sentait-il pas dans le même état d'esprit qu'elle ? Puis elle regretta ses pensées et tourna à droite dans Franklin Street pour pouvoir s'arrêter.

— On y est ? C'est la maison de tante Licia ?

Il regardait l'hôtel délabré avec une horreur non dissimulée. Kate éclata de rire. Le voyage avait été long et elle se rendit compte qu'elle était restée tendue dans l'attente des réactions de son fils.

— Non. Viens ici, petit idiot, et serre-moi fort dans tes bras. Je t'aime, tu sais.

Un sourire s'épanouit sur le petit visage aux taches de rousseur et il s'approcha d'elle. Elle étreignit à la fois Tygue et l'ours en peluche. C'était Tillie qui gardait Bert jusqu'à leur retour.

— Tygue Harper, je te promets que tu vas bien t'amuser. D'accord ? Tu peux me faire un tout petit peu confiance ?

Il hocha la tête et elle déposa un baiser sur sa tête.

— C'est si grand.

Sa voix était empreinte de respect et de crainte.

— Et si...

Il regardait autour de lui les maisons sinistres et la déception se lisait sur son visage.

— Oui, c'est grand. Beaucoup plus grand que ce que tu as l'habitude de voir. Mais tu connais E. Street dans notre ville ?

Il acquiesça d'un air sombre. Cette rue était horrible. Elle était à proximité des anciennes voies de chemin de fer, près de la décharge publique. On y voyait des ivrognes et des voitures abandonnées. L'odeur y était infecte et c'était le genre d'endroit où l'on n'avait pas envie d'aller. Bien sûr qu'il connaissait E. Street. Tout le monde la connaissait. Il regarda sa mère, les yeux grands ouverts.

— Bon, ici, c'est exactement comme E. Street. Mais il y a aussi des endroits magnifiques et on va aller les voir tous. Entendu ? Marché conclu ?

Elle lui tendit une main en souriant et il la serra fort à la façon d'un homme d'affaires.

— Tu es prêt ? On y va ?

— On y va.

Il se rassit, le regard fixé devant lui, mais il tenait Willie moins serré et Kate se sentait mieux. Elle démarra.

— Tu as faim ?

Il secoua la tête.

— Tu veux une glace ?

Il lui sourit et fit un petit hochement de tête.

— Allons-y pour une glace.

Elle allait s'arrêter dans Hyde Street chez *Swensen*. C'était le chemin pour aller chez Felicia. Celle-ci les attendait dans son appartement. Elle était aussi tendue que Kate.

Kate se gara en face de *Swensen*, dans Union and Hyde. Au moment où ils sortaient de la voiture, deux funiculaires descendaient la rue.

— Regarde, regarde, maman ! C'est un... un...

Il sautait en agitant Willie. C'était le choc de sa vie. Sa mère sourit. Tout allait bien marcher, en fin de compte. La glace était délicieuse. Double glace à la banane, avec un cône en sucre et de la crème au chocolat. Tygue en avait sur le nez et le menton quand ils sortirent du magasin. Un autre funiculaire descendit la colline. Kate eut du mal à ramener son fils dans la voiture.

— Nous monterons dans un funiculaire plus tard !

Elle avait une autre idée en tête à présent. La colline la plus escarpée. La rue la plus tortueuse. Ils étaient tout près. La colline n'impressionna pas beaucoup Tygue mais la rue lui plut énormément. Ils descendirent au pas l'étroite petite rue sinueuse en brique, toute fleurie et bordée de maisons victoriennes aux teintes pastel. Tygue était si enthousiasmé qu'il en oublia la glace qui coulait sur son ours. Il se mit alors à lécher de bon cœur le chocolat sur l'oreille de Willie.

— Tygue, tu es dégoûtant !

— C'est bon !

Il était à nouveau heureux.

— Qu'est-ce que c'est ? demanda-t-il en se dressant sur le siège.

Il pointait son doigt en direction de la Coit Tower sur Telegraph Hill.

— C'est le mémorial des pompiers. Ça s'appelle Coit Tower et c'est tout près de chez tante Licia.

— On peut aller le visiter ?

— Bien sûr. Mais on va d'abord aller chez tante Licia voir ce qu'elle a prévu.

— C'est chouette.

Le reste du voyage fut chouette également. Ils allèrent partout. Dîners dans des Hippo, pique-niques à Stinson Beach, le musée de cire, le quai du Pêcheur, une quinzaine de voyages en funiculaire, l'aquarium, le planétarium, Chinatown et le Jardin japonais dans le parc. C'était le paradis et, le samedi suivant, Tygue connaissait mieux San Francisco que la plupart des enfants qui y vivaient depuis des années.

— Alors, champion, qu'est-ce que tu en penses ? Tu vas décider ta mère à venir habiter ici avec moi ? lui demanda Felicia.

Ils étaient vautrés tous les trois sur le tapis blanc immaculé du salon et mangeaient du pop-corn. Pour la première fois de la semaine, ils s'étaient sentis trop fatigués pour sortir. Felicia avait commandé des pizzas. La semaine tout entière avait été consacrée à Tygue, et les deux jeunes femmes étaient épuisées. Elles se souriaient par-dessus la tête du garçon.

— Tu sais, tante Licia, dit Tygue en regardant pensivement Bay Bridge, quand je serai grand, je viendrai peut-être ici travailler dans le funiculaire.

— Quelle bonne idée !

— Licia, si tu lui en achètes un, grandeur nature, pour Noël, je t'étripe !

Cette idée faisait sourire Kate.

— Quand pensez-vous revenir, vous deux ? demanda Felicia.

Kate haussa les épaules en regardant Tygue.

— Je ne sais pas. Nous verrons.

Elle avait négligé Tom tous ces temps-ci et elle avait quelques idées pour un nouveau livre.

— Il faut que je travaille un peu et Tygue doit aller faire du cheval tous les jours au ranch des Adams jusqu'à la rentrée.

— Et le livre ?

Elle avait essayé de ne pas y penser et avait laissé à Felicia le soin d'aborder le sujet. La sortie du livre était prévue dans les prochains jours.

— C'est leur problème, maintenant. Moi, je l'ai écrit, c'est à eux de le vendre.

— C'est simple, n'est-ce pas ?

Felicia leva un sourcil et fixa Kate dans les yeux.

— Tu l'as écrit et c'est terminé. Ça ne t'est jamais venu à l'idée qu'ils puissent avoir besoin de ton aide pour le vendre ?

— Et le porte-à-porte ? dit Kate en ricanant.

— Tu sais bien ce qu'ils veulent !

Felicia n'avait pas l'intention de laisser la conversation dévier aussi facilement. Elle avait attendu des semaines avant d'aborder la question une nouvelle fois.

— Comment pourrais-je le savoir ? Et puis ça ne me regarde pas.

— Vraiment ? Alors, qu'est-ce qui te regarde ? Ce que toi, tu veux ?

— Peut-être. Je ne vois pas pourquoi je devrais faire quelque chose qui me met mal à l'aise.

— Kate, ne sois pas stupide. Weinberg te fera peut-être changer d'avis.

Kate secoua la tête, sûre d'elle.

— Aucune chance. Et il est trop malin pour essayer.

Kate et Tygue quittèrent San Francisco en début d'après-midi le dimanche. Felicia avait pris une semaine de vacances pour être avec eux, mais elle devait reprendre son travail le lundi. Quant à Tygue, il commençait ses cours d'équitation le lendemain matin. Et il y avait Tom. Pauvre Tom. Il n'avait pas eu de visite depuis près de deux semaines. Kate avait eu tant de choses à faire avant le départ. Elle irait le voir dès le lendemain matin. C'était un peu stupide de faire tout ce chemin le dimanche pour en refaire la moitié le lundi, mais il n'y avait pas d'autre solution. Elle ne pouvait pas emmener Tygue avec elle à Mead.

— Maman ?

— Quoi ?

Ils roulaient sans problème car il y avait peu de voitures quittant la ville le dimanche après-midi.

— On pourra revenir ?

— Oui, je te l'ai dit.

— Bientôt ?

— Bientôt, dit-elle en soupirant.

Puis il se mit à rire et elle le regarda.

— Qu'est-ce que tu as ?

— Je suis pressé de revoir Bert.

— Moi aussi, fit-elle en riant à cette pensée.

Ce serait agréable de rentrer à la maison. Tous ces voyages étaient épuisants. Pendant une minute, elle se rappela tous les déplacements qu'elle avait faits autrefois avec Tom. Elle se demandait comment elle avait pu résister : faire et défaire sans cesse ses bagages, voyager en avion, conduire, séjourner à l'hôtel. Mais Tom avait toujours rendu ces choses-là agréables. Une aventure. Une lune de miel.

— À quoi penses-tu ?

154

— À tous les voyages que j'ai faits avec ton papa. C'était agréable.

Elle se surprenait elle-même à en parler. Elle abordait rarement le sujet avec Tygue. Il était préférable de ne pas en parler.

Tygue savait qu'elle n'aimait pas en parler. Il ne savait que peu de choses : son père était mort dans un accident avant sa naissance. Il n'avait jamais demandé quelle était sa profession. Il le lui demanderait un jour. Elle verrait bien quand elle serait au pied du mur. Elle lui mentirait alors comme pour le reste. C'était nécessaire.

— Tu as fait beaucoup de voyages ?

— Quelques-uns.

Elle n'était pas loquace.

— Tu es allée où ?

Il était assis avec Willie et avait très envie qu'elle lui raconte ses aventures. Son air la fit rire.

— Dans beaucoup d'endroits. On est allés à Cleveland, une fois.

Leur premier week-end. Pourquoi lui parlait-elle de cela ? Pourquoi y avait-elle repensé ? Son cœur se serra.

— C'était bien ?

— Oui, très bien. La ville n'est pas très jolie mais ton père l'avait rendue jolie.

Tygue eut l'air ennuyé. « Joli » était un mot qui s'appliquait aux filles.

— Est-ce que tu as été à New York ?

Felicia allait bientôt s'y rendre et il les avait entendues en parler.

— Oui, avec mes parents. Jamais avec ton papa.

— Maman ?

— Oui, trésor ?

Elle espérait que la question n'allait pas être trop difficile. Pas aujourd'hui. Pas maintenant. Elle se sentait si bien. Elle voulait que cette sensation dure un peu.

— Comment ça se fait que toute la famille est morte ? Ton papa, ta maman, mon papa. Hein ?

155

Le plus étrange, c'était qu'aucun d'eux n'était vraiment mort mais c'était tout comme.

— Je ne sais pas. Ça arrive quelquefois. Mais je t'ai, toi.

Elle sourit en tournant les yeux vers lui.

— Et Willie et Bert, et tante Licia, ajouta Tygue. Et nous, on ne mourra jamais. Peut-être que tante Licia mourra, mais nous, non. Hein, Willie ?

Il baissa les yeux vers son ours, d'un air sérieux, puis les leva vers sa mère.

— Il est d'accord.

Elle leur sourit à tous deux et tendit la main pour lui ébouriffer les cheveux.

— Je t'adore, chéri.

— Moi aussi, je t'adore.

Ils roulèrent en silence pendant un moment et lorsqu'elle regarda Tygue à nouveau, il dormait. Ils venaient juste de dépasser Carmel. Trois heures plus tard, ils étaient chez eux. Ils récupérèrent Bert au passage, chez Tillie, et prirent un dîner confortable à la table de la cuisine.

Tygue alla se coucher aussitôt après son repas et Kate une heure plus tard. Elle n'avait même pas pris la peine de défaire les valises et d'ouvrir le courrier. Il lui sembla qu'elle dormait depuis seulement une heure quand le téléphone sonna. Le soleil brillait déjà et elle entendit Tygue vaquer quelque part dans la maison. La sonnerie retentit quatre fois. C'était Stu Weinberg.

— Je croyais que vous ne sortiez jamais ?

— C'est vrai.

Elle essayait de se réveiller et de rendre sa voix agréable.

— J'ai téléphoné. J'ai écrit. J'ai pensé un moment que vous étiez morte. J'ai failli me suicider sur mon bureau.

— À ce point ! Quelque chose ne va pas ?

Seigneur ! Et s'ils annulaient les contrats ? Elle se sentit immédiatement tout à fait réveillée.

— Non, au contraire, tout va bien. Le livre sort dans deux jours. Vous avez oublié ?

Non, mais elle avait essayé.

— Non, je n'avais pas oublié, dit-elle d'un ton prudent.

— Il faut qu'on discute d'une chose, Kate.

Mon Dieu, si tôt, le matin ! Avant le café !

— Ah ?

— On vous fait une offre merveilleuse.

— Encore une ?

Les yeux de Kate s'agrandirent. Seigneur ! Quoi d'autre ? Elle sourit.

— Oui. On a reçu un coup de téléphone du « Case Show ».

— Jasper Case ?

— C'est exact. Ils aimeraient que vous y fassiez une apparition. C'est une occasion splendide pour le livre. On est sens dessus dessous.

— Qui « on » ?

Le ton de Kate était distant et soupçonneux.

— Ceux qui tiennent beaucoup au livre.

Il prononça le nom de ses éditeurs.

— Sans parler des types du film. Ça pourrait être formidable pour le livre, vous savez.

Silence.

— Kate ?

— Oui.

— À quoi pensez-vous ?

— À ce que je vous ai dit l'autre jour.

— Je pense que vous auriez tort de ne pas le faire. Il faut vous armer de courage pour l'amour de Dieu, de la patrie... et pour le livre.

Le livre, le livre, toujours le livre.

— Case est un type très sympathique. C'est bien de commencer avec lui. Il est facile à vivre, enjoué, très correct. Il est anglais.

— Je sais. Je regarde son émission.

C'était la meilleure émission et tout le pays la regardait.

Elle savait que Jasper Case était un homme du monde. Elle ne l'avait jamais vu mettre quelqu'un dans l'embarras. Mais parmi les gens qui la regarderaient, si quelqu'un la reconnaissait ? Mais enfin qui pourrait bien se souvenir d'une grande fille brune et maigre qui suivait partout Tom Harper ? Qui était au courant ? Pour qui est-ce que ça avait encore de l'importance ?

— D'accord, je vais le faire.

— Kate, je suis si content.

Il poussa un soupir de soulagement et épongea son front.

— Ils ont tout bien organisé. Ils vous ont programmée dans une semaine à compter d'aujourd'hui. Ils ont pensé aussi que vous aimeriez descendre à l'hôtel *Beverly Hills*. Ils y ont donc fait une réservation pour vous le lundi soir. Vous pourriez venir ici le matin pour pouvoir vous reposer un peu. Quelqu'un de l'émission prendra le déjeuner avec nous et vous parlera des invités. Il se fera une idée des sujets que vous voulez aborder et de ceux dont vous ne voulez pas parler. Ensuite, vous prendrez un remontant et vous vous installerez tout l'après-midi près de la piscine, ou vous irez chez le coiffeur ou vous ferez ce que bon vous semblera. L'émission est enregistrée à 7 heures et elle est diffusée plus tard. Mais après l'enregistrement, à 9 heures, vous serez libre. Il y aura un dîner, quelque chose comme ça, pour célébrer l'événement. Voilà. Vous passez la nuit à l'hôtel et vous retournez chez vous le lendemain. Pas de problème.

— Ça paraît être une façon agréable de me jeter à l'eau.

Elle souriait au bout du fil. Weinberg avait réussi. Et ils en étaient conscients tous les deux. Il l'avait cataloguée dès le début et avait bien su comment la manœuvrer. Zut alors !

— Kate, faites-moi confiance. Vous allez beaucoup aimer.

Ils riaient tous les deux à présent.

— Et sinon, est-ce que je suis remboursée ?

— Bien sûr. Bien sûr. Et n'oubliez pas. Dans une semaine, lundi prochain. Au fait, le *Los Angeles Times* voulait vous interviewer. Est-ce que vous acceptez ?

— Non.

— Et *Vogue* ?

— Seigneur, qu'est-ce qui se passe, Stu ?

— Beaucoup plus de choses que vous ne le pensez, ma chère. Bon, et celui-ci ?

Il mentionna le nom d'un stupide magazine féminin et continua :

— Pas de photos, seulement une petite interview calme au déjeuner, mardi.

— Entendu, bon. Vous cherchez à gagner jusqu'au dernier *cent*. Vous avez encore beaucoup de propositions de ce genre à me faire ? Dites-moi tout !

Elle lui parlait comme à Tygue.

— Neuf magazines, cinq journaux et trois autres émissions de télévision. Une émission de radio à Chicago. Ils l'enregistreront par téléphone ! Si vous lisiez mes lettres, vous sauriez déjà tout cela !

— J'ai été absente, dit-elle d'un air penaud.

— Ah ! Vous étiez dans un endroit agréable ?

— San Francisco.

— Formidable. Nous avons une interview là-bas, si vous voulez. Vous pouvez y retourner quand vous voulez.

— Mais, Stu, je ne suis pas préparée à tout ça.

— C'est pourquoi je suis là. Faites confiance à votre vieil ami. Pour l'instant, ne pensez qu'au «Jasper Case Show». Le reste peut attendre. Laissez Case vous initier et ensuite nous verrons. Ça semble raisonnable, non ?

— Très. Mon Dieu, mais qu'est-ce que je vais mettre ?

Stu Weinberg se mit à rire. Si elle s'inquiétait de ce qu'elle allait porter, tout allait bien.

— Allez-y nue si vous voulez ! L'essentiel, c'est que l'émission vous plaise.

Cinq minutes plus tard, Kate était en ligne avec Felicia qui s'assit à son bureau, la bouche ouverte et les yeux ronds.

— Tu vas passer dans quoi ?

— Dans le « Jasper Case Show ».

Kate avait l'air presque fière. Qu'est-ce que cet homme avait bien pu faire pour la décider ? Felicia lui tira son chapeau mentalement.

— Mais qu'est-ce que je vais bien pouvoir mettre ?

Felicia se contenta de rire.

— Kate, ma chérie, je t'adore.

15

La voiture ralentit puis s'arrêta devant l'entrée couverte d'un dais de l'hôtel. Immédiatement, un portier et trois porteurs s'approchèrent. Trois ? Pour la modeste voiture de Kate ? Kate regarda autour d'elle d'un air anxieux. Elle n'avait apporté qu'un seul petit sac. Elle adressa à l'un des porteurs un sourire embarrassé, mais il ne broncha pas quand elle sortit de la voiture. Il se glissa alors au volant et un autre porteur se saisit de son sac. Le troisième disparut et le portier attendait d'un air solennel tandis qu'une Rolls-Royce d'un rouge étincelant et une Jaguar noire s'arrêtaient derrière Kate. Une nuée de porteurs fit son apparition. Il y avait là une activité constante : valises, clubs de golf, visons, voitures anonymes, poignées de main. Kate fouilla dans son sac à main tout en jetant un regard rapide vers l'homme le plus proche d'elle pour voir ce qu'il donnait au porteur. Elle eut un coup au cœur en voyant ce qu'elle pensa être un billet de dix dollars. Dix dollars ? Mon Dieu, pourvu qu'elle ne l'ait pas dit tout haut. Un autre coup d'œil à droite, et elle aperçut un billet de cinq dollars. C'était complètement fou. Ça faisait dix ans qu'elle ne s'était pas trouvée dans ce genre de situation, c'est-à-dire depuis l'époque où elle voyageait avec Tom. Mais cinq et dix dollars pour le porteur ? Ça n'avait quand même pas changé à ce point depuis sept ans ? Mais c'était Holly-wood. Les vêtements à eux seuls l'indiquaient. Les gens portaient des jeans qui semblaient faire partie intégrante de leur corps, des chemises collantes ouvertes jusqu'à la taille, des tas de bijoux en or, et la soie étincelante drapait des corps de starlettes et d'hommes mûrs. Ici et là, un costume sombre se précipitait dans l'hôtel, probablement pour aller se métamorphoser et émerger à nouveau en jean.

— Vous avez une réservation, madame ?

— Pardon ?

Le porteur interrompit son observation. Elle réalisa qu'elle déparait. Dans sa garde-robe, elle avait choisi de porter une simple robe en coton blanc que Felicia lui avait envoyée du magasin. Elle avait un sage décolleté en V qu'elle avait pensé être un peu osé mais qui, ici, ne se remarquait même pas. Elle avait aux pieds de fines san-dales blanches et ses cheveux étaient attachés au sommet de sa tête par un nœud sans artifice. Elle était très bron-zée et n'aurait pas détonné sur les courts de tennis de Palm Springs tandis qu'ici, face aux beautés provocantes d'Hollywood... Elle sourit puis elle se rappela la présence du porteur.

— Excusez-moi. Oui, j'ai une réservation.

Il pénétra rapidement à l'intérieur et elle le suivit dans l'entrée protégée par des piliers de chaque côté. Entre les piliers poussait une jungle de plantes exotiques plantées là dans les années 30, au temps où les femmes arrivaient à l'hôtel en hermine et diamants et non pas, comme aujourd'hui, en jeans et vison.

Puis elle arpenta des kilomètres de tapis vert, lequel contrastait avec la façade rose pâle qui l'avait frappée en arrivant. Ici aussi, les gens s'agitaient, allaient et venaient, en route pour des rencontres, des découvertes, des dis-cussions, pour se faire découvrir, pour détruire une car-rière, la leur ou celle d'un concurrent. On sentait qu'on était tout proche du centre des affaires d'Hollywood. On pouvait presque tâter son pouls.

— Oui ?

L'homme à la réception regarda Kate avec un sourire. Il y avait sept hommes à la réception de cet hôtel.

— Je suis Mme Harper. Je crois...

— Mais bien sûr.

Il sourit à nouveau en lui coupant la parole et disparut quelque part derrière la réception. Mais bien sûr ? Comment savait-il qui elle était ? Il réapparut et fit un signe au porteur en lui tendant une clé.

— Nous espérons vous voir souvent ici.

Ah bon ? Kate se sentit comme une gosse en plein rêve. Qui étaient-ils tous ? Qui était-elle ? Elle suivait déjà le portier dans un vaste couloir bordé de boutiques. Jades, émeraudes, diamants, liseuses bordées de fourrure de renne, chemises de nuit en satin, petits boléros en vison blanc, bagages Vuitton, sacs à main en daim, mallettes en lézard. Elle avait envie de s'arrêter pour regarder toutes ces vitrines, mais elle se sentait obligée de paraître indifférente. Elle remarqua trois visages d'acteurs célèbres qu'elle connaissait. Elle les vit rire ensemble et buta presque dans quelqu'un, qu'elle avait vu à la télévision. C'était fantastique ! Elle souriait en marchant et se demanda soudain si la vie de Tom avait été comme ça, une vie dans un monde de gens célèbres. Non, c'était impossible. Ici, c'était fabuleux ! Unique !

Ils longèrent une piscine entourée de tables et de serveurs en veste blanche. Des femmes en bikini déambulaient, toutes bronzées, et l'eau n'avait pas gâché leur coiffure. Kate les observa, fascinée, puis elle se retrouva devant une petite maison d'aspect très soigné. Pendant l'espace d'un instant, cela lui rappela Mead et elle eut envie de rire, mais elle n'en fit rien, c'était impossible, pas avec le porteur près d'elle, attendant quoi ? Cinquante dollars ? Si l'autre porteur gagnait dix dollars, juste pour ouvrir la porte de la voiture, celui-ci devait attendre au moins cinquante ou cent dollars pour l'avoir conduite à travers tous ces couloirs et l'avoir fait passer devant tous ces tableaux exotiques. Il ouvrit la porte du « bungalow », pour reprendre son propre terme, et elle lui donna cinq dollars. Elle pénétra aussitôt à l'intérieur en se sentant ridicule de lui avoir donné si peu d'argent. La porte se referma doucement derrière elle, et elle examina la pièce. C'était vraiment très joli. Des tissus à fleurs, des chaises longues où l'on avait envie de s'allonger, avec un long fume-cigarette. Le cabinet de toilette était entièrement couvert de glaces et la coiffeuse convenait pour au moins deux heures de maquillage. Salle de bains en marbre rose et baignoire à l'écart dans une alcôve. Le téléphone sonna tout à coup et la fit sursauter. Elle le découvrit sur la table de chevet près du gigantesque lit à deux places. Elle remarqua aussi qu'il y avait un autre combiné dans un petit salon un peu plus loin, et une deuxième entrée. Deux entrées ? Pourquoi ? Pour s'échapper plus vite ? Elle se mit à rire en décrochant le téléphone.

— Allô ?

— Bienvenue à Hollywood, Kate. Comment ça va ?

La voix de Stu était comme d'habitude calme, pondérée et avenante.

— Je viens d'arriver. C'est un endroit incroyable.

— N'est-ce pas ?

Il se mit à rire lui aussi. Il était soulagé de constater qu'elle n'avait pas paniqué ou qu'elle n'était pas déjà repartie. Quand ils avaient réservé à l'hôtel *Beverly Hills*, il s'était fait un peu de souci. Pour une néophyte, c'était quand même une forte dose.

— Comment est votre bungalow ?

— J'ai l'impression qu'il faut que je m'habille comme Jean Harlow. Au moins.

Cette fois-ci, le rire de Stu éclata librement. Katharine Hepburn peut-être. Mais Harlow ?

— Vous feriez sûrement sensation au « Case Show ». Les gens de l'émission s'attendent à quelque chose d'autre.

— Ah ? À quoi ?

— À vous. Telle que vous êtes.

— C'est parfait, Stu. Parce que c'est tout ce que je

164

possède. Vous savez, j'aimerais bien me baigner avant le déjeuner, mais, d'après ce que je vois, personne ne se baigne ici.

— Bien sûr que si, ils se baignent. Pourquoi dites-vous ça ?

— Leurs coiffures ! dit-elle d'un air malicieux.

Elle se souvenait des femmes qu'elle avait vues près de la piscine. Stu éclata de rire une nouvelle fois.

— J'aurais voulu être là quand vous êtes arrivée !

— Moi aussi, j'aurais voulu que vous soyez là. Est-ce que vous savez combien les gens laissent de pourboire ici ? Pourquoi font-ils ça ?

— Pour qu'on se souvienne d'eux.

— Et est-ce qu'on s'en souvient ?

Kate était fascinée.

— Pas pour cette raison précise. Si on se souvient d'eux, c'est parce qu'ils sont déjà quelqu'un. Sinon, personne ne se souviendrait d'eux, quels que soient les pourboires. Au fait, est-ce que vous savez que vos préférences et vos dadas seront inscrits sur une petite carte à la réception et que la prochaine fois que vous viendrez, vous aurez tout ce que vous voulez, sans même avoir à le demander ?

— Comment ça ?

Elle se sentait soudain mal à l'aise, comme si quelqu'un l'observait à travers les murs.

— Par exemple, si vous aviez amené avec vous votre basset et qu'il ne se nourrisse que de sauterelles roses et de limonade, à votre prochaine visite ils auraient préparé une assiette entière de sauterelles roses et de la limonade pour votre chien. Ou bien des serviettes spéciales pour vous, ou des martinis très secs, ou des draps en satin, ou neuf oreillers sur le lit ou seulement du gin français ou du scotch anglais, ou... n'importe quoi d'autre. Dites ce que vous désirez, vous l'aurez immédiatement.

— Mon Dieu ! Et les gens acceptent ça ?

— Ils ne l'acceptent pas. Ils s'y attendent. Ça fait partie de la vie d'une star.

— Ce que je ne suis pas, dit-elle avec soulagement.

— Ce que vous êtes.

— Dois-je alors commander des sauterelles roses et de la limonade ?

— Ce que vous voulez, princesse. Le palace est à vous.

Une douleur lui poignarda le cœur. Princesse. Tom l'avait toujours appelée ainsi. Il y avait quelque chose dans les yeux de Kate que Stu ne pouvait pas voir lorsqu'elle reprit la parole.

— Il serait plus approprié de dire « Reine d'un jour ».

— Profitez-en pleinement. Ah, nous avons rendez-vous avec Nick Waterman à midi et demi dans le Polo Lounge. C'est dans votre hôtel.

— Qui est ce Nick Waterman ?

— C'est le producteur du « Case Show ». En personne, ma chère. Pas d'assistants. Il veut seulement vous rencontrer et vous parler un peu de l'émission.

— Est-ce que ça va être épouvantable ?

Elle ressemblait à une petite fille redoutant la visite chez le dentiste. Stu sourit. Il ne voulait qu'une chose : qu'elle se détende et qu'elle y prenne beaucoup de plaisir. Mais ça viendrait avec le temps.

— Non, ça ne sera pas épouvantable. Ce soir, après l'émission, il y a une réception. Ils veulent que vous y veniez.

— Est-ce une obligation ?

— Vous n'avez pas besoin de vous décider maintenant. Attendez de voir comment vous vous sentirez après l'enregistrement.

— D'accord. Dites-moi, que suis-je supposée porter au Polo Lounge ? Tout le monde semble être en jeans et vison, ici.

— Le matin ?

— Enfin, ils sont en jeans et ils portent le vison sur le bras.

— Est-ce que vous étiez comme ça vous aussi ? demanda-t-il d'un air amusé.

— Non, j'étais en robe de coton.

166

— Ça me semble rafraîchissant. Le déjeuner risque d'être un peu plus habillé. Mais c'est à vous de décider. L'essentiel est que vous vous sentiez à l'aise. Waterman est un type très sympathique et très simple.

— Vous le connaissez ?

— Nous avons joué au tennis ensemble plusieurs fois. Il est très agréable. Reposez-vous et faites-moi confiance.

Il sentait qu'elle commençait à s'inquiéter.

— Bon. Je crois que je vais commander mes sauterelles roses et ma limonade et que je vais flâner au bord de la piscine.

— Parfait.

Ils raccrochèrent. Il était soulagé de la sentir relativement calme. Le « Case Show » était important, beaucoup plus important que Kate ne le pensait. Elle allait être propulsée devant le public américain et celui-ci allait soit l'aimer, soit la détester — ou être indifférent. Mais si jamais il décidait que Kate était intéressante, qu'elle le faisait rire ou pleurer, qu'elle était humaine, alors tous ses livres se vendraient. Elle avait du talent mais ce n'était pas tout. Il fallait que le public l'aime. Et Stu Weinberg était persuadé que si elle arrivait à être suffisamment elle-même, il l'aimerait. C'était le grand « si ». Il avait pris un gros risque en se fiant à Waterman. Il était peut-être fou de faire confiance à ce type. Pourtant, il n'avait pas pu s'en empêcher, ça avait été instinctif et il espérait ne pas s'être trompé. Il se trompait rarement. Ils avaient joué au tennis la veille au soir et pris plusieurs verres ensuite. Il avait dit à Waterman que Kate avait quelque chose d'une recluse, une belle recluse mais une recluse quand même. Et il la soupçonnait d'être ainsi depuis la mort de son mari. Il était important que personne ne lui fasse de mal ou ne l'effraye sinon elle retournerait dans sa caverne. Stu ne voulait pas que Jasper Case joue avec elle au cours de l'émission ou qu'il la mette à côté d'une garce hollywoodienne quelconque. Tout devait se passer en douceur ou ne pas se passer du tout. La carrière de Kate en dépendait. Waterman avait dit qu'il s'en occupait personnelle-

167

ment. Il avait même accepté de venir déjeuner lui-même, au lieu d'envoyer la femme qui était généralement chargée de ça. Stu priait pour que tout aille bien et il comptait sur Waterman. Le déjeuner promettait d'être intéressant : Stu allait voir Kate faire ses premiers pas dans le monde.

16

Elle attendit dans le bungalow jusqu'à midi 25, tapant du pied nerveusement sur l'épais tapis beige du salon. Devait-elle être à l'heure ? Ou bien était-elle supposée arriver en retard ? Devait-elle partir maintenant ? Ou dans cinq minutes, à midi et demi pile ? Et si ce qu'elle portait était tout à fait inadéquat ? Elle avait essayé ses trois tenues et elle était toujours aussi peu sûre. Elle avait mis finalement un ensemble avec un pantalon en tissu blanc qui, d'après Felicia, faisait « très Los Angeles », des sandales blanches et, comme bijoux, son alliance et la montre de Felicia. Elle serra sa montre dans sa main pendant un moment, en fermant les yeux. Elle sentait encore les fleurs qu'on lui avait apportées. Un énorme bouquet de fleurs printanières avec de grosses tulipes rouges et jaunes et toutes les fleurs qu'elle aimait. Le bouquet avait été envoyé par le « Case Show ». Et l'hôtel avait livré une bouteille de bordeaux, château-margaux 59, et une belle coupe de fruits frais. « Avec tous nos compliments. » Elle avait apprécié l'idée d'envoyer du vin plutôt que du champagne, c'était plus simple. Pourtant, elle pensa en souriant que le margaux 59 n'était quand même pas un vin très ordinaire.

— Bon, allons-y, dit-elle à voix haute, en soupirant.

Elle se leva et regarda autour d'elle. Elle était terrifiée.

Pourtant, il était l'heure d'y aller. Exactement midi et demi. Si ce type était un imbécile ? S'il ne l'aimait pas et ne voulait pas d'elle dans l'émission ? S'ils étaient odieux avec elle pendant l'enregistrement ?

— Et puis zut ! s'exclama-t-elle en faisant une grimace.

Elle sortit.

Le trajet jusqu'au bâtiment principal de l'hôtel lui parut interminable et, en passant près de la piscine et des courts de tennis, elle eut envie de s'arrêter. Son ensemble lui donnait une sensation de frais alors que la brise jouait avec ses cheveux. Elle se demandait si elle n'aurait pas dû mettre plutôt une robe ou quelque chose de plus recherché. Felicia lui avait envoyé une robe bleu marine très déshabillée mais elle n'oserait jamais la porter pour l'émission. Elle ne pouvait pas. Peut-être le soir, si elle allait à la réception. La réception... elle avait l'impression de courir sur des rails de chemin de fer avec un express à sa poursuite.

— Madame ?

Elle était arrivée et fixait des yeux un trou obscur. Le Polo Lounge était un puits noir où elle n'arrivait pas à distinguer quoi que ce soit. Elle aperçut pourtant des nappes roses, un bar minuscule, une série de banquettes rouges. Sortant du soleil éblouissant, elle parvenait à peine à entrevoir quelque chose à l'intérieur. Elle entendait cependant et c'était comme si des centaines de gens mangeaient, bavardaient, riaient, demandaient le téléphone.

— J'ai rendez-vous avec M. Weinberg. Stuart Weinberg. Et...

Mais le maître d'hôtel souriait déjà.

— Mademoiselle Harper ?

Elle hocha la tête, incrédule.

— Ces messieurs vous attendent dehors, sur la terrasse. M. Waterman est déjà arrivé.

Kate le suivit : elle avait toujours autant de mal à voir. Mais elle n'avait pas besoin de distinguer les visages. Même leurs voix paraissaient importantes. Il semblait y avoir beaucoup de longs cheveux blonds, beaucoup de cliquetis de bracelets, beaucoup d'hommes en chemises ajustées et ouvertes avec des colliers en or autour du cou. Elle avait peu de temps pour observer car le maître d'hôtel se hâtait vers le fond de la salle. Ils arrivèrent alors sur la terrasse.

Ce fut agréable de se retrouver au soleil et de voir quelqu'un de familier. Elle aperçut en effet Stu.

— Merveilleux, vous avez réussi à arriver jusque là ! Vous êtes absolument ravissante !

Elle rougit et Stu se leva pour la serrer dans ses bras d'une façon fraternelle et chaleureuse. Il la regarda d'un air approbateur et ils échangèrent un sourire.

— Excusez-moi. Je suis en retard.

Elle jeta un coup d'œil à la table, sans oser vraiment regarder l'autre homme, puis fixa son attention sur la chaise qu'un serveur lui avait prestement avancée. Elle s'y assit et Stu leva une main en direction de l'homme à sa droite.

— Vous n'êtes pas en retard. Kate, permettez-moi de vous présenter Nick Waterman. Nick, je te présente Kate.

Kate eut un petit sourire pincé et ses yeux se portèrent sur le visage de Nick. Elle lui serra la main. Cette main était grande et énergique, et les yeux qui fixaient Kate étaient d'un bleu sauvage et tropical.

— Bonjour, Kate. J'avais hâte de vous connaître. Stu m'a donné une épreuve du livre. Il est excellent. Encore meilleur que le précédent.

Ses yeux semblaient l'inonder de soleil. Elle se détendit.

— Vous avez lu mon premier livre ?

Il hocha la tête et elle le regarda, abasourdie.

— Vraiment ?

Il hocha à nouveau la tête et s'adossa en riant.

— Vous pensiez que personne ne lisait vos livres ? demanda-t-il, très amusé.

— Oh, pas exactement.

171

Comment pouvait-elle expliquer qu'elle n'était jamais allée où que ce soit pour vérifier si quelqu'un les lisait ? Tillie avait lu son livre, M. Erhard aussi, mais elle s'était toujours imaginé qu'ils l'avaient lu parce qu'elle leur avait donné des exemplaires gratuits. C'était incroyable de rencontrer un inconnu qui l'avait lu, lui aussi.

— Ne dites surtout pas ça à l'émission.

Stu regarda Kate en souriant et fit un signe au serveur.

— Qu'est-ce que vous prenez ?

— Des sauterelles roses, fit-elle dans un murmure.

Stu se remit à rire et Nick eut l'air ahuri, mais le serveur avait rapidement pris note de la commande.

— Une sauterelle pour la dame.

— Non, non ! s'exclama-t-elle en riant. Je ne sais pas. Du thé glacé, peut-être.

— Du thé glacé ! fit Stu d'un air surpris. Vous ne buvez pas ?

— Pas quand je suis nerveuse. Je risque de me trouver mal pendant le déjeuner.

Stu regarda Waterman en souriant et tapota la main de Kate.

— Je vous promets qu'il ne vous attaquera pas avant le dessert.

Ils éclatèrent de rire tous les trois.

— En fait, je crois que je suis déjà ivre. Oh, je dois vous remercier pour les fleurs, elles sont très belles.

Elle se tourna vers Nick et se sentit à nouveau rougir : elle ne savait pas pourquoi, mais il la mettait mal à l'aise. Quelque chose de magnétique en lui la poussait à chercher son regard, la portait vers lui mais cela l'effrayait. C'était terrifiant de se sentir attirée par un homme après toutes ces années, même si ça se limitait à une conversation. Et il était si impressionnant, si présent. Il était impossible de l'éviter. De plus, elle n'avait pas vraiment envie de l'éviter. C'était ça qui lui faisait peur.

— Qu'est-ce que vous pensez d'Hollywood, Kate ?

La question était ordinaire, banale, mais elle se sentit

rougir une fois encore sous son regard, tout en se haïssant de le faire.

— Après deux heures, je suis déjà à ramasser à la petite cuillère. Est-ce que ça ressemble vraiment à ça ou l'hôtel est-il une sorte d'oasis de folie dans un monde plus calme ?

— Pas du tout. Ici, c'est le point de ralliement. Plus vous vous en éloignez, plus ça devient fou.

Les deux hommes échangèrent un regard entendu et Kate sourit.

— Comment faites-vous pour supporter ?

— Je suis né ici, dit Stu avec fierté. J'ai ça dans la peau.

— Mon Dieu, est-ce que ça s'opère ? demanda-t-elle d'un air sérieux.

Nick se mit à rire et elle se tourna vers lui courageusement.

— Et vous ?

— Moi, ça va. Je suis de Cleveland.

— Quelle horreur ! s'exclama Stu d'un ton moqueur.

Le serveur posa le thé glacé devant Kate. Elle sourit doucement.

— J'y suis allée une fois. C'est très joli, dit-elle comme perdue dans son thé glacé.

— Chère madame, excusez-moi, mais vous n'êtes certainement pas allée à Cleveland.

La voix de Nick était profonde, douce comme une caresse.

— Bien sûr que si.

Elle leva les yeux vers lui avec un sourire plein d'assurance et les yeux bleus lui renvoyèrent des éclairs.

— Si vous avez trouvé ce patelin joli, c'est que vous n'y êtes pas allée.

— Bon, disons que j'y ai fait un séjour agréable.

— D'accord. Maintenant, je vous crois.

Ils commandèrent de grands bols de crevettes sur de la glace et des asperges à la vinaigrette, accompagnées d'un délicieux pain français tout chaud.

— Alors, Kate, si on parlait de l'émission de ce soir ?

173

Nick la regardait avec un tendre sourire.

— Je fais tout mon possible pour éviter le sujet.

— C'est ce que je pensais ! Vous n'avez pas de souci à vous faire. Aucun souci. Tout ce que vous avez à faire, c'est de continuer ce que vous avez fait jusqu'à présent.

— M'empiffrer ?

Elle lui adressa une petite grimace et il eut envie d'ébouriffer ses cheveux coiffés avec soin. Mais il ne devait pas faire quoi que ce soit qui la surprenne : elle prendrait peur et retournerait en hâte se cacher dans la forêt. Il avait écouté attentivement ce que Weinberg lui avait dit. Dans les paroles de Kate, il n'y avait aucune réserve. En fait, elle était même plutôt agressive et il aimait ça. Mais son regard était différent : il avait quelque chose d'apeuré, de triste, quelque chose de plus vieux que son corps ou son visage. L'endroit où elle s'était cachée ne devait pas être très vivant. Ça lui donnait envie de la prendre dans ses bras mais il aurait tout gâché. Weinberg l'aurait tué. Il se concentra à nouveau sur ce qu'elle disait à propos de l'émission.

— Non, Kate, je parle sérieusement. Vous n'aurez qu'à bavarder, rire un peu, dire ce qui vous passe par la tête — mais pas de mots grossiers, je vous en prie !

Il leva les yeux au ciel. La veille au soir, ils avaient dû en supprimer plusieurs mais c'était de la faute de Jasper qui avait insisté pour avoir ce maudit comique.

— Vous n'avez qu'à être naturelle, détendue. Vous écouterez. Jasper est un orfèvre en la matière. Vous aurez l'impression d'être chez vous, dans votre salon.

— Je n'arrive pas à m'imaginer comme ça alors que je serai sur le point de me trouver mal ou d'avoir des nausées !

— Mais non. Vous allez adorer ça. Vous ne voudrez pas que ça finisse.

— Balivernes !

— Dites ça une seule fois et c'est moi qui vous sors !

Elle eut l'air horrifiée et il secoua la tête.

174

— Vous n'avez qu'à être jolie et vous amuser. De quoi aimeriez-vous parler en particulier ?

Il prit un air sérieux et il lui plaisait toujours plus. Elle se concentra un moment mais ne sut pas quoi répondre.

— Réfléchissez-y, Kate. N'y a-t-il pas un aspect particulier du livre qui ait une grande signification pour vous ? Quelque chose qui le rendrait plus réel, plus proche des téléspectateurs ? Quelque chose qui les pousserait à courir l'acheter ? Peut-être quelque chose qui vous est arrivé pendant que vous l'écriviez ? En fait, pour quelles raisons l'avez-vous écrit ?

— Parce que je voulais raconter cette histoire ; j'ai donc voulu l'écrire pour les autres. Mais il n'y a rien d'exceptionnel. Le déclin d'un mariage et d'une histoire d'amour, c'est banal.

— À supprimer ! s'exclama Weinberg. Quoi que vous fassiez, mon petit, ne les découragez pas d'acheter le livre !

— C'est vrai, Kate.

Nick l'observait à nouveau. Les yeux, les yeux, il y avait quelque chose dans ses yeux. Qu'est-ce que ça pouvait bien être ? De la crainte ? Non, quelque chose d'autre. Quelque chose de plus profond. Il voulait savoir à tout prix ce que c'était, aller vers elle. Mais ces sentiments étaient tout à fait incongrus pendant ce déjeuner et elle avait détourné son regard pour le poser sur ses mains, comme si elle avait senti qu'il devinait trop de choses.

— Bon, pourquoi avez-vous choisi le football comme décor ?

Elle ne leva pas les yeux.

— Je pensais que ça pouvait faire un bon arrière-plan. Les gens du football se sentiraient concernés. Ce serait bon du point de vue commercial.

Il ne savait pas pourquoi mais il ne la croyait pas et, lorsqu'elle leva les yeux, il vit qu'elle mentait effectivement. Il y eut comme un déclic.

— Vous avez trouvé de très belles scènes et finement analysées. J'ai presque été plus emballé par cet aspect que par le reste. Vous connaissez bien le jeu. Pas seulement le football, le sport, mais le jeu. J'ai beaucoup aimé.

— Vous avez fait du football quand vous étiez étudiant ?

Elle avait l'impression d'être seule avec lui. Stu Weinberg savait qu'il était oublié, mais ça lui était égal.

Nick hocha la tête en réponse à la question de Kate.

— Tout au long de mes années d'études, plus une année comme professionnel. Mais pendant la première saison, je me suis blessé aux deux genoux et j'ai dû renoncer à continuer.

— Vous avez de la chance. C'est un sport dangereux !

— Vous le pensez vraiment ? Ce n'est pas l'impression que j'ai eue en lisant le livre.

— Je ne sais pas. C'est une façon particulièrement barbare de tuer les gens.

— Comment savez-vous tout cela, Kate ?

La réponse arriva vite, sur un ton très doux et fut accompagnée d'un sourire à la Hollywood.

— Recherche approfondie pour le livre.

— Ça a dû être passionnant.

Il souriait lui aussi, tout en continuant son analyse et son observation. Elle aurait voulu ne pas avoir à se cacher, mais elle ne pouvait pas se permettre de lier connaissance avec cet homme. Il connaissait le football. Il était dangereux. Elle ne pouvait même pas s'en faire un ami.

— Est-ce que vous voudriez parler de cette recherche, au cours de l'émission ?

Elle secoua la tête puis haussa les épaules.

— Ça ne serait pas très intéressant : quelques matchs, quelques interviews, des lectures. Ce n'est pas vraiment l'essentiel du livre.

— Vous avez peut-être raison.

Il n'allait pas la pousser dans ses retranchements.

— Alors, et vous ? Mariée ?

Il regardait le mince anneau d'or à sa main gauche et se rappela que Weinberg lui avait dit qu'elle était veuve.

Mais il ne voulait pas avoir l'air d'en savoir autant sur elle.

— Non, veuve. Mais, pour l'amour du ciel, ne dites pas ça à l'émission. Ça fait tellement mélodramatique.

— Exact. Des enfants ?

— Oui. Un. Mais je ne tiens pas vraiment à parler de lui non plus.

— Pourquoi ? demanda Nick, surpris. Mon Dieu, si j'avais des enfants, je ne parlerais de rien d'autre.

Elle était peut-être sans cœur après tout, mais il ne le pensait pas.

— D'après ce que je comprends, vous n'avez pas d'enfants.

— Brillante déduction, madame.

Il leva son verre de *bloody mary* vers Kate et ajouta :

— Je suis totalement libre. Pas d'enfants, pas de femme, rien.

— Jamais ? fit-elle étonnée.

Pourquoi un homme comme lui était-il encore célibataire ? Homosexuel ? Impossible. Il aimait peut-être énormément les starlettes. C'était la seule explication.

— Je suppose que c'est possible dans un endroit comme celui-ci. Il y a tant de choix.

Elle regarda autour d'elle avec un sourire malicieux et il renversa la tête en éclatant de rire.

— Vous avez tout compris !

Weinberg leur sourit à tous deux et s'adossa, très satisfait. Kate se débrouillait bien. Il n'avait pas besoin d'intervenir.

— Alors, pourquoi ne voulez-vous pas parler de votre enfant ? Au fait, c'est un garçon ou une fille ?

— Un garçon. Il a six ans. Il est fantastique. C'est un vrai petit cow-boy.

Elle avait l'air de faire partager son plus beau secret. Puis son visage redevint sérieux. Elle continua :

— Je ne tiens pas à le mêler à ce que je fais. Il a une vie simple et agréable à la campagne. Je veux que tout cela continue. C'est seulement au cas où... au cas où...

— Au cas où sa maman deviendrait une célébrité, n'est-ce pas ? dit Nick amusé. Qu'est-ce qu'il pense de tout cela ?

— Pas grand-chose. Il m'a à peine parlé lorsque je suis partie. Il est... il n'est pas habitué à ce que je m'absente. Je... Il était fâché contre moi.

Elle leva les yeux vers Nick avec un large sourire.

— Vous lui rapporterez quelque chose qu'il aime.

— Oui. Moi.

— Et je suppose que vous le gâtez énormément ?

— Non. Quelqu'un d'autre s'en charge.

Quelqu'un. Et voilà. Il y avait quelqu'un. Dommage ! Rien ne parut pourtant sur son visage.

— Bon, qu'est-ce qui reste pour ce soir à ce pauvre Jasper ? Vous ne voulez pas parler de football, de vos recherches, de votre enfant. Vous n'avez pas de chien, par hasard ?

Il souriait d'un air moqueur et Stu leva les yeux au ciel, en rentrant dans la conversation.

— Tu n'aurais pas dû dire ça. Tu es tombé en plein dedans.

— Elle a un chien ?

— Il s'appelle Bert, dit Kate d'un air guindé. Bert n'est pas un chien, c'est une personne. Il est blanc et noir, avec de longues oreilles et un visage fabuleux.

— Et c'est quoi ? Un cocker ?

— Bien sûr que non ! s'exclama-t-elle, offensée. C'est un basset artésien.

— Merveilleux. Je vais en parler sans faute à Jasper. Revenons aux choses sérieuses. De quoi allez-vous parler ? Du mariage ? Qu'en pensez-vous ? Vous avez des opinions sur le mariage ?

— J'aime. C'est très agréable.

Alors, pourquoi ne se mariait-elle pas avec ce « quelqu'un » qui gâtait son fils ? Ou bien portait-elle le deuil de son mari défunt ? Il n'avait pas encore trouvé de réponse mais cela viendrait.

— Et le concubinage, qu'en pensez-vous ?

178

— C'est bien aussi.

Elle termina son thé glacé.

— La politique ?

— Je ne m'intéresse pas à la politique.

Puis elle ajouta d'un air malicieux :

— Vous savez, monsieur Waterman, je suis très ennuyeuse. J'écris. J'aime mon fils.

— Et votre chien, n'oubliez pas votre chien.

— Et mon chien. Et c'est tout.

— Et vos cours ?

Stu intervenait à nouveau, l'air sérieux.

— Ne donnez-vous pas des cours à des enfants attardés, ou quelque chose comme ça ?

Il avait eu Tillie plusieurs fois au téléphone quand Kate était à Carmel chez Tom.

— J'ai promis à l'école de ne pas en parler.

Ce mensonge-là était facile.

— J'ai trouvé ! Le temps ! Vous pourriez parler du temps qu'il fait avec Jasper.

Il plaisantait mais Kate prit soudain un air déconfit.

— C'est à ce point ? Mon Dieu, je suis désolée.

Mais la main de Nick se posa aussitôt sur la sienne et son visage refléta quelque chose qui ressemblait à de l'amour. Elle en fut toute retournée, c'était arrivé si rapidement.

— Je plaisantais évidemment. Tout va bien marcher. On ne sait jamais de quoi on va parler exactement. Des sujets peuvent être abordés auxquels vous n'aviez jamais pensé auparavant. Vous finirez peut-être par faire l'émission à vous toute seule. Enfin, vous êtes suffisamment intelligente, suffisamment jolie, vous avez suffisamment d'esprit pour bien vous débrouiller quand vous aurez la parole. Détendez-vous. Je serai derrière la caméra et je vous ferai des signes et des grimaces épouvantables pour vous amuser.

— Je n'y arriverai jamais !

— Vous avez intérêt à y arriver, trésor, ou je vous botte l'arrière-train, plaisanta Weinberg.

179

Ils éclatèrent de rire tous les trois. Elle devait pourtant admettre qu'elle se sentait mieux à présent. Au moins, elle savait qu'elle avait un ami dans l'émission. Nick Waterman était déjà un ami.

— Qu'est-ce que vous faites cet après-midi ? demanda Nick en regardant sa montre.

Il était déjà 3 h 10 et il avait des choses à faire au studio.

— J'envisage de me baigner et de me reposer un peu. Il faut que je sois là-bas à 7 heures moins le quart.

— Plutôt 6 heures un quart, 6 heures et demie. Nous enregistrons à 7 heures. Vous pourrez vérifier votre maquillage, faire connaissance avec les autres invités dans la Salle Rouge et vous familiariser avec les lieux. Oh, j'oubliais, vous ne devez pas porter de blanc.

— Vraiment ? dit-elle, horrifiée. Et du crème ?

Il secoua la tête.

— Mon Dieu !

— C'est tout ce que vous avez apporté ?

Il ressemblait à un mari qui regarde sa femme par-dessus son épaule pendant qu'elle s'habille ; cette situation embarrassa Kate.

— J'avais l'intention de porter un tailleur crème avec un chemisier couleur pêche.

— C'est fantastique. Il faudra que je vous invite à dîner un de ces jours pour l'admirer. Mais ça ne convient pas pour ce soir, Kate, je suis désolé.

Elle aurait dû écouter Licia et prendre tout un choix de vêtements mais elle était si sûre d'elle à propos du tailleur. La seule possibilité, à présent, c'était cette robe bleu marine extrêmement décolletée. Elle ne tenait pas à paraître aussi nue à la télévision. Seigneur, les gens allaient la prendre pour une prostituée !

— Est-ce que vous avez quelque chose d'autre ? Vous pouvez toujours aller dans une boutique, vous savez.

— Je crois que c'est ce que je vais faire. J'ai apporté une robe mais elle est trop indécente.

Weinberg dressa l'oreille et échangea un regard avec

Waterman. Ils avaient redouté tous les deux qu'elle ne porte une tenue trop sérieuse.

— Comment est-elle ? demanda Nick.

— Bleu marine, très décolletée, avec des bretelles. Mais je vais ressembler à une grue.

Ils s'esclaffèrent.

— Croyez-moi, Kate, vous n'arriveriez pas à ressembler à une grue.

— C'est un compliment ?

Elle avait l'impression que ça n'en était pas un, mais Nick regarda d'un air profondément ennuyé les femmes outrageusement parées aux tables voisines.

— Dans cette ville, Kate, c'est un compliment. Est-ce que la robe est sexy ?

— Un peu. Elle fait plutôt haute couture.

— Envoûtante ?

Elle hocha la tête, presque en s'excusant. Nick parut enthousiasmé.

— Mettez-la ce soir !

— Vous êtes sérieux ?

— Très.

Les deux hommes se sourirent et Nick Waterman régla l'addition.

17

Avant de quitter le bungalow, Kate se regarda une dernière fois dans la glace. Elle avait prévu d'appeler un taxi afin de ne pas se perdre dans Los Angeles au volant de sa propre voiture, mais le secrétaire de Nick avait téléphoné une heure auparavant pour lui dire que Nick envoyait une voiture la chercher. À 6 heures. La réception venait de l'appeler pour annoncer son arrivée. Kate avait téléphoné à Felicia deux fois. Elle avait parlé avec Tygue. Elle était allée se baigner, s'était lavé les cheveux, s'était fait les ongles et avait changé de boucles d'oreilles et de chaussures trois fois. Elle était enfin prête. Elle se sentait toujours une grue avec cette robe, mais une grue de luxe.

La glace lui confirma que tout allait bien : l'image qu'elle lui renvoya était belle à couper le souffle. Kate espéra que Nick serait du même avis et puis elle rougit à nouveau. Il ne s'agissait pas de Nick l'homme, mais de Nick le producteur de l'émission. Mais, dans son esprit, les diverses fonctions de Nick se chevauchaient : mentor, conseiller, ami, homme. Les sentiments qu'elle éprouvait pour lui étaient déjà bien confus alors qu'elle ne le connaissait que depuis midi. Elle avait pourtant hâte de le voir pour être rassurée sur sa tenue. Elle n'avait pas été dans un magasin cet après-midi-là et avait décidé de courir le risque de porter la seule robe possible. S'ils ne l'aimaient pas, tant pis. Mais Felicia avait dit qu'ils allaient adorer et elle avait généralement raison.

Kate noua sur ses épaules un châle bleu nuit en crochet, prit son sac et ouvrit la porte. Elle marcha vivement jusqu'à l'entrée principale puis s'avança sur le trottoir près du portier.

— Mademoiselle Harper ?

Bon sang, comment pouvait-il la connaître ?

— Oui, c'est moi.

Il fit un signe et une interminable Mercedes couleur chocolat arriva devant elle. Pour elle ? C'était vraiment elle, Cendrillon ! Elle eut envie de rire mais se retint.

— Merci.

Le chauffeur lui tint la porte ouverte. Il s'était précipité avant même le portier, et les deux hommes en uniforme attendirent qu'elle se glisse à l'intérieur. Une fois sur le siège arrière, elle eut une violente envie de rire mais elle était seule, il n'y avait personne pour partager son hilarité. Elle fut soudain très pressée de revoir Nick pour le lui raconter mais elle réalisa aussi que c'était impossible. Pour lui, c'était la vie de tous les jours. Pour elle, c'était une fois dans sa vie.

La voiture fonça à travers des quartiers inconnus, passa devant des demeures somptueuses, des palmiers, et emprunta les voies rapides. Elle se rendit compte que, seule, elle se serait irrémédiablement perdue. Ils arrivèrent enfin devant un long édifice sans prétention, couleur sable. Le studio. La voiture s'arrêta, le chauffeur ouvrit la porte et elle sortit. La tentation était grande de faire de l'effet. Difficile de ne pas prendre un air arrogant, juste pour rire. Mais elle se rappela que Cendrillon avait perdu la pantoufle de vair et qu'elle était tombée sur le derrière dans l'escalier.

— Merci.

Elle sourit au chauffeur et fut contente de constater que sa voix était encore celle de Kate et non pas celle de « Mlle Harper ». Cependant, elle commençait à aimer cette Mlle Harper. C'était le succès. Kaitlin Harper, l'écrivain.

Deux gardiens dans l'entrée lui demandèrent son nom. Elle n'eut pas le temps de le donner : une jeune femme aux boucles blondes apparut et sourit aux gardiens.

— Je vous emmène tout de suite, mademoiselle Harper.

Les deux gardiens sourirent et l'un d'eux jeta un regard admiratif sur le postérieur de la blonde. Elle portait le jean traditionnel, des chaussures Gucci et un chemisier transparent. Kate avait l'impression d'être sa mère. La fille n'avait probablement que vingt-deux ans mais elle avait un air que Kate n'avait pas eu depuis des années, si même elle l'avait jamais eu. Peut-être, il y a longtemps... il était difficile de s'en souvenir.

— Tout est prêt dans la Salle Rouge.

La fille continua à bavarder aimablement dans l'ascenseur. Elles auraient aussi bien pu monter les étages à pied mais Kate comprit immédiatement que ça n'aurait pas été la chose à faire. C'était le genre de ville où ce qu'on faisait reflétait exactement la condition sociale.

Elles débouchèrent dans un couloir quelconque et Kate essaya de jeter un œil sur les photos accrochées aux murs. Il y avait des visages qu'elle avait vus dans des grands films, dans des journaux, aux actualités télévisées, et même sur des couvertures de livres. Elle se demanda si, un jour, son visage serait accroché là. Elle le souhaita. Kaitlin Harper... C'est moi ! Regardez-moi ! Je suis Kate ! Mais la fille lui avait déjà ouvert une porte. Le sanctuaire. Une rangée de gardiens le protégeait à l'intérieur et à l'extérieur et la porte ne s'ouvrait qu'avec une clef. Un long couloir moquetté de blanc. Blanc ? Comme c'était fragile ! De toute évidence, personne ne s'en souciait. C'était très beau. D'autres photos, plus personnelles, et sur chacune d'elles se trouvait Jasper Case. Il était plutôt beau physiquement sur les photos avec ses cheveux argentés et sa très haute taille. Il avait une certaine élégance. Et, puisqu'elle regardait régulièrement l'émission, elle savait que son accent anglais renforçait sa distinction. C'était lui qui réalisait les meilleures interviews à la télévision parce qu'il n'était jamais prétentieux, jamais méchant ; il était au contraire toujours chaleureux, parfait, intéressé, et il réussissait souvent d'une façon ou d'une autre à faire parler son interlocuteur. Celui qui regardait Jasper en buvant sa tisane avant d'aller se coucher avait l'impression que tous les invités de Jasper étaient assis près de lui dans son propre salon et qu'il faisait partie de la réunion.

Kate était toujours absorbée par les photos quand elle entendit s'ouvrir une autre porte avec l'une des clés magiques de la jeune fille. Elle se retrouva dans ce qui semblait être une chambre d'amis, peinte en vieux rose et très séduisante. Un canapé, plusieurs bergères, la chaise longue traditionnelle, une coiffeuse, une jungle d'orchidées et d'autres plantes exotiques qui descendaient du plafond. C'était le genre de pièce dont Kate aurait rêvé pour en faire son bureau, au lieu du trou crasseux où, comme la plupart des écrivains, elle travaillait.

— C'est votre loge, mademoiselle Harper. Vous pouvez vous changer ou vous allonger. Faites ce que vous voulez. Quand vous serez prête, appuyez sur ce bouton et je vous conduirai à la Salle Rouge.

— Vraiment ? C'est juré ? Est-ce bien nécessaire ?

Kate aimait la salle rose. Elle n'avait nulle envie de connaître la Salle Rouge.

— Merci.

C'est le seul mot qui lui vint à l'esprit. Elle était dans tous ses états. Quand elle pénétra dans la pièce et ferma la porte, elle remarqua un joli bouquet de roses auquel était jointe une petite carte. Elle se dirigea vers le bouquet en se demandant s'il était destiné à quelqu'un d'autre. Quelqu'un de plus important sûrement. Mais son nom était sur l'enveloppe. Curieuse, elle l'ouvrit de ses doigts tremblants. Stu, peut-être ?

Mais les roses n'étaient pas de Stu. Elles étaient de Nick. « *N'oubliez pas le chien et le temps. Nick.* » Cette carte la fit rire. Elle s'assit et regarda autour d'elle. Elle n'avait rien d'autre à faire. Elle était complètement enfoncée dans une des grandes et confortables bergères et sentit le châle tomber de ses épaules. Puis elle se releva en hâte et se planta nerveusement devant une glace où elle pouvait se voir entièrement. Était-elle correcte ? La robe était-elle affreuse ?... Un petit coup à la porte la fit sursauter.

— Kate ?

C'était une voix d'homme, profonde, et elle sourit. Elle n'était pas seule après tout. Elle ouvrit la porte et c'était lui, grand et souriant. Nicholas Waterman. Il était encore plus grand que dans son souvenir mais ses yeux n'avaient pas changé. Ils étaient aussi chaleureux, aussi aimables, c'étaient les yeux d'un ami.

— Comment ça va ?

— Je suis extrêmement anxieuse.

Elle lui fit signe d'entrer et ferma la porte comme s'il s'agissait d'une conspiration. Puis elle se rappela les roses.

— Merci pour les fleurs. Comment me trouvez-vous ?

Le rythme de ses paroles était saccadé, elle n'avait qu'une envie, faire l'autruche.

— Je n'aime pas du tout.

Elle s'affala sur le canapé et poussa presque un rugissement. Nick éclata de rire.

— Vous êtes très belle. Tout est parfait. Rappelez-vous, le chien et le temps. D'accord ?

— Oh, taisez-vous donc !

Elle remarqua alors qu'il la regardait d'un drôle d'air.

— Qu'y a-t-il ?

— Défaites vos cheveux.

— Maintenant ? Mais je n'arriverai jamais à les recoiffer.

— C'est le but ! Allons, cette robe fera mieux avec des cheveux longs.

Il s'adossa au canapé, près d'elle, et elle posa sur lui un regard ahuri.

— Vous êtes toujours comme ça avec les gens qui viennent participer à l'émission ?

Ça aurait été décevant. Elle espérait une réponse négative.

— Bien sûr que non. Tout le monde ne vient pas pour parler de son chien ou du temps qu'il fait.

— Arrêtez de dire ça ! dit-elle avec un grand sourire.

Elle venait de décider une nouvelle fois qu'elle aimait ses yeux.

— Défaites vos cheveux.

Il ressemblait à un grand frère essayant de lui enseigner un nouveau sport. Elle allait résister mais elle décida de se laisser persuader.

— D'accord. Mais je vais être épouvantable.

— Vous ne pourriez pas l'être !

— Vous êtes vraiment fou.

C'était une conversation de salle de bains. Il se rase pendant qu'elle se sèche. Elle se coiffe pendant qu'il fait son nœud de cravate. Elle lui adressa un sourire de côté et ses cheveux tombèrent en douces cascades sur ses épaules. Il sourit en constatant qu'il avait raison.

— Épouvantable, disiez-vous ? Vous êtes ravissante. Regardez-vous dans la glace.

C'est ce qu'elle fit et elle fronça les sourcils, l'air peu sûre d'elle.

— J'ai l'impression de sortir du lit.

Il voulait lui dire quelque chose mais il se tut. Il se contenta de sourire.

— Vous êtes absolument parfaite. Vous avez déjà vendu votre livre à la moitié des hommes aux États-Unis. Les autres sont soit trop vieux, soit trop jeunes.

— Vous préférez mes cheveux ainsi ?

— J'adore !

Et il aimait beaucoup la robe. Kate était exquise. Grande, fine, élégante, sexy. Elle était naïvement séduisante. Elle n'en était pas consciente et c'était le genre de femmes pour lesquelles les hommes se battent. Il y avait chez elle une finesse, une touche de timidité derrière l'hu-

187

mour, une réserve mêlée à une certaine malice. Sans réfléchir, il lui prit la main.

— Vous êtes prête ?

— Je suis prête.

Elle était tellement haletante qu'elle pouvait à peine parler.

— Alors, en route pour la Salle Rouge.

Ils y trouvèrent du champagne et du café. Des sandwiches, du foie gras. Des magazines, de l'aspirine et autres médicaments pour légers malaises. Des visages que Kate n'aurait jamais pensé rencontrer. Un journaliste de New York, un comédien qu'elle connaissait depuis toujours et qui était venu à Los Angeles juste pour l'émission, une grande star de la chanson, une actrice, et un homme qui avait passé quatre ans en Afrique à écrire un livre sur les zèbres. Il n'y avait pas d'inconnus : elle avait entendu parler de tous ces gens, les avait vus. C'était elle l'inconnue.

Nick la présenta à tout le monde et lui tendit la ginger ale [1] qu'elle avait demandée. À 7 heures moins le quart exactement, il partit. L'homme aux zèbres était assis en face d'elle, et racontait quelque chose de stupide avec un accent d'Eton [2] presque inintelligible. Quant à la star de la chanson, elle fixait Kate.

— Le producteur en pince pour toi, chérie, à ce qu'il semble. C'est récent ou ça date, ce béguin ? C'est pour ça que tu es dans l'émission ?

Elle lima un ongle rouge en forme de griffe, puis sourit à l'actrice qui était une amie à elle. Il y avait une nouvelle tête en ville et elles ne l'aimaient pas. Kate leur sourit, tout en souhaitant mourir. Elle continua à sourire bêtement et croisa ses jambes en espérant qu'elles ne verraient pas ses genoux trembler. C'est alors que le journaliste et le comédien arrivèrent à son secours, tels des envoyés du ciel. Le journaliste avait soi-disant besoin

_____

1. Ginger ale : bière au gingembre (_N.d.t._).
2. Eton : célèbre collège anglais (_N.d.t._).

188

de son aide pour couper le foie gras et le comédien lui adressa immédiatement quelques remarques drôles. Ils passèrent tous les trois le reste du temps à l'autre extrémité de la salle pendant que les deux autres femmes bouillaient de jalousie. Mais Kate ne le remarqua pas. Elle était trop nerveuse et trop occupée à parler. Nick avait raison : tous les hommes dans la salle auraient donné leur bras droit pour passer la nuit avec elle. Mais elle était trop inquiète pour remarquer l'effet qu'elle produisait sur eux.

— Quelle impression ça vous fait ?

— C'est comme si vous tombiez sur un lit de marshmallows[1], répondit le comédien avec un sourire. Vous devriez essayer ça un de ces jours.

Elle éclata de rire, et continua à siroter sa ginger ale. Mon Dieu ! et si ça la rendait malade ? Elle reposa son verre et chiffonna la serviette en papier de ses mains moites.

— Ne vous tracassez pas, mon petit. Ça va vous plaire, murmura le comédien tout doucement avec un chaud sourire.

Il était assez vieux pour être son père mais elle sentait sa main sur son genou. Elle n'était pas certaine que ça lui plaise. Et puis soudain, ce fut l'heure. Un courant d'électricité passa dans la salle et tout le monde se tut.

Ce fut la chanteuse qui passa la première. Elle chanta deux chansons et s'en alla après cinq minutes de conversation avec Jasper qui « lui était très reconnaissant d'être venue et savait qu'elle devait enregistrer une émission spéciale ». Kate se sentit soulagée après son départ. Le journaliste passa ensuite et fut étonnamment drôle. Il participait souvent à l'émission. Ensuite l'actrice, puis le comédien. Et puis... oh, seigneur... non ! Il ne restait plus qu'elle et l'homme aux zèbres. L'homme à la porte avec des écouteurs sur la tête fit un signe à Kate. Moi ? Mais je ne peux pas ! Il le fallait pourtant...

---

1. Marshmallows : petites boules de guimauve (*N.d.t.*).

Elle était paralysée de peur. Elle n'entendait pas ce qu'on lui disait. Et pire encore, elle ne s'entendait pas parler. Elle avait envie de hurler mais elle s'en garda bien. Puis elle s'entendit rire, bavarder, parler des vêtements horribles qu'elle portait quand elle écrivait, des sentiments qu'elle éprouvait à vivre à la campagne. Jasper avoua qu'il avait passé son enfance dans un coin qui ressemblait beaucoup à celui qu'elle décrivait. Ils parlèrent du travail de l'écrivain, de la discipline de la profession et même de la drôle d'impression que Los Angeles produisait quand on y débarquait. Elle se surprit à faire des plaisanteries sur les femmes qu'elle avait vues au bord de la piscine, et sur les vieux messieurs flasques serrés dans des jeans et des chemises collantes avec des chaînes en or qui pendaient à leur cou. Elle faillit même faire une allusion grossière mais se retint à temps, ce qui fut encore plus drôle étant donné que les spectateurs comprirent sans qu'elle ait eu besoin d'exprimer toute sa pensée. C'était la fabuleuse Kate. Et quelque part là-bas, au milieu des lumières, des fils électriques, de l'agitation, des caméras, se tenait Nick qui lui faisait des signes de victoire et lui souriait, tout fier. Elle avait réussi. Quand l'homme aux zèbres arriva, Kate se sentait très à l'aise. Elle riait et s'amusait beaucoup. Le journaliste et le comédien n'arrêtèrent pas de lui faire d'agréables remarques, et Jasper et elle semblaient être en piste ensemble depuis des années. C'était une de ces émissions qui marchent bien dès le début et Kate en était le joyau.

Elle était encore transportée quand elle quitta le plateau et Jasper l'embrassa sur les deux joues.

— Vous avez été merveilleuse, chère amie. J'espère avoir l'occasion de vous revoir.

— Merci. C'était fabuleux et si facile !

Elle rougit, haletante, et se retrouva soudain dans les bras du comédien.

— Est-ce que ça vous dirait d'essayer maintenant le lit de marshmallows ?

Même lui la faisait rire. Elle les aimait tous. Puis Nick

arriva, tout souriant, et elle se sentit remuée au plus profond d'elle-même.

— C'était parfait. Vous vous êtes très bien débrouillée.

Sa voix était très douce au milieu de l'agitation du studio.

— J'ai oublié de parler du chien et du temps !

Ils échangèrent un sourire et elle se sentit tout intimidée en face de lui. Elle était à nouveau Kate, et non la mythique Mlle Harper.

— Il faudra revenir alors.

— Merci de m'avoir mise à l'aise.

Il se mit à rire en passant un bras autour de ses épaules. Il aimait le contact de sa peau contre son bras.

— À votre service, Kate. Nous avons dix minutes avant de partir pour la réception. Vous êtes prête ?

Elle avait failli oublier. Mais Stu ? Elle devait le voir, non ?

— Je ne sais pas. Je... Je pense que Stu...

— Il a téléphoné avant votre arrivée ici. Il nous rejoint là-bas. C'est l'anniversaire de Jasper, vous savez. Tout le monde y sera.

Cendrillon au bal. Mais pourquoi pas, après tout ? Elle mourait d'envie de faire la fête.

— C'est parfait.

— Voulez-vous y aller dans une des bananes marron ou préférez-vous fuir la foule ?

Il détourna le regard pour signer un papier sur une planche que quelqu'un lui tendait puis jeta un coup d'œil à sa montre.

— Les bananes marron ? demanda-t-elle, perplexe.

— C'est ce que je vous ai envoyé pour venir ici. Les limousines marron. Nous en avons deux. Tout le monde va les emprunter pour se rendre à la réception. Tous les invités de l'émission et Jasper. Mais nous pouvons utiliser ma voiture.

C'était plus simple mais aussi un peu angoissant. Elle perdait ainsi la sécurité du groupe. Pourtant, Kate sentait que le comédien essaierait à nouveau de lui caresser le genou. Ce serait plus facile d'aller avec Nick.

— Puis-je emporter mes fleurs ?

Cette question le fit sourire. Elle s'en souvenait donc. Personne ne s'en souvenait généralement. Les gens les laissaient dans les loges et les femmes de ménage les emportaient chez elles. Mais Kate, elle, ne les avait pas oubliées. Elle était ainsi.

— Bien sûr. Un peu d'eau dans la voiture ne fera pas de mal.

Ils rirent en se dirigeant vers la loge. Autour d'eux, l'allure semblait être plus lente ; tout le monde se détendait après la tension que Kate avait sentie avant l'émission. Quelle vie ! Être ainsi sur les nerfs, tous les jours. Mais aussi, quelle sensation ! Elle ne s'était jamais sentie aussi bien de toute sa vie. Du moins pas depuis longtemps. Très longtemps.

Elle prit délicatement le bouquet de roses. La carte était depuis longtemps dans son sac. Un souvenir de la soirée de Cendrillon.

— Encore merci pour ces fleurs, Nick.

Elle aurait voulu lui demander s'il était toujours aussi attentionné mais ça aurait été impoli.

Tout était fini. La représentation était terminée. Ils étaient redevenus des gens ordinaires. Nick n'était plus le producteur, elle n'était plus la star. Elle se sentait un peu gênée en se dirigeant vers la voiture au côté de Nick. Puis elle se rejeta en arrière et émit un sifflement qui jurait avec son aspect extérieur.

— C'est à vous, ça ?

C'était une Ferrari bleu foncé, longue et basse avec un intérieur en cuir crème.

— Oui. Quand je l'ai achetée, j'ai dû me serrer la ceinture.

— J'espère que ça en valait la peine.

À en juger par le regard que Nick porta sur la voiture, elle sut qu'il ne regrettait rien. À sa façon, c'était un grand enfant. Il lui tint la porte ouverte et elle se glissa à l'intérieur. Même l'odeur sentait l'argent, c'était un riche mélange de bon cuir et de luxueuse eau de Cologne pour hommes. Elle était heureuse de constater que ça n'empestait pas le parfum ! Ça l'aurait indisposée.

Elle se sentait à l'aise dans l'obscurité, pendant qu'il se frayait un chemin dans la circulation. Elle se renversa sur le siège et se détendit.

— Pourquoi êtes-vous si silencieuse, tout d'un coup ?

Il avait remarqué.

— Je me détends.

— Vous avez tort. Attendez de voir la réception !

— Ça va être dingue ?

— Sans aucun doute. Pensez-vous pouvoir supporter ?

— Pour une fille de la campagne, c'est une entrée dans le monde particulièrement mouvementée, monsieur Waterman.

Mais, en fait, elle adorait ca, il le voyait bien.

— Quelque chose me dit, Kate, que vous n'avez pas toujours été une fille de la campagne. Ce que vous faites aujourd'hui n'est pas nouveau pour vous, n'est-ce pas ?

— Bien au contraire. Enfin, les caméras n'ont jamais été fixées sur moi, auparavant.

— Mais sur quelqu'un proche de vous ?

Elle sursauta et il la regarda, surpris. Qu'avait-il dit ? Mais elle détourna son regard et secoua la tête.

— Non. Ma vie était très différente de tout cela.

Il l'avait presque perdue. Elle était rentrée dans sa coquille. Et puis, tout à coup, elle le regarda avec un grand sourire et une étincelle dans les yeux.

— En tout cas, je ne me suis jamais promenée en Ferrari !

— Où habitiez-vous avant d'aller à la campagne ?

— San Francisco, répondit-elle en hésitant une fraction de seconde.

— Vous aimiez cette ville ?

— Énormément. J'y suis retournée il y a un mois seulement et puis j'y ai emmené mon petit garçon et, lui aussi, il en est tombé amoureux. C'est une ville formidable.

— Vous pensez y revenir vivre ? glissa-t-il, intéressé.

— Non, je ne crois pas, répondit-elle en haussant les épaules.

— Dommage. L'émission va peut-être s'y transporter.

Elle eut l'air surprise.

— Vous quitteriez Hollywood ? Pourquoi ?

— Jasper ne se plaît pas ici. Il veut vivre dans un endroit plus « civilisé ». Nous avons suggéré New York, mais il y a déjà vécu dix ans et il en a assez. Il veut aller à San Francisco. Et je suppose que s'il le veut vraiment, alors, nous déménagerons ! ajouta-t-il avec un petit sourire triste.

— Qu'est-ce que vous en pensez, vous ?

— Ça me convient, je suppose. Je connais maintenant le coin par cœur et j'en suis un peu fatigué.

Elle comprit soudain avec une pointe d'amertume qu'elle ne le reverrait probablement pas après cette soirée. Peut-être dans cinq ans, si un de ses livres obtenait à nouveau beaucoup de succès, s'il était toujours dans l'émission, si l'émission existait encore... si...

— Vous avez peur ?

— Pardon ?

— Vous avez l'air si sérieuse. Je me demandais si vous appréhendiez la réception.

— Un peu, sans doute. Mais ça n'a pas beaucoup d'importance. On ne me connaît pas. Je peux passer inaperçue.

— J'en doute ! Vous n'y arriverez pas.

— On parie ?

Ils éclatèrent de rire une nouvelle fois et il s'arrêta dans une allée de Beverly Hills bordée de palmiers.

— Mon Dieu ! Est-ce là que vit Jasper ?

Ça ressemblait à Buckingham Palace. Nick secoua la tête.

— Non, c'est la maison de Hilly Winters.

— Le producteur de cinéma ?

194

— Oui, chère madame. Nous y allons ?

Trois domestiques en costume blanc attendaient pour prendre les voitures et la porte de la maison était ouverte par un maître d'hôtel et une domestique. Kate regardait tour à tour le vestibule illuminé et le flot continu de Rolls-Royce et de Bentley qui tournaient dans l'allée. Il était aisé de comprendre pourquoi Nick avait acheté la Ferrari. Le monde dans lequel il vivait ne ressemblait à aucun autre.

La porte s'ouvrit à nouveau et ils furent éblouis par un déferlement de lumières. Il y avait au moins trois cents personnes et Kate vit, à la fois, des lustres, des bougies, des sequins, des diamants, des rubis, des fourrures, de la soie. Elle aperçut des vedettes dont elle avait vu les films, dont elle avait entendu parler.

— Est-ce que les gens vivent réellement ainsi ? murmura-t-elle à Nick.

Ils étaient au bord de la foule, dans la magnifique salle de bal. Cette salle était entièrement couverte de glaces. Elle avait fait partie d'un château de la Loire puis avait été transportée morceau par morceau jusqu'ici. Comment était-ce possible ?

— Quelques-uns vivent ainsi. Certains pendant un temps, d'autres toute leur vie. Mais la plupart pour très peu de temps. Ils gagnent une fortune avec le cinéma et puis la dépensent, la gaspillent.

Il regardait un groupe de rock, à l'autre bout de la salle. Le satin leur collait à la peau. La femme du chanteur portait une robe très déshabillée couleur chair, et une longue zibeline avec un capuchon. C'était un peu chaud pour la salle mais elle avait l'air heureuse.

— Ce genre de personnes ne durent pas longtemps. Elles vont et viennent. Mais les gens comme Hilly seront toujours là.

— Ça doit être agréable.

Elle ressemblait à une petite fille observant furtivement le bal du Mardi gras à travers les barreaux de l'escalier.

— Est-ce vraiment ça que vous souhaitez ?

Il posait la question mais il savait déjà que la réponse serait négative.

— Non. Je crois que je ne souhaite rien d'autre que ce que j'ai.

C'est ça. La grande personne qui gâte l'enfant. Il s'en souvint et se sentit soudain amer. Elle possédait plus que n'importe qui dans la salle. Et beaucoup plus que lui. Cette petite garce avait de la chance ! Mais ce n'était pas une garce. Loin de là. Il l'aimait bien. Beaucoup trop. Et elle était si naïve. Il se demandait ce qui se passerait s'il la prenait dans ses bras et l'embrassait. Elle le giflerait probablement. Merveilleux geste démodé. Cette idée le fit rire et il posa son verre de champagne vide sur un plateau. C'est alors qu'il remarqua qu'elle n'était plus là. Elle avait été emportée par le courant, et il l'aperçut cinq mètres plus loin, en conversation avec un type vêtu d'un smoking en velours marron. C'était un habitué. Le coiffeur de quelqu'un, ou le petit ami de quelqu'un ou le fils de quelqu'un. Ils étaient nombreux dans son genre à Hollywood. Nick se fraya un chemin dans la foule pour rejoindre Kate. Il n'entendait pas la conversation mais la jeune femme ne paraissait pas heureuse.

— Harper ? Ah oui ! L'écrivain de l'émission de Jasper, ce soir. Nous vous avons vue.

— C'est gentil.

Elle essayait d'être polie mais ce n'était pas facile. D'abord, le type était ivre. Et elle ne comprenait toujours pas comment elle avait été entraînée si loin de Nick. Mais il y avait tant de monde et la salle de bal commençait à être très intéressante. L'orchestre avait attaqué un air de rock endiablé.

— Comment se fait-il qu'une nana comme vous ait écrit un livre sur le football ?

— Pourquoi pas ?

Elle regarda Nick. Il était inutile d'essayer de se rapprocher de lui. Elle vit qu'il avançait lentement mais sûrement vers elle. Encore deux minutes peut-être.

— Vous savez, il y a des années, un joueur de football

portait le même nom que vous. Harper. Bill Harper. Joe Harper. Quelque chose comme ça, il s'est tiré une balle dans la tête. Dingue. Ils sont tous dingues. Des tueurs. Vous êtes de sa famille ?

Il leva vers Kate un regard brouillé et rota. Ça aurait été drôle si Kate n'avait soudain entendu dans sa tête l'horloge sonner minuit. Tout était terminé maintenant. C'était arrivé. Quelqu'un s'était souvenu. Quelqu'un. D'où il était, Nick lut la panique sur le visage de Kate.

— Vous êtes de sa famille ?

— Je... Quoi ? Non. Bien sûr que non !

— C'est ce que je pensais.

Mais Kate n'entendit pas ces derniers mots. Elle se précipita dans la direction de Nick qui n'avait plus que quelques groupes de gens à contourner pour l'atteindre. La terreur se lisait sur le visage de la jeune femme.

— Ça va ? Est-ce que ce type vous a dit quelque chose de déplacé ?

— Je... non... non, absolument pas.

Mais les larmes lui montaient aux yeux et elle détourna le regard.

— Je suis désolée, Nick. Je ne me sens pas très bien. Ça doit être toute cette excitation. Le champagne. Je... je vais appeler un taxi.

Tout en parlant, elle jetait des regards alentour et pressait nerveusement son sac.

— Il n'en est pas question. Vous êtes sûre que ce type ne vous a rien dit ?

Il le tuerait auquel cas. Qu'est-ce qu'il avait bien pu lui faire ?

— Non. Je vous assure.

Il savait qu'elle ne lui dirait pas la vérité et ça le rendait encore plus furieux.

— Je veux seulement rentrer chez moi, fit-elle avec une voix d'enfant.

Il passa un bras autour de ses épaules et la conduisit au vestiaire. Puis ils quittèrent discrètement la maison quand elle eut récupéré son châle.

Ils attendirent la voiture.

— Kate, je vous en prie, dites-moi ce qui est arrivé.

— Il ne m'est rien arrivé, Nick. Absolument rien.

Il lui leva le menton, sans dire un mot, et deux larmes coulèrent malgré elle sur ses joues.

— J'ai pris peur, c'est tout. Je n'avais pas vu autant de monde... depuis très longtemps.

— Je suis vraiment désolé.

Il l'entoura de ses bras et ils restèrent ainsi jusqu'à l'arrivée de la voiture. Elle respirait à la fois l'odeur de sa veste et le parfum de la nuit. Nick sentait l'épice et le citron et il était chaud et solide, si près d'elle. Quand la voiture s'avança, elle s'éloigna lentement de lui, respira à fond et sourit.

— Vous devez me trouver stupide.

— Pas du tout. Mais je suis désolé que ce soit arrivé. Cela aurait dû être votre grande soirée.

— C'est une grande soirée, répondit-elle en le regardant dans les yeux.

Puis elle se glissa dans la voiture. Enfin, elle avait fait l'émission. Elle était allée à la réception. Ce n'était la faute de personne si quelqu'un s'était souvenu de Tom. C'était bouleversant de constater que certains se souvenaient encore de lui. Pourquoi ne se rappelaient-ils que de la fin ? Elle releva les yeux et s'aperçut que Nick l'observait. Il n'avait pas encore démarré. Il avait envie de l'emmener chez lui, mais il savait que ce n'était pas possible.

— Vous voulez prendre un dernier verre quelque part ?

Elle secoua la tête. Il avait deviné qu'elle refuserait. Il n'avait plus envie de boire lui non plus. Mais que suggérer d'autre. Une promenade ? Une baignade ? Quoi, bon sang ? Il voulait faire quelque chose de simple avec elle, pas quelque chose d'hollywoodien. Il détestait cette ville par moments, et ce soir particulièrement.

— On retourne à l'hôtel alors ?

Elle hocha la tête d'un air contrit mais avec un petit sourire reconnaissant.

— Vous avez été merveilleux, Nick.

Elle lui signifiait son congé. Il avait envie de donner des coups de pied dans n'importe quoi. Et elle ne comprit pas son silence pendant tout le trajet jusqu'à l'hôtel. Elle avait peur qu'il ne fût en colère. Mais il n'avait pas l'air en colère, il avait l'air triste. Ou bien blessé. Il se sentait désemparé.

— Vous êtes sûre que vous n'auriez pas envie de quelque chose de fabuleux, une glace par exemple ?

— Est-ce que les gens ici aiment ce genre de plaisir simple ?

— Non, mais je vous en trouverai une quand même.

— Je vous fais confiance, dit-elle avec chaleur.

Ils arrivèrent devant l'hôtel.

— Je crois que Cendrillon vient d'avoir son bal. Si j'étais vous, je descendrais de l'avion avant qu'il ne se transforme en citrouille.

Ils éclatèrent de rire. Elle ramassa le bouquet de roses qui était par terre dans la voiture.

— Voyez, elles n'ont même pas mis d'eau dans la voiture.

Il la regardait et elle rencontra à nouveau son regard.

— Merci, Nick. Pour tout.

Il ne bougea pas et elle non plus. Elle hésitait.

Elle voulait le toucher. Sa main. Son visage. Le tenir dans ses bras et se serrer contre lui. Mais c'était différent maintenant. Et elle savait qu'elle ne le reverrait pas.

— C'est moi qui vous remercie, Kate, dit-il avec insistance.

Kate ne savait pas exactement de quoi il la remerciait.

— Bonne nuit.

Elle lui effleura la main doucement puis ouvrit la portière et s'en alla. Le portier referma la Ferrari et Nick regarda Kate s'éloigner. Il ne sortit pas, ne la rappela pas, ne bougea pas. Il resta assis là un long moment. Quand il lui téléphona le lendemain matin, elle avait déjà quitté l'hôtel. Il dut utiliser toutes ses relations dans l'émission pour apprendre enfin qu'elle avait quitté l'hôtel peu après 1 heure du matin. C'était l'heure à laquelle il l'avait ramenée. Cela ne changeait pas grand-chose mais il préférait savoir. C'était la faute de cet imbécile à la réception. Mince. Et il ne connaissait même pas l'adresse de Kate. Peut-être que Weinberg accepterait de la lui donner ?

18

— Tygue, j'ai dit non.

— Tu dis toujours non. Et puis, de toute façon, je me fiche de ce que tu dis.

— Va dans ta chambre !

Le regard qu'ils échangèrent était plein de fureur. Tygue céda le premier. Heureusement pour lui car sa mère n'était pas d'humeur à plaisanter. Elle était rentrée peu après 4 heures du matin. Tillie était partie à 6 heures et demie. Et il était maintenant 7 heures. Kate avait eu deux heures et demie de sommeil. Tygue avait décidé de donner un bain à Bert, avant l'école, avec le plus beau savon offert par Licia. Un autre jour, Kate en aurait ri. Mais aujourd'hui, elle n'en avait pas envie. Son esprit était encore préoccupé par ce qui s'était passé à Los Angeles. Elle rappela Tygue quand le petit déjeuner fut prêt.

— Tu vas être raisonnable, à présent ?

Il ne répondit rien et s'assit devant son bol de céréales. Kate but son café en silence puis se souvint soudain de quelque chose. C'était dans sa valise.

— Je reviens.

Ce n'était pas vraiment le moment de le lui donner, mais cela leur ferait peut-être du bien à tous les deux. Un moment de détente. Elle allait le gâter et lui se sentirait

aimé. Elle avait ressenti une telle solitude pendant le trajet du retour ! Comme si elle avait perdu. Mais c'était elle
qui s'était mise à la porte. Personne ne l'avait renvoyée.
Elle était stupide. Après tout, qu'est-ce que ça faisait que
le type se soit souvenu d'un footballeur du nom de Tom
Harper ? Pourquoi était-elle partie ainsi ? Elle savait que
Stu ne serait pas content. Elle avait demandé à la réception de l'hôtel de lui transmettre un message dès le lendemain matin. « J'ai été rappelée chez moi de façon
imprévue. Annulez l'interview pour le magazine. Mille
excuses. Merci pour tout. Meilleur souvenir. Kate. » Mais
il serait furieux, de toute façon. Puis elle se souvint avec
un infini plaisir de la sensation qu'elle avait eue en effleu-
rant la main de Nick quand elle lui avait dit au revoir.

— À quoi tu penses ? Tu as l'air bête !

Tygue était arrivé jusqu'à sa chambre et l'observait du
seuil. Son bol de céréales penchait dangereusement.

— Ne te promène pas comme ça avec ton bol. Et
pourquoi dis-tu que j'ai l'air bête ? Ce n'est pas très
gentil !

Elle avait l'air blessée et il piqua du nez dans ses
céréales.

— Excuse-moi.

Il était encore fâché à cause de son absence.

— Va mettre ça dans l'évier et reviens ici.

Il la regarda puis s'en alla d'un pas lourd. Il revint
quelques secondes plus tard ; son visage piqueté de
taches de rousseur exprimait une vive curiosité.

— Attends de voir ce que je t'ai rapporté.

C'était une folie. Elle l'avait trouvé dans le magasin
pour enfants, à l'hôtel, et n'avait pas pu s'empêcher de
l'acheter. Il coûtait une somme exorbitante mais, après
tout, Tygue était son unique enfant et il ne porterait
jamais rien de semblable.

— Qu'est-ce que c'est ?

Il regarda d'un air soupçonneux la boîte originale dont
les rubans bleu pâle n'arrangeaient rien.

— Vas-y. Ça ne va pas te mordre.

Elle sourit en pensant au costume en velours bleu cendré qu'elle avait vu dans le magasin. À la grande surprise de la vendeuse, elle avait éclaté de rire en imaginant son fils dans cet accoutrement. Mais du velours bleu sur un garçon de six ans, c'était un peu exagéré. Tygue ne l'aurait même pas porté à deux ans. Elle l'observa : il dénoua les rubans avec précaution, puis fixa la boîte pendant un bref moment avant de soulever le couvercle. Il repoussa alors le papier et sa respiration s'arrêta.

— Maman ! Oh... maman !

Il n'y avait pas de mots pour décrire ce qu'il ressentait, et les larmes montèrent aux yeux de Kate. C'étaient encore des larmes de fatigue et d'excitation mais également des larmes de joie. Il sortit de la boîte un costume de cow-boy, en cuir et daim. Un gilet à franges, une chemise de cow-boy, un ceinturon, une veste. Il enleva ses vêtements à la hâte et enfila l'ensemble. Il lui allait parfaitement.

— Eh bien, tu es absolument formidable !

Elle souriait, confortablement installée sur le lit.

— Oh, maman !

Il courut vers elle et jeta ses bras à son cou en lui donnant un gros baiser mouillé.

— Est-ce que je suis pardonnée ? demanda-t-elle en le serrant très fort contre elle.

— De quoi ?

— D'être partie.

Elle créait là un précédent, mais son fils fut moins hypocrite qu'elle.

— Non, répondit-il simplement, avec un grand sourire. Mais j'aime beaucoup le costume. Et toi aussi.

— Moi aussi, je t'aime beaucoup.

Il vint sur ses genoux.

— Tu devrais l'enlever. Ça ne convient pas exactement pour l'école, chéri.

— Oh, s'il te plaît...

— D'accord, d'accord !

Elle était trop fatiguée pour discuter. Soudain il leva les yeux vers elle.

— Est-ce que tu t'es bien amusée là-bas ?

— Oui. Je suis passée à la télévision. J'étais dans un grand hôtel. J'ai pris mon déjeuner avec deux autres personnes et, le soir, je suis allée à une réception où il y avait une foule de gens.

— Quelle horreur !

Elle le regarda en riant. Peut-être avait-il raison. Cela avait dû être affreux. Mais elle n'arrivait pas vraiment à le croire.

— Quand est-ce qu'on retourne à San Francisco ?

— Bientôt. Nous verrons. Ça te dirait que Tillie t'emmène au ranch des Adams aujourd'hui, comme ça tu étrennerais ton nouveau costume ?

Il hocha la tête vigoureusement, en contemplant son gilet avec ravissement.

— Bon. Je vais laisser un mot pour Tillie.

Le petit garçon leva alors un regard angoissé.

— Tu repars ?

— Oh, Tygue... Non, trésor. Je vais seulement voir... donner mes cours.

Seigneur ! Elle avait failli le dire. Voir Tom. Elle était vraiment fatiguée. Trop fatiguée aussi pour se rendre jusqu'à Carmel. Mais elle se sentait obligée. Elle n'y était pas allée depuis des jours.

— Je vais essayer de rentrer tôt aujourd'hui et nous aurons un agréable petit dîner. En tête-à-tête. D'accord ?

Il hocha la tête d'un air circonspect mais l'angoisse avait quitté ses yeux.

— Je te l'ai déjà dit, petit idiot. Je ne vais pas m'enfuir pour toujours. Ce n'est pas parce que je pars un jour ou deux que je te quitte. Tu comprends ?

Il acquiesça en silence.

— Parfait.

L'arrivée du car de ramassage les mit tous deux sens dessus dessous. Sac de déjeuner, livres, chapeau, gros baiser, étreinte, au revoir. Il était parti. Kate resta assise un moment dans la cuisine, essayant de récupérer assez d'énergie pour prendre sa veste et partir à son tour. C'était fou d'entreprendre ce trajet après deux heures et demie de sommeil. Mais ça n'était plus jamais le moment d'aller à Carmel. Il y avait toujours quelque chose d'autre qu'elle aurait aimé faire. Elle prit son sac et sa veste, laissa un mot à Tillie et partit juste au moment où il commençait à pleuvoir.

La douce pluie continua jusqu'à Carmel ; elle clapotait doucement sur le toit du bungalow de Tom. C'était le genre de pluie d'été qui lui donnait envie de courir pieds nus dans les hautes herbes, le visage levé vers le ciel. Elle ne le fit pas cependant. Elle était trop fatiguée et se contenta d'aller au bungalow et de s'y asseoir. Elle n'avait pas grand-chose à dire à Tom. Elle ne pouvait pas lui parler de Los Angeles, il ne comprendrait pas. Mais il était très paisible. La pluie l'apaisait. Ils restèrent assis main dans la main, lui dans son fauteuil roulant, elle dans un confortable rocking-chair, et elle lui raconta des histoires qu'elle avait apprises dans son enfance, les mêmes qu'elle racontait à Tygue depuis des années. Tom les aimait lui aussi. Peu après le déjeuner, il s'endormit. Le rythme de la pluie les berçait et Kate dut se secouer à plusieurs reprises pour ne pas s'assoupir. Lorsque Tom fut endormi, elle contempla un moment son visage calme et se laissa porter par ses souvenirs... toutes les fois où elle avait contemplé son visage endormi, en d'autres lieux, en d'autres temps. Cleveland lui revint ainsi en mémoire et, de façon inattendue, Nick Waterman. Elle ne voulait pas penser à lui, ici. Cet endroit n'était pas à lui, mais à Tom. Elle posa un tendre baiser sur son front, caressa ses cheveux, puis, levant les yeux sur M. Erhard, elle mit un doigt sur sa bouche et quitta la pièce sur la pointe des pieds.

Le trajet de retour fut long. Les routes étaient désertes et elle avait hâte de rentrer ; mais elle n'osait pas conduire aussi vite que d'habitude. Elle dut finalement baisser les glaces et allumer la radio pour ne pas s'endormir. Elle s'arrêta deux fois sur le bas-côté pour se reposer. Elle se rendait compte qu'elle avait trop présumé de ses forces. Elle fut même tentée de rester là pour dormir un peu mais Tillie devait rentrer chez elle. C'était le jour où elle avait toujours quelqu'un de sa famille à dîner. Il ne lui restait que soixante-dix kilomètres à parcourir et elle décida de rouler vite. Le tonnerre se mit à gronder, des éclairs zébrèrent le ciel et la pluie fouetta les glaces et lui mouilla le visage. Elle sourit. C'était toujours une sensation agréable de revenir vers cette maison. Elle quitta l'autoroute et roula sur la petite route jusqu'à l'allée de la maison. Il y avait un arc-en-ciel au-dessus des collines et une voiture garée devant la maison. Elle freina brusquement et fit un bond en avant. Comment... où... c'était une Ferrari bleu foncé et Nick Waterman était près de Tygue, dans l'allée. Du seuil, Tillie fit un petit salut timide. Kate arrêta sa voiture, le cœur battant. Le bruit du gravier les fit se retourner tous les deux, et ils la regardèrent. Tygue courut vers la voiture, en faisant de grands signes, avec un grand sourire. Nick ne bougea pas mais continua à la regarder avec son beau sourire. Que pouvait-elle dire ? Comment avait-il trouvé son adresse ? Weinberg, évidemment. C'était facile. Elle aurait dû être furieuse contre Stu et elle l'aurait été en temps normal. Mais il n'en était rien. Elle eut soudain envie de rire. Elle se sentait tellement à bout de forces qu'elle ne pouvait que rire. Tygue était déjà à la portière et ses paroles se bousculaient.

— Attends une minute, calme-toi. Il faut d'abord que je sorte de la voiture.

En tout cas, il avait l'air heureux.

— Tu savais que Nick était un grand footballeur ? Et qu'il avait travaillé dans un rodéo ?

— Ah bon ?

Qu'est-ce qu'il lui arrivait ? Tygue avait immédiatement détesté Stu alors qu'il n'était là que depuis une heure. Mais voilà que Nick était un grand footballeur et une vedette de rodéo ! Il avait apparemment la cote ! Elle se baissa pour embrasser Tygue et glissa un regard vers Nick. Il était toujours au même endroit. Elle s'avança lentement vers lui avec un sourire. Ses yeux étaient fatigués, mais toujours aussi rieurs et ils exprimaient de la malice, comme au déjeuner la veille.

— Comment se sont passés les cours ?

— Très bien. Pourrais-je vous demander ce que vous faites ici ?

— Si vous voulez. Je suis venu vous voir, vous et Tygue.

Elle était près de lui maintenant et il se pencha vers elle comme s'il voulait l'embrasser mais Tygue et Bert étaient déjà dans leurs jambes.

— Vous êtes un très bon détective.

— Vous n'êtes pas difficile à trouver. Vous êtes fâchée ?

Il parut inquiet, tout à coup.

— Je suppose que je devrais l'être. Contre Stu, pas contre vous. Mais...

Elle haussa les épaules et continua :

— Je suis tellement fatiguée. Même si ma vie en dépendait, je n'arriverais pas à lever le petit doigt.

Il mit un bras autour de ses épaules et l'attira contre lui.

— Vous n'avez pas dû beaucoup dormir, madame Harper. À quelle heure êtes-vous rentrée ?

— Vers 4 heures.

Elle aimait sentir son bras sur ses épaules. Ce fut merveilleux de marcher ainsi lentement vers la maison. Elle se fit un peu de souci pour Tygue, mais il semblait ne rien remarquer. Kate n'arrivait pas à comprendre comment Nick avait réussi à mettre le garçon aussi à l'aise.

— Pourquoi êtes-vous partie comme ça ?

— Je voulais rentrer à la maison.

— Vous en aviez tellement envie ?

Il ne la croyait toujours pas.

— La réception était terminée pour moi. Cendrillon

207

était allée au bal. À quoi cela aurait-il servi de passer la nuit dans un hôtel étranger, alors que je pouvais très bien revenir ici ?

Il regarda autour de lui et hocha la tête.

— Je comprends. Mais ce n'est pas ce que j'ai pensé, ce matin, quand je vous ai téléphoné à l'hôtel. J'ai eu l'horrible impression que... que je n'allais jamais vous revoir. Et Weinberg ne voulait rien me dire.

Ils entrèrent dans la maison. Kate enleva son imperméable humide. Elle portait un jean et un chemisier bleu. La dame en robe bleu marine de la nuit précédente était bien loin. Cendrillon était redevenue Cendrillon.

— Et pourquoi Stu a-t-il changé d'avis ?

— Parce que je l'ai menacé d'arrêter de jouer au tennis avec lui.

— Je vois maintenant ce qui lui tient le plus à cœur !

Kate éclata de rire en regardant Nick.

— Qu'est-ce qu'il y a de si drôle ? demanda-t-il étonné.

— Tout. Vous, Weinberg, moi, et cette fichue soirée. Je n'arrive pas à savoir exactement ce qui est réel et ce qui ne l'est pas.

Nick se mit alors à rire à son tour et il alla vers son attaché-case, le visage malicieux. Il espérait que son intuition avait été bonne.

— Qu'est-ce que vous faites, monsieur Waterman ?

Nick lui tournait le dos et Tillie regardait la scène avec un large sourire.

— Eh bien, Kate, je sais ce que vous voulez dire quand vous avouez ne pas être capable de faire la part du rêve et de la réalité. Alors, j'ai pensé venir ici une bonne fois afin de vérifier si vous êtes bien Cendrillon ou seulement une de ses affreuses demi-sœurs.

Il se retourna et montra une pantoufle de vair posée sur un coussin en velours rouge bordé d'or. C'était une chaussure de taille normale, faite du meilleur plastique, et sa secrétaire avait mis trois heures pour la trouver au rayon des accessoires de la Paramount.

— Eh bien, Cendrillon, on l'essaye ?

Il se dirigea vers l'endroit où Kate s'était assise. Elle vit alors qu'il s'agissait d'une chaussure à haut talon et à bout pointu avec une petite rose en verre sur le dessus. Quand il s'agenouilla devant elle, elle se remit à rire aux éclats et elle enleva la « coquette » botte en caoutchouc rouge qu'elle avait portée toute la journée sous la pluie.

— Nick Waterman, vous êtes vraiment fou !

Mais les spectateurs étaient ravis. Tillie n'arrêtait pas de rire, Tygue faisait des sauts de puce et même Bert s'agitait et aboyait comme s'il comprenait ce qui se passait. La botte fut enlevée, la chaussure mise au pied et Nick se releva avec satisfaction.

— Mademoiselle Cendrillon, je présume ?

Il ne pouvait s'empêcher de se sentir victorieux et d'en avoir l'air. Il avait deviné la taille exacte.

Elle se leva prudemment et éclata à nouveau de rire.

— Comment avez-vous fait pour deviner ma pointure ?

C'était l'expérience, bien sûr. Mais, tant pis pour ce qu'il faisait par ailleurs, il ne faisait certainement pas ça tous les jours.

— Et comment l'avez-vous trouvée ?

Elle se rassit et regarda les magiques yeux bleus.

— Que Dieu bénisse Hollywood. Ça nous a quand même pris un certain temps.

— À quelle heure êtes-vous arrivé ici ?

— Vers 3 heures. Pourquoi ? Étais-je en retard ?

Il se mit à rire et s'assit lourdement par terre, ratant Bert de peu. Celui-ci rampa sur ses genoux, laissant deux empreintes de boue sur le pantalon de toile beige tout propre. Mais Nick ne semblait pas y attacher d'importance. Il était beaucoup plus intéressé par Kate qui le regardait, toute surprise.

— Vous êtes ici depuis 3 heures ? Qu'est-ce que vous avez fait pendant tout ce temps ?

Il était plus de 5 heures.

— Tygue m'a emmené voir les chevaux. Avec Tillie, bien sûr.

Il sourit dans sa direction et elle rougit, un peu comme Kate. Il était si ouvert, si direct, qu'on ne pouvait l'éviter, se dérober. Il continua.

— Ensuite, on est allé faire un tour au bord de la rivière. On a joué un peu aux cartes. Et vous êtes arrivée.

— Vous êtes venu jusqu'ici uniquement pour ça ? dit-elle en baissant les yeux sur son pied.

Elle se demandait si elle pouvait garder la chaussure.

— Je venais dans le coin de toute façon. Je loue une maison à Santa Barbara de temps à autre. Je l'ai louée ce week-end.

Elle n'était pas tout à fait certaine qu'il disait la vérité mais après tout, pourquoi mentirait-il ?

— Puis-je vous inviter tous les deux demain ? demanda-t-il, plein d'espoir.

Mais Tygue secoua la tête énergiquement.

— Non !

— Tygue !

Nick avait fait tout ce chemin de Los Angeles avec une pantoufle de vair et Tygue allait l'empêcher de le voir ? Elle voulait tant être avec lui. Au diable Tygue.

— La maman de Joey m'a invité pour le week-end ! Ils ont deux nouvelles chèvres et le papa de Joey a dit qu'il aurait peut-être un poney demain !

Kate n'avait pas encore eu de meilleures nouvelles de toute la journée.

— Mais, c'est formidable ! fit Nick, d'un air très impressionné.

Tygue le regarda comme s'ils étaient les deux seules personnes raisonnables de la pièce.

— Je peux y aller ? implora-t-il en tournant les yeux vers sa mère.

— Pourquoi pas ? D'accord. Tu diras à Joey qu'il pourra venir ici le week-end prochain. Je prends peut-être des risques et je vais le regretter !

— Je peux téléphoner à Joey pour le lui dire ?

— Vas-y.

Tillie prit congé alors que Tygue s'enfuyait vers la cuisine pour téléphoner. Kate tendit une main vers Nick et il s'assit plus confortablement près du fauteuil où elle était installée.

— J'aimerais savoir ce que vous avez fait pour amadouer mon fils de la sorte. Ça a dû vous coûter une fortune.

— Non. Pas encore, du moins.

— Que voulez-vous dire ? Nick, qu'est-ce que vous mijotez ?

— Je n'ai encore rien fait. Je lui ai seulement promis de vous emmener tous les deux à Disneyland.

— Vraiment ! s'exclama-t-elle, abasourdie.

Il enleva délicatement la chaussure et elle agita ses orteils.

— Oui. Et votre fils a accepté. Il trouve l'idée magnifique. Et il m'a invité à San Francisco pour faire la connaissance de sa tante Licia. J'espère que vous n'y voyez pas d'objection ?

— Aucune. Tante Licia vous aimera beaucoup. À propos, voulez-vous un martini ?

— Ça y est ! Le grand jeu ! Un martini ! C'est tout ou rien, n'est-ce pas ?

— Vous pouvez avoir du café. Mais le seul alcool de la maison, c'est celui que Licia garde ici pour se confectionner ses martinis.

— C'est votre sœur ?

Il ne comprenait pas très bien mais il aimait la vie un peu agitée dont il était témoin et il adorait le petit garçon.

— Felicia est ma meilleure amie, ma conscience, mon alter ego. Et, en plus, elle gâte énormément Tygue.

Nick avait déjà entendu ça quelque part, mais il ne se rappelait pas exactement où.

— Alors, un martini ?

— Je crois que je préfère un café. Mais peut-être que je bouleverse complètement votre vie ?

— Oui.

— Parfait, alors.

Le visage de Nick devint brusquement sérieux et il arrêta de plaisanter.

— Vous savez, j'ai demandé à Weinberg s'il pensait que je serais accueilli ici d'un coup de poing dans la figure par un lutteur de sumo de deux mètres de haut. Il m'a répondu qu'il ne le pensait pas mais qu'il n'en était pas absolument sûr. J'ai décidé de courir le risque et me voilà. Bon, sérieusement, est-ce que je vous dérange ?

Cette idée le tourmentait. Elle était si malheureuse après la réception. Il ne voulait pas rester sur ce souvenir et avait tenu à la revoir, ne serait-ce qu'une fois.

— Bien sûr que vous ne me dérangez pas ! Il n'y a personne ici pour contester votre présence. Tygue semble bien vous aimer et il n'y a pas de lutteur de sumo !

Elle savait ce qu'il avait voulu dire et elle lui était reconnaissante d'avoir posé la question. Quand elle se leva pour faire du café, elle portait une seule botte et à l'autre pied une chaussette. Ses cheveux étaient défaits ; c'est ainsi qu'il les préférait. Il la trouvait encore plus belle ainsi qu'à l'émission.

— En clair, Tygue est la seule personne ici qui pourrait faire une objection ? demanda-t-il lentement, comme si elle pouvait ne pas avoir compris.

— C'est exact.

— Il me semble que vous m'aviez parlé de quelqu'un d'autre.

Elle le regarda avec étonnement et haussa les épaules.

— Quelqu'un qui gâte le garçon. Vous me l'avez dit au déjeuner.

Ils rirent et prononcèrent le mot ensemble.

— Tante Licia !

Il la suivit dans la cuisine. Tygue raccrochait le téléphone.

— C'est entendu, maman. Tout est arrangé. Son papa viendra me chercher demain matin.

Il les regardait tous les deux, très à l'aise, comme s'il connaissait Nick depuis toujours.

— Qu'est-ce qu'on mange, ce soir ? Tu sais que Nick va nous emmener à Disneyland ? Hein, Bert ?

Bert agita la queue et Tygue quitta la pièce sans attendre la réponse pour le dîner.

— Il est du tonnerre !

— Oui. Je l'aime beaucoup.

— Vous êtes une bonne mère. Au fait, qu'est-ce qu'on mange, ce soir ?

— Voulez-vous dire par là que vous restez dîner ?

— Si ça ne pose pas de problème.

C'était incroyable. Elle le connaissait à peine et il était là, dans sa cuisine, et il s'invitait à dîner. Mais c'était bien ainsi. Elle aurait peut-être dû être moins coulante, mais elle était trop fatiguée.

— Aucun problème. Vous arrivez juste pour goûter au repas préféré de Tygue.

— C'est quoi ?

— Des tacos [1].

— C'est ce que je préfère, moi aussi.

Elle lui tendit une tasse de café et s'assit à la table. Carmel était bien loin maintenant. Et Tom également.

— À quoi venez-vous de penser ?

— Quand ?

— À l'instant même.

— À rien.

— Vous mentez !

Il la regarda soudain intensément et prit sa main dans la sienne.

— Vous êtes heureuse ici ?

Elle hocha la tête et lui répondit en toute honnêteté :

— Oui. Très.

Alors, que signifiait cette ombre ? Ces éclairs de chagrin ?

— Les gens que vous fréquentez sont sympathiques ?

Il voulait savoir. C'était important pour lui.

---

1. Taco : sandwich mexicain.

— Oui. Vous les connaissez tous maintenant. À part Licia.

— Alors, c'est tout ? Il n'y a que votre fils ?

Il paraissait fort surpris.

— Et Tillie, la dame qui gardait Tygue quand vous êtes arrivé. Et Bert, bien sûr.

Elle sourit, en se souvenant qu'elle avait menacé de parler de son chien à l'émission.

— C'est vrai. Mais sérieusement, c'est tout ?

— Je vous l'ai dit. Je suis un ermite. C'est la vie que j'aime.

Pas surprenant qu'elle ait été paniquée à la soirée.

— Est-ce que vous viviez ainsi du temps de votre mariage ?

Elle secoua la tête mais son regard resta impénétrable.

— Non, c'était différent.

— Est-ce que Tygue se souvient de son père ? demanda-t-il d'une voix très douce.

Ils sirotaient leur café dans la cuisine silencieuse. Elle secoua la tête à nouveau.

— Non. Mon mari est mort avant sa naissance.

— Mon Dieu ! Ça a dû être épouvantable pour vous !

Il la regarda d'un air compréhensif. Elle n'avait pas repensé à ces choses depuis bien longtemps.

— C'était il y a longtemps.

— Et vous étiez seule ?

— Non. J'avais Felicia. Elle était ici avec moi.

C'était peut-être cela. Une incroyable solitude.

— Vous n'avez pas de famille, Kate ?

— Seulement les gens que vous avez vus. C'est tout et c'est beaucoup plus que ce qu'ont la plupart des gens.

Beaucoup plus que ce qu'il avait, lui. Toutes ces jolies filles insipides avec qui il était sorti pendant ces vingt dernières années ne signifiaient rien pour lui. Il avait trente-sept ans et il n'avait rien.

— Vous avez raison.

— Quoi ?

— Voulez-vous venir à Santa Barbara passer la journée de demain ?

Il sentait qu'elle était le genre de femme avec qui il fallait s'exprimer ainsi. Passer la journée. Elle ne viendrait pas s'il proposait davantage.

Elle hocha la tête lentement en l'observant, comme si elle réfléchissait à quelque chose.

— D'accord. J'accepte.

19

Elle trouva facilement la maison à l'aide du plan qu'il lui avait dessiné. Elle n'avait pas accepté qu'il vienne la chercher. Elle voulait venir par ses propres moyens. Le trajet ne dura qu'une demi-heure mais elle eut du temps pour réfléchir. À part le fait qu'elle aimait bien Nick, elle ne savait pas exactement pourquoi elle y allait. Bien sûr, il était agréable de parler avec lui. La veille au soir, il était resté jusqu'à 11 heures, au moment où elle commençait à s'endormir sur le canapé. Elle était épuisée et il avait déposé un chaste baiser sur sa joue avant de partir. La soirée avait été très sympathique. Ils avaient fait du feu dans la cheminée et Nick avait fait griller du pop-corn pour Tygue. Le garçon lui avait montré son nouveau costume de cow-boy.

— Où avez-vous trouvé ça ? s'exclama Nick, ébloui.

— À l'hôtel.

Toutes les femmes achetaient des jades ou des liseuses en fourrure de renne ; elle, elle avait acheté pour son fils le genre de costume dont rêvent tous les petits garçons.

— J'aurais aimé être votre fils.

— Oh ! vous feriez mieux de demander l'avis de Tygue. Je suis une mère épouvantable.

Tygue s'était contenté de glousser en remplissant sa bouche de pop-corn.

— Épouvantable à votre façon.

Il avait eu envie de l'embrasser. Mais pas devant le petit garçon. Il savait qu'elle n'aurait pas aimé. Et il ne voulait pas que ça se passe comme ça, lui non plus. Il attendait beaucoup de cette femme. Son amour, en plus de son corps, et même plus encore. Il voulait son temps, sa vie, ses enfants, sa sagesse, sa douceur, sa compassion. Il sentait qu'elle portait tout cela en elle. Et elle voyait aussi ce qu'elle pouvait attendre de lui. Elle le sentait depuis le premier jour. Il avait pris la peine de la chercher, de la trouver, de lui apporter une ridicule pantoufle de vair. Mais il avait aussi pris la peine de s'intéresser à Tygue, de voir ce qu'elle exprimait dans son regard, d'écouter ce qu'elle ne disait pas. Il fallait qu'elle fasse très attention à cela. Nick comprenait trop de choses.

Elle s'arrêta dans l'allée, à l'adresse qu'il lui avait indiquée. C'était une maison blanc et noir, avec une petite lanterne et une énorme mouette en bronze en guise de marteau. Elle donna un coup de marteau puis fit quelques pas en arrière. La maison était située sur une petite colline qui dominait la mer et trois saules pleureurs donnaient un peu d'ombre. Rien de commun avec sa propre maison, beaucoup plus simple. Pourtant malgré sa beauté celle-ci dégageait moins de chaleur.

Nick ouvrit la porte. Il était pieds nus, portait un jean coupé en short et un vieux tee-shirt décoloré qui allait bien avec la couleur de ses yeux.

— Cendrillon !

Son visage s'éclaira en dépit du ton moqueur.

— J'aurais peut-être dû apporter la pantoufle pour bien prouver mon identité.

— Je vous crois sur parole. Entrez. J'étais derrière la maison en train de peindre la terrasse.

— Vous me paraissez travailler dur, pour le loyer.

Elle le suivit dans la maison et remarqua le décor sévère. C'était ce qu'elle avait déduit de l'extérieur : de la beauté mais pas de chaleur. C'était dommage car la maison était pleine de choses merveilleuses.

— J'aime m'occuper ici. Le propriétaire ne quitte jamais Los Angeles. Alors, je fais des petits travaux quand j'ai le temps.

Il peignait la terrasse en bleu ciel et il avait déjà peint deux mouettes en plein vol dans un coin.

— Il manque des nuages, fit-elle d'un ton de professionnel en regardant la terrasse.

— Quoi ?

— Des nuages. Il faut mettre des nuages. Vous avez de la peinture blanche ?

— Oui. Là-bas.

Ils se sourirent et elle retroussa les manches de son chemisier et les jambes de son jean.

— Vous voulez des vieux vêtements ? Je ne tiens pas à ce que vous salissiez les vôtres.

Il avait l'air sérieux mais elle éclata de rire. Elle avait mis des vieux vêtements confortables pour s'allonger sur la plage. Et dessous, un petit bikini orange. Mais ça, c'était pour plus tard. Peut-être. Elle n'en était pas encore sûre.

— Comment va Tygue ?

— Très bien. Il m'a chargée de vous dire bonjour de sa part. Il est parti à l'aube pour voir les chèvres. Il en veut une maintenant !

— Il devrait avoir un cheval à lui.

Nick peignait une autre mouette dans un coin.

— C'est ce qu'il me dit. Vous aimeriez peut-être lui en acheter un ?

Elle plaisantait et s'inquiéta lorsqu'elle vit l'expression de son visage.

— Nick, je plaisantais évidemment. N'en faites rien, je vous en conjure. Je me bats contre Felicia depuis deux ans à ce sujet.

— Elle semble avoir du bon sens. Il faut que je fasse sa connaissance, de toute urgence. Depuis combien de temps la connaissez-vous ?

— Oh, depuis des années. Je l'ai rencontrée quand j'étais mannequin chez...

218

Elle leva soudain les yeux comme si elle avait dit quelque chose qu'il ne fallait pas.

— Vous pensiez que je ne savais pas ? dit-il en lui adressant un sourire. Allons, je suis producteur et je devine très bien quand les gens ont été mannequins, danseurs ou haltérophiles.

— J'ai été haltérophile.

Elle gonfla un de ses biceps et il éclata de rire.

— Ils sont magnifiques, vos nuages, Cendrillon !

— Vous aimez ? demanda-t-elle, ravie.

— Beaucoup. Surtout celui que vous avez au bout du nez !

— Idiot. Vous savez, j'ai raconté des mensonges à Weinberg. Je lui ai dit que je n'avais jamais été mannequin. Je pensais que si je le lui disais, il allait vendre mon corps au plus offrant et me faire faire beaucoup de publicité. Est-ce que j'ai eu tort ? Je suis heureuse ici, loin de toute cette folie et cette agitation. Nick, je ne suis pas faite pour vivre dans le monde.

— Personne n'est fait pour ça.

Il s'assit sur la balustrade et regarda Kate.

— Mais je vais vous dire une bonne chose, Kate. Vous n'êtes pas faite non plus pour le monde où vous vivez. Vous gâchez votre vie. Un de ces jours, il faudra que vous ayez suffisamment de cran pour sortir de votre trou, du moins pour un temps.

Elle hocha la tête tristement.

— Je sais. J'ai essayé mais c'est dur.

— Pas aussi dur que vous ne le pensiez pourtant, n'est-ce pas ?

Elle secoua la tête en se demandant comment il savait ça. Il comprenait tant de choses. Elle avait l'impression qu'il la connaissait bien.

— Et sortir dans le monde procure des compensations.

Elle rit.

— Vous avez raison.

— Vous avez faim ?

— Pas vraiment. Et vous ?

— Je peux aller à la cuisine vous préparer quelque chose si vous voulez.

Ils avaient terminé la terrasse et s'étaient mis d'accord pour trouver que c'était une œuvre d'art.

— J'espère que le propriétaire apprécie vos travaux. Il devrait vous payer pour vos séjours ici !

— Je lui dirai ça de votre part.

Il lui passa un bras autour des épaules, très simplement, et ils allèrent vers la cuisine, pieds nus et bien bronzés. Nick avait acheté le matin du prosciutto, du melon et du poulet rôti. Il y avait également des pêches et des fraises, une baguette française et une belle part de Brie bien à point.

— Ce n'est pas un déjeuner. C'est un festin !

— Pour vous, rien n'est trop beau, Cendrillon !

Il s'inclina puis se redressa et s'approcha tout près d'elle, en lui tendant les bras. Elle se sentit alors comme attirée vers lui. Elle n'aurait pas pu résister si elle l'avait voulu, mais de toute façon, elle ne le voulait pas. Elle voulait seulement être contre lui, sentir la chaleur de sa peau et la force de ses bras, respirer l'odeur de citron et d'épices mélangés qui lui était si familière. Nick.

Il passa une main sous son menton et leva son visage vers lui. Il l'embrassa doucement d'abord puis avec passion. Ses bras la serraient fort et sa bouche était collée contre la sienne.

— Je vous aime, Kate.

Il était là, haletant. Il la voulait. Il la dévorait des yeux. Il n'avait dit que la vérité. Elle ne répondit rien, ne sachant que dire. Il ne pouvait pas l'aimer. Il ne la connaissait pas. C'était trop tôt. Il disait ça à tout le monde. Elle ne pouvait pas faire ça.

— Je vous aime, c'est tout. Aucune question, aucune exigence. Je vous aime, tout simplement.

Cette fois-ci, elle s'accrocha à lui et quand elle relâcha son étreinte, elle avait un doux sourire, et les yeux embués.

— Je vous aime, moi aussi. C'est fou. Je vous connais à peine. Mais je pense que je vous aime, Nick Waterman.

Elle regarda ses pieds. Sept ans ! Sept ans, et voilà qu'elle disait cela à un étranger. Je vous aime. Mais Nick n'était pas un étranger. Depuis le premier instant, elle avait senti quelque chose de spécial qui se dégageait de lui. Comme s'il l'attendait depuis longtemps. Mais elle se faisait peut-être des idées. Peut-être voulait-elle seulement penser cela. Elle leva vers lui un regard pénétrant et il lui sourit doucement, en essayant de rendre la situation plus facile.

— Ainsi donc, vous « pensez » ? C'est une blague ! Vous « pensez » que vous m'aimez ?

Son regard était moqueur et il lui donna une petite claque sur les fesses avant de mettre le déjeuner dans un panier.

— Allons manger sur la plage.

Elle acquiesça. Ils partirent donc, main dans la main. Nick portait le panier d'un bras vigoureux. Il était bâti comme Tom au temps de sa splendeur.

— Vous aimeriez vous baigner, Cendrillon ?

Ce nom allait décidément rester.

— Énormément.

Elle avait décidé de lui faire confiance.

— Moi aussi.

Il guignait ouvertement le minuscule bikini orange qui venait d'apparaître, en même temps qu'une grande surface de peau. Mais son regard était si amical qu'elle éclata de rire.

— Vous croyez que je vais me baigner si vous continuez à me regarder ainsi ? Je vais me noyer !

— Taisez-vous donc. On va faire la course.

Elle détala aussitôt dans un éclair d'orange et de brun ; les belles jambes longues couraient vers l'eau à toute allure. Nick la suivit puis la dépassa et plongea dans la première vague. Elle le suivit de près et ils refirent surface ensemble, plus loin. L'eau était vivifiante et délicieuse sur leur peau chauffée par le soleil.

221

— Ça vaut la piscine de l'hôtel ?

Cette remarque le fit rire et pour lui mettre la tête sous l'eau il passa entre ses jambes. En essayant de l'attraper, il lui arracha presque le haut de son maillot de bain et elle refit surface en riant et crachant à la fois.

— Alors, petite maligne. Vous allez perdre votre minuscule soutien-gorge, si vous n'y prenez pas garde.

Son bikini était à la limite de la décence, elle le savait bien. Mais tous ses maillots de bain étaient ainsi. Felicia les lui avait envoyés et Tygue était la seule personne à les avoir vus auparavant.

— Vous faites de l'esbroufe !

— Vous êtes impossible !

— Non. Mais je vais le devenir si je continue à vous regarder.

Ils regagnèrent le rivage côte à côte. Cela faisait longtemps que quelqu'un ne lui avait tenu ce genre de discours. Et Nicholas le faisait d'une façon amusante.

— Je meurs de faim, dit-elle en s'effondrant sur sa serviette et en dévorant le panier des yeux.

— Allez-y, mangez ! Ne soyez pas si polie.

Il s'assit près d'elle et lui donna un baiser salé.

— Vos parents devaient être très collet monté. Vous êtes une jeune femme vraiment très bien élevée.

— Oh, plus maintenant.

— Kate, est-ce qu'ils sont morts, eux aussi ?

Elle le regarda pendant une minute avant de répondre puis décida de lui dire la vérité. Au moins sur ce point.

— Ils m'ont déshéritée.

Il arrêta de sortir le déjeuner pour la regarder.

— Vous parlez sérieusement ?

Il avait l'air tellement choqué que ça lui donnait envie de rire. Toutes ces choses n'avaient plus d'importance pour elle à présent. C'était si loin dans le passé.

— Oui, très sérieusement. Je les ai déçus, alors ils m'ont rayée de leur vie. Je suppose qu'il serait plus honnête de dire qu'ils ont considéré que je les avais trahis.

— Vous avez des frères et sœurs ?

222

— Non.

— Et ils ont fait ça ? Quel genre de gens est-ce donc ? Vous étiez leur seul enfant et ils vous ont mise à la porte ? Qu'aviez-vous donc fait ?

— Je me suis mariée avec quelqu'un qu'ils n'aimaient pas.

— C'est tout ?

— C'est tout. J'ai arrêté mes études après ma première année d'université et je suis allée vivre avec lui. Ensuite, nous nous sommes mariés. Ils ne sont pas venus à la cérémonie. Nous ne nous sommes jamais revus. Ils ne pensaient pas qu'il était un parti convenable.

— C'est un gros prix à payer pour un homme.

— Il en valait la peine, dit-elle d'une voix très douce mais sans regret.

— C'est très beau de dire cela à propos de quelqu'un. Ce devait être un homme exceptionnel.

— Oui, fit-elle en souriant à nouveau.

Ils restèrent silencieux pendant un moment et elle aida Nick à déballer le repas. Puis, elle aperçut une ombre sur son visage. Il se sentait blessé ou rejeté.

— Nick ?

— Oui ?

Il leva les yeux, surpris. La voix de Kate avait interrompu le fil de ses pensées. Elle prit sa main dans la sienne.

— Tout ça, c'est du passé. Une partie de ce passé fait encore un peu mal, une autre pas du tout. Tout ça a énormément compté pour moi, mais c'est terminé. Tout est terminé. Et...

Elle ne pouvait pas le dire et pourtant il le fallait, même si ça faisait mal.

— ... Lui aussi. Il est parti, lui aussi.

Les yeux de Kate brillèrent un peu trop et Nick l'attira dans ses bras.

— Je suis désolé pour vous, Kate.

— Il ne faut pas. J'ai vécu des moments tellement merveilleux. Tygue. Les livres. Licia. Vous...

Elle avait dit ça avec une petite voix et il s'éloigna d'elle avec un tendre sourire.

— Madame, un jour...

Il n'osait pas le dire.

— Quoi ?

— Je ne dis que ça, un jour...

— Nicholas, dites-le-moi.

Elle se souleva sur un coude et lui sourit.

— Un jour, Cendrillon, j'aimerais que vous épousiez le Prince charmant.

Les yeux de Kate s'agrandirent.

— Mais vous êtes fou, Nick. Vous ne me connaissez même pas.

Qui était cet homme ? Pourquoi disait-il tout ça ?

— Oh si, je vous connais, Cendrillon. Je vous connais déjà par cœur et je vais vous connaître encore davantage, avec votre permission bien sûr.

Il lui tendit le pain et l'embrassa doucement sur les lèvres. Pourtant, elle avait un air trop sérieux à son goût.

— Est-ce que ça vous bouleverse ?

— Non, pas ce que vous croyez. Mais Nick... je ne me remarierai jamais. Je ne plaisante pas.

— On dit ça !

Il essayait de prendre la situation à la légère, mais il sentait qu'il n'aurait pas dû aborder le sujet. C'était beaucoup trop tôt.

— Mais je suis sérieuse. Je ne pourrais pas.

— Et pourquoi pas ?

Parce que mon mari n'est pas mort, voilà tout !

— Je ne pourrais pas, c'est tout. J'ai été mariée une fois, ça suffit. Il y a encore deux jours, je n'imaginais même pas que je pourrais à nouveau aimer un homme. Maintenant, je peux l'imaginer mais pas me remarier.

Alors, tout espoir n'était pas perdu.

— D'accord ; ne brûlons pas les étapes.

Elle sentait qu'il ne la croyait pas, mais que pouvait-elle lui dire de plus ?

— Prosciutto, melon ?

— Vous ne m'avez pas comprise, fit-elle d'un air malheureux.

Il fit mine de ne pas remarquer.

— Vous savez, je suis optimiste de nature et je vous aime. Je refuse de considérer un non comme une réponse définitive.

— Vous êtes fou.

— Absolument.

Il s'installa avec un morceau de pain et du Brie et il la regarda en souriant.

— Vous êtes une princesse de conte de fées. Vous voulez du Brie ? Il est très bon.

— J'abandonne.

— Parfait.

Il sourit à la pensée de toutes les femmes qu'il avait connues, qui auraient tant donné pour une demande en mariage, dès la troisième rencontre.

Ils mangèrent presque tout puis s'allongèrent au soleil, côte à côte, avant de retourner dans l'eau. Il était alors 4 heures.

— Vous en avez assez de la plage, Kate ?

— Peut-être.

Elle s'était allongée à nouveau sur le sable, fatiguée de nager. L'eau salée coulait de ses tempes sur son nez. Il se baissa et souffla délicatement sur son visage. Elle ouvrit les yeux.

— Rentrons. Nous prendrons une douche pour nous débarrasser de tout ce sable. Regardez toute cette huile, ce sel, ces miettes de pain, ces graines de melon ! Nous sommes dégoûtants.

Elle rit et se leva en contemplant le désordre.

— C'était une vraie fête !

Elle plia les serviettes, Nick prit le panier et ils regagnèrent la maison à pas lents.

— On va rentrer par-derrière. Autrement, le propriétaire aurait une attaque en voyant du sable dans toute la maison.

— Bien, monsieur.

Elle le suivit dans une petite pièce jaune brillamment décorée. Il y avait une tente de cirque à rayures, trois douches séparées, une demi-douzaine de chaises et une belle chaise longue ancienne en osier avec un énorme parasol rayé.

— Les vestiaires, mademoiselle Harper. Ils ne sont pas mixtes en temps ordinaire, mais si vous me faites confiance...

— Je ne vous fais pas confiance.

— Vous avez raison. Tenez, gardez donc votre maillot de bain.

Ils riaient. Elle s'exécuta et pénétra dans une cabine avec lui. Tout en lui lavant le dos, il lui raconta des histoires amusantes sur l'émission. Puis soudain, il arrêta de parler et il la retourna vers lui.

Alors, lentement, sous l'eau chaude de la douche, ils s'embrassèrent. Elle sentit ses bras l'entourer et son corps se presser contre le sien. Puis leurs désirs se mirent à l'unisson et ils n'arrivaient pas à se rassasier l'un de l'autre sous l'eau qui continuait à couler.

— Attendez, je me noie !

Elle gloussait, l'eau coulait sur son visage. Il ferma le robinet.

— C'est mieux ainsi ?

Elle hocha la tête. Sans le bruit de l'eau, tout était silencieux et la cabine était pleine de buée. Leurs cheveux étaient tout trempés. Il embrassa les gouttes d'eau sur les cils de Kate, tout en défaisant le haut de son bikini. Il lui caressa la poitrine.

— Vous venez de perdre votre maillot, Cendrillon !

Elle sourit mais ses yeux étaient toujours fermés quand elle l'embrassa. Il se pencha alors pour lui embrasser les seins avec tant de douceur que tout le corps de Kate cria de désir.

— Je vous aime, Prince charmant.

— Vous en êtes sûre, Kate ?

— Oui. Je vous aime.

— Ça faisait longtemps, n'est-ce pas ?

Il fallait qu'elle sache qu'au plus profond de lui-même il le savait déjà. Elle hocha la tête. Il l'avait deviné en voyant à quel point elle vivait en recluse depuis des années. Mais, bizarrement, ça lui plaisait. Il avait l'impression d'être spécial, et ça lui prouvait aussi qu'elle n'était pas n'importe qui.

— Très longtemps, chérie ?

Elle hocha à nouveau la tête et il l'en aima davantage.

— Avant Tygue.

— Oh, trésor...

Il la serra très fort contre lui pendant un long moment. Il voulait rattraper le temps perdu pendant toutes ces années passées sans amour, sans homme. Il l'enveloppa très doucement dans une gigantesque serviette rose et la porta à l'étage dans la chambre où il dormait. C'était une jolie pièce qui semblait voguer sur la mer. De belles fenêtres peintes, des objets anciens, un lit de cuivre d'aspect imposant. Ce n'était pas la chambre dont il rêvait pour elle mais ce fut là qu'ils firent l'amour pour la première fois. Il se montra doux et expert, la caressa, la pénétra encore et encore et elle s'endormit finalement dans ses bras. Quand elle se réveilla, il faisait nuit.

— Nick ?

Elle se souvenait de ce qui s'était passé mais pas de l'endroit où ils se trouvaient.

— Je suis ici, chérie. Tu ne peux pas savoir à quel point je t'aime.

Quelle merveilleuse façon de se réveiller. Elle sourit en se pelotonnant contre lui. Mais elle se raidit soudain.

— Mon Dieu !

— Qu'y a-t-il ?

S'était-elle souvenue de quelque chose de triste ? Il prit peur tout à coup.

— Et si j'étais enceinte ?

Il sourit et lui embrassa le bout du nez.

— Tygue aurait alors un petit frère. Ou une petite sœur.

— Je ne plaisante pas.

— Moi non plus. J'aimerais beaucoup ça.

— Bon sang, Nick. Je n'ai jamais pensé avoir un autre enfant.

La voix de Kate paraissait si basse dans l'obscurité. Il la serra contre lui.

— Il y a beaucoup de choses auxquelles tu n'as pas pensé depuis beaucoup trop longtemps. On s'en occupera la semaine prochaine. Mais ce week-end, on peut prendre le risque. Et s'il arrive quelque chose... on y fera face.

Puis il ajouta après un temps :

— Mais peut-être que tu n'y tiens absolument pas ?

Elle ne voulait peut-être pas un enfant de lui. Il la regarda dans l'obscurité et il distingua clairement son visage, ses yeux.

— Nick, je t'aime, et ça ne me déplairait absolument pas.

Lorsqu'elle l'embrassa, il était tout ce qui comptait le plus au monde pour elle. Il rejeta alors les couvertures et caressa son corps, tandis qu'elle souriait. Un sourire de femme.

20

C'était comme s'ils avaient toujours vécu ensemble. Ils s'étaient levés à 7 heures et avaient traîné dans la maison. Ensuite, ils étaient allés en ville chercher le journal, s'étaient promenés sur la plage et avaient pris un énorme petit déjeuner qu'ils avaient préparé tous les deux. Tout s'était passé sans heurts, comme s'ils se complétaient parfaitement. Kate n'en revenait pas de constater à quel point ils se sentaient à l'aise ensemble. Après des années passées en célibataire, elle ne se sentait même pas gênée de circuler nue sous le tee-shirt de Nick.

Ils étaient allongés complètement nus sur une serviette derrière la dune près de la maison, cachés aux yeux du monde, et elle s'extasiait sur la beauté du corps de Nick.

— Tu te rends compte à quel point tout cela est extraordinaire ? Mais c'est peut-être habituel pour toi !

Elle regretta aussitôt ses paroles. Cela ne la regardait pas. Mais elle voulait quand même savoir. L'air blessé de Nick quand il se redressa lui en dit long.

— Que veux-tu dire par là ?

— Excuse-moi. Je... Vois-tu, tu vis dans un monde différent, Nick, c'est tout. Tout est différent pour toi.

Sa voix était douce et cherchait à se faire pardonner. Après tout, elle ne voulait peut-être pas savoir.

Il posa tendrement les mains sur ses épaules et la dévisagea jusqu'à ce que leurs regards se rencontrent.

— Tu as raison. Tout est différent pour moi. Ou du moins, ça l'était. D'une certaine façon, en tout cas. Quand j'étais plus jeune, j'étais un coureur de jupons. Je courais après toutes les femmes qui me faisaient de l'œil et même après celles qui ne me regardaient pas. J'ai couru, couru, et je me suis rendu compte que ça ne menait nulle part. Après, je me suis calmé, je suis devenu plus sage mais aussi plus solitaire. Il n'y a pas beaucoup de femmes qui en valent la peine là-bas. Hollywood est le temple de la stupidité, de l'égoïsme, du néant. Les femmes veulent coucher avec toi pour parfaire leur carrière, pour se rapprocher de Jasper Case, pour être vues au Polo Lounge à la meilleure heure de la journée, pour aller aux meilleures réceptions ou tout simplement pour manger gratuitement et faire l'amour ensuite. Tu sais ce que j'ai tiré de tout ça ? Rien. Alors, pourquoi en prendre la peine ? C'est pour ça que, d'une certaine façon, je suis encore plus seul que toi. Tu sais ce que je possède : un bel appartement, avec des meubles de valeur, un ou deux beaux tableaux, une voiture de luxe. Si tu additionnes tout ça, le résultat c'est un triple zéro. Et puis, une fois dans ta vie, un moment, un visage, une fraction de seconde et tu sais que tu as vu tous les rêves que tu as faits. C'est comme quand tu te réveilles le matin, hébété, les yeux troubles, tu ne sais pas pourquoi et puis soudain, en plein milieu de ton café, tu te souviens d'un rêve. Une image d'abord, puis tout un passage. Et, tout à coup, tu te souviens de l'histoire, du lieu, des gens de ton rêve. Tu te souviens de tout et tu ne veux qu'une chose, y retourner. Mais tu ne peux pas. En dépit de tous tes efforts, c'est impossible. Pourtant, il te hante. Toute une journée. Toute une vie peut-être. J'aurais pu faire ça, Kate. J'aurais pu te laisser me hanter toute ma vie. Mais je ne voulais pas. J'ai décidé de courir après mon rêve avant qu'il ne soit trop tard, pour nous deux. C'est pour ça que je suis venu. Je ne pouvais pas te perdre après toutes ces années d'attente. Jusqu'à notre rencontre, je ne savais pas ce que j'attendais. Et toi non plus.

Il avait raison. Elle aussi l'attendait. Elle avait essayé de se le cacher. Elle s'était dit qu'elle ne le reverrait jamais. Mais au plus profond d'elle-même... un murmure... une promesse.

— Je t'aime, Kate. Je sais qu'on ne se connaît que depuis quelques jours, mais tout est bien ainsi. Et je t'épouserais aujourd'hui si tu acceptais.

Elle lui sourit et posa sa tête contre son épaule en lui embrassant le cou.

— Je sais. C'est incroyable, pourtant !

Elle s'allongea à nouveau sur la serviette et il l'observa de ses yeux bleus si chaleureux. Le ciel derrière lui avait exactement la même couleur.

— Tout va si vite. Je ne sais pas quoi en penser. Je n'arrive pas à croire à mes sentiments. Je pensais que c'était peut-être habituel pour toi. Mais ça n'expliquait pas mes sentiments. Comment se fait-il que je me sois mise à t'aimer ainsi, si rapidement ? Après toutes ces années... Je ne comprends pas.

Elle ne paraissait pourtant pas malheureuse. C'était la première fois qu'il ne voyait plus d'ombre dans ses yeux. La tristesse avait disparu ce matin au réveil. Elle se sentait renaître.

— En fin de compte, ça arrive peut-être comme ça. J'ai entendu dire que des gens pouvaient vivre ensemble pendant cinq ou dix ans et puis, tout d'un coup, l'un des deux rencontre quelqu'un d'autre et ils se marient deux semaines plus tard. Le coup de foudre doit se reconnaître immédiatement. C'est peut-être ça qui nous est arrivé.

Il était à côté d'elle, sur le ventre, et il l'embrassa sur la bouche. Il lui fit l'amour sur la serviette, dans le sable, puis dans les vagues juste en face de la maison.

— Nick, tu es indécent !

Elle courut vers la serviette en riant, le souffle court, et s'allongea. Au même moment, Nick tomba sur elle prudemment en se rattrapant sur les coudes.

— Tu peux parler. Je ne l'ai pas fait tout seul !

— Nicholas... Nick... N...

Sa voix s'étouffa. Il l'embrassait à nouveau, les jambes mêlées à celles de Kate dans le sable chaud. L'après-midi était bien avancé quand ils regagnèrent la maison, fatigués, brunis, heureux, comme s'ils étaient amants depuis toujours.

Kate reçut un choc quand elle regarda la pendule sur le mur de la cuisine.

— Seigneur !

— Qu'y a-t-il ?

Il la regardait par-dessus son épaule, en mangeant des raisins.

— Tygue ! Il va rentrer à 4 heures. J'avais oublié.

C'était la première fois en six ans. Elle avait même oublié Bert mais, au moins, elle lui avait donné à manger avant de quitter la maison, la veille. Il ne mangeait qu'une fois par jour et pouvait entrer et sortir par sa porte spéciale.

— Calme-toi, chérie. Il n'est que 3 heures.

— Mais...

Il lui ferma la bouche d'un baiser et fit passer délicatement un des grains de raisin de sa bouche dans celle de Kate.

— Arrête ! Il faut que je... Je suis sérieuse.

Mais elle riait.

— Moi aussi. J'ai fait ma valise ce matin. Il ne me reste qu'à me doucher et faire le lit. On sera là-bas à l'heure. Tu veux appeler chez les parents de Joey ?

— Ce serait peut-être mieux. Mon Dieu, j'aurais probablement dû le faire hier soir. S'il lui était arrivé quelque chose...

Il l'embrassa en lui tendant le téléphone.

— Ce n'est pas un péché de te faire plaisir à toi-même pour changer. Téléphone. Je fais couler la douche.

Elle l'y rejoignit cinq minutes plus tard.

— Tout va bien ?

— Oui, fit-elle d'un air penaud. Apparemment je ne lui ai pas manqué du tout.

— Évidemment. Pas avec deux nouvelles chèvres pour le distraire. Est-ce que le père de Joey a eu le poney ?

Il se savonna et tendit à Kate le savon qui sentait l'œillet.

— Deux poneys, en réalité. Un autre pour la sœur de Joey.

— C'est un homme formidable.

— Toi aussi, tu es formidable.

Ils s'embrassèrent sous le jet de la douche, dans le parfum d'œillet.

— Restez calme, jeune dame. Il faut qu'on rentre.

— Allons bon ! Écoutez-le donc !

Elle était heureuse. Il excellait en tout. En tant qu'amant, en tant que père, en tant qu'ami. Il avait raison de vouloir se marier. Il aurait fait un merveilleux mari... il aurait fait... Elle y pensa avec regret en lui rendant le savon pour se rincer sous l'eau chaude.

Vingt minutes plus tard, ils étaient habillés et la maison était rangée. Elle avait mis de l'ordre dans la cuisine pendant qu'il finissait de s'habiller et elle le regarda tristement fermer la porte à clé. Quand il se retourna, il vit cet air triste et la prit dans ses bras en souriant.

— Trésor, tout n'est pas fini. Ça ne fait que commencer.

Elle avait des larmes aux yeux. Le week-end avait été si agréable qu'elle aurait voulu qu'il dure éternellement. Mais il fallait redevenir la mère de Tygue et aller voir Tom. Nick aussi devait revenir à la réalité.

— Qu'est-ce qu'on va faire maintenant ? demandat-elle en s'appuyant contre la balustrade.

Elle le regarda dans les yeux mais n'y vit aucune inquiétude. Seulement un océan d'amour.

— Laissons faire les choses. Je peux avoir cette maison tous les week-ends si je veux. Le propriétaire n'y vient jamais. Elle n'est pas assez belle pour lui, alors il préfère la louer. Elle est donc à nous si nous en voulons. Et si tu veux, je peux revenir de Los Angeles tous les soirs. Après l'émission. J'arriverais vers minuit et je serais reparti avant que Tygue ne se réveille.

— Nick, c'est impossible. Ce serait trop fatigant.

Pourtant elle devait admettre que l'idée lui plaisait.

— On pourrait essayer et toi, tu pourrais venir à Los Angeles de temps en temps. On a tout notre temps pour y réfléchir, Cendrillon. Je te l'ai dit, ça ne fait que commencer.

Il se pencha pour l'embrasser et écarta les cheveux de ses yeux.

— Je t'aime. C'est tout.

C'est tout. C'était si simple. Tout ce qu'il disait était merveilleux... mais elle avait ses propres décisions à prendre. Elle devait bouger à son rythme et il fallait penser à Tygue.

— Qu'est-ce qu'on fait pour Tygue ?

— Laissons-le s'habituer. Fais-moi confiance. Je crois pouvoir me débrouiller.

— Je crois que tu le peux, effectivement.

— Alors, ça va mieux ? Tu es satisfaite ?

Elle hocha la tête, heureuse, et mit sa main dans la sienne pour marcher jusqu'aux voitures. Rien n'avait été décidé mais tout semblait bien marcher.

— Tu veux me suivre pour rentrer ?

Kate pensait qu'il rentrerait avec elle, mais il secoua la tête en ouvrant sa voiture. Elle le regarda, surprise.

— Non. Tu as besoin d'être seule avec Tygue. Je pourrai être chez toi vers 6 heures. J'ai des choses à faire à Santa Barbara.

— Pendant deux heures ?

Il acquiesça et vit soudain l'éclair de jalousie dans les yeux de Kate. Il éclata de rire.

— Chérie, tu es merveilleuse et je t'adore.

Il s'avança vers elle et la prit dans ses bras.

— Tu paraissais avoir envie de tuer quelqu'un.

— C'est exact.

— Pas moi, j'espère.

— Non. La femme à qui tu allais rendre visite. Du moins je le pensais...

— Kate, mon amour, je peux te jurer que je n'ai aucune maîtresse à Santa Barbara. Je viens généralement ici pour tout oublier. Je peux même brûler publiquement mon petit carnet de rendez-vous dès demain, devant la mairie, à midi.

— Pourquoi attendre si longtemps ? Je suis sûre que j'ai une allumette.

Elle fouillait déjà dans ses poches. Il lui pinça le nez.

— J'en suis sûr moi aussi. On s'en servira plus tard. Maintenant tu ferais mieux de retourner auprès de ton fils, espèce de petite jalouse, ou bien je te fais l'amour ici même, sur les marches.

— Ici, devant ma voiture ?

— N'importe où !

Il lui ouvrit la portière et elle se glissa à l'intérieur. Il referma la portière et se pencha à la fenêtre pour un dernier baiser.

— Sois prudente.

— Bien, monsieur. On se voit à 6 heures.

— À 6 heures.

Il attendit qu'elle s'éloigne puis monta dans sa voiture et se dirigea vers la ville.

21

— Maman ! c'est Nick !

Les cris de joie correspondaient exactement avec ce que Kate éprouvait et ils se précipitèrent tous les deux dehors, Bert sur leurs talons. La longue Ferrari bleue s'arrêta en faisant crisser le gravier. Nick et Kate échangèrent un regard rapide par-dessus la tête de l'enfant puis Nick concentra toute son attention sur Tygue. Il sauta de la voiture et souleva l'enfant dans ses bras avec aisance.

— Comment c'était, les chèvres ?

— Formidable ! Et Joey a deux poneys. Enfin, il y en a un qui est supposé être pour sa sœur, mais elle a peur. Quelle gourde ! Il est pourtant magnifique !

— Je te crois.

Il reposa le garçon et se tourna pour prendre quelque chose dans la voiture.

— Tygue, quand tu seras plus grand et que tu rendras visite à une dame, n'oublie jamais d'apporter des fleurs et des sucreries. Alors...

Il sortit une brassée de lilas et de tulipes et tendit à Tygue une énorme boîte dorée.

— Ta maman aura les fleurs, et toi les sucreries.

Tygue était ravi de l'arrangement et sa mère aussi.

— Tu nous gâtes, Nicholas.

— À votre service, Cendrillon.

Il passa un bras autour de ses épaules, donna la main au garçon et ils entrèrent ainsi dans la maison. C'était une chaude soirée d'été, et seule une légère brise rafraîchissait l'air. Il faisait trop chaud pour faire du feu dans la cheminée. Ils se contentèrent de s'asseoir par terre et chantèrent des chansons en mangeant des hot-dogs et une salade de pommes de terre, jusqu'à ce que Tygue aille se coucher. Il était à moitié endormi quand Nick le déposa dans son lit et Kate le borda. Quand ils quittèrent la chambre, il dormait profondément. Nick prit Kate dans ses bras dès qu'elle referma la porte.

— Bon, où es ta chambre, petite polissonne ?

Elle fut surprise de se sentir soulevée dans ses bras.

— C'est celle d'à côté.

Elle riait doucement en lui indiquant le chemin et il la déposa sur le lit. Le papier peint à fleurs vives égayait la chambre. Six années auparavant, Felicia lui avait offert comme cadeau d'installation un couvre-lit assorti, ainsi que des rideaux et des fauteuils. L'ensemble était toujours aussi agréable.

— Ça ressemble à un jardin ! fit-il, à la fois surpris et content.

Il y avait des fleurs et des plantes partout dans la pièce, et un grand nombre d'objets en osier blanc de style victorien.

— À quoi t'attendais-tu ? À du satin noir ?

— Seigneur ! Je t'aurais laissée choir sur le seuil !

— Vraiment !

Elle déboutonnait la chemise de Nick, avec un large sourire.

— Qu'avez-vous donc fait, monsieur, à Santa Barbara ?

— J'ai fait des courses, je me suis promené, et tu m'as beaucoup manqué.

Il s'assit sur le lit et la prit délicatement dans ses bras. Elle oublia tout ce qu'il avait pu faire à Santa Barbara.

Jusqu'au lendemain, quand elle reçut un message.

Après son retour à Los Angeles, il lui avait téléphoné

trois fois. Il était parti à 6 heures et demie, une demi-heure avant le lever de Tygue. Jusqu'alors, tout avait marché. Pas de problème. Elle se demandait combien de temps Nick tiendrait le coup. Jusqu'à Los Angeles, il fallait trois heures ; c'était une longue distance. Mais il avait paru en forme au bout du fil et rien ne laissait supposer qu'elle recevrait un message trois heures plus tard. Il arriva peu de temps après que Tygue fut revenu de l'école. D'après le message, un paquet attendait Tygue Harper à la poste de Santa Barbara. Il était mentionné l'adresse d'une poste que Kate ne connaissait pas et Tygue devait aller le chercher en personne. Kate soupçonna Licia d'être encore l'auteur de ce coup. Alors, c'était quoi cette fois-ci ? Une voiture, peut-être ? Mais elle avait promis d'attendre qu'il ait six ans. En souriant, Kate fit démarrer la voiture. Tygue avait en effet insisté pour se mettre en route immédiatement et il lui en aurait fait voir de toutes les couleurs si elle avait refusé.

Ils mirent une demi-heure pour se rendre à l'adresse indiquée et, quand ils arrivèrent, Kate se rendit compte qu'il y avait une erreur. Ce n'était pas une poste, mais une maison, avec une étable blanche et toute propre. Kate s'apprêtait à repartir quand un homme lui fit un salut avec un chapeau de cow-boy. Tygue salua à son tour et l'homme s'avança rapidement vers eux. Kate soupira. Elle était pressée car il fallait qu'elle trouve la poste en question avant la fermeture. Mais l'homme était déjà près de la voiture et les regardait avec un grand sourire.

— Tygue Harper ?

— Oui, répondit-il en criant.

— On a un paquet pour toi.

Il fit alors un clin d'œil à Kate qui n'y comprenait rien.

— C'est la poste, ici ? demanda Tygue en regardant tour à tour sa mère et l'homme au chapeau de cow-boy.

— Non. Mais on a quand même un colis pour toi.

Kate comprit tout à coup. Elle fut sur le point de hurler mais n'osa pas. Il l'avait donc acheté. Elle cacha son visage dans ses mains et se mit à rire. Tygue, lui, sauta de la voiture et courut derrière l'homme, très excité. Kate sortit de la voiture à son tour, mais beaucoup plus calmement et les suivit vers un des corrals. Elle vit l'homme ouvrir la barrière et, tenant Tygue fermement par la main, il le conduisit vers un magnifique poney shetland blond et brun.

— Tu vois ça, petit ? C'est ton colis. Il est à toi.

— Oh !... Oh !... Maman !

Il courut vers le poney et jeta ses bras autour de son cou. Le poney avait une bride rouge vif et une selle toute neuve. Kate regardait le visage de son fils : elle aurait tant voulu que Nick puisse le voir, lui aussi. L'homme sortit deux lettres de sa poche, une pour Tygue et une pour sa mère.

— Tu veux que je te la lise, trésor ?

Elle savait qu'il était trop excité pour pouvoir lire ne serait-ce que son propre nom.

— Qu'est-ce qu'il y a d'écrit ? demanda-t-il en caressant le poney qui semblait tout à fait ravi.

Elle ouvrit la lettre avec soin et sourit en lisant :

« J'ai pensé qu'il irait bien avec le costume de cow-boy que ta maman t'a acheté à Los Angeles. Il est à toi. Choisis-lui un beau nom et j'irai te voir au rodéo bientôt. Nick. »

— Hourra ! Je peux le garder ? fit-il à sa mère d'un ton implorant.

— Je suppose. Nick a dit qu'il était à toi.

Tygue hocha la tête d'un air décidé.

— Alors, tu peux le garder. Comment vas-tu l'appeler ?

Elle sentit comme un malaise à l'estomac. Ce poney représentait un énorme cadeau. Qu'est-ce que ça signifiait ?

— Il s'appelle Brownie.

Cette fois-ci, il n'avait pas eu besoin de demander à Willie. Il avait su tout de suite.

Elle ouvrit alors sa propre lettre.

« Quinze minutes pour acheter des fleurs. Dix minutes

239

pour acheter le chocolat. Cinq minutes pour chercher dans l'annuaire des noms de ranches, vingt minutes pour m'y rendre. Soixante-cinq minutes pour acheter le poney et prendre les dispositions nécessaires. Cinq minutes pour rêver de toi. Deux heures en tout. Je t'aime, chérie. À bientôt. Nick. »

Le post-scriptum expliquait qu'il s'était arrangé pour que le poney puisse rester là, mais elle pouvait également décider de le mettre au ranch des Adams. Ils en discuteraient ultérieurement « entre autres choses ».

Quand il arriva à minuit, les « autres choses » passèrent en priorité. Ils allèrent directement dans la chambre et Nick s'effondra sur le lit, épuisé, mais souriant.

— La soirée a été longue ?

Kate lui sourit, toujours un peu émue à la vue d'un homme sur son lit.

— Pas vraiment. J'avais seulement hâte de revenir ici. L'enregistrement m'a paru durer des heures et le trajet aussi.

— Ça fait quand même une drôle de distance, monsieur Waterman.

— Je crois que vous en valez la peine, madame Harper.

Il s'assit sur le lit et lui tendit les bras. Elle avança alors lentement et s'assit près de lui.

— Tu es intimidée ce soir, Kate ?

— Peut-être un peu.

Il pressa doucement ses lèvres contre les siennes.

Elle ne se sentait plus embarrassée quand un moment plus tard il glissa une main sous son chemisier et caressa sa poitrine. Le désir grandissait au creux de ses reins. Leur baiser devint plus passionné. Les années de célibat semblaient fondre du corps de Kate. Les mains de Nick coururent sur la peau satinée puis descendirent plus bas jusqu'à ce qu'elles trouvent ce qu'elles cherchaient.

Il fallut plusieurs heures avant qu'ils ne fussent rassasiés l'un de l'autre. Ils restèrent allongés côte à côte sur les draps froissés. Lui fumait une cigarette, elle dessinait des cercles sur sa poitrine d'un doigt paresseux. Il se tourna vers elle et, pour la première fois, il se rappela Tygue.

— Et le poney, il lui a plu ?

— Tu plaisantes. Il a failli en mourir de plaisir !

Un moment de silence. Nick la regarda en souriant.

— Et alors ? Tu laisses sous-entendre quelque chose, Kate. Tu es furieuse contre moi ?

— Furieuse ? Comment pourrais-je l'être ? Non...

Mais il avait raison. Il y avait quelque chose d'autre. Elle le regarda dans les yeux, les sourcils froncés.

— Je ne sais pas comment dire, Nick. Ça semble si ingrat. Tygue a été enthousiasmé par le poney, c'est un cadeau formidable pour un petit garçon. C'est comme un rêve qui se réalise. Toi aussi, tu es un rêve qui se réalise. C'est peut-être ça qui m'ennuie. Ce que j'essaie de dire... c'est que je ne veux pas que tout ça ne soit qu'un rêve. Je ne veux pas que tu sois un rêve. Je veux que tout soit vrai. Et peut-être... peut-être que si...

— Peut-être que si je disparaissais, vous seriez perdus. C'est ça, Kate ?

Il semblait comprendre ce qu'elle éprouvait et elle fut soulagée de voir qu'il n'était pas en colère.

— Oui, Nick. Qu'est-ce qui se passerait si tu n'étais plus là, tout d'un coup ? Au début, des poneys, des cadeaux, des promesses de visites à Disneyland, et puis...

Elle ne voulait pas finir sa phrase mais elle avait l'air sincèrement inquiète. Le fait de gâter Tygue l'inquiétait également. Ça ressemblait trop à la grande générosité de Tom... avant la fin.

— Kate, je suis ici pour très, très longtemps. Aussi longtemps que tu voudras de moi. Je n'ai pas l'intention de partir.

C'est ce que Tom disait. Mais la vie n'était pas ainsi. Elle le savait bien maintenant.

— Tu n'en sais rien. Ce n'est pas vraiment toi qui décides. Il se peut que tu veuilles être ici mais tu ne sais pas ce que l'avenir te réserve.

Il se pencha vers elle et prit dans ses mains son visage tourmenté.

— Chérie, ce que je préfère en toi, c'est ton optimisme !

Elle sourit timidement et haussa les épaules.

— Il me faut peut-être du temps pour me faire à toutes les bonnes choses qui m'arrivent.

— Tygue va peut-être avoir à s'y faire aussi. Ne te fais pas d'illusions : même ceux qui offrent des poneys et qui promettent Disneyland peuvent être considérés avec suspicion.

— Je crois que tu as pourtant eu de la chance. Je m'attendais à ce qu'il te déteste mais il n'en est rien.

Elle en était encore étonnée.

— Il me détestera probablement quand il réalisera que j'ai l'intention de rester ici.

Il n'arrêtait pas de dire « rester ici ». Comment pouvait-il savoir ? Comment pouvait-il être aussi sûr ? Et si ça ne marchait pas ? D'une certaine façon, Kate était effrayée de le voir si sûr de lui.

— Allons, Kate, tu es harassée. Arrête de te tourmenter. Je t'aime, je trouve que Tygue est merveilleux et je n'ai pas l'intention de vous laisser tomber. Et puis, je ne le gâterai plus si tu me l'interdis. Plus de poneys. Du moins pendant une semaine.

Il lui fit une grimace en tirant sur une boucle de ses cheveux.

— Tu ressembles à Licia.

— Pas physiquement, j'espère !

— Absolument pas, mon amour. Tu vas être fatigué demain.

— Et toi ? Tu peux te recoucher quand Tygue est parti pour l'école ?

Il se faisait du souci pour elle. Elle avait des journées bien remplies elle aussi. Lui pouvait toujours dormir à son retour à Los Angeles. Sauf exception, il ne se rendait au studio qu'à 3 heures. Tout était bien rodé à présent en ce qui concernait l'émission, et il ne quittait jamais son appartement avant 2 heures, sauf quand il avait rendez-vous pour déjeuner.

Kate soupira.

— Non. Il faut que j'aille à Carmel demain.

— Pour tes cours ?

Elle acquiesça. Mais elle détestait lui mentir.

— Est-ce que je pourrai aller avec toi un jour ? J'aimerais voir ce que tu fais.

Elle détourna les yeux et écrasa sa cigarette avant de répondre. Il ne voyait pas son visage et quand il le vit, il ne sut pas exactement le déchiffrer. Il lui semblait lointain et il lut quelque chose dans les yeux de Kate qui lui déplut.

— Je n'ai pas la permission d'amener qui que ce soit. C'est un endroit qui n'est pas de tout repos.

— Tu aimes ce que tu y fais ?

Il cherchait quelque chose sur son visage mais il ne savait pas quoi au juste.

— Oui, dans une certaine mesure.

Mon Dieu, elle voulait en finir avec ce sujet mais il fallait qu'elle ait l'air convaincue. Il fallait que ça ait l'air d'être un travail. Elle ne pouvait absolument pas lui parler de Tom. Pas encore.

— Ne peux-tu trouver le même travail plus près d'ici ?

Elle secoua la tête. Il rechigna à poser davantage de questions et, de plus, ils étaient épuisés. Et puis, il avait d'autres choses en tête. Il posa une main sur sa jambe et elle le regarda, surprise. Elle était contente qu'il abandonne le sujet de Carmel. La main à l'intérieur de sa cuisse cheminait vers le haut. Elle lui sourit en se rapprochant de lui.

— Encore ?

— Est-ce un compliment ?

Entre leurs deux corps, c'était comme une extase qu'aucun d'eux n'avait connue jusqu'alors. Quand le réveil sonna à 6 heures, ni l'un ni l'autre ne regretta la nuit sans sommeil.

22

— Tu as donné tes cours, aujourd'hui ?

Il était assis dans un fauteuil près du feu et la regardait attentivement. Il venait de rentrer et il défit sa cravate en adressant un sourire à Kate. Elle semblait aussi fatiguée que lui.

— Oui, je suis allée à Carmel.

Un silence.

— Comment s'est passée l'émission ?

La journée avec Tom avait été difficile. Il avait un rhume et un mal de gorge et par deux fois il avait pleuré.

— Ça a été épouvantable.

Il mentionna trois des plus célèbres vedettes d'Hollywood dont deux femmes qui se livraient une guerre ouverte. Mais il ne voulait pas parler de l'émission. Il voulait parler de la seule chose qu'elle ne lui disait pas. Et il voulait savoir pourquoi. Quelque chose l'avait tourmenté pendant des semaines. Des contradictions, des petits indices. Quelque chose qui l'avait rongé pendant tout le trajet jusqu'à Los Angeles, ce matin-là. Qui le rongeait depuis qu'il la connaissait. Certains minuscules morceaux du puzzle étaient délibérément mis de côté. Des choses qu'elle ne disait pas, des années dont elle ne parlait pas. Mais certaines choses qu'elle lui avait dites l'ennuyaient également. La façon dont ses parents

l'avaient abandonnée, sa méfiance vis-à-vis de « l'avenir »,
ses années solitaires avec Tygue, et ses cours où elle ne
pouvait faire venir personne de l'extérieur. Quand il
s'était assis sur sa terrasse de Los Angeles, devant sa
troisième tasse de café, il avait soudain voulu connaître
les réponses sur-le-champ. Il pouvait se procurer ces
réponses de multiples façons : il avait le choix. Peut-être
qu'une nouvelle nuit sans sommeil lui donnait des idées
folles mais, après tout, il n'avait rien à perdre en cherchant une explication et elle n'avait pas à le savoir. Il
n'était même pas sûr lui-même de ce qu'il cherchait, mais
il savait qu'il y avait quelque chose. Sa première question
portait sur son nom et le livre. C'était la première coïncidence qui le dérangeait. Elle en savait trop sur le football,
sur... Les réponses arrivèrent pendant plusieurs jours jusqu'à ce qu'un après-midi, un peu avant 5 heures, Nick
puisse reconstituer l'histoire tout entière, assis à son
bureau dans le studio. Les réponses ne le surprirent pas
du tout. L'homme du bureau des recherches au studio
était un ami personnel et Nick lui avait dit que l'enquête
était hautement confidentielle et tout à fait personnelle.
Il n'envisageait aucune fuite possible. Mais il n'aima pas
ce qu'il entendit. Pour elle.

— J'ai trouvé tout ce que tu m'as demandé sur la fille.
Mais, d'abord, laisse-moi te dire ce que j'ai trouvé par
ailleurs.

« C'est drôle mais je ne me souvenais pas du type avant
de consulter la liste des gens qui sont passés à l'émission.
J'ai contacté les journaux et les archives de la biblio-
thèque municipale. Tom Harper était une grande vedette
du football, il y a dix ans. Il est venu à l'émission trois ou
quatre fois quand Jasper était encore à New York. Avant
que tu ne travailles ici, Nick. En tout cas, c'était un type
sympathique, je crois. Le héros numéro un américain. Je
ne sais pas pourquoi le nom ne m'a rien dit quand tu
m'en as parlé ce matin. Il a été professionnel pendant
huit ou neuf ans, puis sa carrière a commencé à décliner.
Je ne me souviens pas des détails mais il a eu des ennuis,

sa carrière était menacée, il était trop vieux pour le football professionnel. Il a essayé de tirer sur le propriétaire de l'équipe, ou le manager, quelque chose comme ça et, en désespoir de cause, il s'est tiré une balle dans la tête.

— Il s'est tué ?

Nick commençait à se souvenir de l'histoire, lui aussi. Il avait rencontré Harper une ou deux fois quand il avait débuté dans la profession. Comme ils avaient tous deux oublié vite ! Six, sept, peut-être huit années auparavant, ça avait fait la une des journaux et maintenant il fallait l'aide d'un employé de bureau du service des recherches pour que le nom revienne à la mémoire. Kate aurait été contente de savoir ça.

— Je ne pense pas qu'il soit mort, du moins pas sur le coup. Je n'ai pas réussi à obtenir tous les détails sur ce point. À l'origine, il était seulement grièvement blessé, paralysé, quelque chose comme ça. Finalement, on l'a transporté dans une sorte d'hôpital à Carmel et je suppose que tout le monde a oublié son existence. Personne ne sait s'il est toujours en vie. Je n'ai même pas pu retrouver le nom de l'établissement. Autrement, j'aurais téléphoné. C'est tout ce que l'on a sur lui. D'après un des types des archives, Harper aurait été paralysé à partir de la taille et mentalement diminué quand il a été amené à Carmel. C'est tout. Quant à la fille, c'était sa femme. On ne sait pas grand-chose sur elle. J'ai vu une photo d'elle à l'hôpital : elle fait de la peine à regarder. Elle a l'air de vivre un cauchemar. J'ai vu aussi le cliché qui a été pris lorsque Harper a été emmené en ambulance à Carmel. Il semble ne pas se rendre compte de ce qui lui arrive, il a une expression un peu enfantine, comme un simple d'esprit. Je n'ai absolument rien sur eux après cette période. J'ai eu quelques petites indications sur son passé à elle. Elle est allée à l'université de Stanford pendant quelques mois puis a vécu avec Harper après sa première année d'études. Elle a voyagé partout avec lui, mais elle restait dans son ombre. Elle a été mannequin pendant un temps. Le seul point particulier à son sujet réside dans le fait que ses parents l'ont apparemment déshéritée et mise à la porte à cause de son mariage. Ils faisaient partie de la haute bourgeoisie collet monté et ils n'ont pas supporté que leur princesse se marie avec un moins que rien. Ils l'ont renvoyée.

« C'est tout ce que je sais, Nick. Je ne peux pas te dire ce qui leur est arrivé à tous les deux par la suite. Il n'y a aucun document là-dessus. Si tu arrives à trouver le nom de cet hôpital à Carmel, on te dira probablement s'il est mort ou non, mais le nom de l'établissement doit avoir été tenu secret. Tu veux que je me renseigne ?

— Non, je peux le faire moi-même. Merci mille fois. Je sais maintenant tout ce que je voulais savoir.

Et même plus. Il savait tout. Le reste, il pouvait l'imaginer. De toute évidence, Tom était vivant et toujours à Carmel. C'était donc ça, la mystérieuse « école » où elle se rendait. C'était arrivé sept ans auparavant. Et Tygue... Tygue avait six ans. Kate devait être enceinte quand Tom Harper avait tenté de se suicider. Kate avait vécu toutes ces années ainsi. Il fut sous le choc toute la soirée, réfléchissant à ce qu'il avait entendu, pensant à Kate. Il avait envie d'en parler avec elle, de la tenir dans ses bras, de la laisser pleurer si elle en ressentait le besoin. Mais il savait qu'il ne pourrait pas en parler le premier. Il se demandait jusqu'à quand il devrait attendre.

Elle était assise en face de lui et ils se regardaient. Il remarqua les cernes sous ses yeux. Elle payait également le prix de leur bonheur et de leur double vie.

— Comment ça s'est passé à Carmel ? C'était difficile ?

Il n'aima pas cette tristesse dans ses yeux qui lui révélait le reste de l'histoire, ce que son ami ne savait pas. Il se demandait dans quel état était Tom Harper. D'après ses renseignements, les dommages au cerveau étaient irrémédiables. Ça devait être atroce, mais il n'arrivait pas à imaginer ce qu'on pouvait éprouver face à une personne dans cet état, et qu'on voyait très souvent. Une personne qu'on avait aimée.

— Oui, difficile.

Elle sourit et essaya de chasser le souvenir d'un hausse-ment d'épaules. Mais il ne voulait pas laisser tomber le sujet. Pas déjà.

— Est-ce qu'ils sont très exigeants ?

Il posa la question à propos de Tom, pas à propos d'« eux ». Il espérait ainsi qu'elle lui dirait la vérité. Du moins, une part de vérité.

— Quelquefois. Les gens comme eux peuvent être très doux ou très difficiles. Exactement comme des enfants. Mais ça n'a aucune importance, parle-moi de l'émission.

La question était close. Il le voyait à son visage.

— Les gens de l'émission peuvent être eux aussi très doux, avec le comportement d'un enfant, ou bien alors très emmerdants, toujours avec le comportement d'un enfant. Peut-être que la plupart des acteurs et des gens célèbres sont des attardés mentaux eux aussi.

Il soupira en lui souriant.

— Au fait, tu as la maison, ce week-end ? fit-elle en déboutonnant gaiement sa chemise.

— Oui. Et tu sais, j'ai pensé à quelque chose. On pourrait y aller tous les trois cette fois-ci.

Elle y réfléchit un moment puis leva les yeux vers lui.

— Pourquoi ne pas rester ici ?

— Pas encore, dit-il en secouant la tête. Ici, c'est chez Tygue. Je ne veux pas m'imposer chez lui.

Décidément, il pensait à tout, faisait attention à tout. Elle vit qu'il était exténué.

— Nick ?

— Quoi, chérie ?

— Qu'est-ce qu'on va faire ?

— À propos de quoi ?

Mais il savait. Il se posait la même question. Ni l'un ni l'autre n'avaient eu une nuit complète de sommeil depuis trois semaines.

— Tu ne peux pas continuer à faire ce trajet.

— Veux-tu dire que tu me congédies ? demanda-t-il en ouvrant un œil.

— Non, mais, en ce qui me concerne, cette situation me tue. Alors, je peux imaginer l'état dans lequel tu es. Ce n'est pas moi qui vais à Los Angeles tous les jours.

— Ne t'en fais pas. Laissons passer l'été. Nous verrons ensuite.

— Et qu'est-ce qui se passera ensuite ?

Elle avait pensé à tout ça en revenant de Carmel. Le trajet jusque là-bas lui donnait une idée de ce que Nick faisait matin et soir. La distance était la même.

— Je pourrais acheter un avion. Ou un hélicoptère.

Il ne plaisantait qu'à moitié. Elle déposa un tendre baiser sur sa joue. Tout ça était sa faute. Mais il y avait Tygue et elle ne pouvait pas...

— Attendons de voir, chérie. Jasper n'a toujours pas pris sa décision pour l'émission. Ça pourrait tout changer. Et il doit le faire dans les deux prochaines semaines.

— Que veux-tu dire par « ça pourrait tout changer » ? demanda-t-elle, encore plus inquiète.

— Rien de grave, ne te tourmente pas. C'est un ordre.

— Mais...

— Tais-toi.

Il pressa sa bouche contre la sienne. Cette nuit-là, ils ne firent pas l'amour. Ils dormirent, serrés l'un contre l'autre, exténués. Nick était déjà parti quand Kate se réveilla le lendemain matin.

— D'où est-ce que ça vient ?

Tygue ramassa un grand tee-shirt blanc et le regarda d'un air soupçonneux. Sa mère se couvrit avec le drap. C'était la première fois que Tygue venait dans sa chambre avant qu'elle ne soit réveillée et en robe de chambre. Kate se sentait étrangement sur la défensive. Ils étaient si fatigués la nuit d'avant que Nick avait oublié son tee-shirt sous le lit.

— J'ai mis ça hier pour jardiner.

— C'est l'odeur de Nick, dit-il en regardant Kate d'un air sauvage.

La jalousie commençait à poindre. Nick avait raison.

La réaction première avait été trop belle pour être vraie, ou pour durer.

— Nick me l'a donné. Qu'est-ce que tu veux manger, des céréales ou des œufs ?

Et pourquoi se sentait-elle obligée de lui donner des explications ? Elle avait bien le droit d'avoir le tee-shirt de qui lui semblait bon. Mon Dieu !

— Je veux du pain français ou des crêpes, fit-il, en cherchant la bataille.

— Ce n'est pas au menu, répondit Kate d'un ton sévère.

— Bon, des œufs, alors. Quand est-ce que Nick revient voir Brownie ?

C'était drôle de constater qu'il avait envie de voir Nick mais qu'il lui en voulait également.

— Il a dit qu'il revenait ce week-end. En fait... il nous a invités tous les deux à venir à Santa Barbara. Qu'est-ce que tu en dis ?

— OK. Peut-être. Tu viens aussi ?

— Bien sûr. Tu ne veux pas ?

— Nick n'aime pas parler de chevaux quand tu es avec nous. Quand on n'est que tous les deux, on parle de choses mieux.

— Alors, vous pourrez aller tous les deux aux écuries, ou sur la plage. D'accord ?

— D'accord.

Il esquissa un semblant de sourire.

— Je peux venir avec Joey ?

Elle n'y avait pas pensé mais ce n'était pas une mauvaise idée. Cela l'occuperait et leur donnerait, à Nick et à elle, plus de temps en tête à tête.

— Je le lui demanderai mais je suppose que Nick sera d'accord.

Nick disait oui à tout ce que Tygue voulait. Ce qui ennuyait Kate par moments. Il avait tenu sa promesse de ne plus lui acheter quoi que ce soit mais il était toujours aussi indulgent avec lui. Elle avait plus de mal avec son fils. Aux yeux de Tygue, Nick était le chic type et Kate le rabat-joie qui essayait de le faire obéir. De plus, elle devait s'habituer à ne plus être l'unique source de joie pour Tygue. Elle devait maintenant accepter de partager.

— N'oublie pas de le lui demander, surtout, dit Tygue en quittant la chambre.

— Entendu. Va t'habiller pour l'école.

Il disparut dans sa chambre et Kate enfouit le grand tee-shirt blanc dans un tiroir non sans l'avoir senti d'abord. C'était l'odeur de citron et d'épices. C'était tellement lui !

Ce matin-là, il ne téléphona pas. Mais elle reçut un coup de fil de Weinberg.

— J'ai une surprise pour vous, Kate, fit-il, très content de lui.

— Une bonne ou une mauvaise ?

— Je n'ai que des bonnes surprises ! répondit-il en feignant de se sentir insulté.

— Bon, alors dites-la-moi.

— Ma chère, on vient de nous demander de vous inviter huit jours à l'hôtel *Regency* à New York, trois jours à Washington, deux jours à Boston et un jour à Chicago, sur le chemin du retour. C'est un voyage pour votre livre et vous passerez dans les meilleures émissions de ces quatre villes. On vous offre partout un séjour de première classe. Mademoiselle Harper, c'est la gloire !

— Mon Dieu !

Une autre montagne à franchir. Elle qui était si heureuse sur le plateau qu'elle venait d'atteindre. Pourquoi devait-elle continuer à grimper ?

— Est-ce que c'est obligatoire ?

— Vous plaisantez ! fit-il d'un ton scandalisé. Écoutez, Kate, mettons les choses au clair : vous voulez un livre qui se vende bien, ou une bombe ? Mon petit, si vous aimez l'argent, il faut y mettre un peu du vôtre !

— Ça fait combien de jours en tout ?

— Deux semaines exactement. Ce n'est quand même pas le bout du monde !

251

— Évidemment ! soupira-t-elle. Je peux réfléchir ? Il faut que je voie si je peux trouver quelqu'un pour Tygue.

— Mais bien sûr, trésor ! Aucun problème. Je vous rappellerai plus tard.

— Quand est-ce que c'est prévu ?

— Lundi prochain, répondit-il, sans même s'excuser.

— Dans quatre jours ?

— Il ne m'a pas donné beaucoup de temps pour me retourner, vous savez.

Il s'arrêta. Bon sang !

— De qui parlez-vous ?

— Du type qui travaille au service publicité, chez votre éditeur.

— Ah ! Bon, rappelez-moi plus tard.

Elle voulait téléphoner à Nick et, à l'autre bout du fil, Stu respira à fond. Seigneur ! Il avait failli le dire. Lui qui avait promis à Nick de ne rien dire. Et pourquoi n'avait-il pas lui-même demandé à Kate ? Mais Stu savait pourquoi. Si Nick le lui avait demandé, elle n'y serait pas allée. Venant de Stu, l'offre pouvait la faire fléchir.

Elle trouva Nick chez lui, dans son appartement. Il avait l'air un peu endormi.

— Est-ce que je t'ai réveillé ?

— Non, je rêvassais, c'est tout. Que se passe-t-il ?

Elle l'entendait bâiller et l'imagina en train de s'étirer.

— Tu as oublié ton tee-shirt.

— Oh, dans un endroit compromettant, j'espère !

Il sourit en se souvenant qu'elle était profondément endormie quand il était parti le matin.

— Il était sous le lit. C'est Tygue qui l'a trouvé.

— Mince. Il y a eu des problèmes ?

— Pas avec Tygue.

Il remarqua qu'elle était inquiète. Il s'assit sur son lit avec un froncement de sourcils.

— Stu vient de m'appeler.

Le froncement de sourcils s'accentua. Il attendit.

— Il m'a proposé un voyage de deux semaines. New York, Boston, Washington, Chicago. Huit jours à New

York. Nick, je ne sais pas quoi faire. Je suis morte de peur.

Elle était au bord des larmes et il se demanda s'il avait eu raison.

— Du calme, chérie. Nous en parlerons ensemble. Qu'est-ce qui est prévu pendant le voyage ?

— Je ne sais pas. J'ai oublié de demander. Et c'est lundi prochain. Et... Nick, qu'est-ce que je vais faire ?

— J'ai une idée.

Il essaya de rendre sa voix la plus gaie possible. Mais il avait quand même l'impression de pousser Kate du haut d'une falaise.

— Laquelle ?

— Pourquoi ne passerais-tu pas une nouvelle fois dans l'émission de Jasper ?

— Mais je ne peux pas. Je viens de te dire que Stu veut que j'aille à New York, fit-elle, énervée.

— C'est à New York que Jasper fait son émission, pendant les deux semaines à venir.

Il attendit un moment. Silence.

— Viendrais-tu à New York avec moi, Kate ? Je sais que c'est difficile pour toi, chérie, mais je serai avec toi, je te le promets. Je ne te quitterai pas.

— Est-ce que c'est toi qui as demandé à Stu de me téléphoner ? demanda-t-elle, incrédule.

— Oui.

Bon sang ! Il l'avait dit. Mais ça ne servait à rien de lui mentir.

— Oui. Excuse-moi, Kate, je n'aurais pas dû. Je...

Elle éclata de rire.

— Kate ?

— Espèce de fourbe ! Tu as fait ça ? Je croyais que c'était vrai, que mon éditeur avait organisé un voyage, qu'il fallait que je le fasse.

— Mais c'est vrai. Stu ne t'en parlait pas parce qu'il pensait que tu refuserais mais je l'ai persuadé du contraire. Tu pourras aller à Boston et à Washington, en vivant avec moi à New York.

253

— Et Chicago ?

Grâce au ciel, elle riait toujours.

— C'est prévu également ? fit-il, surpris.

— Oui.

— Ils ne se débrouillent pas mal.

— Tu sais quoi ? Tu es fou. Complètement fou ! Est-ce que tu étais au courant de tout ça, hier soir, quand tu es rentré à la maison ?

La maison de Kate était maintenant leur maison.

— Oui, je dois le confesser.

— Tu le sais depuis quand ?

— Depuis lundi dernier. C'est Jasper qui nous l'a appris tout d'un coup.

— Splendide !

— Alors, qu'est-ce que tu vas faire, à présent ?

Il était plus qu'impatient de savoir. Il ajouta :

— Je ne parle pas bien sûr des coups que je vais recevoir ce soir !

— Tu es sûr de vouloir le savoir tout de suite au téléphone ?

La voix de Kate ressemblait à celle de Mata-Hari.

— Allons, dis-moi, est-ce que tu viens avec moi ?

— Ai-je le choix ?

Il attendit un long moment, incertain sur la réponse à donner, puis il décida de tenter sa chance.

— Non, tu n'as pas le choix. J'ai trop besoin de toi. Demande à Tillie de venir garder Tygue.

— Au fait, il a accepté ton invitation, pour ce week-end, et il voudrait venir avec Joey.

— Parfait. Il peut bien venir avec King Kong si ça lui chante. Tout ce que je veux savoir, c'est si tu viens à New York avec moi ?

— Oui ! Tu es heureux ?

— Très.

Ils souriaient tous les deux.

— Est-ce qu'il faudra quand même que je fasse tous ces trucs publicitaires ?

— Bien sûr, fit Nick. Je suis sérieux. Je te ferai passer à l'émission avec Jasper.

— Nick ?

— Quoi, chérie ?

Leurs voix étaient à nouveau très douces.

— Tu ne peux pas revenir à la maison, je suppose ?

— Maintenant ?

— Oui.

Il avait une montagne de travail, mille choses à organiser... et une femme qu'il adorait.

— Je rentrerai dès que possible.

C'est ce qu'il fit.

23

— Kate ?

— Oui ?

Elle s'était endormie près de lui dans l'avion. Les jours précédents avaient été plutôt agités. Elle avait insisté pour aller « donner ses cours », le vendredi, mais son voyage à Carmel lui avait donné l'occasion de faire quelques courses. Ensuite, ils avaient tous passé le week-end à Santa Barbara, Joey inclus, et le dimanche soir Nick l'avait emmenée avec lui à Los Angeles afin qu'ils puissent partir ensemble le lundi matin. C'était la première fois que Nick ne faisait pas le voyage avec Jasper. Il voulait être seul avec Kate. Il jeta un coup d'œil à sa montre et constata qu'ils allaient atterrir à New York dans une heure. Il posa un doux baiser sur ses cheveux et prit sa main dans la sienne.

— Mademoiselle Harper, je vous aime.

Il se parlait à lui-même et il fut surpris de la voir ouvrir un œil et étouffer un bâillement qui se transforma en sourire.

— Moi aussi, je t'aime. Quelle heure est-il ?

— 2 heures. 5 heures ici. On arrive à 6 heures.

— Et qu'est-ce qu'on fait ensuite ?

Elle n'avait même pas pensé à le lui demander. Elle étira ses longues jambes et regarda le tailleur crème maintenant si familier. Elle le portait plus qu'elle ne l'avait prévu en l'achetant.

— Oh, zut !

— Quoi ?

Elle le regardait et l'horreur se lisait dans les grands yeux verts qu'il aimait tant.

— Tygue ? Tu as oublié quelque chose ?

— Non, Licia. J'ai oublié de lui dire que j'allais à New York. Si elle téléphone et qu'elle l'apprend par Tillie, elle va avoir une attaque.

— Elle ne sera pas d'accord ?

Il était impatient de rencontrer cette personne qui était le personnage le plus important dans la vie de Kate après Tygue. Elle ne l'aimerait peut-être pas, elle serait peut-être jalouse de son rôle dans la vie de Kate. Il regarda Kate avec curiosité.

— Licia ? Ne pas être d'accord ?

Elle se serra contre lui en riant doucement.

— Elle te donnerait la Légion d'honneur pour avoir réussi à me sortir de ma caverne !

— Tu lui as déjà parlé de moi ?

Kate secoua lentement la tête. Non, elle ne l'avait pas fait et elle ne savait pas exactement pourquoi. Peut-être avait-elle peur que la magie de la situation s'envole et qu'en le disant à Licia ce soit encore plus dur de vivre sans lui.

— Non.

— J'aimerais beaucoup la connaître. Elle semble avoir de la personnalité. Est-ce que je lui plairai ?

— Je pense.

Et même s'il ne lui plaisait pas ! Elle aimait Felicia, pour toujours. Mais elle se sentait glisser dans le monde de Nick. Nick avait une place spéciale dans sa vie à présent.

Il baissa les yeux sur Kate et croisa son regard sérieux. Il la serra contre lui.

— Tu es si pensive par moments, mon amour. Un jour, tu n'auras plus cet air-là.

Quand elle avait cet air, il savait qu'elle pensait à Tom.

— Quel air ?

— L'air de quelqu'un qui voit son seul ami partir.

— Es-tu sûr qu'il ne va pas partir ?

— Sûr et certain.

La pression de ses bras indiqua à Kate qu'il était sincère. Elle ferma les yeux, tranquille. Elle était si heureuse avec lui.

— New York te fait peur ?

Il voulait la forcer à rester dans le présent. Elle leva son visage vers lui et ils se sourirent.

— Quelquefois. De temps en temps, je panique et j'ai envie de me cacher dans les toilettes. Et puis j'oublie et je meurs de curiosité. Ça fait si longtemps. Je m'en souviens à peine.

— Parfait. Je tiens à te faire découvrir la ville, dit-il d'un air ravi.

Ils allaient loger à l'hôtel *Regency*, tout près de l'hôtel de Jasper. Celui-ci était habitué au *Pierre*. Mais Nick voulait loger ailleurs, afin que Kate ne se sente pas gênée.

— Au fait, j'ai réservé deux chambres séparées.

— Vraiment ? s'exclama-t-elle, déçue.

Il se mit à rire.

— Ne fais pas cette tête, idiote. Elles sont contiguës. Nous pourrons utiliser l'une des deux comme bureau. J'ai pensé que ça serait préférable au cas où un journaliste trop curieux découvrirait que tu loges avec moi. Donc, pour tout le monde, tu es seulement descendue dans le même hôtel. Coïncidence commode.

Elle se sentit rassurée.

— Comment fais-tu pour penser à tout ? Pantoufle de vair, chambres séparées pour protéger ma belle réputation. Il t'arrive d'oublier quelque chose ?

— Non, c'est pour ça que je suis le producteur du Jasper Show depuis toutes ces années. Ça fait partie du travail.

Mais elle savait que ça faisait partie maintenant de l'homme. Ils échangèrent un sourire et regardèrent la ville. Il ferait encore grand jour pendant plusieurs heures mais il y avait déjà la teinte adoucie de fin d'après-midi.

— Ça va être la fournaise. Est-ce que tu as apporté beaucoup de vêtements légers ?

Elle accepta le verre de champagne que Nick lui offrait. Voyager en première classe était un enchantement. Champagne, de la côte Ouest à la côte Est.

— J'ai fait ce que j'ai pu. Je n'ai pas eu beaucoup de temps pour faire les magasins.

Et Carmel n'est pas San Francisco. Pourtant, elle ne s'en était pas trop mal tirée. Quand ils débarquèrent de l'avion, elle comprit ce que Nick avait voulu dire au sujet de la chaleur. Elle n'était jamais venue à New York en plein été, c'était écrasant, même à 6 heures du soir.

Un minibus les attendait à la descente d'avion et les transporta jusqu'à la porte du terminal. Leurs bagages seraient séparés des autres et acheminés jusqu'à la voiture. Le minibus continua son trajet à travers le terminal, se frayant un chemin au milieu d'une foule innombrable. Tous ces gens paraissaient écrasés par la chaleur. Pas bronzés et en bonne santé comme ceux de Californie. Kate n'avait pas vu de gens comme ça en si grand nombre depuis bien longtemps. Nick et elle traversèrent le terminal glacial. L'air conditionné soufflait sur cette foule en sueur.

— Je me demande comment ils font pour ne pas tous mourir de pneumonie !

Elle s'agrippa à la main de Nick. Il y avait une telle agitation et un tel vacarme ! C'était à la fois terrifiant et fascinant. Une autre planète.

— Je me demande, moi, comment ils font pour respirer. Est-ce que tu as quelquefois vu autant de gens ?

Elle secoua la tête. Il avait fait en sorte qu'elle ne se sente pas submergée dès le début. Ils étaient arrivés à la porte du terminal et le chauffeur les attendait sur le trottoir. La foule les poussa dans la porte à tambour et Kate se retrouva dans ce qui lui sembla être le vide. C'était brûlant et humide, sans un souffle d'air.

259

— Mon Dieu !

Cela faisait l'effet d'un coup à l'estomac porté par un éléphant.

— Charmant, n'est-ce pas ?

Il sourit et elle leva les yeux au ciel. Le chauffeur leur ouvrait déjà la portière de la voiture avec air conditionné. Nick poussa doucement Kate à l'intérieur. Tout était merveilleusement rapide et efficace. Cinq minutes plus tard, le chauffeur revenait avec leurs bagages et ils partirent pour New York. Elle regarda à travers la vitre fumée de la limousine et vit les gens qui faisaient la queue dans l'attente d'un taxi.

— C'est fou, tu ne trouves pas ?

— Ça ressemble à un cirque.

Elle ne se souvenait pas d'une agitation aussi intense. Tout lui avait semblé plus calme, lorsqu'elle était venue passer les vacances de Pâques avec ses parents, à l'âge de dix-sept ans. Ils étaient alors descendus au *Plazza* et avaient dîné au *Palm Court* dans un restaurant appelé *Rose Marie*. Tom, lui, ne l'avait jamais laissée venir à New York avec lui. Il détestait cette ville et logeait toujours en dehors, chez des amis. Maintenant, elle comprenait pourquoi. Ce n'était pas une ville pour Tom. Pour Nick non plus, en réalité. Mais il s'y débrouillait à la perfection. Il l'avait protégée de tous les désagréments, y compris de la chaleur.

Sur le chemin de l'hôtel, Kate remarqua la circulation déchaînée. Même dans Park Avenue, les voitures avançaient par accès de fureur. Secousses, heurts, arrêts, crissements de freins, klaxons, cris, secousses à nouveau. Le bruit était assourdissant, même dans la voiture soigneusement calfeutrée.

— Comment peuvent-ils supporter ?

— Je ne sais pas. Soit ils ne le remarquent pas, soit ils aiment ça.

Mais, le plus drôle, c'est que Kate elle aussi aimait ça. Elle aimait cette vie intense, cette vitesse hallucinante. Elle avait soudain envie de sortir de son abri pour marcher, mais elle avait peur que Nick ne la trouve un peu folle. Et ingrate. Il avait tout fait pour la protéger et voilà qu'elle mourait d'envie de sortir et de se mêler à la foule.

Au *Regency*, Kate passa des bras protecteurs du portier dans ceux de Nick qui l'entraîna prestement à l'intérieur. Il était connu à l'hôtel. Il signa le registre et on les conduisit aussitôt à leurs chambres. Kate avait une suite, Nick une grande chambre double dont une porte donnait dans le salon de Kate. Ils décidèrent d'utiliser la chambre de Nick comme bureau, et de vivre dans la suite de Kate. La jeune femme regarda autour d'elle, les pieds enfoncés dans l'épaisse moquette, et elle s'installa sur le canapé de soie rose. Tout était extrêmement raffiné et ressemblait à une aquarelle anglaise. La vue également était très belle : elle donnait sur la partie sud de New York. Kate soupira en adressant un sourire à Nick. Elle se sentait comme la pauvre petite fille riche qu'on protège contre tout : la poussière, le bruit, les gens qu'elle mourait pourtant d'envie de voir et près desquels elle aimerait marcher sur les trottoirs. Nick avait cru bien faire en la protégeant ainsi mais elle avait l'impression qu'il l'empêchait, en même temps, de jouir pleinement de la ville. Elle ressentit une brusque envie de briser la coquille, de fuir Nick, le passé... Tom... Tygue... tous les gens qu'elle connaissait. Elle voulait être libre.

— Tu veux boire quelque chose ?

Il desserra sa cravate et lui sourit. Il avait déjà réservé pour eux deux couverts au restaurant *La Caravelle*. Sa secrétaire avait téléphoné pour lui le matin de Los Angeles. Ils étaient attendus au restaurant à 9 heures. Nick ne pensait pas qu'ils auraient faim avant. Ça leur laisserait le temps de prendre un verre et de se reposer, peut-être même de boire quelque chose d'autre au bar de l'hôtel avant d'aller dîner tranquillement. Mais Kate secoua la tête.

— Que se passe-t-il, Cendrillon ? Tu me parais tendue. Tu veux appeler Licia ?

— Non.

Elle ne voulait pas non plus téléphoner à Tygue. Pas déjà.

— Alors, qu'est-ce que tu veux faire ? Exprimez vos désirs, chère madame ; ce seront des ordres.

— Vraiment ?

— Bien sûr.

— Bon. Alors, je veux aller me balader à pied.

— Maintenant ? s'exclama-t-il, ahuri.

À 7 heures du soir, la chaleur était encore écrasante, et le degré d'humidité à peine supportable.

— Dans ce four ?

Elle hocha la tête, tout excitée, et il rejeta la tête en éclatant de rire. Il comprenait tout. Kate, qui s'était cachée pendant des années, recommençait à se sentir jeune et elle avait hâte de profiter de la vie.

— D'accord ! Allons-y immédiatement.

C'était exactement ce qu'elle voulait. Ils se promenèrent dans Madison Avenue, puis dans Central Park où les gens jouaient encore sur l'herbe. Les ballons volaient, les radios marchaient à plein régime, les bus passaient à toute allure, et des fiacres pleins de touristes cahotaient derrière des chevaux fatigués et couverts de fleurs. C'était comme si quelqu'un avait réuni en un seul lieu tous les visages, toutes les voitures, toutes les odeurs, toutes les couleurs, et avait nommé ce lieu New York.

— C'est merveilleux, j'adore cette ville !

Elle respira une grosse bouffée d'air pollué et soupira de plaisir. Nick riait.

— Je crois que j'ai donné naissance à un monstre !

Mais il aimait la voir ainsi. Elle était si pleine de vie. Elle aurait dû avoir tout ça depuis des années : cette fièvre, l'excitation, le succès. Il était content de pouvoir les partager avec elle maintenant. Il regarda sa montre. Il était près de 8 heures et ils étaient proches de la 61e Rue et de la 5e Avenue, à côté de leur hôtel.

— Tu veux rentrer pour t'habiller ?

— Où allons-nous ?

— Au meilleur restaurant de la ville. Rien n'est trop beau pour toi, Cendrillon.

Il fit un large mouvement de bras vers l'horizon. Le visage de Kate s'illumina. Quand il referma la porte de leur chambre, elle avança vers lui avec une lueur particulière dans les yeux.

— Est-ce que je comprends bien la signification de ton regard ?

Il lui souriait de la porte de la salle de bains. Elle se précipita alors sur lui et défit la fermeture de son pantalon.

— Tout à fait bien.

— Je ne sais pas quel effet cette ville produit sur toi mais j'aime bien le résultat !

Ils n'allèrent même pas jusqu'au lit. Ils firent l'amour sur le tapis épais et la langue de Kate, ses mains tirèrent de doux gémissements de Nick. Kate prit l'initiative et, à la fin, elle se laissa aller sur le sol, souriant victorieusement à sa vie, dans la lumière du crépuscule.

24

— Mademoiselle Harper ?

La femme qui entra dans la pièce portait une luxueuse robe noire et sa coiffure était très savante.

Elle tendit la main à Kate qui la serra nerveusement en lissant sa robe.

— Vous passez dans une minute.

C'était la première fois qu'elle passait à la télévision à New York et elle était terrifiée. Mais préparée. Le matin, elle avait passé en revue avec Nick ce qu'elle allait dire. Elle portait une robe neuve qu'elle avait achetée à Carmel. C'était un tissu corail de couleur chaude qui mettait en valeur sa peau très bronzée. Elle avait mis également les bijoux en corail que Felicia lui avait rapportés d'Europe, en dépit de ses protestations. Maintenant, elle était contente que Felicia ait insisté pour qu'elle les garde. « On ne sait jamais. » Kate se rappelait les propres mots de Felicia en souriant. Ses cheveux étaient tirés en arrière. Elle espérait avoir ainsi le physique d'un écrivain. Du moins, elle se sentait écrivain.

— J'étais en train d'admirer le paysage.

C'était à couper le souffle. Elles se trouvaient au sud-ouest, au trentième étage du bâtiment de la General Motors ; d'un côté, Central Park, de l'autre un panorama sur Wall Street.

— Ça doit être fabuleux de vivre dans cette ville.

La femme se mit à rire, en secouant sa tête bien coiffée, et la grosse émeraude qu'elle portait au doigt lança des éclairs.

— Je donnerais ma main droite pour vivre sur la côte. Mais Audrey s'occupe de l'émission ici, alors...

Elle leva les bras. Cette femme était une très grande productrice de télévision et son travail ressemblait à celui de Nick. Kate comprenait mieux ce que cela impliquait.

— Vous êtes prête ?

— Je pense.

Elle lui ouvrit une porte et Kate passa devant elle. Sur la porte du studio, un panonceau indiquait que l'émission était en cours.

Kate resta une heure, avec trois autres femmes importantes : une représentante des Nations unies, une avocate célèbre et une femme qui avait eu le Prix Nobel de biochimie, l'année d'avant. Mon Dieu ! Elle eut le souffle coupé en les regardant. Que faisait-elle là ? Mais elles aussi la regardaient et elle comprit qu'elles se posaient la même question. C'était elle, l'inconnue.

— Quelle impression ça fait, un premier best-seller ?

Audrey Bradford souriait à Kate et les trois autres femmes avaient l'air intéressées, sans plus.

— Ce n'est pas encore tout à fait un best-seller mais je dois admettre que jusqu'à présent c'est très agréable, répondit-elle en riant.

Audrey souriait toujours. C'était l'événement de l'année. Le succès. Kate à la télévision nationale. Pourtant, elle sentait de la réticence chez les autres invitées. Était-ce de l'envie ? Du scepticisme ?

— D'après ce qu'on sait, le livre en est à son troisième retirage, et cinquante mille exemplaires ont été vendus en cinq semaines. J'appelle ça un best-seller. Pas vous ?

Vraiment ? Pourquoi le lui avait-on caché ? Seigneur ! Cinquante mille exemplaires ? Elle dissimula sa surprise et sourit.

— Dans ce cas, je l'admets.

265

Après quelques minutes de nervosité, Kate s'étonna de la facilité avec laquelle se déroulait l'émission. Les autres femmes étaient fascinantes et Audrey connaissait bien son métier. L'entretien qui aurait pu être glacial devint au contraire tout à fait sympathique. Kate planait encore un peu lorsqu'elle retrouva Nick au *Lutèce* pour le déjeuner. Elle se rua sur lui, à la table qu'il occupait dans le petit jardin.

— Bonjour, chéri. Ciel, quelle émotion !

Et puis, sans respirer, elle lui raconta sa nervosité ; la personnalité des autres femmes, l'impression que lui avait faite Audrey Bradford, la superbe apparence de la productrice...

— Oh, une minute ! Calme-toi un peu, ou tu vas faire craquer ton corset !

Il s'amusait de son excitation. Elle était soudain aussi survoltée que les habitants de New York.

Elle s'assit avec un sourire embarrassé et retrouva sa respiration.

— Dis donc, je ne porte pas de corset !

— Grâce au ciel ! Alors, tu t'es bien débrouillée à l'émission ?

— Tu ne m'as pas regardée ?

— Mon amour, tu vas voir à quoi ma vie ressemble dans cette ville. J'étais assis tranquillement dans la suite de Jasper pour te regarder quand les trois téléphones se sont mis à sonner en même temps. Pour son séjour, Jasper a fait installer deux lignes supplémentaires. Sa secrétaire est arrivée en trombe pour annoncer une catastrophe. L'invité numéro un de notre première émission est à l'hôpital ; il a eu une attaque. Ce sera en première page dans les journaux de ce soir. Une autre secrétaire est venue et est repartie. Le fils aîné de Jasper a téléphoné de Londres ! Il a renversé un gosse avec sa voiture et il est en prison. J'ai reçu des coups de fil de neuf personnes différentes afin de trouver un remplaçant pour l'émission de ce soir. Non, mon amour, je ne t'ai pas vue à la télévision mais je suis sûr que tu as été splendide.

Il lui sourit et elle essaya de cacher sa déception. Elle oubliait quelquefois tout le travail dont il était submergé.

— Au fait, Jasper a pensé que tu aimerais peut-être revenir à l'émission. À la fin de la semaine ?

— Déjà ? Mais je viens d'y passer.

— Pas de problème. Tu commences à avoir de la valeur, ton livre se vend très bien.

Depuis un moment, il n'était même pas Nick. Il était un producteur, un étranger, un homme surmené, responsable d'une des plus grandes émissions télévisées du pays. Il n'avait même pas eu le temps de la regarder lors de sa première apparition à la télévision de New York.

— Je vais en parler à Stu. Il se mettra en rapport avec ton éditeur pour que tu puisses revenir au Jasper Show. Jasper tient beaucoup à t'avoir une nouvelle fois.

Il sortit un petit carnet pour y inscrire quelque chose et leva les yeux, surpris, quand le serviteur lui apporta un téléphone.

— Un appel pour vous, monsieur Waterman.

Dix minutes de conversation inintelligible avec quelqu'un du service de production. Kate regarda autour d'elle. C'était un des restaurants les plus chers de New York. Elle était entourée de gens illustres et puissants. Au milieu de la conversation, Nick fit un signe au serveur en désignant sa montre. Le serveur arriva en trombe et tendit le menu à Kate. Cinq minutes plus tard, Nick raccrocha.

— Excuse-moi, chérie. Il y a des jours comme ça.

Beaucoup plus que Kate ne le pensait. Elle ne s'était jamais vraiment rendu compte du travail de Nick. Maintenant qu'elle était à New York avec lui, elle commençait à s'en faire une idée plus juste. Il regarda à nouveau sa montre.

— Mince !

— Qu'y a-t-il ?

— Rien de grave. Mais il va falloir que je te quitte dans

vingt minutes. J'ai trente-six choses à régler avec Jasper avant ce soir.

— Il a de la chance. On dirait qu'il va te voir beaucoup plus que moi !

Elle était un tout petit peu vexée. Mais elle n'avait pas le droit d'être trop exigeante. Ils étaient à New York pour travailler, pas seulement pour s'amuser.

— Je suis désolé d'avoir raté ton émission, Kate. Vraiment. La prochaine fois, je la regarderai même si je dois pour ça fermer les portes à clé et débrancher le téléphone.

— Bon, alors je te pardonne.

Ils s'embrassèrent juste au moment où le Louis Roederer arriva : champagne exquis, 1955.

Ils dégustèrent du caviar sur de fines tranches de toasts, des quenelles Nantua, une salade d'endives, des framboises avec de la crème fouettée, le tout arrosé de champagne. Toute la bouteille. En moins d'une demi-heure. Résultat : Kate était légèrement ivre, adossée à la banquette.

— Tu sais quoi... ?

Elle regardait Nick d'un air grave. Il sourit en réglant l'addition.

— Tu sais, recommença-t-elle, quelquefois, c'est difficile de se souvenir que toutes ces bonnes choses peuvent mener au désastre.

— Allons bon, qu'est-ce que tu veux dire ?

Il fut sur le point d'éclater de rire mais il se rappela soudain Tom.

— Ça n'arrive que si ça nous monte à la tête, Kate. On peut avoir du succès et prendre les choses très calmement.

— Tu es sûr ? insista-t-elle, inquiète.

Elle n'avait pas oublié le résultat que ça avait donné sur Tom — et sur elle.

— Je connais des gens qui s'en sont bien tirés. Il ne faut pas perdre la tête, c'est tout. Ne pas oublier ce à quoi on tient dans la vie. Et puis, il faut que tu saches aussi que c'est agréable le temps que ça dure mais que ce n'est pas tout. Toi tu as de la chance, Kate. Tu as un chez-toi, des objets, des gens auxquels tu tiens : Tygue, ta maison...

— Tu as oublié quelque chose, fit-elle un peu ébranlée.

— Et quoi donc ?

— Je t'ai, toi.

— Oui, c'est vrai. N'oubliez surtout pas ce dernier point, madame Harper.

Elle repensa à tout cela en retournant à l'hôtel à pied, encore sous l'effet du champagne. Il était si facile de se sentir grisée par sa propre importance, par des repas plantureux dans des restaurants de luxe, par le vedettariat, les attentions, les applaudissements. Elle devait admettre qu'elle aimait cela mais ça l'effrayait en même temps. Elle comprit soudain pour la première fois ce qui avait tenté Tom. Surtout lui, dont la vie avait été si simple. Il lui avait été impossible de résister à tout ce faste qui accompagne le succès. Mais était-elle très différente, maintenant ? Était-elle plus raisonnable ? Elle n'en était pas sûre.

Une fois à l'hôtel, elle s'allongea pour dissiper l'effet du champagne et fut réveillée comme prévu à 4 heures par la standardiste. Elle devait être à une station de radio du West Side à 6 heures. Cette fois-ci, l'enregistrement fut horrible. Celui qui l'interviewa ne lui posa que des questions embarrassantes et s'appesantit sur le fait qu'une femme comme elle sache tant de choses sur le football. Il se montra agressif, sexiste, et elle détesta l'interview du début à la fin. Mais elle réussit à tenir le coup en se disant que le fait d'être vue ou entendue était bon pour le livre. Son éditeur lui avait promis d'envoyer une voiture avec chauffeur pour la ramener à l'hôtel. Mais elle l'attendit en vain et dut parcourir les rues les plus mal famées de Manhattan en quête d'un taxi. Il était 9 heures quand elle arriva au studio de Nick. Celui-ci avait eu une soirée très chargée et il devait résoudre d'autres problèmes pour l'émission du lendemain soir. Il était

10 heures et demie quand ils sortirent dîner. Ils étaient en sueur, fatigués, quand ils arrivèrent à *La Grenouille*. Kate aurait préféré aller se coucher. Quand ils ressortirent, un photographe de *Women's Wear Daily* les prit en photo. Kate fit presque la moue quand le flash éclata devant son visage.

— Allons, calme-toi, Kate. La journée a été dure.

Elle émit un bref soupir et lui sourit.

— Je ne sais pas. Je commence à croire que courir après Tygue et Bert n'était pas si désagréable.

— Je vous l'avais bien dit, chère madame.

Ils remontèrent la 5e Avenue, bras dessus, bras dessous, et Kate était à bout de forces quand ils s'effondrèrent sur le lit à 1 heure du matin. Le lendemain, elle était presque aussi fatiguée. Quand Nick lui tendit un exemplaire de *Women's Wear Daily*, le visage de la jeune femme se fronça immédiatement. Il y avait une photo d'eux quittant le restaurant. On mentionnait également qui ils étaient, le livre, et une remarque désobligeante sur la robe de Kate.

— Bon sang, avec la chaleur qu'il faisait. Et, en plus, je m'étais traînée toute la nuit. Et qu'est-ce qu'on attend de moi, de toute façon ?

Nick se mit à rire et haussa les épaules en buvant son café.

— C'est le succès, trésor. À New York, on ne prend pas de gants.

— Eh bien, ils peuvent aller au diable. Et puis, je n'aime pas être dans les journaux.

Elle paraissait décidément très énervée et alluma une cigarette. Quelle façon de commencer la journée !

— Comment le sais-tu ? As-tu déjà essayé ?

Elle se contenta de le regarder en silence.

— Qu'est-ce qui se passe, chérie ? fit Nick en s'asseyant près d'elle sur le lit et en lui prenant la main. Ce n'est pas grand-chose, un minuscule entrefilet dans le journal.

— Je n'aime pas ce genre de chose, c'est tout. Ça ne les regarde pas.

— Mais ils s'intéressent à toi. Tu es nouvelle. Tu es intelligente. Tu es belle. Ton livre est un succès. C'est tout !

— Je n'aime pas ça.

Elle regarda à nouveau Nick, les larmes aux yeux. Tout allait recommencer : ils allaient tout gâcher. Elle avait envie de rentrer chez elle.

— Mon amour... ce n'est rien, je t'assure.

Il la prit dans ses bras.

— Et si ça t'ennuie vraiment d'être dans les journaux, alors, nous serons plus prudents à l'avenir. Pour déjeuner, nous irons dans un endroit calme.

Il inscrivit le nom d'un restaurant français de la 53ᵉ Rue où ils passeraient inaperçus, l'embrassa une dernière fois et partit pour une réunion avec Jasper. Quand Nick revit Kate au déjeuner, il remarqua qu'elle était encore inquiète malgré son excitation. Il la surprit à regarder autour d'elle d'un air soupçonneux.

— Qu'y a-t-il ?

— Rien.

— Tu te tourmentes encore au sujet des journalistes ?

— Oui. Enfin, un peu.

— Eh bien, tu as tort. Il n'y en a pas ; ici, personne n'intéresse *Women's Wear*.

— Parfait.

Elle parut soulagée.

— Pourquoi as-tu si peur ?

Pourquoi ne lui dirait-elle pas ? N'avait-elle pas confiance en lui ? Même maintenant ?

— Parce que ça ressemble à un viol. Ils vous déshabillent, détaillent votre corps et prennent ce qu'ils veulent.

Elle avait l'air sinistre. Il se mit à rire et se pencha vers son oreille.

— Puis-je être le premier ?

— Oh, tais-toi.

— Alors, arrête de te faire du mouron. Tout ça fait

271

partie de la vie publique. On s'y habitue. Moi, on m'a traité d'obsédé sexuel et d'homosexuel !

Elle lui sourit.

— On t'a traité de ça ?

— Oui. Surtout d'obsédé sexuel.

Il ne le disait pas avec fierté. De toute façon, c'était le passé. Depuis qu'il avait rencontré Kate, il n'avait pas regardé une autre femme. Six semaines exactement.

— Au fait, aujourd'hui, c'est notre anniversaire.

— Je sais. Ça fait six semaines.

Le visage de Kate s'illumina et elle oublia les journaux. Qu'ils aillent tous se faire pendre. Nick et elle, c'était tout ce qui comptait maintenant.

Ils dînèrent ce soir-là au *21* avec Jasper et un metteur en scène de théâtre très connu à New York. Le lendemain, ils déjeunèrent tous ensemble au *Pierre* et, l'après-midi, Nick et elle se rendirent chez F.A.O. Schwarz acheter quelque chose pour Tygue.

— Tu veux essayer le bateau ?

— Maintenant ?

Ils sortirent du magasin et c'était la seule chose qu'ils emportaient. Les autres achats seraient envoyés directement à l'hôtel : toutes sortes d'accessoires de cow-boy et une fabuleuse bicyclette. Kate avait dû se battre pour que Nick n'achète pas à Tygue une petite cabane en bois. Elle avait eu envie d'acheter quelque chose pour Tom mais elle ne savait pas comment faire pour que Nick ne s'en aperçoive pas.

Nick regardait Kate porter le petit bateau téléguidé. Tygue l'utiliserait sur le lac.

— Écoute, il y a ici, à Central Park, le meilleur bassin pour les modèles réduits. On va être un peu ridicules avec le nôtre, mais ça vaut le coup d'œil.

Ils y passèrent deux heures, parlèrent avec de vieux messieurs, regardèrent les bateaux et les nourrices qui poussaient de grands landaus anglais aux draps de dentelle. New York donnait l'impression d'être habité par des gens terriblement riches ou terriblement pauvres. Les gens entre les deux étaient relégués ailleurs. Dans le New Jersey[1] peut-être. Ou dans le Bronx[2].

Ils sortirent du parc en passant devant le zoo et Kate s'arrêta un moment près des poneys.

— J'aimerais tant que Tygue soit là. Il adorcrait ça.

— La prochaine fois, peut-être.

Une fois à l'hôtel, ils passèrent une heure au lit puis se levèrent. Nick devait s'occuper du Jasper Show et elle devait passer dans une émission rivale sur une autre chaîne.

Tout marcha bien, de même que les deux émissions de radio qu'elle fit le jour suivant. La deuxième, en particulier, fut un succès et pourtant personne ne semblait savoir qui elle était et pourquoi elle se trouvait là. Plus d'articles sur elle dans les journaux. Elle jouissait pleinement de son séjour en dépit de son rythme frénétique et elle était surprise de constater à quel point on s'habituait vite aux interviews et aux caméras. Elle fut beaucoup plus détendue lorsqu'elle repassa au Jasper Show. Nick avait choisi sa robe : une Halston gris perle. C'était la robe la plus sexy qu'elle ait jamais vue mais elle faisait toujours très dame. Elle était parfaite. Même Jasper eut un choc lorsqu'elle fit son entrée. Kate était une fille superbe, pas de doute ! Son passage à l'émission fut le clou du voyage.

— Alors, monsieur Waterman, qu'y a-t-il de prévu pour demain ?

— Je ne sais pas. Tu veux aller sur la plage ? Ça pourrait être chouette de revoir du sable.

C'était samedi.

— Il y a une plage dans le coin ?

— Oui, à Southampton.

Il était allongé sur le côté et regardait la femme qu'il aimait. Tout à coup, le téléphone sonna.

— Tu décroches. Ici c'est ta chambre, n'oublie pas !

Décidément, il pensait à tout.

---

1. État dans lequel se trouve New York (*N.d.t.*).
2. Quartier pauvre au nord de New York (*N.d.t.*).

— Allô ?

Elle s'attendait à Licia ou à Jasper pour Nick. Qui d'autre pouvait appeler ? Mais c'était Tillie.

— Ah bon ! Vraiment ! Mon Dieu ! Est-ce qu'il va bien ?

Elle était assise toute raide et Nick fronça les sourcils.

— Maintenant ? Pourquoi l'ont-ils gardé là-bas ? Ne peut-il pas revenir à la maison ?

Ce monologue rendait Nick fou. Il commença à poser des questions mais Kate lui fit signe de se taire.

— Cet après-midi ? Bon. Je vais voir ce que je peux faire.

Elle raccrocha en fronçant les sourcils et regarda Nick en poussant un soupir.

— Zut alors !

— Qu'est-ce qui s'est passé, enfin !

— Tygue est tombé de la barrière au ranch des Adams et il s'est cassé le bras. Tillie a dit qu'il se balançait dessus avec Joey et il est tombé à la renverse. À l'hôpital, ils ont dit qu'il avait peut-être une commotion ; c'est pour ça qu'ils l'ont gardé pour la nuit. Tillie a essayé de téléphoner ici hier soir mais il n'y avait personne. Elle n'a pas laissé de message pour que je ne m'inquiète pas. Mon Dieu !

Elle se leva et arpenta la chambre.

— Pauvre trésor ! Est-ce qu'ils sont sûrs qu'il n'a pas de commotion ? Dans quel hôpital est-ce que Tillie l'a emmené ? demanda Nick.

Nick paraissait très inquiet et Kate sourit.

— Il est à Santa Barbara et il va très bien. Il va rentrer cet après-midi. Il n'a qu'une fracture au bras.

Nick jeta un coup d'œil à sa montre.

— Si je te mets dans un avion dans une heure, tu pourras être en Californie à midi, heure locale, et attraper un avion pour Santa Barbara. Tu pourrais être là-bas vers 2 heures.

Elle s'effondra dans un fauteuil.

— Qu'est-ce que tu as ? demanda Nick en la regardant sans comprendre. Tu retournes là-bas, n'est-ce pas ?

— Je suppose que je n'ai pas le choix.

— Que veux-tu dire ?

C'était la première fois qu'elle le voyait avec un air désagréable. Il était choqué.

— Ça veut dire que je sais que je devrais retourner là-bas mais je n'en ai pas envie. Je m'amuse tant ici. Et Tillie dit qu'il va bien. Mais je sais que si je n'y vais pas, j'aurai mauvaise conscience et Tygue m'en voudra énormément. Oh, Nick ! Je n'ai rien fait d'intéressant pendant sept ans et c'est tellement agréable ici.

— Ce n'est quand même pas sa faute si tu t'es enfermée pendant tout ce temps. Tu es sa mère ! cria-t-il.

Kate n'en revenait pas de le voir dans cet état.

— Ça, je le sais ! Mais j'existe moi aussi. Je suis Kate, pas seulement maman. J'ai trente ans et ça fait six ans que je fais la maman et rien que la maman ! N'ai-je pas droit à autre chose ?

— Si, mais pas à ses dépens. Jamais à ses dépens, répondit-il en allant et venant d'un air furibond. Laisse-moi te dire une chose, Kate. J'ai connu des tas d'idiotes. Elles ont bousillé leur vie, sacrifié leurs gosses, trompé leur mari, brisé leur mariage et tu sais pourquoi ? Parce qu'elles aimaient tellement leur petite personne qu'elles n'arrivaient pas à s'en rendre compte. Elles aimaient le bruit, les lumières, les mondanités, les applaudissements, les caméras, les micros. Je te regarde et je me rends compte que tu tombes dans le piège. Eh bien, pour toi, pour Tygue, pour moi, arrête, je t'en prie. La gloire est un endroit qu'on visite mais c'est tout. Ton fils s'est cassé le bras, alors tu vas rentrer chez toi, c'est aussi simple que ça.

Il se pencha près d'elle, attrapa le téléphone et demanda au standardiste de l'hôtel le numéro de la TWA. Mais avant qu'il n'ait pu finir sa phrase, le doigt de Kate interrompit la communication. Il la regarda, étonné. Les yeux de Kate lançaient des éclairs. Pourtant, lorsqu'elle parla, sa voix était calme :

— Ne recommence jamais cela. Quand je déciderai d'appeler la TWA, je le ferai. Quand je déciderai de rentrer à la maison, je te le ferai savoir. Et quand j'aurai besoin de tes conseils au sujet de mes responsabilités maternelles, je te les demanderai. D'ici là, garde pour toi tes idées, tes menaces et ton indignation.

Elle se leva et traversa la pièce en lui tournant le dos. Quand elle arriva à la fenêtre, elle se retourna. Il n'avait encore jamais vu une telle fureur sur un visage de femme.

— J'ai tout donné à cet enfant. Tout ce que j'ai, tout ce que je suis ; tout a été pour lui. Mais c'est mon tour, maintenant. Et je connais mieux que n'importe qui le prix à payer. J'ai vu quelqu'un de mon entourage, quelqu'un que j'ai aimé, se faire littéralement dévorer par cette gloire de pacotille. Je sais tout ça par cœur, merci ! Et ça m'effraie terriblement. Mais cela ne veut pas dire que je vais m'enterrer vivante. Je l'ai fait pendant des années et j'en ai assez. J'ai le droit de passer du temps avec toi, d'avoir ma carrière, ma propre vie, et si je suis déçue parce qu'il faut que je redescende sur terre à présent, c'est mon droit également. N'essaie pas de recommencer à me donner mauvaise conscience et de me dire ce que je dois à mon fils. Je sais ce que je dois à Tygue et, crois-moi, j'ai payé mon dû. Ne me dis pas ce que je dois faire. J'ai déjà vécu cela. J'ai dépendu d'un homme jusqu'à m'annihiler complètement. Je l'ai laissé prendre les décisions pour moi et j'aimais ça, je l'aimais lui, mais ça m'a presque tuée quand il n'a plus été là pour me dire ce que je devais faire. Alors, j'ai grandi. Maintenant, c'est moi qui prends mes décisions et ça me convient ainsi. Je t'aime, Nick, mais ce n'est pas à toi de me dire quand je dois rentrer à la maison. C'est moi qui en déciderai. Est-ce que c'est clair ?

Il hocha la tête en silence et elle traversa la pièce la tête penchée. Elle s'arrêta juste en face de lui.

— Excuse-moi si j'en ai trop dit, Nick, mais le chemin

a été difficile pour moi jusqu'ici et j'en ai bavé pour obtenir ce que j'ai maintenant. Je ne suis pas bien sûre de savoir comment m'y prendre avec quelqu'un qui essaie de m'aider. Il m'arrive tant de choses en ce moment, j'ai besoin de temps pour tout absorber... peut-être que rentrer à la maison ne serait pas une mauvaise idée après tout !

Sa voix était profonde et dure. Elle décrocha le téléphone et demanda la TWA, comme Nick un moment auparavant. Il ne dit rien. Il l'écouta réserver une place dans le premier vol pour l'Ouest. Il se leva et ils restèrent ainsi ne sachant quoi faire, quoi dire, tous les deux sous le choc de leurs sentiments et de leurs paroles. Ce fut Kate qui parla la première.

— Excuse-moi, Nick.

— Tu n'as pas à t'excuser. Je n'avais pas le droit...

Il la prit doucement dans ses bras en soupirant. Il voulait tout faire pour elle, parce qu'il savait que personne ne l'avait fait depuis bien longtemps, mais il savait aussi qu'elle devait faire le chemin elle-même vers sa nouvelle vie. Il voulait lui épargner les soucis mais c'était impossible. Il la serra fort contre lui puis lui donna une petite tape sur les fesses en l'écartant de lui.

— Tu ferais bien de te préparer, sinon tu vas rater ton avion.

— Mais non.

Elle souriait à présent. C'était un petit sourire de femme.

— Écoute, tu...

— Oh, tais-toi donc !

Elle le conduisit doucement vers le lit en riant...

— Ne sois pas aussi sérieux, Nick. Ce n'est pas la fin du monde.

Elle avait l'impression que ce n'était que le début. Il enleva délicatement son chemisier et elle se jeta sur lui avec une ardeur qu'elle pouvait à peine contrôler.

25

— Tillie, est-ce que vous pourriez garder Tygue pendant quelques heures ?

— Bien sûr. J'arrive.

Kate souriait lorsqu'elle raccrocha. Nick revenait de New York. Leur séparation n'avait duré qu'une semaine. Le plâtre de Tygue le gênait un peu et il était constamment agité. Kate avait rendu visite à Tom deux fois et celui-ci ne semblait pas très en forme. Il était fatigué, livide, et elle se rendait compte qu'il perdait du poids. Il pleura lorsqu'elle partit la deuxième fois. Elle se sentait tiraillée de tous les côtés mais ça n'était pas nouveau. Seulement, elle avait changé. La semaine qui venait de s'écouler lui avait rappelé la vie qu'elle avait vécue avant Nick. Mais voilà qu'il rentrait. Et elle avait deux chapitres de son nouveau livre à lui montrer.

— Où est-ce que tu vas ? demanda Tygue, l'air inquiet.

Elle sortait la robe corail qu'elle avait portée à New York.

— À la rencontre de Nick. Je vais lui faire une surprise.

Elle comprit tout à coup qu'elle n'aurait pas dû dire ça. Il allait vouloir venir. Le visage du petit garçon s'illumina.

— Il revient à la maison ?

Elle hocha la tête en souriant. Les sentiments de Tygue étaient en accord avec les siens.

— Est-ce que je peux venir avec toi ?

Kate soupira.

— Bon, tu as gagné.

Elle qui voulait tant être seule ! Mais elle savait que Nick serait heureux de le voir. Elle rappela Tillie et demanda à Tygue de changer de vêtements. Il se débrouillait bien tout seul maintenant avec son plâtre.

Une demi-heure plus tard, ils étaient en route. Tygue avait mis ses nouvelles bottes de cow-boy et son chapeau préféré, et Kate se sentait à nouveau jolie dans la robe corail. C'était agréable de porter de beaux vêtements. Elle en avait assez des blue-jeans et des vieux chemisiers.

Il leur fallut trois heures et demie pour aller jusqu'à l'aéroport et ils arrivèrent juste à temps. Ils couraient à la porte de débarquement au moment où Nick descendait de l'avion. Tygue cria son nom et Kate resta muette, cherchant à retrouver son souffle après leur course folle.

— Bonjour, le tigre.

Nick regarda le petit garçon avec surprise, puis la jeune femme. Personne n'était venu le chercher à l'aéroport depuis des années. Il prit Tygue dans ses bras en souriant et quand il serra Kate contre lui, elle vit qu'il appréciait la surprise.

— On t'a apporté un cadeau !

Ils étaient tous trois trop heureux pour se rendre compte qu'ils bloquaient le passage.

— Ah bon ?

— Oui. Une photo de moi sur Brownie. Maman l'a fait encadrer, pour que tu la mettes sur ton bureau.

— Quelle bonne idée !

Il passa un bras autour des épaules de Kate et ils avancèrent lentement.

— Bonjour, chérie, dit-il à son oreille.

Elle l'embrassa.

— Tu m'as beaucoup manqué.

Il lui adressa un regard éloquent en la serrant plus fort, puis il reporta son attention sur Tygue.

279

— Tu m'as beaucoup manqué également, Nick. Tu sais, je peux monter sur Brownie, même avec mon plâtre.

— Est-ce que c'est prudent ? fit-il en regardant Kate, les sourcils froncés.

— Le docteur a dit que ça ne pourrait pas lui faire de mal dans la mesure où il ne galope pas. Il va seulement au pas.

— Parfait, alors.

Ils récupérèrent ses valises puis rejoignirent la voiture. Ils bavardèrent pendant tout le trajet du retour et même Bert parut ravi de revoir Nick.

— Toute la famille est réunie à présent ! s'exclama Tygue avec ferveur.

Le cœur de Kate se serra. Son fils commençait à s'attacher sérieusement à Nick. Et c'était réciproque. Nick et lui essayèrent tous les nouveaux jouets avant le dîner.

— Attends de voir le bateau marcher. Ta mère et moi, on l'a essayé à New York.

Nick et Kate échangèrent un sourire.

— Il y a un lac, là-bas ?

— Un bassin pour les modèles réduits. Et un zoo. Et des poneys. On t'y emmènera un jour. Mais, à vrai dire, jeune homme, j'ai un autre voyage en vue pour toi dans l'immédiat.

— C'est vrai ? demanda Tygue, les yeux grands ouverts de curiosité.

Nick était toujours plein de surprises. Kate s'attendait à l'entendre proposer un week-end à Santa Barbara. Mais, cette fois-ci, elle fut surprise elle aussi.

— Est-ce que tu sais où on va tous aller demain ?

Tygue secoua la tête, sans dire un mot.

— On va aller à Disneyland.

— Vraiment !

Kate et Nick éclatèrent de rire devant l'air ahuri du petit garçon.

— Oui. Tous les trois.

— Comment est-ce possible ?

Kate s'avança vers Nick et passa un bras autour de lui.

— Jasper est dans le sud de la France pour une semaine. Alors, je suis à votre service. Si vous voulez bien de moi.

Après le séjour à New York, il allait les emmener à Disneyland. Kate le regarda tout étonnée.

— Monsieur Waterman, je dois être la femme la plus chanceuse du monde.

— Non. C'est moi qui suis l'homme le plus verni.

Le voyage à Disneyland fut merveilleux. Ils rentrèrent trois jours plus tard, fatigués et contents. Ils passèrent ensuite un jour dans la maison de Kate et se rendirent à Santa Barbara pour le week-end.

Kate n'était pas allée à Carmel de toute la semaine, mais cela lui était égal. Elle était heureuse. Tom avait M. Erhard. Pour une fois, il devrait s'en contenter. Elle avait sa propre vie à présent.

Tygue eut l'air malheureux quand le week-end toucha à sa fin.

— Je te reverrai le week-end prochain, petit tigre.

— Mais je veux te revoir plus tôt !

Nick serait là toutes les nuits, mais Tygue n'était pas au courant.

— Tu me reverras peut-être avant, qui sait ?

Nick ne se doutait pas qu'il disait vrai. Jusqu'au lendemain où il rentra à 7 heures. Elle fut d'abord surprise de le voir, puis inquiète. Il avait l'air profondément malheureux et dit à Kate qu'il avait à lui parler, quand Tygue serait couché.

— Bon, alors. Que se passe-t-il ?

Ils venaient de refermer la porte de la chambre de Tygue.

— J'ai parlé avec Jasper aujourd'hui. Et... il a pris sa décision.

Avait-il été renvoyé ? Mon Dieu, il faisait une tête épouvantable. Kate lui prit la main.

— Oui ?

— L'émission déménage à San Francisco.

— Quand ?

— Dans six semaines.

— C'est si catastrophique que ça ? demanda-t-elle, sans comprendre.

— Pour moi, oui. Tu n'es pas de cet avis ? Ça fait cinq heures de route, au moins. Quelquefois six. Je ne peux pas faire ça tous les matins et tous les soirs. Même pour toi.

Qu'est-ce qu'il leur restait alors ? Les week-ends ? Mais elle lui sourit et le prit dans ses bras.

— C'est pour ça que tu es sens dessus dessous ? Je croyais qu'on t'avait mis à la porte.

— Ça aurait peut-être mieux valu.

Toute la journée, il avait pensé à démissionner. Bon sang, il y avait au moins une douzaine d'émissions à Los Angeles qui ne demandaient qu'à employer ses services. Elle le regardait, ahurie.

— Tu es fou ! Quel est le problème ?

— Je ne vais plus te voir. Ça ne te fait donc rien ?

Il était au bord des larmes mais Kate souriait toujours.

— Eh bien, je vais déménager à San Francisco. Et alors ?

Elle le regardait comme s'il se comportait de façon ridicule. Il ferma les yeux puis les rouvrit avec un sourire fatigué.

— Tu ferais ça pour moi, Kate ?

— Bien sûr. Mais ça te créerait peut-être des difficultés ?

Peut-être n'était-ce pas ce qu'il désirait, après tout ! Peut-être voulait-il encore une certaine liberté ? Mais elle aussi. Ils pourraient être libres et ensemble.

— Des difficultés ? Tu plaisantes !

Puis il lui vint une idée.

— Mais qu'est-ce que tu feras de la maison ?

— On pourrait l'utiliser pendant les week-ends. Et puis, c'est la bonne époque pour l'école. On va inscrire Tygue à San Francisco et il fera la rentrée le mois prochain, en même temps que tout le monde.

Elle avait déjà pensé à tout ça quand il lui avait parlé de la possibilité que l'émission déménage à San Francisco. Mais elle ne lui en avait pas parlé et Nick s'était fait un sang d'encre.

— Tu es sérieuse, vraiment, Kate ?

Il n'en revenait encore pas. Mais elle semblait sérieuse. Il ne savait pas s'il devait rire, crier ou danser.

— Bien sûr, monsieur le Prince charmant.

— Kate...

Il la serra longtemps dans ses bras. Toutes ces semaines d'inquiétude avaient donc été inutiles. Une nouvelle vie ensemble commençait.

26

Ses talons résonnaient dans la pièce vide. C'était une grande pièce dont tout un côté était largement ouvert sur la baie. Le plancher était en marqueterie sombre et des candélabres étaient accrochés aux murs. À gauche, on apercevait le Golden Gate Bridge, à droite, Alcatraz[1] et, en face, Angel Island.

— La vue est vraiment superbe.

Kate hocha la tête mais ne dit rien. C'était une belle vue, une splendide vue, mais elle lui rappelait un peu l'appartement qu'elle avait partagé avec Tom. Mais c'était ridicule. Avec Tom, ça n'était qu'un appartement. Maintenant, il s'agissait d'une maison. Une jolie maison. Nick voulait une maison.

Dans la salle à manger elle regarda la même vue, le dos tourné à la cheminée. C'était une pièce chaude avec des poutres et des fenêtres en saillie.

— Je vais jeter un coup d'œil à l'étage, une dernière fois.

L'employée de l'agence immobilière hocha la tête en silence. Elle était épuisée. Elles visitaient des maisons depuis trois jours et celle-ci était la dernière.

La maison convenait parfaitement. Nick avait exigé

---

1. Célèbre prison de San Francisco (*N.d.t.*).

une belle vue, des cheminées et de hauts plafonds. Tout y était. En plus, il y avait un élégant escalier en colimaçon pour monter à l'étage, trois chambres dont une serait la chambre d'amis, une petite pièce sombre près de la cuisine, dans laquelle elle pourrait travailler. Elle n'aimait pas l'atelier mais le reste la satisfaisait entièrement. Elle s'assit sur la plus haute marche de l'escalier et leva les yeux. Juste au-dessus d'elle se trouvait une lucarne et, à droite, une porte entrebâillée. Des placards peut-être. Elle se pencha en arrière pour en avoir le cœur net. Cela ressemblait à un escalier. Elle se leva en fronçant les sourcils et appela l'agent immobilier qui était toujours au rez-de-chaussée.

— Est-ce qu'il y a un autre étage ?

— Je n'en sais rien, répondit-elle.

Kate s'avança vers la porte. L'agent arrivait au pied de l'escalier.

— Peut-être un grenier, ou quelque chose comme ça. Ce n'est pas mentionné sur le dossier. Il n'y a que trois chambres et un cabinet de travail.

— Un cabinet de travail ?

Elle n'en avait pas vu. Il y en avait un ? L'escalier était étroit mais recouvert d'une moquette, et les murs étaient tendus de soie beige. Tout cela ne ressemblait pas du tout à un escalier de grenier. Quand Kate arriva en haut de l'escalier, elle comprit. Ce n'était ni un grenier, ni un cabinet de travail : c'était une oasis, un rêve. Une petite pièce aux murs couverts de boiseries, avec une cheminée et une vue à 360° sur San Francisco : la baie, le Presidio, le bas de la ville et les collines vers le sud. Beau tapis, fenêtres en saillie, et même, un genre de solarium avec deux portes en verre françaises qui ne cachaient pas la vue mais permettaient quand même de s'isoler... le bureau idéal. Une pièce merveilleuse où elle pourrait s'asseoir avec Nick, après l'émission. Ils pourraient faire du feu dans la cheminée et admirer le panorama. Leur cachette spéciale, une pièce à remplir de beauté, d'enfants, d'amour. Toute la maison ressemblait à cette pièce.

C'était exactement ce dont elle avait toujours rêvé, persuadée qu'elle ne le trouverait jamais. Beauté, élégance, simplicité, chaleur, intimité, confort.

— Nous la prenons, fit Kate d'une voix pleine d'assurance.

La femme l'avait suivie au deuxième étage.

— C'est une maison remarquable, répondit-elle.

— Elle est parfaite, affirma Kate, victorieusement.

Elle était aux anges et très impatiente de la montrer à Nick.

— Quand pouvons-nous l'avoir ?

— Demain. Elle est disponible dès maintenant. Il suffit donc que vous signiez le bail et elle est à vous.

— Je devrais sans doute la montrer à... à mon mari. Mais je suis parfaitement sûre qu'elle lui plaira. Combien faut-il déposer comme caution ?

La femme consulta son dossier et la somme qu'elle annonça était exceptionnellement peu élevée. Kate eut envie de crier : « C'est tout ? » mais elle se retint. C'était trop beau. Elle rédigea le chèque rapidement et le tendit à la femme.

— Je reviendrai avec mon mari ce soir.

C'est ce qu'elle fit et Nick tomba lui aussi amoureux de la maison.

— N'est-ce pas formidable ?

Avec lui, elle pouvait être exubérante.

— Nick, j'adore cette maison !

— Et moi, je t'adore.

Il s'avança vers elle en souriant, puis regarda la baie.

— Mais j'adore également cette maison. Ça va être extra de te voir ici avec Tygue.

— Et Bert, corrigea-t-elle, d'un air sérieux.

— Excuse-moi. Et Bert. Mais pas Brownie si ça ne te fait rien. J'ai déjà téléphoné à l'écurie du parc. Brownie y aura un box très confortable. Pour le même prix que le loyer de cette maison !

— Mon Dieu ! On devrait peut-être le laisser à Santa Barbara ?

— Oh, non. On ne peut pas faire ça à Tygue. Et puis, je pense avoir quand même les moyens de tout payer.

Il regardait ce que Kate appelait déjà « La Tour d'Ivoire » au dernier étage. Il s'imaginait les soirées au coin du feu, Kate dans ses bras, les lumières de l'autre côté de la baie scintillant près d'Angel Island, Tygue endormi à l'étage au-dessous. Ou bien, il voyait Kate travaillant à son bureau, derrière les portes vitrées, absorbée dans la réalisation d'un nouveau livre, trois crayons et un stylo piqués çà et là dans ses cheveux. Il aimait ce qu'il voyait en pensée et en réalité.

— Est-ce que nous la prenons ? demanda-t-elle.

Elle regardait Nick avec un sourire d'enfant, à la fois inquiète, excitée et fière.

— Tu me demandes mon avis ? répondit-il en riant. Je croyais que tu l'avais déjà réservée. Au fait, je te dois la caution.

— Certainement pas. Je paie ma part.

— Quelle part ? s'exclama-t-il, surpris.

— Tu n'as quand même pas l'intention de m'entretenir ? Ce sera moitié-moitié ! D'accord ?

Elle eut l'air soudain gênée. Ils n'avaient encore jamais abordé l'aspect financier de la situation.

— Tu plaisantes ! fit Nick, offensé. Bien sûr que j'ai l'intention de te faire vivre.

— Mais on ne se marie pas, Nick ! On vit seulement ensemble.

— Ça, c'est ta décision, pas la mienne. Tu t'occupes de Tygue si tu veux, mais toi, tu es sous ma responsabilité. Je ne vais certainement pas te laisser payer le loyer.

— Mais ce n'est pas juste !

— Je t'en prie, laisse-moi faire. Et si tu le permets, je peux très bien prendre en charge Tygue également.

Il avait l'air très sérieux mais elle secoua la tête.

— Nick... Pourquoi es-tu si bon avec moi ? fit-elle en le regardant tendrement.

Ils se connaissaient depuis deux mois et il lui offrait tout. Il lui proposait de subvenir à ses besoins, de la dis-

287

traire, de s'occuper d'elle et de son fils. Ça ressemblait à un rêve.

— Parce que tu le mérites et que je t'aime. Et je ferais plus si tu le voulais.

— Que peux-tu faire de plus ? demanda-t-elle, les yeux étincelants.

— T'épouser, répondit-il très sérieusement et avec beaucoup de douceur.

Elle détourna son regard.

— Tu ne veux toujours pas en entendre parler ?

Mais cela ne faisait que deux mois et elle ne lui avait toujours pas parlé de Tom. Avec le temps... il savait qu'avec le temps... du moins il l'espérait. Et il aimait l'idée de la chambre supplémentaire près de celle de Tygue. Il avait son idée pour l'occuper, en dehors des amis de Los Angeles ou de New York.

Nick observait attentivement Kate dans la lumière du crépuscule et elle finit par lever les yeux vers lui. Puis elle mit ses bras autour de lui et le serra très fort.

— Je suis désolée, Nick, je ne peux pas me marier avec toi... c'est impossible.

Quelque chose se brisa dans Kate.

— Est-ce que tu es encore trop attachée à ton mari ?

Il ne voulait pas sembler trop pressant et, pourtant, il ne devait pas abandonner le sujet si facilement.

— Non. Du moins pas comme tu l'entends. Je te l'ai dit. Il est parti. Il fait partie d'une autre vie, d'un autre siècle. Et tu sais, tu me connais beaucoup mieux qu'il ne m'a jamais connue.

Elle savait que ce n'était pas vrai. Tom l'avait parfaitement connue, mais elle était une petite fille, une enfant, elle n'avait jamais été une femme avec lui, sauf tout à la fin. Elle avait changé maintenant. Ses relations avec Nick étaient tout à fait différentes.

— Mais tu es encore attachée à lui ?

Elle commença à dire non puis hocha la tête.

— D'une certaine façon.

— Pourquoi ?

— Par loyauté peut-être. Pour ce que nous avons connu autrefois.

C'était une étrange conversation. Elle répondait à ses questions honnêtement mais elle ne savait pas qu'il comprenait vraiment le sens de ses réponses.

— Tu ne peux pas continuer à vivre ainsi, Kate !

— Je sais. Mais j'ai toujours su que je ne me remarierais jamais.

— C'est ridicule, fit-il en soupirant. Nous en reparlerons plus tard. Pour le moment, Cendrillon, tu es ici chez toi.

Il prit son visage dans ses mains et l'embrassa tendrement.

Trois semaines plus tard, ils déménageaient. Ce déménagement fut placé sous le signe du désordre, des rires et de l'amour. Tygue s'installa dans sa chambre, Bert envahit toute la maison, la cuisine devint le lieu de rencontre privilégié pour tous et la chambre inoccupée servit à entreposer les patins à roulettes, les bicyclettes et les skis. Nick apprenait à Tygue l'art du patin à roulettes et il avait l'intention de leur apprendre à skier dès les premières chutes de neige. La salle à manger était exactement telle que Kate l'avait imaginée : une table qu'ils avaient achetée dans une vente aux enchères, huit chaises rustiques, et des rideaux en organdi blanc. Le salon faisait un peu trop cérémonieux pour la vie de tous les jours, avec du velours brun et de la soie beige, mais il serait parfait pour recevoir les amis de Nick ou les gens de l'émission. Et la pièce du deuxième étage était juste comme ils l'avaient rêvée : un nid d'amour. Quand ils n'étaient pas blottis dans leur chambre bleu et blanc de style victorien, ils étaient cachés dans la pièce du haut. Kate la remplit de plantes, de livres et de vieilles peintures qu'elle aimait ; elle y installa les fauteuils en cuir préférés de Nick et ses trésors — trophées de son enfance, photos favorites, une tête de lion fumant un cigare gigantesque ; un tuba pendait au mur et il y avait d'innombrables photos de Tygue. Le passé de Kate semblait s'arrêter à la naissance de Tygue. Avant, il y avait eu ses parents et Tom, mais ces deux périodes étaient maintenant rayées de sa vie. Une existence nouvelle commençait, après son départ de la campagne. Elle fermait une porte après chaque déménagement.

Tygue aimait beaucoup sa nouvelle école et l'émission marchait bien. Même le nouveau livre de Kate était en bonne voie. Elle était sûre de pouvoir le finir avant Noël. Et son dernier roman en était déjà à son cinquième tirage.

— Vous savez, cette maison m'emballe littéralement.

Felicia était leur première invitée. Elle s'assit dans le salon après dîner et regarda autour d'elle.

— Il y a des gens comme ça qui ont de la chance dès la première fois.

Ou la seconde fois, mais elle ne le dit pas. Elle regarda Nick d'un air chaleureux.

— Tu as réussi en deux mois ce que je n'ai pas pu faire en sept ans ! Chapeau !

Elle lui sourit et il la salua bien bas. Leur affection était réciproque. Nick appréciait ce que Felicia avait fait pour Kate, son soutien constant pendant toutes ces années.

— Je crois que Kate était sur le point de sortir de sa coquille, fit-il, sérieux.

— Sortir ? J'ai été réellement éjectée !

Felicia dissimula un sourire en sirotant son café. Nick regarda sa montre.

— Mesdames, à mon grand regret, je vais être obligé de vous quitter.

Ils avaient dîné tôt afin qu'il puisse être à l'heure pour l'enregistrement de l'émission. Les « femmes » restaient à la maison pour bavarder.

— Je reviens vers 9 heures. Licia, attends-moi, nous jouerons au poker ou à quelque chose d'autre. Ou bien, je vous emmènerai toutes les deux prendre un verre.

— J'ai une demi-douzaine de réunions tôt demain matin. Une drôle de journée en perspective. Je ne fais pas la grasse matinée comme vous deux, vous savez.

— Et puis quoi encore ! Je passe la moitié de mon

temps à emmener et à ramener de l'école Tygue et tous ses copains.

— Vraiment ? fit Nick en levant un sourcil.

Kate se mit à rire, pleine de remords.

— Bon, je te l'accorde. C'est ton tour cette semaine, mais je te jure que je le ferai la semaine prochaine.

— Kate Harper, tu es gâtée ! s'exclama Felicia, abasourdie. C'est Nick qui emmène Tygue à l'école ?

Kate hocha la tête, honteuse malgré son sourire.

— Seigneur ! tu ne mérites pas la mine d'or que tu possèdes.

Elle regardait son amie avec une horreur feinte mais le bonheur de Kate était exactement ce dont elle rêvait depuis des années. Cette nouvelle vie plaisait à Kate, de toute évidence. Le travail et le plaisir s'y relayaient pour le mieux.

Nick serra Felicia dans ses bras et embrassa Kate. Elles entendirent la Ferrari s'éloigner un moment plus tard, après que Nick fut monté au premier étage dire bonsoir à Tygue qui jouait dans la chambre d'amis avec le train de Licia.

— Est-ce qu'il y a quelque chose que cet homme ne fait pas pour toi, Kate ? demanda Felicia en regardant son amie, à l'autre extrémité du canapé en velours brun.

— Non, je ne crois pas, fit Kate, tout à fait satisfaite. Je sais, je suis complètement pourrie.

Mais il n'était pas toujours tendre. Ils se querellaient aussi par moments. Pourtant, elle aimait aussi ce côté de Nick.

— Tu le mérites, trésor. Il est vraiment extraordinaire.

Puis elle s'arrêta, une question dans son regard, et Kate détourna les yeux.

— Il ne sait pas encore, n'est-ce pas ? Je veux dire... pour Tom.

Mais Kate avait tout de suite deviné ce qu'elle voulait dire. Elle leva les yeux vers son amie et secoua la tête d'un air triste et douloureux.

— Tu n'y vas plus ?

Elle espérait... elle espérait... mais elle fut déçue. Kate secoua la tête et soupira.

— Bien sûr que si. Je ne peux pas ne pas y aller. Comment le pourrais-je ? Que pourrais-je lui dire ? « Je te quitte maintenant. J'ai trouvé quelqu'un d'autre. » On ne dit pas ça à un enfant de sept ans. On ne le quitte pas, Licia. On continue à aller le voir tant qu'il est vivant.

— Est-ce que tu vas en parler à Nick ?

— Je ne sais pas.

Elle ferma les yeux un moment puis regarda le feu dans la cheminée. Elle continua :

— Je ne sais pas. Je suppose qu'il le faut. Mais je ne sais pas comment m'y prendre. Peut-être avec le temps.

— Il le faudra. Où croit-il que tu ailles ?

— Donner des cours.

— Il ne se doute de rien ? Aller jusqu'à Carmel pour donner des cours, c'est un peu gros à avaler, tu ne trouves pas ?

Kate hocha la tête.

— Je n'ai pas le choix.

— Tu ne veux pas avoir de choix. Je crois qu'il comprendrait.

— Et si c'était le contraire, Licia ? Il veut se marier, avoir des enfants, mener une vie normale. Comment pourrait-il avoir une vie normale avec une femme mariée ? Une femme mariée avec un handicapé de sept ans d'âge mental ? Si je le lui dis et qu'il ne le supporte pas ?

— Tu crois que le fait de ne rien lui dire est la bonne solution ? S'il finit par le découvrir ? S'il continue à vouloir se marier ? Et si tu lui dis dans deux ans, dans cinq ans, dans dix ans, qu'est-ce qu'il dira alors ? Il a le droit de connaître la vérité. Je pense qu'en ne lui disant rien, tu joues avec le feu. Tu ne lui montres pas une grande confiance et tu manques de cran.

— Eh bien, Licia, en voilà un sermon !

— Excuse-moi, mais il fallait que je te le dise pour t'empêcher de faire une énorme bêtise.

— Bon, d'accord, je vais y réfléchir.

— Il ne pose jamais de questions au sujet de Carmel ?

— Si, quelquefois. Mais je change de conversation.

— Tu ne peux pas continuer indéfiniment. Et puis ce n'est pas juste. Réfléchis à ce qu'il fait pour toi, à ce qu'il te donne, à la force de son amour.

— Entendu, Licia. Laisse-moi seulement choisir mon heure.

Elle se leva et s'avança vers le feu. Elle savait que Felicia avait raison, que Nick avait le droit de savoir la vérité. Mais pas dès maintenant.

— Tu y vas souvent ? demanda Felicia, qui ne voulait pas laisser tomber le sujet.

— Deux fois par semaine, comme d'habitude.

Elle réalisa en soupirant qu'elle allait à Carmel le lendemain. Peut-être que Nick serait endormi quand elle partirait.

27

Elle ferma la porte juste au moment où le car de ramassage tournait au coin de la rue. Un dernier salut de la main et la petite tête blonde disparut. La journée de Tygue commençait. La sienne aussi. Elle alla silencieusement jusqu'à la cuisine pour finir son café. Elle ne voulait pas réveiller Nick.

— Tu me parais bien élégante pour un mardi matin de brouillard ?

Nick la regardait de la grande table de la cuisine. Elle sursauta.

— Bonjour, chéri. Je ne savais pas que tu étais levé.

Elle essayait de paraître gaie et se baissa pour l'embrasser.

— Tu veux du café ?

Il acquiesça.

— Des œufs ?

— Non, merci. Je me les ferai cuire quand je serai suffisamment réveillé. Tu vas donner tes cours ?

Elle hocha la tête en fixant le café qu'elle était en train de verser.

— Ton emploi du temps change souvent !

Il y avait quelque chose d'étrange dans sa voix. Une accusation. Un soupçon. Quelque chose qu'elle n'aimait pas. Elle le regarda mais ne put déchiffrer ce que c'était.

— La semaine dernière, tu y es allée le lundi et le jeudi, n'est-ce pas ?

— Peut-être. Je ne sais pas.

Elle mit deux morceaux de sucre dans son café puis s'affaira à l'évier.

— Viens ici une minute.

Le cœur de Kate battait très fort mais elle essaya de ne penser à rien quand elle se retourna vers lui.

Elle ne voulait pas qu'il devine quoi que ce soit. Elle le regardait mais il ne souriait pas.

— Pourquoi ne me dis-tu pas ce que tu fais là-bas ?

— Tu parles sérieusement ?

— Très sérieusement.

Il en avait l'air. Le cœur de Kate battit plus fort et ses oreilles bourdonnèrent.

— Je te l'ai dit. Je donne des cours à des enfants et à des adultes attardés.

— Tu ne peux pas trouver un travail équivalent ici ? San Francisco a certainement beaucoup de gosses attardés qui t'adoreraient. Pourquoi Carmel ?

Et pourquoi pas la vérité ? Pourquoi ?

— Je vais là-bas depuis des années.

Ça, il le savait.

— Même du temps de ton mariage ?

— Non.

Il y eut alors un étrange silence et elle fixa Nick dans les yeux.

— Et qu'est-ce que ça change ?

— Rien, Kate. Il fallait peut-être que je te pose la question.

— Qu'est-ce que ça fait, bon sang ? Je ne te dérange pas. Je pars à 8 heures, je reviens vers 4 heures et demie, 5 heures. Ça ne change rien pour toi.

Elle était furieuse à présent et elle avait peur. Elle ne l'avait jamais vu ainsi auparavant.

— Si, ça change quelque chose pour moi, Kate, fit-il d'un ton froid et furibond. Pendant ce temps, tu n'es pas avec moi.

— Pour quelques pauvres heures !

Mince, elle devait bien ça à Tom. Il n'avait pas le droit...

— Est-ce que tu t'es quelquefois regardée dans la glace, à ton retour ?

Elle le dévisagea sans répondre.

— Tu ressembles à un spectre. Tu as l'air hantée, blessée, fatiguée, triste. Pourquoi t'infliges-tu cela ?

Il avait beau l'observer, il ne trouvait pas les réponses.

— Enfin. Ça ne me regarde pas.

Elle sortit de la cuisine, sans un mot. Elle aurait dû aller vers lui, le serrer contre elle, l'embrasser. Ça aurait été plus gentil. Mais elle n'avait pas envie d'être gentille. Elle n'aimait pas être contrainte. Elle le lui dirait quand elle serait prête, si, toutefois, elle le lui disait un jour. Elle ne lui permettrait jamais de l'empêcher d'y aller. Ces deux jours par semaine étaient sacrés. Ils appartenaient à Tom.

— Je reviens à 5 heures ! lança-t-elle de la porte d'entrée.

Elle ferma les yeux. Elle aurait voulu le rejoindre dans la cuisine mais elle avait peur qu'il ne l'empêche d'y aller, ou pire, qu'il ne la force à lui dire la vérité. Pourquoi s'était-il réveillé ? C'était si facile quand il dormait. Elle hésita un moment puis ajouta :

— Je t'aime.

Elle l'entendit passer lentement de la cuisine à la salle à manger, puis il la regarda pendant ce qui sembla à Kate une éternité.

— Vraiment, Kate ?

— Tu le sais bien.

Elle s'avança vers lui et le serra dans ses bras.

— Chéri, je t'aime tant.

Longue pause. Il la serra lui aussi puis se dégagea.

— Alors, parle-moi de Carmel.

Il priait pour qu'elle parle. Mon Dieu, combien de temps tiendrait-il ainsi en feignant de ne rien savoir ! Mais Kate le regarda, les yeux malheureux :

— Je t'en ai déjà parlé, Nick.

— Ah bon ? Pourquoi est-ce que je me sens si mal à l'aise, alors ?

Que pouvait-il dire d'autre ? Bon sang, si seulement elle lui ouvrait une porte !

— Il n'y a aucun motif pour que tu te fasses du souci.

— C'est vrai, Kate ? Ça ne t'inquiéterait pas si j'allais quelque part chaque semaine sans t'en dire davantage ?

— Mais je t'ai tout dit, Nick. Tu sais pourquoi j'y vais.

Elle essayait désespérément de paraître rassurante.

— Bon, d'accord. Bonne journée.

Il retourna dans la cuisine et elle resta plantée là, se demandant si elle devait courir après lui. Mais non. Il voulait des réponses qu'elle n'était pas prête à lui fournir.

Elle se dirigea vers sa voiture, avec la sensation de traîner des chaînes à ses pieds. Devait-elle y aller ? Devait-elle rester ici ?... Elle mit le contact en se forçant à oublier Nick. Elle devait y aller pour Tom, c'étaient ses visites, ses journées. Et si elle perdait Nick, ainsi ? L'idée la fit frémir. Elle réfléchit pendant un moment. Felicia avait peut-être raison. Elle jouait peut-être avec le feu. Si elle ne disait rien à Nick et s'il découvrait tout lui-même, la quitterait-il ?

— Zut ! murmura-t-elle en se glissant dans le flot des voitures.

Elle lui parlerait peut-être bientôt...

28

La pluie tomba à verse pendant le trajet de retour vers
San Francisco. Où était le splendide temps d'octobre
dont parlait Felicia ? Il pleuvait depuis des jours ! Il avait
plu lors de ses trois précédentes visites à Carmel. Il pleuvait à Carmel et la pluie était si mauvaise pour Tom. Il
paraissait si pâle et ne mangeait pas bien. Il était comme
un enfant fatigué qui couve une terrible maladie. Il lui
tenait la main pendant des heures et la suppliait de lui
raconter des histoires. Il la regardait avec ces yeux qui
ne se souvenaient de rien. Il tendait les bras vers elle en
l'appelant « Katie », exactement comme Tygue l'appelait
« Maman ». Il avait l'air si faible ; la vie semblait s'échapper peu à peu. Finies les taquineries. Les rires étaient
moins fréquents. M. Erhard était inquiet lui aussi, mais,
d'après le directeur de Mead, tout était « normal ». Normal... Qu'est-ce qui pouvait être normal chez un homme
qui pensait comme un enfant ? Un homme qui avait été
si vivant, qui vivait maintenant depuis sept ans dans un
fauteuil roulant, et qui jouait avec des avions en papier ?
Mais le docteur avait bien dit que les gens dans l'état de
Tom s'affaiblissaient de temps en temps et, un jour...
Mais il pouvait avoir encore des années devant lui. Enfin,
Tom ne se portait pas bien depuis un mois et Kate sentait
que Nick voulait qu'elle cesse ses visites à Carmel. Elle

soupira en quittant l'autoroute pour Franklin Street. Quel bonheur de rentrer à la maison. Elle était si fatiguée. Et grâce au ciel, Nick était encore endormi lorsqu'elle était partie le matin. Ces deux dernières semaines, elle s'était levée plus tôt, pour l'éviter. Elle faisait de son mieux pour qu'il ne pense pas trop à ses aller et retour à Carmel.

Elle tourna à gauche dans Green Street, continua jusqu'au Presidio, puis elle tourna tout à coup dans une rue étroite et sinueuse, pavée de briques, où, cachée par les arbres, les haies et les buissons, se trouvait leur maison. Ils n'y vivaient que depuis un mois, mais elle l'aimait déjà plus que toutes les autres maisons dans lesquelles elle avait habité, peut-être parce qu'elle y était si heureuse.

Elle entra avec un soupir de soulagement. Il n'était que quatre heures vingt. Tygue était à son cours de dessin et ne rentrerait par le car de ramassage qu'à 5 heures moins le quart. La Ferrari n'était pas là. Donc, pas d'explications, pas d'excuses, pas de bavardages pour dissimuler son inquiétude et son chagrin. Il était toujours tellement difficile de faire face à Nick en revenant de Carmel. Lui non plus n'aimait pas ça. Et il s'apercevait toujours de trop de choses. Elle enleva ses chaussures trempées et les laissa dans l'entrée, sur le paillasson. Elle pendit son parapluie dans la cuisine et, en soupirant, elle s'assit à la table, la tête dans les bras.

— Bonjour, Kate.

La voix n'était qu'à quelques centimètres d'elle. Elle sauta sur la chaise, le regard terrorisé.

— Excuse-moi, chérie.

Il la prit aussitôt dans ses bras. Elle tremblait de tous ses membres et resta muette de stupeur. Elle pensait que Nick n'était pas là alors qu'il était assis dans un coin à l'observer. Elle ne l'avait même pas vu.

— Tu m'as fait une de ces peurs !

Elle lui adressa un pauvre sourire. La journée avait été longue.

— Je ne savais pas que tu étais à la maison. Comment s'est passée ta journée ?

Ses efforts étaient vains, Nick refusait de se laisser distraire. Il semblait également sérieux et se dirigea vers la cuisinière sans même prendre la peine de répondre à la question.

— Tu veux du thé ? demanda-t-il.

— Bonne idée. Quelque chose ne va pas ?

Elle n'aimait pas la tête qu'il faisait. Ça lui rappelait la tête de son père quand il recevait son bulletin trimestriel. Elle avait le cœur serré comme lors de leur dernière confrontation au sujet de Carmel. Cette fois-ci, c'était pire. Elle ne savait pas vraiment pourquoi, mais elle le sentait.

— Quelque chose ne va pas ?

Il ne lui avait pas encore répondu.

— Non, tout va bien.

Les mots étaient soigneusement choisis.

— Tu m'as manqué aujourd'hui.

Il se tourna pour la regarder, une tasse de thé à la main. Il avait fait bouillir l'eau et elle n'avait même pas remarqué la vapeur. Quand elle était entrée dans la cuisine, elle était a bout de forces. Mais à présent, elle était terrorisée sans savoir pourquoi.

— Toi aussi, tu m'as manqué.

Il hocha la tête en prenant une deuxième tasse.

— Allons là-haut.

— D'accord.

Son sourire n'obtint pas de réponse. Elle prit sa tasse et suivit Nick docilement jusqu'au deuxième étage où il s'installa dans son fauteuil favori. C'était un grand fauteuil de cuir rouge, lisse comme du satin et merveilleusement doux. Nick fit alors quelque chose à quoi Kate ne s'attendait pas. Il posa sa tasse de thé et lui tendit les bras. Elle s'avança vers lui, tout à fait consentante, et s'agenouilla près de son fauteuil.

— Je t'aime, Nick.

— Je sais. Moi aussi. Je n'ai jamais autant aimé quelqu'un.

Il la regarda avec un sourire fatigué puis soupira.

— Il faut que nous parlions. J'ai beaucoup de choses à te dire. Je ne sais pas par où commencer, mais peut-être que le meilleur début c'est que je t'aime. J'ai attendu très longtemps dans l'espoir que tu ferais le premier pas mais tu ne l'as pas fait. Alors, il est temps que nous ayons une conversation franche. Ce qui m'ennuie le plus, c'est que tu n'as pas confiance en moi.

Elle sentit son sang se glacer.

— Ce n'est pas vrai, fit-elle d'un ton blessé.

Son cœur battait de peur. Que voulait-il dire ? Savait-il ? Comment ? Qui le lui avait dit ?

— Si, c'est vrai ! Si tu avais confiance en moi, tu m'aurais parlé de Carmel. De Tom.

Un silence interminable s'installa dans la pièce.

— De Tom ?

Elle perdait pied, Nick s'en rendait compte. Elle reposa sa tasse d'une main tremblante.

— Je ne sais pas grand-chose, Kate. Dès le début, j'ai eu de vagues soupçons. Ce que tu connaissais du football, les anecdotes de coulisses, des choses que tu disais. J'ai mené une toute petite enquête. J'ai appris que tu avais été mariée à Tom Harper, le grand Tom Harper, qu'il s'était tiré une balle dans la tête et qu'il était paralysé, mentalement diminué... bref, je ne connais pas les termes exacts. Je sais qu'il a été transporté à Carmel après un long séjour à l'hôpital mais je n'ai pas réussi à trouver le nom de l'établissement. J'ai su alors qu'il n'était pas mort et je pense qu'il est toujours en vie à l'heure actuelle. C'est probablement ça que tu fais à Carmel. Tu vas le voir, tu ne donnes pas de cours à des enfants attardés. Je pouvais le comprendre, Kate, je pouvais comprendre beaucoup de choses. Mais ce qui me dépasse, c'est pourquoi tu ne veux pas partager avec moi ton secret. Pourquoi ne m'as-tu pas dit la vérité pendant tous ces mois que nous avons passés ensemble ? C'est ça qui me fait mal.

Elle avait les larmes aux yeux et lui aussi lorsqu'il arrêta de parler. Kate poussa un long soupir.

— Pourquoi ne m'as-tu pas dit plus tôt que tu le savais ? Je me suis ridiculisée, n'est-ce pas ?

— Allons bon, c'est ça qui te tracasse maintenant ? Être ridicule ?

Il était soudain furieux. Elle secoua la tête et détourna les yeux.

— Non. Je... je ne sais pas quoi dire, c'est tout.

— Dis-moi tout, Kate. Dis-moi comment c'est. Comment il va, si tu l'aimes, ce que tu penses de cette vie que tu mènes, où ça nous conduit tous les deux... Je ne sais pas s'il peut y avoir un avenir pour nous, ou pour lui. J'ai le droit de savoir. J'avais le droit de savoir dès le début. Tu n'as pas eu confiance en moi. Tu ne m'as rien dit. Alors, j'ai dû prendre l'initiative.

— Je pense que j'essayais de nous protéger.

— De te protéger.

Il se tourna vers la baie.

— Oui, fit-elle d'une voix calme. De me protéger. Je t'aime, Nick, et je ne voulais pas te perdre. Tom est un enfant maintenant. Il est comme un petit garçon. Il joue, il dessine ; mentalement, Tygue le dépasse. Il pleure... il a besoin de moi. Et il obtient de moi ce qu'il veut. Je ne veux pas lui enlever ce plaisir. Je ne peux pas le quitter.

Sa voix trembla en prononçant ces derniers mots.

— Personne ne te le demande, Kate. Je n'aurais jamais exigé cela de toi. Je voulais seulement savoir. Je voulais l'entendre de ta bouche. Est-ce qu'il peut vivre encore longtemps ?

— Personne n'en sait rien. Quelques jours, quelques mois, quelques années. Impossible de savoir. Quant à moi, je vais le voir.

— Et tu le supportes ? demanda-t-il, avec un regard compatissant et malheureux.

Elle eut un pâle sourire.

— Je lui dois ça, Nick. Autrefois, il était tout pour moi. Quand mes parents m'ont mise à la porte, je n'avais plus que lui au monde. Il m'a tout donné. Maintenant, tout ce que je peux lui donner, c'est quelques heures par semaine. C'est le moins que je puisse faire et c'est un devoir.

Elle avait un ton de défi en regardant Nick.

— Je comprends ça, répondit-il en la prenant dans ses bras. C'est quelque chose que tu dois faire. Je le respecte et je voudrais te rendre tout ça plus facile.

— Ce n'est plus aussi difficile. Je m'y suis habituée. Dans la mesure où on peut s'habituer à ce genre de chose. Enfin, ça ne me brise plus le cœur comme autrefois.

— Felicia était avec toi, chérie, lorsque ça s'est passé ?

Il la berçait dans ses bras. C'était un tel soulagement pour Kate de tout lui raconter. Elle regrettait de ne pas l'avoir fait plus tôt.

— Oui. Tout le temps. Elle a été merveilleuse. Elle était même avec moi dans la salle d'accouchement lorsque Tygue est né.

— J'aurais voulu être là.

Elle lui adressa un sourire fatigué. Elle ne s'était pas sentie aussi bien depuis des années. Il savait tout maintenant. Il n'y avait plus de secret. Plus de crainte qu'il ne découvre la vérité.

— J'avais si peur de ta réaction quand tu l'apprendrais.

— Pourquoi ?

— Parce que je suis mariée. Je ne suis pas libre. Ce n'est pas juste pour toi.

— Ça ne change rien. Un jour, tu ne seras plus mariée. On a le temps, Kate. On a toute la vie devant nous.

— Tu es incroyable.

— Pas vraiment, tu ressentirais la même chose, si tu étais à ma place... Kate ?

— Oui ?

— Tygue n'est pas au courant, n'est-ce pas ?

303

Il n'en était pas sûr. Le petit garçon avait bien pu le lui cacher, après tout.

— Non. Felicia dit que je devrais le lui dire un jour, mais je n'y ai pas encore pensé. C'est trop tôt de toute façon.

Nick hocha la tête puis la regarda étrangement.

— Puis-je te poser une question délicate ?

— Bien sûr.

— Est-ce que... est-ce que tu aimes toujours Tom ?

Il se forçait à demander. Il fallait qu'il sache. Kate lui répondit d'un ton surpris.

— Si je l'aimais toujours, est-ce que tu crois que je pourrais t'aimer autant, vivre avec toi, t'appartenir ? Oui, je l'aime mais comme on aime un enfant, comme j'aime Tygue. Il n'est plus un homme, Nick. Il représente mon passé... C'est un fantôme... le fantôme d'un enfant.

— Excuse-moi de t'avoir posé cette question.

— Tu n'as pas à t'excuser. Tu as le droit de tout savoir à présent. Je suppose que c'est difficile à comprendre. Avant de te connaître, il m'arrivait de temps en temps de me persuader qu'il y avait une étincelle de quelque chose. Mais c'était faux. Aucune étincelle en sept ans. Je vais le voir parce qu'il le faut, parce qu'autrefois je l'ai aimé plus que tout au monde, et parce que Tygue est son fils.

Elle se remit à pleurer et ajouta :

— Mais je t'aime, Nick... Je t'attendais depuis si longtemps.

Il la serra très fort dans ses bras. Il avait tant besoin d'elle, lui aussi. Depuis si longtemps.

— Chérie, je suis tellement désolé pour toi.

Elle se dégagea de son étreinte.

— Depuis que le livre est devenu un succès, j'ai eu si peur que quelqu'un ne me reconnaisse. Que quelqu'un ne remue tout ce passé pour me le lancer au visage.

Nick frémit à cette pensée. Il était surprenant de constater qu'en dépit de cela, Kate était quand même allée à Los Angeles.

— Et quand tu m'as dit que tu avais joué au football, j'ai cru mourir.

Elle se mit à rire mais le visage de Nick était encore affligé.

— Le plus drôle, c'est que je l'ai connu. Pas très bien. Je ne suis pas resté bien longtemps professionnel et lui était déjà au sommet de sa carrière quand j'ai commencé. Mais il semblait être un type bien.

— C'est vrai, fit-elle d'une voix triste.

— Pourquoi en est-il arrivé là ? Qu'est-ce qui l'a brisé ?

Les journaux qu'il avait lus ne lui avaient pas vraiment fourni d'explications. C'était comme si les journalistes se fichaient des raisons pour ne s'occuper que des faits.

— Les pressions. La peur. Il sentait qu'on était en train de le mettre dehors et ça l'a rendu fou. Il n'avait rien d'autre dans sa vie que le football. Il ne savait pas quoi faire d'autre. Et puis, il n'avait pas su investir son argent et il voulait tout ce qu'il y avait de mieux pour Tygue. C'était la seule chose à laquelle il pensait, « son fils ». Il voulait travailler une saison de plus pour gagner suffisamment d'argent pour Tygue. Ils ont refusé. Si tu as lu les journaux, tu sais le reste.

Il hocha la tête d'un air sombre.

— Est-ce qu'il connaît l'existence de Tygue ?

— Il ne comprendrait pas. J'ai été le voir pendant toute ma grossesse. Je crois qu'il pensait que j'étais grosse, c'est tout.

— Est-ce qu'il a changé depuis sept ans ? demanda-t-il, gêné.

— Non, fit-elle en secouant la tête. Excepté depuis quelques semaines. Il ne se ressemble plus. Mais le docteur dit que ce n'est pas inhabituel.

— Est-ce que l'endroit où il est est bien ?

— Très bien.

Nick vint s'asseoir près d'elle, par terre.

— Je t'aime, tu sais, même si j'ai eu très peur. Je croyais que tu allais me dire que tout était fini entre nous.

— Comment as-tu pu croire une chose pareille ?

— Je suis une femme mariée, Nick, répondit-elle d'une voix désespérée.

Elle savait combien il tenait à se marier. Et c'était impossible. Pas tant que Tom vivait.

— Et alors ? Ça t'ennuie d'être mariée ?

Elle secoua la tête.

— J'ai beaucoup réfléchi en allant te voir à Santa Barbara, cet été. Dans mon cœur, je ne suis plus mariée.

— C'est tout ce qui compte. Le reste ne regarde personne d'autre que nous. C'est pour ça que tu ne voulais pas m'en parler ?

— Non... enfin, en partie. C'était aussi par lâcheté, je pense. Je m'étais tue depuis si longtemps. Quand j'ai envisagé de tout te dire, je ne savais comment commencer et avouer que je t'avais menti. Tu t'imagines disant à quelqu'un : « Tu sais, quand je t'ai dit que j'étais veuve, eh bien, c'était faux. Mon mari est dans un hôpital psychiatrique à Carmel et je vais le voir deux fois par semaine. » Ça semble ridicule, Nick, et puis, l'admettre, en parler, c'est un peu revivre tout ça.

— Je suis désolé, trésor.

— J'avais peur aussi qu'après t'avoir tout avoué, tu ne m'empêches d'aller voir Tom. Je n'aurais pas pu, Nick. Il compte trop pour moi. J'ai une dette envers lui jusqu'à sa mort.

— C'est uniquement pour ça que tu vas le voir ? Parce que tu as une dette envers lui ?

— Non. Pour beaucoup d'autres raisons dont je t'ai déjà parlé. Est-ce que tu me comprends ?

— Tout à fait. Et je n'ai absolument pas le droit de me mettre en travers de ta route. Personne n'a ce droit.

— Mais peux-tu continuer à vivre ainsi ?

— Maintenant que nous en avons parlé, oui. Je respecte ce que tu fais pour Tom. Mon Dieu, si quelque chose de semblable m'arrivait... C'est une chose incroyable quand on pense que tu tiens suffisamment à lui pour continuer à aller le voir après si longtemps.

— Il n'y a rien là d'exceptionnel, Nick. C'est quelquefois très dur. D'autres fois c'est épuisant et je déteste y aller.

— Mais tu y vas quand même et c'est l'essentiel.

— Oui, peut-être.

Il y eut un moment de paix entre eux pour sceller leur compréhension mutuelle. Il but un peu de thé puis regarda Kate.

— Qu'est-ce que tu vas faire si quelqu'un découvre ton secret, fouille dans ton passé ? Je suppose que tu y as déjà pensé.

— Oui et non. J'ai toujours essayé de me convaincre que ça n'arriverait pas. Autrement, je ne serais pas sortie de ma cachette. Et si je pensais maintenant que ça allait arriver, je ne mettrais plus les pieds dehors.

— Ça pourrait être très agréable.

Ils échangèrent leur premier vrai sourire depuis une heure.

— Je suis très sérieux.

— Je ne sais pas, chéri, fit-elle en soupirant et en s'allongeant sur le tapis. Je ne sais pas comment je réagirais. Je m'enfuirais, je paniquerais. Peut-être que ça se passerait mieux maintenant que tu es au courant. Bien sûr, il y a Tyguc.

Elle se souvint soudain de quelque chose et regarda Nick.

— Tu te rappelles la soirée à Los Angeles, après le Jasper Show ?

Il hocha la tête.

— Oui, le type qui t'avait dit quelque chose qui t'avait bouleversée. Est-ce qu'il savait ?

Bon sang ! Pas étonnant qu'elle ait eu cette réaction !

— Pas vraiment. Il avait seulement relevé mon nom. Harper. Il m'a raconté ce qui était arrivé à un joueur de football nommé « Joe ou Jim ou quelque chose comme ça ». Il connaissait l'histoire en gros. Pour plaisanter, il m'a demandé si j'étais de sa famille. Évidemment, j'ai pris peur.

— Pauvre trésor. Ça ne m'étonne pas. Pourquoi n'as-tu pas changé de nom ?

— Ça ne me semblait pas honnête, à cause de Tygue. Tygue était son fils. Il devait s'appeler Tygue Harper. Si j'avais changé de nom, j'aurais eu l'impression de jouer un sale tour à Tom. Il ne l'aurait pas su, bien sûr, mais j'ai toujours voulu être loyale envers lui.

— Mais, Tygue, tu ne peux pas lui cacher la vérité indéfiniment. Si quelqu'un lui dit un jour que son père a failli tuer deux hommes et s'est pratiquement suicidé, ça lui gâchera le reste de son existence. Tu dois tout lui raconter, Kate ; sinon tout, du moins une partie, à un âge où il pourra comprendre. Est-ce qu'il le verra un jour ?

— Jamais. Ce serait impossible. Tom ne comprendrait pas et Tygue aurait le cœur brisé. Ce n'est pas un papa. C'est un enfant dans un corps d'homme brisé. Il ne semble même plus en bonne forme physique. Tygue devrait être adulte pour être capable de le supporter. Et puis, pourquoi devrait-il ? Il ne le connaît pas. C'est mieux ainsi. Et quand Tygue sera assez vieux pour comprendre, à ce moment-là...

Elle marqua une pause et entendit un petit sanglot. Elle leva les yeux vers Nick mais son visage était grave, sans larmes.

— Qu'est-ce que c'était ?

Elle s'était assise, immobile. Nick redressa la tête.

— Rien. Pourquoi ?

— J'ai entendu... Mon Dieu...

Elle comprit tout à coup. Ils avaient oublié tous les deux le car de ramassage qui devait ramener Tygue à la maison. Derrière Nick, la pendule indiquait 5 heures un quart. Il était entré depuis une demi-heure. Depuis assez longtemps pour... Sans réfléchir davantage, elle se retourna et vit Tygue, debout : des larmes ruisselaient sur son visage. Ils se précipitèrent tous les deux vers lui mais le petit garçon descendit l'escalier en trombe en criant à travers ses sanglots :

— Laissez-moi tranquille !... Laissez-moi tranquille !

29

— Est-ce que ça va ? demanda Nick d'un air sombre quand Kate sortit de la chambre de Tygue.

Il était 6 heures et demie et l'heure avait été longue. Tygue s'était caché dans le jardin et il était complètement trempé quand ils l'avaient fait rentrer, serrant contre lui un Willie tout mouillé lui aussi. Kate lui avait donné un bain chaud pendant que Nick lui préparait un chocolat. Puis Kate était restée longtemps assise dans la chambre de son fils. Nick attendait dans l'escalier.

— Je crois. C'est difficile à dire. Enfin, il s'est endormi.

Elle paraissait à bout de forces.

— Qu'est-ce que tu lui as dit ?

— La vérité. Je n'avais pas le choix. Il avait déjà entendu la plus grande partie de l'histoire. Je ne pense pas qu'il ait eu l'intention de surprendre notre conversation. Il était monté pour me dire qu'il était rentré et il nous a entendus parler de Tom.

Elle s'avança vers la porte entrouverte de leur chambre, Nick hocha la tête et la suivit. Ils refermèrent la porte et Kate s'assit lourdement sur le lit. Nick lui tendit une cigarette mais elle semblait avoir davantage besoin d'un cognac et d'un bain chaud. La pensée de Tygue les obsédait.

— J'ai fait un sacré gâchis en t'obligeant à parler de Tom, fit Nick.

Cette idée l'avait hanté pendant qu'il attendait dans l'escalier. Mais Kate secoua la tête.

— Ne t'accuse pas. Tu nous as fait du bien. Je me sens soulagée. Tygue s'en remettra. De cette façon, je peux lui raconter aussi le bon côté. Tom Harper était un type merveilleux. Tygue a le droit de savoir ça aussi. À présent, il sait tout. C'est plus juste.

Elle hésita un moment puis continua en soupirant :

— Jusqu'à présent, il ne savait pas qui était son père ni ce qu'il faisait. Je pensais que ce serait plus facile pour lui. Mais il y avait d'autres raisons.

— Ces raisons ne pouvaient pas être mauvaises.

— Peut-être que si. Je le voulais à moi seule. Je voulais qu'il soit complètement séparé de tout cela. Je ne voulais pas qu'il soit... comme Tom.

Elle s'arrêta. Nick attendit en silence.

— Je ne voulais pas qu'il tombe amoureux de l'image de Tom Harper, de la gloire, des albums, des photos, de l'adulation. Tom aimait tout ça. Mais qui pourrait y résister vraiment ? Je craignais que Tygue ne se sente attiré lui aussi, ne serait-ce que pour prouver quelque chose à Tom. Pour laver le nom d'Harper. Dieu sait quelles folles idées auraient pu lui passer par la tête : je redoutais tout ça. C'était donc plus facile pour moi de ne rien dire du tout.

Puis elle ajouta avec un petit sourire :

— Mais j'avais tort, Nick. Il fallait qu'il connaisse la vérité. Un jour, il faudra aussi que je lui dise ce qui s'est passé avec mes parents. Je lui ai laissé entendre que toute ma famille était morte, sauf moi ! Mais c'est faux. De toute façon, les choses s'arrangent généralement pour le mieux.

Elle lui tendit la main mais il ne la prit pas. Il était à nouveau ébranlé.

— Qu'en pense Tygue ? fit-il d'un ton amer en tournant son regard vers la baie.

Il aurait décidément dû s'occuper de ce qui le regardait.

— Il ne sait pas trop quoi penser. La seule chose dont il est sûr, c'est qu'il veut voir son papa. Je lui ai dit que c'était impossible. Alors, il me déteste, mais il s'en remettra. Il t'a, toi.

Elle sourit à Nick et vint vers lui pour mettre ses bras autour de sa taille.

— Je ne suis pas son père, Kate.

— Ça n'a pas d'importance. Tu lui apportes plus que la plupart des pères — sur le plan affectif et sur tous les autres plans. Et puis, c'est notre vie. Nous devons faire face. Ça ne va pas nous tuer. Alors arrête de faire cette tête.

Nick se tourna vers elle et essaya de sourire sans grand succès. Il avait l'impression que le ciel lui était tombé sur la tête, et il ne savait pas quoi faire.

— Au fait, tu ne travailles pas ce soir ? demanda Kate, surprise.

— J'ai appelé pendant que tu étais avec Tygue pour dire que je ne me sentais pas bien.

— Je suis contente... Et morte de fatigue !

Elle s'allongea sur le lit.

— Ça ne m'étonne pas, Cendrillon.

Il s'assit et commença à lui masser les pieds puis les jambes.

— Tu as fait quatre cent cinquante kilomètres aujourd'hui, tu es rentrée et tu as alors eu à faire face à tous les squelettes de ton placard. Comme ton fils en a eu le cœur brisé, il t'a fallu le récupérer sous la pluie battante, lui donner un bain et le réconforter. Tu as passé ton temps aujourd'hui à sauver les autres. Tu peux te permettre d'être bougrement fatiguée !

— Est-ce que j'ai droit à une récompense nationale pour tout ça ? Ce me paraît être une conduite exemplaire !

— Tu y aurais droit. Et moi, j'aurais droit à un coup de pied au derrière !

— Est-ce qu'autre chose te conviendrait mieux ?

Elle s'assit et glissa ses bras autour de son cou.

— Je ne le mérite pas, répondit-il malicieusement.

Elle éclata de rire.

— Tais-toi et détends-toi.

C'est ce qu'ils firent ensemble et il était 9 heures quand Kate se fit couler un bain.

— Tu peux surveiller l'eau une minute ? Je vais jeter un coup d'œil dans la chambre de Tygue.

— Bien sûr.

Il l'arrêta au passage et ils s'embrassèrent tendrement. Elle lui avait tout donné cette nuit-là, il en était conscient. Son corps, son âme, son cœur, tout ce qu'elle pouvait donner avait été à lui. Comme pour dissiper ses remords.

— Je t'aime, Cendrillon. Beaucoup plus que tu ne le penses. Au fait...

Il la regarda avec amour et écarta une mèche de cheveux de son visage.

— ... Je ne voudrais pas être indiscret, mais il me semble que tu as oublié quelque chose tout à l'heure.

Elle le regarda avec un petit sourire embarrassé. Elle savait qu'il la taquinait mais elle ne savait pas à quel propos.

— Ah ?

Puis son sourire s'illumina.

— Zut ! Le dîner. Chéri, excuse-moi. Tu meurs de faim ?

— Non. Je ne pourrais absolument rien manger. Je parlais d'autre chose.

Il la reprit dans ses bras et l'embrassa.

— Tu as oublié la soucoupe volante — tu sais l'attrape-bébé magique.

Il la regarda en riant. Lui aussi l'avait oublié. Il ne s'en était souvenu qu'après. La soirée avait été si agitée. Kate fronça les sourcils d'un air irrité mais il n'y avait aucune panique sur son visage.

— Bon sang ! Mon diaphragme !

Elle l'avait laissé dans le tiroir.

— Est-ce une catastrophe ?

Il se sentait obligé de poser la question, bien que pour lui ce ne fût absolument pas une catastrophe. Il désirait toujours autant avoir un enfant d'elle.

— Non. De toute façon, je ne peux pas être enceinte. Ce n'est pas la bonne période du mois.

— Comment le sais-tu ?

— J'ai été chez le coiffeur hier.

— Quoi ? Tu es folle. Et tu n'as pas répondu à ma question.

— Et c'est quoi ta question ?

— C'est que... et puis zut ! Après tout, si tu étais enceinte, je t'enverrais au foyer des mères célibataires et moi, j'irais à Tahiti avec Tygue.

— N'oublie pas de m'envoyer une carte postale. Et ne surveille surtout pas mon bain.

Elle lui fit une grimace en fermant le robinet et enfila une robe de chambre en velours blanc pour aller voir Tygue.

— Je reviens dans une seconde.

— D'accord, fit-il en souriant.

Elle revint une seconde plus tard, mais sans sourire. Elle entra dans la salle de bains, la robe de chambre largement ouverte découvrant son long corps mince et nu. Son visage était mortellement pâle.

— Tygue est parti !

Nick crut que le sol se dérobait sous lui. Sans un mot, elle lui tendit un billet et, pendant qu'il le lisait, elle se pencha sur les toilettes pour vomir.

— Non, nous ne savons pas où il est allé, tout ce que nous savons, c'est ce qu'il a écrit sur le billet.

Nick regarda Kate. Ils en avaient discuté avant l'arrivée de la police. Ils ne diraient pas un mot sur Tom. Ça ne servirait à rien.

— Voyons ce billet.

Le billet était extrêmement simple : « Je vais aller trouver mon père. » L'homme en uniforme leva les yeux vers Nick et Kate.

— Vous n'êtes pas son père, monsieur... Waterman ?

— Non. Tygue est le fils de Mme Harper. Mais lui et moi, nous sommes très proches l'un de l'autre.

Aussitôt après avoir prononcé ces paroles, Nick se sentit ridicule. Mais qui avait les idées claires ? Kate était très pâle. Elle avait à peine parlé à la police et Nick avait peur qu'elle ne s'évanouisse.

— Savez-vous où est son père ? Il serait probablement très simple de lui téléphoner.

Kate semblait à l'agonie et Nick secoua la tête.

— C'est impossible. Son père est mort avant sa naissance.

— Est-ce qu'il vous en veut ? demanda vivement l'agent.

Cette fois, Kate reprit ses esprits.

— Non, je pense qu'il était plutôt furieux contre moi. Il y a eu beaucoup de changements dans sa vie dernièrement. Nous venons de déménager à San Francisco, il est dans une nouvelle école et...

Elle se troubla et Nick lui serra la main.

— Est-ce qu'il a de l'argent ?

— Je ne le pense pas, fit Kate en secouant la tête.

— Est-ce qu'il a emporté quelque chose ?

— Oui. Son ours en peluche, répondit-elle, les larmes aux yeux. C'est un grand ours brun avec une cravate rouge.

Elle regarda Bert qui agitait la queue en s'approchant, et ses larmes redoublèrent.

— Que portait votre fils ?

Elle ne le savait pas. Comment allait-elle pouvoir le deviner ? Mais elle alla jusqu'au placard de l'entrée et découvrit que son imperméable n'était plus là.

— Un imperméable jaune. Et probablement un jean et des bottes de cow-boy.

— Est-ce qu'il a pu aller chez quelqu'un, dans cette ville ?

— Felicia !

Elle courut au téléphone mais n'obtint aucune réponse. Elle donna à l'agent le numéro de Licia. Celui de Tillie. Celui de Joey. Et...

— Je pense qu'il a pu essayer d'aller à Carmel, fit-elle en regardant Nick d'un air malheureux.

— Est-ce qu'il connaît quelqu'un là-bas ? demanda l'agent en levant les yeux.

— Non. Mais il aime bien cette ville.

Bon sang, que pouvait-elle lui dire ? Qu'il était parti voir son père, un attardé mental, un infirme qui avait été célèbre autrefois, son père qu'il croyait mort jusqu'à cet après-midi ?

— Qu'allez-vous faire ? demanda-t-elle.

L'agent ferma son petit carnet marron.

— Passer le coin au peigne fin jusqu'à ce qu'on le retrouve. On va avoir besoin de quelques photos.

315

Ils en sortirent des douzaines. En couleurs, gros plan, dans toutes les tenues possibles, avec son poney, avec son chien, à Disneyland, dans un funiculaire avec Felicia. Tout le contenu d'un album.

— Il nous en faut seulement deux.

Kate hocha la tête sans un mot puis raccompagna les agents jusqu'à la porte. La pluie tombait toujours.

— On vous téléphonera toutes les heures pour vous donner des nouvelles.

— Merci.

— Ayez du courage.

Ils adressèrent à Nick un regard réconfortant. Luxueuse maison. L'enfant semblait heureux sur les photos. Il ne souffrait pas d'un manque d'affection, c'était évident. C'était peut-être un de ces drôles de gosses qui ont envie de faire une fugue de temps en temps. Les filles préféraient rester sur le seuil, l'air tragique, donnant ainsi à leurs parents une chance de les supplier de rester. Les garçons, eux, faisaient leurs bagages et partaient.

— Mon Dieu, Nick, qu'est-ce qu'on peut faire ?

— Ce qu'ils ont dit, s'armer de courage.

— Je ne peux pas... Nick, je ne peux pas. Il peut se faire enlever. Se faire renverser. Il peut...

— Arrête !

Il la saisit par les épaules et l'attira dans ses bras.

— Arrête, Kate. Il ne faut pas qu'on se laisse aller. Il faut se persuader qu'il va bien.

Kate hocha la tête en pleurant puis elle s'accrocha désespérément à Nick. Ses yeux reflétaient une profonde douleur. Nick commençait à comprendre : elle n'était pas seulement inquiète.

— C'est ma faute, Nick... c'est ma faute.

— Je t'ai dit d'arrêter, Kate. Ce n'est pas ta faute.

Il voulait lui dire que c'était sa faute à lui car c'était lui qui avait soulevé le problème cet après-midi, mais ça ne servait à rien de s'accuser. Ce qu'ils avaient de mieux à faire, c'était de retrouver Tygue et de lui parler de son père, du passé, et d'essayer de lui expliquer les raisons

316

pour lesquelles Kate ne lui avait rien dit. Et ils aimeraient le petit garçon encore plus qu'avant. Il en avait besoin. Sa fuite le prouvait. Battre sa coulpe était inutile.

— Ce n'est la faute de personne, continua-t-il en la forçant à lever vers lui son visage mouillé de larmes. Il fallait que ton fils connaisse la vérité.

— Je sais. J'aurais dû la lui dire il y a longtemps. Tout cela ne serait pas arrivé.

— Mais tu ne l'as pas fait et tu ne peux pas savoir si ça n'aurait pas été pire.

— Et s'il lui arrive quelque chose ? fit-elle d'une voix plaintive.

— Mais non. Essaie donc de t'en convaincre.

— J'aimerais bien.

Elle se moucha bruyamment et ferma les yeux. La police avait appelé toutes les heures, comme promis, mais toujours pas de nouvelles. Ils n'arrivèrent à joindre Felicia qu'après minuit.

— Mon Dieu ! s'exclama Felicia, qui dut s'asseoir sous le choc.

C'était Nick qui téléphonait car Kate n'était pas en état de parler. Elle ne pleurait plus ; elle était assise, immobile, les yeux fixés sur les photos.

— Est-ce qu'il faut que je vienne ?

— Peut-être. Tu as connu des choses pires avec elle, dans le passé.

— Oui. Nick...

Felicia hésita un moment puis continua :

— Je suis contente que tu le saches. Elle a besoin d'être libérée de tout ça. Elle ne peut pas se cacher indéfiniment.

— Je sais. Mais c'est un moment difficile à passer.

— C'est peut-être inévitable.

Nick hocha la tête et ils raccrochèrent. Felicia arriva très vite et ils restèrent assis là, à boire du café jusqu'à 5 heures du matin. 5 heures et demie, la police téléphona. Nick s'arma de courage pour écouter les mêmes nouvelles sombres. Il avait tort.

— On l'a.

— Où ?

— Ici même.

Nick ferma les yeux et cria.

— Ils l'ont !

Puis, au téléphone, à nouveau :

— Il va bien ?

— Très bien. Il est fatigué mais ça va. Quant à Willie, il est un peu pitoyable.

L'enfant était très calme. L'expérience l'avait probablement dégrisé.

— Où l'avez-vous trouvé ?

— Il était assis à la gare routière et essayait de persuader quelqu'un de l'emmener à Carmel. Sa mère avait raison. Les mères ont généralement raison. On vous l'amène dans dix minutes.

— Attendez. Est-ce que je peux lui parler ?

Nick s'apprêtait à tendre le récepteur à Kate qui était près de lui avec Licia ; les deux femmes riaient et pleuraient en même temps.

L'agent revint une minute plus tard.

— Il dit qu'il est trop fatigué pour parler.

Quelle petite tête de mule ! Mais c'était leur problème. Il fallait qu'il fasse son rapport et un sermon au gosse sur les dangers des escapades et des gares routières. Ensuite, retour à la maison.

— Comment ça, il était trop fatigué ? s'exclama Kate, lorsque Nick raccrocha. Évidemment, il est encore fâché.

— Je suppose.

Nick ne se trompait pas. Quand Tygue arriva, il paraissait dompté et il attendit que l'agent soit parti pour leur parler. Il avait embrassé sa mère par devoir mais sans chaleur, et elle n'avait senti contre elle que Willie qui était encore tout trempé. Tygue, lui, s'était séché à la gare routière. C'était étonnant qu'il ait quand même pu aller jusque là-bas. Il raconta qu'il n'avait pas d'argent mais qu'il avait pris le bus et que les chauffeurs lui avaient indiqué le chemin.

— Est-ce que tu réalises ce qui aurait pu t'arriver ?

Kate commençait à crier pour se soulager. Il hocha la tête mais sans regret.

— Je le referai.

— Quoi ? hurla-t-elle.

Nick essaya de la calmer.

— Je vais trouver mon père. Je veux le voir.

Kate s'appuya au dossier du fauteuil et soupira. Comment pouvait-elle lui dire sans lui briser le cœur qu'il n'y avait pas de père à voir ? Autrefois, il y avait un homme qui avait été son père, mais il était parti à présent. Tygue ne pouvait pas le voir.

— Tu ne peux pas, répondit-elle d'une voix douce.

— Si, maman, insista Tygue d'un air déterminé.

— Nous en reparlerons.

Elle le mit au lit et il y resta cette fois-ci. Mais la nuit avait été très longue et quand Felicia rentra chez elle à 6 heures et demie du matin, elle avait la sensation que tout n'était pas terminé. Tygue était sérieux quand il affirmait qu'il irait voir son père. Elle espérait que Kate comprendrait. Mais, à ce moment-là, Kate était profondément endormie dans les bras de Nick. Elle ne dormit que trois heures. Stu Weinberg téléphona à 9 heures et demie.

— Allô ? fit-elle, encore dans les brumes du sommeil.

Elle n'arrivait pas à imaginer qui ça pouvait être. Nick avait promis de laisser un mot dehors pour le car de ramassage, ils pourraient ainsi tous faire la grasse matinée. Et même dormir toute la journée si c'était possible pour elle. Nick lui avait dit qu'il s'occuperait de Tygue.

— Je vous ai réveillée ?

— Quoi ?... Non...

Elle commençait à se rendormir tout à fait. Nick entra dans la chambre et lui secoua l'épaule.

— Réveille-toi. Tu es au téléphone.

— Hein ? Qui est-ce ?

— C'est Stu Weinberg, bon sang ! Qu'est-ce qui se passe chez vous ? Vous avez fait la java toute la nuit ?

— Oui. C'est exactement ça.

Elle s'assit sur son lit, mal en point. La tête lui tournait comme si elle avait la gueule de bois mais elle était complètement réveillée à présent.

— Comment va le livre ?

— Très bien. Il gagne une fortune pour nous deux. C'est la raison de mon appel. On vous offre un deuxième voyage.

— Oh, non ! C'est Nick qui l'a organisé, encore une fois ? demanda-t-elle en essayant en vain de sourire.

Que manigançait Nick ? Mais Weinberg jura qu'il n'avait rien à voir dans ce voyage. Il avait l'air sincère.

— Alors, qu'est-ce que c'est ?

— Une semaine à New York. Votre éditeur veut que vous y alliez pour que le livre continue à bien se vendre. C'est une obligation, mon petit, spécialement si vous voulez que votre prochain livre soit aussi un succès. Vous avez intérêt à rester dans leurs bonnes grâces.

— C'est impossible pour le moment.

Elle avait trop de choses à régler chez elle.

— Allons, Kate, ne me racontez pas de bêtises. Vous êtes redevable à ces gens de votre carrière.

Il passait en revue les émissions que son éditeur avait prévues pour elle. Il y en avait peut-être trop. La semaine serait mouvementée.

— Je vous l'ai dit : je ne peux pas.

— Vous n'avez pas le choix, Kate. Je leur ai dit que vous y alliez.

— Comment avez-vous osé ?

Elle était au bord des larmes. Et tellement épuisée après cette nuit.

— Demandez à Nick. Il vous dira lui aussi que vous n'avez pas le choix.

— Bon. D'accord. Je vais voir. C'est pour quand ?

— Vous partez dans trois jours. Vous serez absente une semaine.

— Je vais faire de mon mieux.

— Il faudra même faire plus. Je vous rappellerai plus tard pour confirmation.

— D'accord.

Elle n'avait pas la force de discuter. Elle s'allongea pour essayer de réfléchir.

— Qui était-ce ? demanda Nick d'un air inquiet.

— Weinberg.

— Quelque chose ne va pas ?

Elle hocha la tête.

— Il paraît que mon éditeur m'a organisé un voyage à New York. Une semaine.

— Quand ? s'exclama Nick, abasourdi.

— Je pars dans trois jours.

— Ce n'est pas vrai ! Je rêve ! Tu ne peux pas y aller.

Il s'assit sur le lit et passa une main dans ses cheveux.

— D'après lui, je n'ai pas le choix. Et puis, ce n'est pas lui qui m'en donne l'ordre. C'est mon éditeur...

— Je me fiche de qui a pris la décision. Tu sais bien que tu ne peux pas y aller en ce moment. Tu lui as dit pourquoi, je suppose ?

Elle ne l'avait pas fait. D'après Stu, sa carrière était en jeu. Il fallait qu'elle y aille, ou bien...

— Qu'est-ce que tu lui as raconté ? s'écria Nick, choqué.

— Je lui ai dit que je verrai ce que je peux faire.

— Tu veux dire que tu y vas ?

— Je n'en sais rien. Je n'arrive même pas à me concentrer. Comment pourrais-je savoir ce que je vais faire dans trois jours ?

— Si tu as un peu de bon sens, tu dois savoir que dans trois jours tu seras en train d'essayer de clarifier la situation avec ton fils. C'est ce qui passe avant tout.

— Évidemment, mais... et puis zut, laisse-moi tranquille.

Est-ce qu'ils allaient la laisser tranquille, au moins une fois ? Nick, avec son indignation et ses idées toutes faites sur les relations idéales entre parents et enfants. Tyguc, avec ses besoins envahissants et ses exigences. Seigneur !

Elle avait le droit de vivre, elle aussi. Elle avait droit au succès.

— Tu es donc tombée amoureuse de ta petite personne ? Ce n'est plus aussi drôle d'être maman ?

Kate dut se contrôler pour ne pas le gifler.

— Est-ce que tu vas me laisser tranquille ?

Il quitta la chambre. Kate disparut dans la salle de bains d'où elle sortit dix minutes plus tard ; elle s'était lavée et habillée mais elle était encore blême. Tygue dormait toujours et Nick était assis à la table de la cuisine devant une tasse de café. Elle s'en versa une et le regarda. Il avait lui aussi une tête épouvantable.

— Excuse-moi pour tout à l'heure.

— Ce n'est rien, fit-il d'une voix calme.

Mais il l'observait comme si elle venait d'une autre planète.

— Est-ce que tu vas aller à New York ?

— Je ne sais pas encore.

— Ça t'arrive donc à toi aussi !

— Qu'est-ce qui m'arrive ?

Mais elle savait ce qu'il voulait dire.

— Le syndrome de la star. « Regardez-moi. C'est moi, la fabuleuse vedette ! » Il faut que tu le fasses pour ta carrière. Est-ce que tu te rends compte de ce qui arrive à Tygue, en ce moment ?

Nick recommençait à bouillonner.

— Et toi, est-ce que tu te rends compte de ce qui m'arrive ? De quelle façon je suis tiraillée ?

— Tu sais quoi ? Je me fiche de ce que tu vas faire. Mais je ne veux pas être là quand tu lui annonceras que tu pars à New York.

— Parfait. Je le lui dirai quand tu seras sorti.

— Tu as donc pris ta décision !

Il la poussait dans ses derniers retranchements.

— Oui !

Ce fut un long hurlement de colère qui emplit toute la maison. Tous les deux en furent surpris, même Kate. Elle ne savait pas exactement ce qu'elle allait décider. Du moins, elle aimait penser cela. En fait, elle avait pris sa décision dès le début, dès que Weinberg lui avait dit combien c'était important pour son prochain livre. Elle voulait qu'il ait autant de succès que le précédent. Nick avait quitté discrètement la cuisine et elle était assise seule à réfléchir. Il avait peut-être raison : elle s'était prise au piège du succès mais pas aux dépens de Tygue... non... pas Tygue.

Elle essaya de lui expliquer cet après-midi-là mais le petit garçon ne voulait pas parler. Elle essaya de lui faire comprendre la vérité sur Tom, de lui expliquer son travail, ses livres mais... il n'avait que sept ans. Il ne comprenait pas grand-chose. Tout ce qui l'intéressait c'était son père. Elle lui donna un album de vieilles photos de Tom datant de ses années de gloire. Tygue l'emporta pour le regarder dans sa chambre. Kate téléphona à Tillie.

Tillie viendrait s'installer dans la chambre d'amis pendant la semaine où Kate serait à New York. Nick serait ainsi un peu déchargé du poids de Tygue. Elle le vit d'ailleurs très peu avant son départ. Il rentra tard à la maison et elle dormait déjà. Il passa ses journées au-dehors. Elle tenta d'expliquer ce qu'elle ressentait à Licia mais celle-ci ne lui apporta aucun réconfort. Personne ne la comprenait. Même Tillie lui parut réfrigérante, mais la ville l'intimidait peut-être. Kate lui était reconnaissante d'être venue et Tygue semblait content de la voir. Kate se sentit rejetée : son fils était plus heureux avec Tillie qu'avec elle.

— Tu veux que je t'emmène à l'aéroport ? demanda Nick d'un ton froid.

— Je peux prendre un taxi. Je laisse ma voiture à Tillie.

— Allons, ne joue pas aux martyres. Je vais t'emmener.

— Je déteste les sermons.

Il y avait un froid entre eux : c'était la première fois et Kate en était terrifiée. Mais elle ne voulait pas le montrer.

— J'ai fait tous les sermons que je pouvais faire. Sauf

323

un, peut-être. Tu es fatiguée. Essaie de ne pas te surmener là-bas.

— Les deux derniers jours ont été difficiles. Pour tout le monde.

Elle le regarda et les yeux de Nick s'adoucirent un peu.

— N'oublie pas que je t'aime, Cendrillon.

C'était sa première marque de tendresse depuis plusieurs jours.

— À quelle heure est l'avion ? demanda-t-il en souriant.

Elle lui indiqua l'heure et ils échangèrent un regard plein de regret.

— Mince !

Elle enfila sa robe dont Nick tira la fermeture. Cinq minutes plus tard, ils étaient partis. Le trajet jusqu'à l'aéroport fut calme. Kate regrettait qu'ils n'aient pas eu le temps de faire l'amour. Ça leur aurait fait du bien à tous les deux. Un souvenir pendant leur séparation. Un acte apaisant avant d'être projetée dans la folie de New York. Mais quand il l'embrassa, elle sut combien il tenait à elle. Elle lui fit un signe de la main en entrant dans l'avion et se sentit tout à coup plus seule que jamais. Pour oublier un peu sa solitude, elle but du vin plus que de raison et dormit pendant les deux dernières heures. Elle se sentait fatiguée, la tête prise dans un étau. Ce n'était plus une lune de miel ! C'était la réalité. Elle était seule dans la grande ville. Elle s'en rendit compte immédiatement lorsqu'elle dut se battre sur le trottoir pour avoir un taxi. La limousine qu'on devait lui envoyer n'était pas là et elle avait perdu une de ses valises. Quel début ! Les choses s'arrangèrent un peu par la suite. En désespoir de cause, elle partagea un taxi avec un architecte de Chicago. Il était assez bel homme, la quarantaine, bien habillé. Il descendait au *Regency* lui aussi.

— Quelle coïncidence ! Vous descendez toujours dans cet hôtel ?

Il n'essaya pas de savoir son nom et la conversation fut agréable pendant tout le trajet jusqu'à l'hôtel. Elle l'observa d'un air détaché. Ses cheveux étaient gris, son visage bien dessiné avec des traits fins mais fatigués. Son corps paraissait pourtant jeune et robuste. Il était assez attirant à sa façon. Il n'avait rien en commun bien sûr avec les athlètes bronzés de Californie. Il faisait beaucoup plus homme de la ville avec sa légère pâleur. Mais il était intéressant.

— J'y ai séjourné la dernière fois que je suis venue à New York.

— Moi, je viens ici une fois par mois, fit-il en lui jetant un regard discret.

Ils bavardèrent sur les monuments, le spectacle de la rue, San Francisco, et elle glissa intentionnellement dans la conversation qu'elle était écrivain.

— Quelle merveilleuse profession ! Vous devez beaucoup aimer cela.

Il la regardait avec envie et elle se mit à rire.

— Ça me plaît énormément.

Sans même s'en rendre compte, elle se mit à lui parler de son prochain livre.

— Vous savez, ce n'est pas la même intrigue, mais l'atmosphère que vous me décrivez ressemble étrangement à celle d'un livre que je viens de lire : *La Dernière Saison*.

Kate éclata de rire.

— Vous l'avez lu, vous aussi ? fit-il, l'air amusé.

Et puis, quoi, elle pouvait bien le lui dire !

— Pas récemment. Mais je l'ai écrit.

Il mit du temps à réagir puis il la regarda, surpris.

— Vraiment ? Mais c'est un livre merveilleux.

— Alors, je vous enverrai un exemplaire du prochain, dit-elle en le taquinant.

Il sortit immédiatement sa carte et la lui tendit en souriant.

— J'espère que vous tiendrez votre promesse, mademoiselle Harper.

Voilà, il connaissait son nom, à présent. Elle rangea sa carte dans son sac et ils arrivèrent à l'hôtel.

31

C'était bien différent de son précédent voyage avec Nick. Plus de limousines, plus d'aventures secrètes, plus de déjeuners au *Lutèce* et de dîners à *La Caravelle*. Son amour n'était pas là pour amortir les chocs. Cette fois-ci, elle devait affronter New York dans sa réalité crue : bousculades, quêtes de taxis, tourbillons de vent, journaux et ordures qui ralentissaient la marche. Et le programme prévu par son éditeur était inhumain. Elle eut trois émissions de radio le premier jour — pas le temps de déjeuner — et, à 4 heures de l'après-midi, elle participa à une émission de télévision en compagnie d'un écrivain sportif qui était pour le moins condescendant. Quand elle revint à l'hôtel à 6 heures, elle était hébétée de fatigue et de colère, et ce n'était pas la bonne heure pour téléphoner à Nick ou à Tygue. Nick devait être occupé au studio et Tygue encore à l'école. Elle demanda qu'on lui monte un verre de vin blanc puis s'assit calmement en attendant de pouvoir appeler San Francisco. Même la chambre était moins jolie. Elle était plus sophistiquée — blanc et or — mais plus petite et plus froide. Le lit semblait morne et vide. Elle sourit en repensant aux scènes d'amour du précédent voyage.

Elle était à quatre mille cinq cents kilomètres de chez elle, seule dans un hôtel étranger, et elle ne pouvait parler à personne de sa connaissance. Elle se sentait isolée et effrayée, et elle mourait d'envie de rentrer chez elle. La fabuleuse ascension vers la gloire n'était qu'un bâtiment vide et désert. Elle aurait tellement voulu se retrouver au plus épais des haies de Green Street. Si Nick voulait encore d'elle. Tout était peut-être fini entre eux. Elle avait l'impression que tout venait à peine de commencer, qu'elle venait de s'installer à San Francisco avec Tygue, mais Nick en avait peut-être déjà assez. Kate s'apprêtait à appeler la réception pour un deuxième verre de vin quand elle se ravisa tout à coup. C'était ridicule. Elle était à New York. Elle était une star. Ce mot lui fit faire une grimace. Bon, d'accord, elle n'était peut-être pas une star mais elle avait du succès. Elle pouvait dîner où ça lui plaisait. Elle n'était pas du tout obligée de rester seule dans sa chambre. Elle prit son sac et en sortit une liste de restaurants que Felicia lui avait indiqués. Le premier de la liste s'appelait *Chez Gino*. Licia lui avait dit qu'elle pouvait y aller seule. C'était rempli de mannequins, de publicistes, d'écrivains, de « beautés ». C'était tout près de son hôtel. Elle pouvait même y aller à pied.

Elle se peigna, se lava le visage et se remaquilla. Elle était prête. La robe noire qu'elle avait portée toute la journée ferait très bien l'affaire. D'après Felicia, ce n'était pas habillé. À New York, ça voulait dire jeans, Gucci et vison, ou bien notre dernier Dior. Elle prit son manteau de laine rouge, en se souvenant de la fournaise deux mois auparavant. Elle baissa les yeux sur ses chaussures en lézard noir puis contempla la chambre... si vide. Dieu qu'elle était vide !

Tout en marchant, son esprit revint à Nick. Elle était furieuse contre elle-même. Et contre lui. De quel droit lui donnait-il mauvaise conscience de son succès ? Elle avait travaillé dur pour en arriver là et elle le méritait. Cela ne voulait pas dire qu'elle entendait sacrifier Tygue ou Nick. D'accord, le moment était mal choisi pour un voyage mais, après tout, elle ne serait absente qu'une semaine. Elle avait le droit... elle avait le droit... les mots résonnaient dans sa tête comme un écho. Elle tourna dans Lexington Avenue, le bruit de ses hauts talons retentissait régulièrement sur la grille du métro.

Elle évita de justesse une foule de badauds agglutinés. Elle avait trente ans et elle avait le droit... le droit... Elle faillit rater le restaurant et leva les yeux, surprise, quand deux hommes la bousculèrent. Ils sortaient de *Chez Gino*.

— Signora ?

Un Italien empressé, vêtu d'un costume à rayures gris, vint vers elle en souriant.

— Une table pour une personne ?

— Oui, répondit-elle, en souriant elle aussi.

Elle l'entendait à peine dans le vacarme ambiant, et elle le regarda, amusée.

Le bar était bondé et les tables, recouvertes de nappes blanches, étaient occupées par « le Tout-New York ». Exactement comme l'avait prédit Felicia. Mannequins portant encore leur maquillage de jour et le dernier Calvin Klein, publicistes mariés et infidèles, actrices et dames de clubs, hommes ternes. Deux catégories : des Américains et des Européens. Les Américains faisaient très Madison Avenue avec leur costume rayé, leurs lunettes en écaille, leur chemise blanche et leur cravate. Les Européens les battaient d'une bonne longueur : costume mieux coupé, chemise plus élégante, couleurs plus douces, yeux plus attirants, pantalon d'une longueur plus étudiée.

— Une table va se libérer dans un moment, fit le maître d'hôtel dans un style digne de Rome en lui indiquant élégamment le bar. Vous prendrez quelque chose en attendant ?

Son accent était parfait, ses yeux une caresse. Elle dut se retenir de rire. Le Gino était une expérience qui montait à la tête. Elle qui remuait des idées sombres une minute auparavant se sentait tout à coup submergée par une envie de faire la fête.

Elle s'avança sans hésiter vers le bar et commanda un gin tonic. L'homme devant elle commanda un Campari.

Un Italien, de toute évidence. Elle le devinait à sa façon de prononcer « Campari soda » et aux quelques phrases en italien qu'il échangea avec le serveur. Kate l'observa de dos. Il sentait une riche eau de Cologne pour hommes... quelque chose de français... Elle ne se souvenait pas de ce que c'était mais cette odeur lui était familière. Elle l'avait essayée une fois chez I. Magnin, un jour qu'elle voulait en acheter pour Nick. Mais ça ne convenait pas pour lui. C'était trop riche, trop sophistiqué. Le citron et l'épice lui allaient beaucoup mieux. Par contre, elle convenait à cet homme. Son col était d'un bleu Wedgwood assez chaud, le dos de son costume ressemblait à un blazer, l'ensemble faisait plutôt italien. Les cheveux étaient gris, le cou légèrement ridé... quarante-cinq, quarante-huit ans... Il tourna alors son visage vers elle et elle se sentit rougir, le souffle coupé.

— C'est vous !

C'était l'architecte de Chicago, l'homme avec qui elle avait partagé le taxi de l'aéroport jusqu'à New York.

— J'ai cru que vous étiez italien.

Elle se sentit encore plus embarrassée d'avoir montré un tel intérêt pour lui. Mais elle répondit à son sourire.

— J'ai vécu sept ans à Rome et je suis un fanatique de scungili, antipasto et Campari. Tout ce qui est italien.

Vu de face, il était encore plus impressionnant que de dos et elle réalisa qu'il était bien mieux que dans son souvenir. Elle ne lui avait pas prêté beaucoup attention dans le taxi.

— Comment s'est passée votre première journée à New York, mademoiselle Harper ?

Il s'effaça un peu pour qu'elle puisse s'avancer jusqu'au bar.

— Très bien. Je me suis démenée comme une possédée.

— Sur un livre ?

Non. Quelque chose de plus difficile. J'ai fait de la publicité.

— Chapeau !

Mais il semblait plus amusé qu'impressionné, et ses yeux la gênaient un peu. C'était comme s'il en voyait trop à travers la robe noire, tout en ne disant aucune parole déplacée. C'était juste une impression. Sous les vêtements bien coupés et derrière l'attitude de l'homme d'affaires, il y avait quelque chose de primitif et de sensuel.

— Est-ce que je vais vous voir à la télévision ?

— Oui, si vous restez dans votre chambre d'hôtel pendant la journée pour regarder la télévision.

— Je peux difficilement passer mon temps à ça ! Moi aussi, j'ai eu une dure journée. On a commencé ce matin à 7 heures par un petit déjeuner de travail. Ils travaillent comme des fous dans cette ville !

Ils regardèrent ensemble autour d'eux.

— Ils font tout comme des fous. Même manger !

Elle rit avec lui et, pendant quelques minutes, ils observèrent la faune avoisinante. Puis elle sentit à nouveau son regard posé sur elle et elle se tourna vers lui, sans rien dire. Ils se fixèrent du regard, et il lui sourit en levant son verre.

— À votre santé, mademoiselle Harper, et aussi en l'honneur du livre qui m'a fait une telle impression. Comment pouvez-vous connaître aussi bien les motivations profondes des hommes ? Ramper pour arriver au succès et puis avoir le cœur déchiré parce qu'on n'ose pas aller jusqu'au bout, ou parce qu'on y va mais qu'on s'y casse la figure.

Il regardait dans son verre mais il leva soudain les yeux vers elle et elle constata avec surprise que son visage était grave. Le livre avait vraiment signifié quelque chose pour lui et elle fut contente tout à coup. Il comprenait. C'était comme s'il comprenait Tom.

— Vous avez très bien analysé cela. Même d'un point de vue d'homme. J'aurais pensé que c'était dur pour une femme de réellement comprendre ce problème.

— Je ne pense pas que ce soit différent pour les femmes. Et puis... j'ai vu mon mari vivre ce genre de vie.

La voix de son compagnon lui semblait être une douce

brise d'été dans la tempête hivernale du bruit qui les entourait.

— Il doit être fier de vous, maintenant.

Elle secoua la tête.

— Non. Il est mort.

Elle ne l'avait pas dit pour le choquer, mais il fut abasourdi. C'est elle qui s'excusa.

— Excusez-moi. Je n'aurais pas dû le dire ainsi.

— Je suis désolé pour vous. Mais, maintenant, je comprends mieux le livre. Tout s'éclaire. Je me pose moi aussi des questions. Pourquoi refuser de courir après le succès ? C'est tellement tentant, vous ne trouvez pas ?

Il la regardait à nouveau avec son sourire sensuel.

— Oui, c'est vrai. Je commence à comprendre ça beaucoup mieux moi-même. On finit toujours par devoir choisir, par devoir prendre des décisions sur ce qui nous tient à cœur, on finit toujours par blesser quelqu'un. On ne devrait pas avoir à choisir.

— Mais, mademoiselle Harper, on le fait quand même, fit-il d'un air triste.

— Vous avez choisi ?

Elle était choquée de sa propre question, mais ça lui plaisait de bavarder avec lui. C'était un homme du monde, il était intelligent, agréable à regarder et il avait envie de parler de choses qui la préoccupaient justement en ce moment.

— Oui, j'ai dû faire des choix. Ma femme dit qu'elle a besoin de moi à Chicago. Pour des dîners mondains, quelque chose comme ça. Mon fils me considère comme un fichu capitaliste. Ma fille est atteinte de paralysie cérébrale. Ils ont besoin de moi. Énormément besoin de moi, probablement. Mais si je ne vais pas gagner ma vie, ma femme ne peut plus donner de réceptions, mon fils ne peut plus rester assis à rêvasser et ma fille... eh bien, elle a besoin d'argent elle aussi. Le plus drôle, c'est que mes raisons pour partir paraissent bonnes, justes, acceptables, mais ce n'est même plus pour toutes ces raisons que je fiche le camp de chez moi.

— Je sais.

Elle ne le comprenait que trop bien.

— Vous le faites parce que ça vous plaît. Parce que ça fait maintenant partie de vous et...

Elle prononça ces derniers mots très doucement, comme pour elle-même.

— Parce que vous y avez droit. Vous avez droit au bon côté de la vie, à l'excitation, au succès...

Elle leva les yeux et il soutint son regard avec un petit sourire ironique.

— C'est pour ça que j'ai aimé votre livre. Parce que vous avez compris.

— Oui, mais lorsque j'ai écrit le livre, je le comprenais de l'extérieur, je ne l'avais jamais vécu moi-même. Maintenant, je suis confrontée personnellement à ce problème.

— Bienvenue au pays des ratés qui réussissent !

— Est-ce que vous vous considérez comme un raté ?

— Ça dépend des points de vue. Je suppose qu'aux yeux de ma famille, j'en suis un. Dans mon milieu professionnel, certainement pas.

Loin de là. Il avait obtenu plusieurs grands prix internationaux dans les cinq dernières années. Mais il n'en dit rien à Kate. Il se contenta de la regarder avec son petit sourire ironique.

— On a tous un prix à payer, comme on dit.

— Est-ce que ça en vaut la peine ?

— Demandez à votre entourage.

Ces mots la firent presque tressaillir. Il ajouta :

— Vous devriez connaître la réponse.

— Je suppose, mais je vois les choses différemment à présent. Je ne vois pas pourquoi on ne peut pas avoir en même temps une vraie vie, une vie de famille, une vie personnelle enrichissante et une carrière brillante.

— Vous avez raison.

Il fit signe au barman de remplir leurs verres et Kate le laissa faire. Il continua :

— Ça dépend de ce que vous appelez carrière, et de ce que vous considérez comme brillant. Votre carrière n'est pas des moindres, je suppose. En un sens, vous êtes une célébrité. Cela doit comporter des contraintes.

— Et vous ?

Elle l'aimait bien et avait envie de mieux le connaître.

— Moi, je ne suis pas une célébrité. Je suis seulement architecte.

— Vous êtes heureux ?

— Non, répondit-il simplement comme si c'était quelque chose qu'il acceptait et non pas quelque chose sur quoi il se morfondait. Je pense qu'on est tous bien solitaires.

Il la regardait intensément.

— Et votre femme ?

— Elle est malheureuse, elle aussi, probablement.

— Elle ne vous l'a pas dit ?

— Non. C'est une femme très bien élevée. Et... je ne le lui demande pas. On se connaît depuis notre enfance et on s'est mariés jeunes. On venait de finir nos études. Je rêvais de devenir un artiste. Elle voulait se lancer dans les beaux-arts. Mais mon père m'a suggéré de continuer mes études à Yale. C'est ce que j'ai fait. J'ai étudié l'architecture, j'ai obtenu mon diplôme et ce fut le commencement. On a tous deux oublié nos rêves. Vous connaissez maintenant toute ma vie, mademoiselle Harper. Du début à la fin. Mon mariage tristement manqué, les souffrances de mon âme, et même ma peur de la crise cardiaque. Vous pouvez tout mettre dans votre prochain roman.

Il finit de boire son verre, puis regarda Kate avec ironie et amusement.

— Je parie que vous ne vous souvenez même pas de mon nom.

Elle avait encore sa carte quelque part mais elle ne l'avait pas regardée.

— C'est vrai, fit-elle avec un petit sourire embarrassé. Mais vous savez, je n'ai pas la mémoire des noms.

— Moi non plus. Je me souvenais du vôtre uniquement parce que j'aimais votre livre. C'est Kaitlin, n'est-ce pas ?

— Kate.

— Moi, c'est Philip. Philip Wells.

Il lui tendit solennellement la main et elle la serra. Puis, tout à coup, un serveur s'arrêta discrètement près d'eux.

— Signore, signora, vos tables sont prêtes.

Philip regarda Kate.

— Voulez-vous vous joindre à moi ? Mais je ne veux surtout pas m'imposer.

Il ne lui était même pas venu à l'esprit qu'elle pouvait attendre quelqu'un. Mais Kate aimait l'idée de dîner en sa compagnie. Elle n'avait pas envie de dîner seule.

— Mais non, c'est une bonne idée.

Le serveur s'exécuta sur-le-champ. Philip paya les consommations et ils se dirigèrent vers le centre de la salle, là où se trouvaient les tables.

— Vous venez souvent ici ? demanda Kate, une fois installée.

— Je suis assez souvent à New York et je viens tou-jours ici quand je suis dans cette ville. Je vous l'ai dit, j'adore tout ce qui est italien.

Spécialement les femmes, mais il ne le mentionna pas. Elle le devina, de toute façon. Ce n'était pas le genre d'homme à rester fidèle à sa femme et il lui en avait assez raconté pour qu'elle devine qu'il était malheureux en ménage. C'était le prélude classique. Mais elle s'en fichait. Elle l'aimait bien quand même. C'était mieux de bavarder avec lui que de regarder la télévision seule dans sa chambre... Beaucoup mieux ? Et puis, Nick lui non plus n'était pas à la maison... Elle ressentit soudain les mêmes sournoises inquiétudes en pensant à Nick.

— Quand avez-vous vécu à Rome ?

Elle voulait se forcer à penser davantage à Philip qu'à Nick, du moins pendant la durée du repas.

— Nous sommes revenus il y a dix ans. Nous étions là-bas quand les enfants étaient petits. Ma fille est née à Rome. C'est une ville merveilleuse.

— Vous y retournez souvent ?

— Une ou deux fois par an. Je travaille plus avec Londres et Paris, en fait.

Elle comprenait ce qu'il voulait dire par réussite. Paris, Londres, Rome, New York. Comme ça paraissait excitant. Elle se demandait si elle irait un jour en Europe pour son livre. Nick la tuerait probablement. S'il était toujours avec elle...

La conversation alla bon train pendant le dîner. Finis les états d'âme et les peines de cœur. Kate lui raconta des histoires amusantes sur San Francisco et il lui raconta des aventures qui lui étaient arrivées à l'étranger. L'heure était à la plaisanterie. Ils achevèrent leur repas par un zabaglione.

— Vous devriez venir à San Francisco. Il y a là-bas un restaurant où le zabaglione est mille fois plus délicieux que celui-ci.

Le reste du dîner avait été fabuleux mais, pour le dessert, le succulent zabaglione de *Vanessi* lui manqua.

— Je vous ferai peut-être une surprise un jour.

Cela la fit rire. La surprise serait de taille en effet.

— En réalité, je n'y suis pas allé depuis au moins vingt ans. Je travaille surtout dans l'Est et en Europe. On a très peu de projets sur la côte Ouest et quand il nous arrive d'en avoir... j'envoie un de mes employés.

— C'est sympathique. Vous ne considérez pas que la Californie vaille la peine du déplacement ? fit-elle en le taquinant.

— C'est vrai, je l'avoue.

Il lui sourit et s'apprêta à prendre l'addition, mais elle fronça les sourcils.

— Je ne pense pas que cc soit juste que vous payiez tout, Philip. Laissez-moi payer la moitié.

— Comme c'est moderne ! Mais ne soyez pas absurde !

Il mit plusieurs billets sur le plateau.

— Je vous en prie. Après tout, mon voyage est réglé intégralement, fit-elle remarquer malicieusement.

335

— Dans ce cas, vous payez les boissons. Est-ce que je peux vous inviter au *Carlisle* pour une heure ?

Kate regardait sa montre avec regret.

— Je suggérerais plutôt une boisson rapide à notre hôtel. Il faut que je me lève très tôt demain matin. Je dois être au studio à 7 heures un quart.

— Moi aussi, j'ai un petit déjeuner de travail dans Wall Street à 7 heures et demie. Entendu pour l'hôtel.

Ce fut très agréable. Un pianiste jouait et la salle était déserte et étonnamment romantique pour un bar d'hôtel.

— Je ne me souvenais pas que ce bar était aussi joli.

Il se mit à rire.

— Est-ce pour ça que vous avez eu cette idée ? Vous pensiez qu'il y aurait des néons et un juke-box ?

— Quel dommage qu'il n'y en ait pas. Ce serait drôle au *Regency*.

Ils dégustèrent leur cognac. Elle avait beaucoup bu mais ne se sentait pas ivre. Ils avaient bu une bouteille de vin à eux deux pendant le dîner mais la nourriture avait contrebalancé l'effet du vin. Seul le cognac commençait à lui monter un peu à la tête. Ça adoucissait encore la musique et la chaleur des jambes de Philip près des siennes.

— Qu'allez-vous faire au studio, demain ?

— Des visites guidées, répondit-elle d'un ton sérieux.

Il éclata de rire.

— Je ne plaisante pas. Je suis fasciné par tout ce que font les gens célèbres.

— Vous avez tort. C'est épuisant. Et assommant la plupart du temps. Je commence à m'en rendre compte. J'étais ici en août et ça m'avait semblé fascinant à moi aussi. Et puis, voilà que deux mois plus tard, c'est ennuyeux et difficile.

— Est-ce que vous devez préparer les émissions ?

— Pas vraiment. On me demande à l'avance de quoi je veux parler. Et puis, tout le monde sait ce qui caractérise chaque émission. Après ça, on fait ce qu'on veut, on est libre et tout est charmant et plein d'esprit.

Elle fit une grimace digne de Tygue et Philip éclata de rire.

— Je vois que vous prenez ça très au sérieux. Au fait, Kate, êtes-vous libre pour déjeuner demain ? Moi, je n'ai rien de prévu.

— J'aimerais l'être, fit-elle d'un air morne.

Il sembla déçu. Elle ajouta :

— Je suis invitée à un déjeuner de femmes écrivains. Existe-t-il quelque chose de pire ?

— Vous ne pouvez pas vous décommander ?

— Pas si je veux publier mon prochain livre.

Il ne pouvait pas l'inviter à dîner car il avait un grand repas d'affaires et de toute façon Kate dînait avec son éditeur et un type de l'agence de New York.

— Vous restez combien de temps ici ?

— Jusqu'à la fin de la semaine.

— Bien, alors, on peut se voir un autre jour. Après-demain ? Au déjeuner ?

Il était également libre pour le dîner mais il pensa qu'il était préférable d'attendre le déjeuner en question pour le suggérer. Le déjeuner serait une bonne entrée en matière. Ils auraient ainsi tout l'après-midi devant eux.

— D'accord ? Où irons-nous ?

Elle commençait à se sentir vraiment ivre et elle avait hâte de se coucher. Elle regarda sa montre et constata avec horreur qu'il était plus de 1 heure du matin. Ils avaient passé beaucoup de temps ensemble. Elle n'allait dormir que quatre heures !

— Voyons... Où pourrait-on aller ? *Quo Vadis ?*

— Où est-ce ?

— Un peu plus loin dans la rue. C'est un endroit très agréable.

Et ça avait l'avantage d'être tout près de l'hôtel, au cas où le déjeuner marcherait exceptionnellement bien.

Il lui prit le bras quand ils se dirigèrent vers l'ascenseur et ses yeux la dévoraient littéralement quand elle descendit à son étage. Il lui tint la porte ouverte. Il n'y avait personne d'autre dans l'ascenseur.

— Bonne nuit, Kate, fit-il d'une voix caressante qui la fit presque frémir. Vous me manquerez demain.

— Merci.

Il laissa la porte se refermer et elle se sentit stupide. « Merci. » Quel manque de classe ! Quel manque de séduction ! Tout ça était stupide. Cet homme n'était pas du tout son genre. Il faisait beaucoup plus européen qu'américain. Et puis elle se mit à rire en entrant dans sa chambre — d'une certaine façon, il ressemblait à son père. Mais pas du tout à Nick. C'était rassurant, au moins. Elle en avait tellement assez de Nick, de Tygue, de Tom, et de tout ce qu'ils attendaient d'elle. Assez des voyages, de la confusion et des conflits. Elle s'allongea sur le lit en se promettant de se lever une minute plus tard pour se déshabiller. Mais elle ne le fit pas. La réception la réveilla à 6 heures et elle dut se presser pour se préparer. Elle était attendue à une émission à 7 heures un quart : émission au cours de laquelle on allait encore une fois écorcher son nom et le titre de son livre.

32

Cette nuit-là, Kate ne rentra à l'hôtel qu'après 11 heures.

Elle n'avait pas eu un moment à elle de toute la journée. Ce fichu déjeuner de femmes, les émissions, le dîner avec les gens de l'agence et son éditeur... une soirée interminable. Un défilé d'asperges, de saumon fumé, et de brûlures d'estomac. Elle était écœurée. Et elle avait encore manqué l'occasion de parler à Tygue. À chaque fois qu'elle avait été près d'un téléphone, ce n'était pas le bon moment à cause du décalage horaire. Maintenant, il était plus de 8 heures à San Francisco et Tygue serait couché. Elle ne pouvait même pas parler à Nick puisqu'il était au studio. Quand il aurait terminé, elle dormirait. Il n'y avait pas de message de sa part, de toute façon, et ça, c'était assez significatif. Elle savait qu'il était encore furieux contre elle. Elle se jura de les appeler le lendemain sans faute. Il fallait qu'elle leur téléphone, sinon ils ne lui pardonneraient jamais.

Mais le lendemain, elle partit encore très tôt et courut toute la matinée avant de se retrouver au *Quo Vadis* à midi. Philip l'attendait. Il faisait froid dehors et les joues de Kate avaient pris des couleurs. Elle était très belle, vêtue d'un pantalon rouge et de son manteau de vison, et ses yeux ressemblaient à des émeraudes. C'était la pre-

339

mière fois qu'elle portait ce manteau depuis qu'elle l'avait rangé pour aller s'enterrer à la campagne. C'était le vison que Tom lui avait acheté pour la naissance de Tygue. Il était fabuleux. Long, soyeux, tout en fourrure brun foncé. Sa coupe classique était toujours très à la mode. Kate était époustouflante ce jour-là et Philip mourait d'envie de poser les mains sur elle.

— Est-ce que je suis en retard ?

— Absolument pas. Je viens d'arriver.

Il l'aida à ôter son manteau et le parfum de la jeune femme l'enivra. Il aurait voulu lui embrasser le cou mais pas maintenant... plus tard. Leurs yeux se rencontrèrent et elle détourna le regard en rougissant légèrement.

— Alors, comment ça va à New York ? Je ne vous ai pas vue à l'hôtel, hier.

Le serveur les conduisit à une table tranquille et Philip prit la main de Kate. Le geste la surprit mais sa propre réaction également. Le contact de cet homme lui produisait une sensation d'électricité et elle se sentait étrangement naïve en face de lui.

— Je n'y étais pas. J'ai couru ici et là, toute la journée. Quand je suis rentrée, je me suis couchée immédiatement.

— Quelle idée splendide ! fit-il, moqueur.

Elle se mit à rire et il prit la carte des vins. Il commanda un bordeaux blanc sec qui se révéla vert, fort et divin. Elle n'avait jamais rien bu de semblable. Philip connaissait donc aussi les vins.

Ils mangèrent du homard et une mousse au chocolat, suivie de deux délicieux *espressos*. Philip commanda ensuite une « poire ».

— Qu'est-ce que c'est ? demanda Kate, toute surprise.

La poire en question arriva sous forme d'eau mais chaque gorgée écorchait la gorge et avait un fort goût de poire.

— C'est de l'eau-de-vie de poire. Je vois, mademoiselle Harper, que vous avez besoin de séjourner plus longtemps en Europe. Vous y êtes allée récemment ?

Elle sourit au souvenir du lointain voyage avec Tom.

— Non, il y a très longtemps. J'y suis allée souvent avec mes parents. Mais c'était dans une autre vie. J'étais très jeune alors et personne ne m'offrait de l'eau-de-vie de poire.

Et Tom ne connaissait certainement pas cela. Il se contentait de bière allemande. Elle n'avait jamais réussi à lui faire goûter du kir, du Cinzano ou des vins italiens et français. Il s'en tenait toujours à la bière.

— Buvez ça prudemment, c'est fort, fit-il d'un ton confidentiel.

Il se rapprocha d'elle sur la banquette.

— Je ne peux pas faire autrement, de toute façon. Ça me brûle la bouche.

Elle grimaçait en avalant mais Philip ne paraissait pas avoir de problème, lui ; il alluma un Dunhill Monte-Cristo. C'était un homme de goût. Kate s'adossa à la banquette et son regard erra dans la salle. Puis, soudain, sa respiration s'arrêta. Non... ce n'était pas possible... mais si. Elle ne l'avait pas vu depuis douze ans. Mais ça ne pouvait être que lui. Son père.

— Quelque chose ne va pas, Kate ?

Philip la regardait à travers un nuage de fumée bleue.

Elle hocha la tête sans le regarder, un peu perdue.

— Excusez-moi. J'ai vu quelqu'un que je connais.

Avait-il changé ? Non, pas vraiment. Ses cheveux avaient blanchi. Il était peut-être un peu plus mince. Il était assis au côté d'une femme qui avait à peu près le même âge qu'elle. Où était sa mère ? Qui était cette fille ? Et pourquoi se posait-elle toutes ces questions après tant d'années ?

Elle avait oublié Philip, mais lui se faisait du souci en voyant le visage de Kate perdre toute couleur.

— Kate, est-ce que vous voulez partir ?

Sans attendre de réponse, il demanda l'addition au serveur. Mais elle secoua la tête et se leva rapidement.

— Je reviens tout de suite.

C'était fou. Elle ne pouvait pas y aller. Il allait se

moquer d'elle. Il lui dirait d'aller se faire voir... mais elle devait y aller... elle devait... Elle sentait ses pieds avancer et se retrouva devant lui, le fixant des yeux.

— Papa ?

Elle avait les larmes aux yeux. Lui la regarda, choqué, puis il se leva après avoir jeté un regard rapide à la jeune femme assise à ses côtés. Il était toujours aussi grand et aussi distingué, ses yeux ne quittaient pas Kate. Elle était devenue une femme. Mais il ne lui tendit pas les bras. Ils étaient là, l'un en face de l'autre, séparés par une table et toute une vie.

— Kate !

Elle hocha la tête en silence et ses larmes coulèrent sur ses joues. Mais elle souriait et lui aussi avait des larmes aux yeux. Il ne savait pas quoi dire.

— J'ai lu ton livre.

— Ah bon ?

Il avait lu son livre, mais il ne l'avait pas appelée, ne lui avait pas écrit, n'avait pas essayé de la joindre quand... Il avait lu son livre. Pourquoi ?

— C'est un beau livre.

Un admirateur de plus. Seulement, il n'était pas supposé en être un. Il était supposé être son père.

— Kate, je... je suis désolé pour tout. Nous... nous avons pensé qu'il était préférable de ne pas... intervenir. Nous avons pensé que ça rendrait les choses encore plus difficiles. Cela aurait été incongru.

Incongru ? Ciel, ils avaient lu les journaux, ils savaient ce qui arrivait à leur fille et ils n'avaient pas fait un geste. Les larmes de Kate s'arrêtèrent. Elle voyait bien que son père avait autre chose à lui dire. Il semblait en forme. Il avait vieilli, mais bien vieilli. Elle avait raison quand elle trouvait qu'il ressemblait à Philip Wells. Elle se surprit même à penser que son père était lui aussi un raté qui avait réussi. Qui était la fille près de lui et que faisait-il à New York ?

— Je vis à New York à présent.

Il regarda la fille, puis Kate.

— Et toi ? demanda-t-il, visiblement gêné.

— Non. Je suis ici pour affaires. Seulement quelques jours.

Cela leur éviterait d'avoir à lui rendre visite ou à chercher des excuses pour ne pas venir. Une fille célèbre qui a le mauvais goût de débarquer à l'improviste : quel embarras ! Elle baissa tout à coup les yeux vers la compagne de son père. Le visage était celui d'une fille jeune et riche.

— Excusez-moi d'avoir interrompu votre déjeuner. Mais nous ne nous étions pas vus depuis bien longtemps.

— Je sais, répondit calmement la fille.

Celle-ci voulait dire à Kate qu'elle était désolée pour ce qui s'était passé autrefois mais ce n'était pas son affaire. C'était la leur.

Son père avait l'air toujours aussi embarrassé, debout entre les deux jeunes femmes. Sa compagne avait trois ans de moins que Kate.

— Kate... permets-moi de te présenter ma femme. Ames, voici Kaitlin.

Kaitlin... il l'appelait à nouveau ainsi. Mais ce nom ne correspondait plus à rien. C'était un nom sur un livre. Rien de plus. Mais cette femme... Cette femme était sa femme ? Les mots venaient seulement de la frapper !

— Ta femme ? demanda-t-elle, surprise. Toi et maman, vous êtes divorcés ?

Seigneur ! il s'en était passé des choses pendant tout ce temps. Mais il secoua la tête.

— Non, Kate. Elle est morte.

Sa voix était si douce qu'elle l'entendit à peine. Elle ferma les yeux une seconde, mais quand elle les ouvrit à nouveau, elle ne pleurait pas. Elle se contenta de hocher la tête.

— Je vois.

— J'ai essayé de te joindre pour te le faire savoir mais je n'ai pas pu te retrouver.

Il dut se résoudre à poser la question.

— Est-ce que... Tom...

Elle secoua la tête en l'interrompant.

— Non. Il vit toujours.

— Mon Dieu ! Ça doit être très dur. Mais tu ne...

Il se rappelait tout ce qu'ils avaient lu dans les journaux. Mais ils avaient décidé de rester... Avaient-ils eu tort ? Il sentait le reproche de sa jeune femme près de lui. Lui et Ames en avaient beaucoup discuté après qu'elle avait lu le livre.

— Oui, je vais toujours le voir, papa. C'est mon mari. Et toi, tu étais mon père. C'était sous-entendu.

Kate regarda à nouveau Ames, avec un léger sourire dans le regard.

— Je suis vraiment désolée pour vous. Ce n'est décidément pas la meilleure façon de déjeuner.

Ames secoua la tête. Elle voulait que Kate soit son amie. Ils s'étaient vraiment mal conduits avec elle. Ames n'avait jamais réussi à comprendre quand il avait essayé de le lui expliquer. S'il faisait ça à son fils, elle ne le lui pardonnerait jamais. Mais il ne le referait pas. Il savait cela aussi. Cet enfant serait à lui pour la vie.

— Je... tu as eu... tu as eu un enfant ?

— Un petit garçon. Il a sept ans.

Elle eut un vrai sourire, le premier depuis le début. Puis elle fixa son père, comme si elle savait déjà la réponse.

— Et toi ?

— Nous avons... également un fils. Il a deux ans.

Pauvre petit. Pendant une fraction de seconde, elle détesta cet homme, puis ses yeux se reportèrent sur Ames et elle sut qu'elle ne le pourrait pas.

— Aimerais-tu te joindre à nous ? fit-il en désignant la chaise inoccupée.

— Je te remercie mais c'est impossible. Il faut que je parte.

Elle resta plantée là un moment, ne sachant comment partir. Il lui tendit alors la main lentement. Cela ressemblait à une scène d'un très mauvais film. Après douze ans, il lui tendit la main. Pas d'étreinte, pas de baiser, pas de tendresse, pas de chaleur. Mais, après tout, ils étaient des étrangers l'un pour l'autre, à présent.

— Au revoir, murmura-t-elle.

Elle le regarda une dernière fois et s'éloigna. Puis elle se retourna et vit près de lui sa femme pleurer. Elle voulait lui dire que tout était pour le mieux mais c'était son problème à lui, pas le sien. Elle rejoignit Philip qui l'attendait debout, très inquiet. Il avait payé l'addition dix minutes auparavant mais il avait senti que quelque chose de grave se passait et il n'avait pas osé s'approcher. Il avait pensé que le grand type distingué à l'air si malheureux devait être un ancien amant et la rencontre n'avait pas paru très joyeuse. La femme assise à la table était bouleversée. Sa femme ? Il était un peu surpris que Kate ait eu l'aplomb d'aller lui parler, si c'était le cas.

— Vous allez bien ?

— Oui. On part ?

Il hocha la tête et lui prit le bras. Ce fut un soulagement de se retrouver dans le vent glacial. Il fouetta le visage de Kate et sécha ses larmes. Mais ce n'étaient plus des larmes de tristesse. C'étaient des larmes de froid.

— Kate ?

— Oui, répondit-elle d'une voix rauque et profonde.

— Qui était-ce, si je peux me permettre de vous poser cette question ?

— Mon père. Je ne l'avais pas vu depuis douze ans.

— Et vous l'avez rencontré comme ça ? Dans un restaurant ? Et qu'est-ce qu'il vous a dit ?

— Il m'a dit que ma mère était morte et qu'il avait un fils de deux ans. Il est remarié.

Philip la regardait, horrifié. Quelle histoire incroyable !

— Et la femme qui pleurait, c'est votre sœur ?

— Non, sa femme.

Ils s'éloignèrent un peu du restaurant et elle se mit à sangloter douloureusement. Il la prit alors simplement dans ses bras. Elle n'avait rien à dire mais il fallait que la crise se passe. Vingt minutes plus tard, il la conduisit lentement vers l'hôtel. L'ennui, c'est qu'il devait être quelque part à 3 heures. Il serait en retard. Le déjeuner avait duré plus longtemps que prévu.

— Il n'a même pas demandé à me revoir, dit-elle comme une enfant désespérée.

— Vous vouliez vraiment qu'il vous le demande ?

Elle lui sourit alors à travers ses larmes.

— Il aurait au moins pu demander.

— Ah, les femmes ! Vous vouliez qu'il vous le demande pour pouvoir l'envoyer au diable !

Elle s'essuya les yeux avec le mouchoir qu'il lui tendit. Du fin coton suisse aux initiales P.A.W. : Philip Anthony Wells.

— Écoutez, je suis vraiment désolé mais...

Il était encore beaucoup plus désolé qu'elle ne pouvait le supposer. Il avait échafaudé des plans tellement agréables pour la suite du déjeuner.

— J'ai un rendez-vous à 3 heures et il est déjà 3 h 05. Je vais être obligé de vous laisser. Nous pourrions continuer notre conversation au dîner ?

— D'accord.

Elle avait besoin de quelqu'un avec qui parler et la compagnie de Philip était plutôt agréable.

— Excusez-moi de vous avoir mêlé à cette histoire. Je n'expose généralement pas ma vie devant des étrangers.

— C'est dommage.

— Pourquoi, vous aimez le linge sale ?

— Non, mais je ne pensais pas que nous étions des étrangers. J'espérais que vous me considériez comme un ami, dit-il en passant un bras autour de ses épaules.

Elle soupira.

— Nous sommes amis.

Il s'arrêta soudain sur le trottoir, et au grand étonnement de Kate, il la serra dans ses bras et l'embrassa. Elle se dégagea mais elle se surprit à ne pas le vouloir vraiment. Elle l'embrassa à son tour et pressa son corps contre le sien. Elle aurait voulu le sentir plus proche mais leurs manteaux les en empêchaient. Elle fut déçue lorsqu'il s'écarta d'elle.

— Dîner à 7 heures ?

Ils étaient presque devant l'entrée de l'hôtel. Elle hocha la tête, d'un air sérieux. Ce qu'elle venait de faire lui avait causé un choc. Philip Wells avait quelque chose de puissant, de magnétique. Elle se demandait s'il se comportait souvent ainsi. Mais elle connaissait bien la réponse.

— Entendu pour 7 heures.

— Alors, je vous quitte.

Il l'embrassa doucement sur la joue et se dirigea vers un taxi stationné au coin de Park Avenue. Il se retourna une fois et fit un petit salut de la main.

— *Ciao Bella.* À ce soir.

Elle était trop abasourdie pour se sentir coupable. Elle passa lentement devant le portier et entra dans l'hôtel. Elle attendait l'ascenseur quand quelqu'un cria son nom :

— Madame Harper ! Madame Harper !

C'était l'homme de la réception. Elle se dirigea vers lui, perplexe.

— Nous avons essayé de vous joindre. M. Waterman nous a demandé de téléphoner à tous les restaurants de New York.

— M. Waterman ?

Pourquoi ? Peut-être parce qu'elle ne lui avait pas téléphoné depuis trois jours. Elle regarda le message qu'on lui tendit : « Rappelez M. Waterman immédiatement. Urgent. » Le numéro mentionné était celui de la maison.

Elle attendit d'être dans sa chambre pour téléphoner. Nick décrocha.

— Bonjour. J'ai reçu le message. Que se passe-t-il ?

Nick trouva la voix de Kate étrangement indifférente, mais il ne pouvait pas imaginer ce qu'elle venait de vivre. Les deux dernières heures avaient été difficiles : son père, Philip et maintenant ce message qui lui demandait d'appeler San Francisco de toute urgence. Tout ça en plus des émissions de télévision : c'était plus qu'elle ne pouvait en supporter. Et le vin qu'elle avait bu au déjeuner n'arrangeait rien. Pourtant, elle n'était pas ivre. Pas du tout.

347

— Où étais-tu passée, bon sang ?

— J'étais sortie. Émissions, interviews, déjeuners, dîners.

— Avec qui ? Personne ne savait où tu étais.

Il avait téléphoné à son éditeur et à l'agence.

— Excuse-moi, j'étais partie déjeuner.

Elle se sentait comme un enfant qui a fait l'école buissonnière devant un père courroucé. Mais elle remarqua quelque chose d'autre dans le ton de Nick. Elle se raidit dans son fauteuil.

— Quelque chose ne va pas ?

— Oui, fit-il en respirant à fond, les yeux fermés. Quelque chose ne va pas. Tygue est à nouveau parti.

— Mon Dieu ! Depuis quand ?

— Je ne sais pas. Peut-être la nuit dernière. Peut-être ce matin. Tillie l'a couché hier soir et je suis allé le voir en rentrant. Il allait bien. Mais ce matin, il n'était plus là. Il a pu partir n'importe quand.

— A-t-il laissé un mot ?

Mais ils savaient où il était allé.

— Non, pas cette fois-ci. Peux-tu revenir à la maison ?

Elle fut étonnée qu'il prenne la peine de poser la question. Il avait l'air fatigué et terrifié. Tout ce qu'elle voulait, c'était le revoir. Elle en avait assez de New York.

— Je vais prendre le premier avion. As-tu averti la police ?

C'était presque la routine à présent.

— Oui. Comme l'autre fois. Je sais qu'on va le retrouver quelque part sur la route de Carmel.

— Oui.

Elle savait qu'il avait raison.

— Je vais prendre ma voiture et aller le chercher moi-même.

— Maintenant ?

— Je laisse encore quelques heures à la police et je t'attends. On pourra y aller ensemble.

Elle sourit doucement. Entendre la voix de Nick,

c'était entendre toute la famille. Elle savait qu'ils retrouveraient Tygue. Il le fallait.

— Qu'est-ce que tu vas faire quand on l'aura retrouvé ? On ne peut pas passer notre temps à courir après lui.

— Je vais y réfléchir pendant le retour.

Il avait raison évidemment, comme toujours, comme pour le voyage de New York. Elle n'aurait jamais dû venir ici.

— Kate ?

Elle attendit pour répondre. Les sanglots lui nouaient la gorge. La journée avait été dure.

— Trésor. Je suis désolé. Je t'ai un peu brusquée avant ton départ. Je sais que ça n'est pas facile pour toi en ce moment.

Les sanglots la submergèrent à nouveau. Tout arrivait en même temps, c'était un vrai cauchemar.

— Allons, chérie, je te promets qu'on va le retrouver.

— Je sais. Mais je n'aurais pas dû venir ici.

— Est-ce que ça a été pénible ?

Elle hocha la tête et ferma les yeux en pensant à Philip. Mon Dieu, si Nick était au courant ? Elle pria pour qu'il ne l'apprenne jamais. Elle n'avait fait que l'embrasser. Mais... elle pensa au rendez-vous qu'elle avait le soir même pour le dîner. Au moins, elle n'irait pas. Le destin y avait mis bon ordre. Elle se força à revenir sur terre.

— Oui, très pénible. Et... je viens de voir mon père.

— Maintenant ? C'est avec lui que tu déjeunais ?

— Non, il était dans le même restaurant. Avec sa femme.

— Tes parents sont divorcés ?

Il était presque aussi étonné qu'elle sur le moment et pourtant il ne les connaissait même pas.

— Non. Ma mère est morte. Il est remarié avec une femme très jeune et ils ont un fils de deux ans.

— Quoi ? Ce n'est pas possible !

Nick avait soudain envie de tuer ce père mais Kate contrôla sa voix et sécha ses larmes.

— Cela n'a plus d'importance, Nick. C'est du passé.

— Nous en reparlerons à ton retour. Téléphone-moi dès que tu sauras l'heure de ton arrivée.

C'est ce qu'elle fit. Ce fut Tillie qui décrocha car Nick était occupé avec la police. Tillie était sens dessus dessous mais Kate, elle, se sentait étrangement calme. Elle savait que Tygue allait bien.

Elle laissa à la réception un mot pour Philip Wells. «Désolée de vous faire faux bond, mais j'ai été rappelée à San Francisco de toute urgence. Je vous enverrai un exemplaire de mon livre quand il sortira. Excusez-moi pour le contretemps. Pas de chance. Bon courage et merci. Amicalement. Kate.» Un message parfaitement anodin.

33

Nick l'attendait à l'arrivée, regardant intensément les visages qui passaient devant lui. Quand il la vit, il la serra très fort dans ses bras. Elle s'accrocha à lui puis chercha à lire sur son visage.

— Ils l'ont retrouvé ?

— Non, mais c'est nous qui le retrouverons. Je ratisserai moi-même cette route de Carmel. Je ne pense pas que la police réalise à quel point il tient à aller là-bas.

— Tu le leur as dit ?

— Je n'ai pas pensé que c'était nécessaire. On va se débrouiller.

— Et si on ne le retrouve pas ?

— Alors, on fera appel au FBI... Ne t'inquiète pas.

Ils prirent ses valises et se dirigèrent rapidement vers la voiture, en échangeant peu de paroles. Être à nouveau près de Nick était si agréable. Être de retour, sentir son bras. Elle soupira profondément en montant dans la voiture.

— Tu vas bien ? fit-il, un peu nerveux, en la regardant.

— Oui, répondit-elle en souriant.

Il la serra contre lui.

— Excuse-moi. Je me suis conduit comme une brute. Mais je vous aime tant tous les deux.

— Nick ! s'écria-t-elle en pleurant à nouveau.

C'était décidément le jour des larmes. Un jour plein d'événements graves.

— C'est moi qui me suis conduite comme une folle. Tu avais raison. La gloire est un piège. Ça m'a monté à la tête, mais je sais maintenant que l'argent, les honneurs sont des plaisirs solitaires.

— Ils ont leur bon côté aussi. Tu n'as pas besoin de tout rejeter en bloc.

— C'est pourtant bien ce que j'ai envie de faire, à l'heure présente.

— C'est ridicule. Sans tout cela, nous ne nous serions jamais rencontrés.

Il démarra. Kate s'assit confortablement sur le siège de cuir et lui raconta sa rencontre avec son père.

— Je me demande comment tu as fait pour ne pas le gifler !

— Je n'en avais pas envie.

— Est-ce qu'il s'est excusé, au moins ?

— Pas vraiment. Il a essayé de s'expliquer. Au moment de l'accident de Tom, il s'est dit que ce serait « incongru » de me contacter. Tu sais, chéri, c'est un tout autre monde. Il vit à New York, à présent.

— C'est parfait. Je le tuerai si jamais je le rencontre.

Ils prirent l'autoroute et soudain Nick eut une idée.

— On devrait peut-être prendre la route de la côte.

Kate alluma une cigarette et en tendit une à Nick. Elle avait l'impression qu'ils roulaient depuis une éternité, alors que ça ne faisait qu'une heure. Huit heures auparavant, elle déjeunait à New York. Il n'était que 6 heures lorsqu'ils s'engagèrent sur la vieille route côtière. Aucune trace de Tygue. Mais, soudain, Kate tira la manche de Nick.

— Là-bas... en arrière, Nick... j'ai vu un truc jaune.

Il faisait presque nuit mais elle aurait juré avoir aperçu l'imperméable de Tygue. Nick fit demi-tour.

— Ici ?

— Non, là-bas, près des arbres.

Elle sortit de la voiture et courut sur les brindilles et

les feuilles jusqu'au bouquet d'arbres. Il était là, en effet, debout et il la regardait. Incertain de ce qu'elle allait faire. Il recula un peu puis s'arrêta, la tête penchée. Elle avança lentement vers lui et le prit dans ses bras. Elle ne lui dit rien. Ce n'était pas nécessaire. Il pleurait doucement et elle lui caressait les cheveux. Elle bénissait le ciel d'être revenue de New York et aussi parce que Nick avait eu la bonne idée de prendre cette route. Tout aurait pu arriver. Elle en prit soudain conscience.

Elle entendit Nick marcher derrière eux. Il les entoura tous les deux de ses bras.

— Bonsoir, petit tigre. Tu vas bien ? dit-il d'une voix douce.

Le garçon hocha la tête et leva les yeux vers Nick.

— Je voulais aller à Carmel. Mais personne ne s'est arrêté pour me prendre. J'ai attendu pendant des heures.

Pauvre trésor. Il était épuisé, il avait froid et probablement faim. Quand il regarda sa mère, ses yeux ne la défiaient plus mais ils étaient toujours aussi tristes.

— Il faut que je le voie. Il le faut. C'est mon père.

— Je sais, chéri. Je t'emmènerai le voir. Demain.

Nick leva un regard surpris mais se tut. Tygue hocha la tête. Pas de cris de joie, pas d'excitation. Ils allaient faire quelque chose qu'ils devaient faire. Tout comme la poignée de main de Kate à son père avant son départ de New York.

— Qu'est-ce que tu préfères, Kate ? Retourner à San Francisco ou passer la nuit à Carmel ?

— Ne faut-il pas que tu ailles faire l'émission ?

— J'ai prévenu que je ne viendrais pas.

— Mais Jasper va finir par voir rouge. Tu veux essayer d'y aller quand même ?

Il secoua la tête. Il s'occuperait de tout cela à son retour.

— Non, mais je crois qu'il faudrait appeler la police. Ils vont s'affoler maintenant qu'il fait nuit. Ce serait quand même plus correct de leur faire savoir que nous l'avons retrouvé.

Kate acquiesça.

— D'accord. Allons à Carmel.

Il n'y avait pas d'autre solution. Nick s'arrêta devant l'hôtel où elle était descendue avec Tom. Mais cela ne lui faisait plus rien. Tygue était endormi dans ses bras et elle regarda Nick. Elle voulait lui dire combien elle l'aimait mais elle ne savait pas comment. Lui l'observait en souriant. Il y avait de l'inquiétude dans ses yeux.

— Tu vas vraiment l'emmener ?

Elle hocha la tête. C'était inévitable. Pour le bien de tous.

— Tu veux que je vienne ?

— J'aimerais que tu sois là. Mais ce n'est pas nécessaire qu'il te voie. Ça le gênerait, ça le terrifierait. Tygue suffira.

— J'aimerais que tu n'aies pas à vivre tout cela.

— Tout va bien se passer.

Il l'embrassa et prit Tygue pour l'emmener dans l'hôtel. Le petit garçon ne se réveilla pas. Ils signalèrent à la police qu'ils l'avaient retrouvé. Nick prit rendez-vous avec le lieutenant pour le lundi suivant. Il voulait ainsi clarifier la situation pour éviter à Kate d'avoir à donner des explications embarrassantes.

— Qu'est-ce qu'ils ont dit ? demanda Kate qui sirotait une tasse de thé dans leur chambre.

Tygue dormait. Pour toute la nuit. La journée avait été longue pour eux trois. Kate étouffa un bâillement.

— Que tout était parfait. Ne t'inquiète pas. Tu devrais dormir maintenant.

— Je vais bien.

— C'est ce que je vois.

Elle était très pâle et n'avait comme maquillage que le mascara qui avait coulé sous ses yeux. Nick s'assit près d'elle sur le lit.

— Je suis content que tu sois là. Je me suis fait beaucoup de souci pour toi.

— Je croyais que tu me détestais quand je suis partie.

— C'est exact. Mais j'ai réfléchi. Nous deux, c'est trop formidable pour que nous gâchions tout bêtement.

Seigneur ! Et elle avait failli en effet tout gâcher à New York avec Philip ! Si elle n'était pas revenue à San Francisco, elle aurait pu être au lit avec lui en ce moment même. Dans un sens, la fugue de Tygue avait été une bénédiction. Elle ferma les yeux. Elle était bien, ainsi, dans les bras de Nick. Quand elle rouvrit les yeux, c'était le matin. Le soleil emplissait la chambre. Elle regarda autour d'elle, un peu perdue.

— Nick ? Que s'est-il passé ?

Il se mit à rire à l'autre extrémité du lit. Il buvait du café.

— Tu t'es endormie comme une masse. Plus personne.

— Ça a dû être drôle.

Elle s'étira en lui faisant une grimace. Il lui avait enlevé ses vêtements.

— Oui, très drôle, en effet.

Elle prit sa tasse de café.

— Où as-tu trouvé ça ?

— Ton fils et moi, nous avons pris notre petit déjeuner.

— Quand ?

— Il y a une heure.

— Mais quelle heure est-il ?

— Presque 9 heures.

Ils savaient ce qui les attendait.

— Comment va Tygue ?

— Bien. Il est très calme. Il a mangé comme un ogre, ce matin.

Elle se pencha pour embrasser Nick puis alla dans l'autre chambre voir son fils. Il était assis tranquillement près de la fenêtre avec son ours.

— Bonjour, trésor. Comment va Willie ?

— Bien. Il avait très faim ce matin.

— Ah bon ?

Elle sourit et l'attira contre elle. Il était doux et tiède

355

dans ses bras. Cela lui rappela les années où ils avaient vécu tous les deux.

— Est-ce que tu es prêt à affronter la journée ?

Il hocha la tête en serrant Willie.

— Ça ne va pas être très drôle. Ce sera probablement plus difficile que tout ce que tu as fait jusqu'à présent. Il ne ressemble pas à un papa.

— Je sais, dit-il, les yeux exorbités.

— Il est comme un petit garçon. Mais un petit garçon malade. Il ne peut pas marcher. Il est dans un fauteuil roulant et ne se souvient pas des choses.

Elle regretta de ne pas l'avoir amené plus tôt, au temps où Tom était en forme et tout bronzé. À présent, il était toujours si fatigué et si malheureux. Ce serait plus dur pour Tygue.

— Et il faut que tu saches... commença-t-elle en luttant contre les larmes, je tiens à te le dire maintenant... qu'avant d'être ainsi, il t'aimait beaucoup. Avant ta naissance. Et moi aussi, je t'aime, de tout mon cœur... et si c'est trop dur, tu pourras partir. Tu me promets ? Tu me diras si tu veux t'en aller ?

Tygue hocha la tête et essuya doucement les larmes sur le visage de sa mère.

— Est-ce que Nick vient aussi ?

— Est-ce que tu veux qu'il vienne ?

— Oui, si c'est possible.

— Il ne peut pas voir T... papa, mais il peut être là.

— D'accord.

Il leva vers elle un visage implorant.

— On y va maintenant ?

— Dès que j'aurai bu mon café et que je serai habillée.

— Je t'attends ici.

— Je me dépêche.

Nick la regarda quand elle revint dans la chambre. Encore une journée bouleversante pour elle. Mais ce serait peut-être la dernière. Il l'espérait.

— Il va bien ?

— Oui. Il veut que tu viennes avec nous. Et moi aussi.

— Je serai là.

— Tu es toujours là.

— C'est gentil de dire ça.

Il lui tendit une tasse de café et une tranche de pain grillé mais elle ne pouvait rien avaler. Même le café lui donnait des nausées. Elle avait un poids sur l'estomac et ne pouvait détacher son esprit de Tygue. Et de son père.

34

Nick s'avança dans l'allée et s'arrêta à l'endroit que Kate lui indiqua derrière le bâtiment principal.

— J'attends ici ? demanda-t-il.

Il était aussi nerveux qu'elle et que Tygue, assis silencieusement sur les genoux de sa mère, les yeux à l'affût.

— Tu peux venir plus près du bungalow. Il y a d'autres personnes dans les environs. Tu ne te feras pas remarquer.

Ils sortirent tous les trois de la voiture. Kate prit la main de Tygue qui serrait toujours Willie. Elle avait téléphoné à M. Erhard pour l'avertir de leur arrivée. D'après lui, Tom était en bonne forme, c'était déjà ça.

Le trio suivit le sentier et Kate désigna du doigt un petit banc en fer forgé.

— Pourquoi ne t'assiérais-tu pas là, chéri ? Tu pourras voir le bungalow.

Il avait les larmes aux yeux à la pensée qu'elle était venue ici pendant toutes ces années. Il regarda le petit garçon et lui tapota la joue.

— Ça va, petit tigre ?

Tygue hocha la tête et s'éloigna avec sa mère. M. Erhard les attendait sur le pas de la porte et sourit chaleureusement au garçon. Kate avait déjà oublié Nick. Elle était dans le monde de Tom, et elle s'agrippait à la main de Tygue. Elle désirait tant qu'il sache combien ils s'étaient aimés, son père et elle, et elle espérait que l'épreuve ne serait pas trop dure pour lui.

— Tygue, voici M. Erhard. C'est lui qui s'occupe de ton papa. Depuis très longtemps.

— Bonjour, Tygue. Quel bel ours. Comment s'appelle-t-il ?

— Willie.

— Nous aussi, nous avons un Willie, fit M. Erhard en regardant Kate. Tu aimerais le voir ?

Tygue acquiesça en essayant de voir dans le bungalow. M. Erhard fit un pas de côté et Kate entra. Tom était à l'intérieur, malgré le beau temps, et quand elle vit sa pâleur, elle comprit qu'il n'était pas sorti depuis longtemps. Il avait perdu une dizaine de kilos pendant ces deux dernières semaines. Pourtant, ses yeux brillaient et il sourit en voyant Tygue : Kate n'avait pas vu un tel sourire sur son visage depuis des années. Elle serra les dents pour ne pas pleurer. C'est Tom qui parla le premier.

— Toi aussi tu as un Willie. Moi aussi !

Il lui montra son ours et Tygue sourit.

— Montre-moi le tien, fit-il en lui tendant une grosse main douce.

Tygue le lui donna et, pendant quelques minutes, ils comparèrent leurs ours. Tygue glissait des regards vers son père. Ils conclurent que celui de Tygue était en meilleure forme.

— Tu veux des biscuits ?

Tom en avait gardé quelques-uns de la veille au soir et il sortit une assiette pour Tygue. Les deux « garçons » mangèrent des biscuits et Tygue grimpa dans le rocking-chair.

— Comment t'appelles-tu ?

— Tygue.

— Moi, c'est Tom. Et voilà Katie.

Tom et Kate échangèrent un sourire.

— Elle vient me voir souvent. C'est une gentille dame. Je l'aime. Tu l'aimes, toi aussi ?

Tygue hocha la tête sans rien dire. Kate avait l'impression que Tom se forçait à parler comme un enfant, pour mettre son fils à l'aise. Comme s'il avait pu se conduire en adulte !

— Tu veux voir mon bateau ?

Tygue leva les yeux, surpris.

— Oui. J'ai un bateau, moi aussi.

Ils parlèrent un peu de leurs bateaux puis M. Erhard intervint.

— Est-ce que vous voulez aller jusqu'à l'étang ? On pourrait essayer le bateau de Tom.

Le père et le fils acceptèrent avec enthousiasme. M. Erhard poussa Tom dehors et Tygue marcha près d'eux fièrement. La demi-heure qu'ils passèrent au bord de l'étang fut très gaie. Tom lui-même semblait mieux qu'au début de la visite. Puis Kate s'aperçut qu'il commençait à se fatiguer et M. Erhard leur proposa de revenir au bungalow.

Pour une fois, Tom ne discuta pas et prit la main de Tygue pour rentrer. Kate était contente d'avoir amené son fils. Quand ils arrivèrent à la porte, Tom se pencha et cueillit deux fleurs orange : une pour Kate et une pour son fils. Quand il donna la fleur à Tygue, il le regarda intensément.

— Pourquoi es-tu venu me voir ?

Kate sentit son cœur s'arrêter, mais Tygue ne broncha pas.

— J'avais besoin de te voir.

— Moi aussi, j'avais besoin de te voir. Prends bien soin de Katie.

Tygue hocha la tête d'un air sombre et ses yeux se remplirent de larmes. Tom n'avait jamais rien dit de semblable auparavant.

— D'accord.

— Et prends bien soin de Willie également.

Tygue acquiesça et se pencha pour embrasser Tom sur la joue. Tom sourit et le serra contre lui.

— Je t'aime, fit Tygue.

— Je t'aime aussi.

Tom éclata d'un rire de petit garçon et Tygue en fit autant. C'était comme s'ils se comprenaient, comme s'ils avaient un secret en commun.

— C'est l'heure de ma sieste ? demanda Tom quand M. Erhard le conduisit à l'intérieur.

M. Erhard hocha la tête en regardant Kate. C'était suffisant. Mieux valait arrêter maintenant.

— Oui.

— Je déteste les siestes, répondit Tom en faisant une grimace à Tygue.

— Moi aussi, s'écria Tygue en lui prenant son ours.

— Tu sais quoi, nous allons faire un échange.

— De quoi ?

— De Willie. Je te donne le mien et toi tu me donnes le tien. D'accord ? Le mien en a assez d'être ici !

Le visage de Tygue s'illumina comme si son père venait de lui faire le plus beau cadeau du monde.

— D'accord.

— Prends-en bien soin.

— Je te le promets, fit Tygue en se penchant à nouveau pour l'embrasser.

— Au revoir.

Tygue le regarda longuement comme s'il ne savait pas quoi dire.

— Au revoir, répondit-il en souriant.

Puis il se dirigea vers la porte.

Kate s'avança vers Tom et posa sa main sur son épaule. Ils regardèrent tous deux leur fils sur le seuil, qui souriait à son ours. Il avait gagné, il avait vu son père.

— Au revoir, Katie, dit Tom d'un ton fatigué.

— Au revoir, à bientôt.

Il leur adressa un sourire heureux et Kate sentit son regard sur eux quand ils sortirent sous le chaud soleil d'automne.

— Je suis contente que tu sois venu, dit Kate en regardant Tygue, les larmes aux yeux.

— Moi aussi, je suis content d'être venu.

Nick les attendait sur le banc. Kate l'avait complètement oublié.

— Regarde, dit Tygue. J'ai un nouveau Willie.

— Il a l'air bien vieux, fit Nick.

Il essaya de lire dans le regard de Tygue, mais n'y vit que de la paix et de l'amour. La visite ne lui avait fait aucun mal.

— C'est le Willie de papa. Il me l'a donné.

— Tu veux dire qu'il en a un lui aussi ? C'est très chouette.

Il leva les yeux vers Kate qui tenait toujours les deux fleurs que Tom leur avait données.

— Comment vas-tu ?

— Bien. J'avais presque oublié que tu étais là !

— Je sais. Mais je suis quand même heureux d'être ici.

— Moi aussi. Nick... Est-ce qu'on peut aller dans ma maison pour quelques jours ? Tous les trois. J'en ai envie... Est-ce que tu peux te libérer ?

— Il suffit qu'on s'arrête pour m'acheter des tee-shirts et un jean. Bien sûr que je peux me libérer. Ça nous fera du bien à tous.

— Oui.

— La campagne te manque, chérie ?

— Non. Je ne sais pas. J'ai seulement envie d'être là-bas. Pour quelques jours.

— Entendu.

Il mit un bras sur les épaules de Kate, l'autre sur celles de Tygue, et ils se dirigèrent vers la voiture. Kate était heureuse de partir de Mead. Elle ne voulait pas quitter Tom, mais il le fallait maintenant.

35

C'était une bonne idée que Kate avait eue de retourner dans sa maison des collines pour quelques jours. Ils purent souffler un peu. Nick et Kate avaient bien besoin de se retrouver avec Tygue. Le petit garçon avait retrouvé son équilibre et il était en paix. Le premier jour, il fut calme, assis dehors avec l'ours en peluche que Tom lui avait donné. Mais il n'était pas malheureux, seulement pensif.

Le deuxième jour, Kate s'assit au soleil avec son fils. Nick était occupé dans la maison.

— J'aurais peut-être dû lui parler de mon cheval.

— Tu sais, il n'a jamais tellement aimé les chevaux, fit Kate, le regard perdu sur les collines.

Il leva vers elle des yeux incrédules.

— Il n'aimait pas les chevaux ? s'exclama Tygue, choqué.

Kate sourit. Tygue paraissait beaucoup mieux. Reposé, heureux, tel qu'elle l'avait toujours connu.

Non pas comme l'enfant abandonné qu'ils avaient retrouvé sous les arbres, sur la route de Carmel.

— Lui, il aimait le football. C'était toute sa vie.

— Parce qu'il était une grande vedette, fit-il d'un air tout fier.

— Oui.

— Toi aussi, maman, tu es une grande vedette ?

— Non. J'ai écrit un livre que beaucoup de gens achètent mais ce n'est pas ça qui fait de moi une grande vedette. Personne ne sait qui je suis. Par contre, tout le monde savait qui était ton père. Partout où on allait, les gens voulaient des autographes, voulaient le toucher, les dames voulaient l'embrasser.

Elle fit une grimace et Tygue se mit à rire.

— Il les laissait faire ?

— Pas quand il était avec moi !

— Ça doit être chouette quand même de sentir que tout le monde vous aime.

— Quelquefois. Mais c'est très dur par moments. Les gens attendent trop de nous. Ils ne nous laissent jamais tranquilles. Ils ne nous laissent pas être nous-mêmes.

— Moi je n'aimerais pas ça, dit-il en ramassant une feuille pour l'étudier.

— Lui non plus n'aimait pas. C'est ça qui l'a rendu malade. Tous ces gens le tiraillaient de tous côtés. Lui, ce qu'il voulait, c'était jouer au football. Tous les jours de sa vie.

— Et il ne le pouvait pas ?

— Non, trésor. On ne peut être professionnel que pendant quelques années. Après, il faut prendre sa retraite.

— Qu'est-ce que c'est ?

— Arrêter de jouer.

— Pour toujours ?

— Pour toujours.

— C'est terrible ! s'exclama-t-il, en jetant la feuille.

— C'est ce que ton père a pensé, lui aussi. Il ne voulait rien faire d'autre. Et on l'a forcé à partir. Il a été harcelé par les journalistes, entre autres.

C'était la meilleure explication qu'elle pouvait lui donner et c'était vrai.

— Et il est devenu fou, alors ?

— C'est ça.

— Est-ce qu'il se rappelle avoir joué au football ?

— Non. Je ne crois pas qu'il se souvienne d'autre

chose que de l'endroit où il se trouve, de M. Erhard et de moi. Et de toi, maintenant.

Ils entendirent Nick sortir de la maison. Il portait une couverture et deux pommes qu'il leur tendit en les regardant tendrement.

— Merci, chéri, fit Kate en souriant.

— Vous ne voulez pas vous asseoir sur cette couverture ?

— Non, dit Tygue en ignorant la couverture.

Puis il se souvint brusquement de quelque chose... des paroles de son père.

— Tu veux t'asseoir dessus, maman ?

— Oui, je veux bien.

Elle se souvint des paroles, elle aussi... « Prends bien soin de Katie. »

Ils étalèrent la couverture écossaise et s'assirent pour manger leurs pommes. Kate et Nick en partagèrent une et Tygue attaqua la sienne avec ardeur.

— Tu veux aller au ranch des Adams voir s'ils ont des nouveaux chevaux ? demanda Nick.

— Non. Les chevaux du parc sont mieux.

— À San Francisco ? s'exclama Nick, tout surpris.

Tygue hocha la tête d'un air assuré. Kate sourit en les écoutant. Son fils et elle avaient changé depuis qu'ils avaient quitté cette maison. Et pourtant, quatre mois auparavant, ils n'en étaient jamais sortis. Il y avait eu son premier voyage à San Francisco en juin... le sien le mois d'avant.

— À quoi tu penses, Cendrillon ?

— Je pensais au printemps dernier. Ni Tygue ni moi n'étions allés nulle part. Et soudain, tout a commencé.

— Oui, c'est comme ça que ça arrive.

— Que faisiez-vous au printemps dernier, monsieur Waterman ?

— Ça ne te regarde pas.

— C'est donc si secret que ça !

— C'est mon affaire ! fit-il doucement en lui mordillant le cou.

Le fait que Tygue les observait ne les gênait plus. Ils y étaient habitués. Nick eut une autre idée tout à coup.

— Tu veux aller voir Joey ?

Tygue secoua la tête à nouveau. Il avait de nouveaux amis, une nouvelle vie.

Ils passèrent l'après-midi ensemble, comme la veille. Ils avaient acheté des steaks en ville et Nick les fit cuire au barbecue en fin d'après-midi. Puis ils regardèrent la télévision et grillèrent du pop-corn dans la cheminée. Et, comme au tout début, ils attendirent que Tygue aille se coucher pour se précipiter dans leur chambre en riant, avides l'un de l'autre.

— Kate, tu es contente d'avoir été le voir, n'est-ce pas ?

— Je me sens soulagée. Il n'y a plus de secret à te cacher, à cacher à Tygue. Tout est à découvert. Je me sens à nouveau libre.

— Mais Tom ?

— Que veux-tu dire ? demanda-t-elle, d'un ton très calme.

Il s'agenouilla près d'elle.

— Qu'est-ce que tu vas faire maintenant, vis-à-vis de lui ? Après tout ce temps, tu ne peux pas arrêter d'aller le voir, je le comprends bien mais... c'est une épreuve pour toi.

— Ce n'est plus une épreuve maintenant que je ne suis plus seule à en porter le poids. Quand je vais le voir, je peux vous raconter ce qui arrive, ce que je ressens.

Elle s'arrêta un moment puis baissa les yeux sur son alliance. Elle l'enleva délicatement et la tint serrée dans sa main.

— C'est fini, Nick. Je n'irai plus aussi souvent. Je ne suis même pas sûre qu'il le remarquera. Peut-être au début, mais il n'a pas vraiment la notion du temps. Si j'y vais une fois tous les quinze jours, ce sera bien pour tout le monde. Qu'est-ce que tu en penses ?

Elle tourna vers lui des yeux brillants, mais qui n'étaient pas malheureux.

— Tu es une femme remarquable et je ne t'ai jamais autant aimée. Quoi que tu fasses, je suis prêt à l'accepter.

— C'est tout ce que je voulais savoir. Nous ne pourrons pourtant pas nous marier tant qu'il sera vivant. Je... je ne pourrais pas lui faire ça. Je sais qu'il ne saurait même pas que nous serions divorcés, lui et moi, mais ça ne me semblerait pas juste.

— Nous n'avons pas besoin de papier, Kate, l'essentiel est que nous soyons ensemble. On se mariera quand on pourra. D'ici là...

Elle venait de lui donner le seul cadeau qu'il désirait d'elle — une promesse de mariage, même si c'était pour un avenir lointain.

— Chéri, tu as été merveilleux avec Tygue. Je crois que tu es tout à fait accepté maintenant.

— Je crois que le fait d'avoir vu son père va lui être bénéfique.

— Probablement. Mais tu t'en es bien sorti avec nous deux. Cela n'a pas dû être facile au début.

— Mon Dieu, une confession. Vite, le magnétophone.

— Oh, arrête ! fit-elle en lui tirant les poils de la poitrine. Au fait, je vais fermer la maison.

— Quelle maison ?

La vie avec Kate réservait des surprises. Il crut comprendre qu'elle allait fermer la maison de San Francisco pour qu'ils aillent tous vivre ailleurs, Dieu seul savait où.

— Cette maison-ci, idiot. Je n'en ai plus besoin.

— Quoi ? Tu te prives de ton meilleur atout ? La retraite où tu peux toujours venir si tu en as assez de moi ?

— Ce n'est pas ainsi que je la considère, dit-elle en feignant de se sentir insultée.

Puis elle se mit à rire.

— Comment as-tu deviné ?

— Je ne suis pas aussi bête que tu le crois.

— Je n'oserais jamais penser ça.

— Parfait. Alors, dis-moi pourquoi tu fermes la maison. Et qu'est-ce que tu entends par « fermer ». Tu veux dire que tu la laisses ?

— Complètement. On n'en a plus besoin. On ne vient jamais dans le coin, et ça ne me dirait rien de toute façon. C'est le passé maintenant.

Elle ouvrit la main où était l'alliance.

— C'est fini. Comme ça.

Elle posa l'alliance sur une table et se jeta dans ses bras. Elle ne fut jamais aussi libre avec Nick que cette nuit-là.

Le lendemain matin, ils prirent le petit déjeuner tranquillement avant de réveiller Tygue pour lui annoncer qu'il partait le matin même avec Nick.

— Sans toi, maman ?

Elle s'attendait à des protestations mais fut surprise de son air ravi.

— Ne pleure surtout pas, je t'en prie !

Mais, en fait, elle était soulagée. Leur petite famille s'était consolidée ces derniers jours.

— Combien de temps on va rester seuls ? demanda-t-il, les yeux brillants.

Nick éclata de rire.

— Le temps de faire le vide dans cette maison. À propos, tu es prié d'aller trier tes jouets et de mettre de côté ce que tu veux emporter à San Francisco.

Il ne restait pas grand-chose dans son placard mais il y avait quand même de quoi l'occuper deux heures.

Ils retroussèrent leurs manches tous les trois et firent les paquets ; mais, en fin d'après-midi, Kate se retrouva à travailler seule. Nick et Tygue étaient repartis à San Francisco après le déjeuner. Kate fut étonnée de constater à quel point c'était agréable d'être seule dans la maison. Elle eut du temps pour réfléchir. Trois jours.

Nick avait raison : abandonner la maison, c'était abandonner une sortie de secours, une cachette, un endroit à l'écart de Nick. Mais elle n'en avait plus besoin. Si elle avait envie de s'éloigner, ou d'exprimer son indépendance, elle pourrait le faire avec des mots, ou voyager seule pendant un week-end. Mais elle ne voulait plus venir dans cette cachette où elle avait ruminé le passé pendant sept ans. Il n'y avait plus de passé.

Le dernier jour, elle se planta devant la fenêtre et se souvint d'avoir contemplé ces mêmes collines pendant des années, avec Tygue dans les bras. Elle tourna les talons solennellement et sortit de la maison.

36

Elle arriva à San Francisco à 4 heures de l'après-midi. Tout le monde était là, même Bert qui remua la queue quand elle descendit de voiture. Tygue essayait une nouvelle paire de patins à roulettes et Nick sortait des journaux de la voiture. Ils se ruèrent sur elle et la saoulèrent de paroles, de rires et de baisers. Nick la serra très fort dans ses bras.

— Si tu t'avises de me quitter pendant les six mois à venir, je risque bien de perdre la boule et... de brûler ton nouveau livre !

— Tu n'as pas intérêt à y toucher ! fit-elle, les yeux horrifiés.

Elle avait hâte de se remettre à écrire. Elle n'avait pas travaillé à son livre depuis des semaines. Ils passèrent le reste de l'après-midi à rire et à plaisanter. Nick conseilla à Kate d'aller faire une « sieste » et Tillie conseilla à Tygue d'aller étrenner ses nouveaux patins dans la rue. Quand il revint, Nick et Kate étaient en robe de chambre et préparaient du thé.

— Tu veux venir à l'émission ce soir, Kate ?

— Comme ça ? s'exclama-t-elle, surprise.

— Non, tu pourrais peut-être t'habiller un peu !

— Tu veux dire que je vais paraître à l'émission sans avoir été chez le coiffeur ?

Il s'adossa à son fauteuil et éclata de rire.

— Écoute, tu vis avec le producteur de l'émission. J'avais pensé que tu aimerais venir au studio comme ça, pour me tenir compagnie pendant l'enregistrement.

— Et ne pas être invitée à passer dans l'émission ? fit-elle en feignant d'être choquée.

— Qu'est-ce que tu crois que tu es ? Une célébrité ?

— Bien sûr, monsieur Waterman. Je suis un auteur à succès.

— Vraiment ?

Il passa une main sous la robe de chambre de la jeune femme et se pencha au-dessus de la table pour l'embrasser.

— Tu es impossible. Enfin, puisque tu m'invites, je veux bien venir te tenir compagnie. Tu es sûr que ça ne dérangera personne ?

— Mais... c'est moi qui commande là-bas, n'oublie pas.

— C'est vrai.

— Il me semble qu'il est temps que tu vives un peu à la maison. Tu as oublié pas mal de choses.

Elle laissa ses doigts errer sur son bras. Nick en eut la chair de poule et la regarda, les yeux brillants.

— Si tu continues, je ne vais plus pouvoir me contrôler !

— Là, dans la cuisine ? fit-elle en souriant.

C'était comme au bon vieux temps. La lune de miel avait recommencé.

— Oui, parfaitement, Cendrillon. Je ferai l'amour avec toi n'importe quand, n'importe où, jusqu'à la fin de mes jours. Je t'aime.

Elle l'embrassa très tendrement sur la bouche et ils firent l'amour rapidement dans la cuisine, avant le retour de Tygue. Puis ils rirent comme deux garnements en remettant leurs robes de chambre et en faisant semblant de boire le thé.

— Tu as mis ta robe de chambre à l'envers, murmura-t-elle.

— Et toi, tu es dans un bel état, gloussa-t-il.

Cela dura des semaines. Rencontres clandestines dans ce qu'ils appelaient « le grenier », longs petits déjeuners dans la cuisine, visites au zoo avec Tygue. Kate accompagnait Nick à l'enregistrement de l'émission. Nick s'asseyait tranquillement dans son fauteuil en cuir pendant qu'elle travaillait à son livre. Ils menaient une existence de frère et sœur siamois qui leur plaisait. Ils savaient tous les deux que ça ne pourrait pas durer toujours — elle aurait des choses à faire pour son nouveau livre et lui du travail supplémentaire pour l'émission.

Mais pour l'instant, ils avaient besoin l'un de l'autre.

— Tu n'en as pas assez de rester assis là pendant que je bûche sur ce livre idiot ?

— Chérie, une femme qui gagne autant d'argent ne peut pas écrire des livres idiots !

— Et qu'est-ce qui me vaut l'honneur de ce nouveau respect vis-à-vis de mon talent ?

— Le montant de tes royalties. Je l'ai vu sur ton bureau ce matin. Bon sang, qu'est-ce que tu vas faire avec tout cet argent ?

Il était content que tout aille bien pour elle. Il savait qu'elle y attachait une grande importance. Cela signifiait la sécurité pour Tygue, des choses pour elle et des cadeaux qu'elle lui offrirait. Et, surtout, son indépendance.

Elle s'adossa à sa chaise et le regarda en se demandant ce qu'elle allait lui acheter pour Noël. C'était dans un mois.

— Au fait, qu'est-ce que tu veux pour Noël ?

— Tu sais ce que je voudrais vraiment pour Noël ?

— Quoi ?

— Ne fais pas cette tête. Non, ce que je voudrais, c'est qu'il y ait un peu plus de couleurs sur ton pâle visage. Tu veux aller à Acapulco ou dans un endroit comme ça, pour les vacances ?

L'idée la surprit.

— Je n'y suis jamais allée. Ça pourrait être bien, fit-elle en souriant.

Nick ne répondit pas à son sourire.

— Kate ?

— Oui ?

— Est-ce que tu te sens bien ? demanda-t-il d'un air inquiet.

— Bien sûr. Pourquoi ?

Mais ils savaient tous les deux parfaitement pourquoi. Elle était continuellement fatiguée, n'avait pas d'appétit et était toujours pâle. Les cernes sous les yeux faisaient maintenant partie de son visage. Kate mettait cela sur le compte du livre qu'elle s'efforçait de finir.

— Tu ne veux pas voir un médecin ?

C'était la première fois qu'il posait la question et son inquiétude lui fit un peu peur.

— Tu es sérieux ?

— Oui, très sérieux.

— D'accord, j'irai quand j'aurai fini ce livre.

Et que lui dirait-il qu'elle ne savait déjà : qu'elle avait traversé une période difficile, que son fils avait fait deux fugues et qu'elle venait de terminer un livre de cinq cents pages ?

— Mais il ne me dira rien de très nouveau. Que je travaille trop dur ou qu'il y a eu beaucoup de bouleversements dans ma vie. Des bêtises comme ça. Pourquoi gaspiller de l'argent pour entendre ça ?

— Fais-moi plaisir et fais des économies sur autre chose ! Promets-le-moi, Kate. Tu vas y aller et pas dans six mois.

— Entendu, mon amour.

Mais elle n'aimait pas beaucoup les médecins. Elle ne tint pas sa promesse. Ce qui ne changea rien à son aspect physique. Felicia lui en fit la remarque. Mais Kate l'envoya promener elle aussi.

— Qu'est-ce que tu fais, aujourd'hui ?

— Je vois Felicia au déjeuner. Tu veux venir ?

— Non. Il faut que je parle à deux types au Press Club. Ensuite, on a une réunion au studio.

Il regarda sa montre, puis se pencha pour l'embrasser.

— Je suis déjà en retard. Je reviendrai vers 3 heures.

— J'essaierai d'être là, moi aussi.

Elle ne put revenir qu'à 5 heures. Après son déjeuner avec Licia chez *Trader Vic*, elle se promena chez *Saks*. « Juste une minute », pour voir ce qui se faisait de nouveau. Mais le magasin était bondé et elle s'était sentie subitement fatiguée ; l'ascenseur avait mis un temps fou à venir ; quand elle y monta, elle fut poussée jusqu'au fond, et, au troisième étage, on la retrouva accroupie, évanouie. On s'était occupé d'elle mais elle avait refusé qu'on téléphone à Nick. Elle était rentrée en taxi, préférant ne pas conduire. Elle expliquerait à Nick qu'elle avait eu un problème avec la voiture. Elle se sentait encore un peu chancelante quand elle revint à la maison mais néanmoins décidée à se montrer enjouée et gaie et à se coucher dès que possible. Nick lui avait demandé de l'accompagner à l'émission mais elle avait réussi à le convaincre qu'il était préférable qu'elle se repose.

Elle mit la clef dans la serrure. La porte s'ouvrit facilement et elle espéra une minute que Nick ne serait pas là. Mais il était là, assis dans le salon. Il l'attendait, le visage blanc de colère.

— Agréable déjeuner ?

— Très agréable. Comment s'est passé ton...

Elle s'arrêta quand elle vit son visage.

— Qu'est-ce qui t'est arrivé ?

— Qui est Philip ?

— Quoi ?

— Tu m'as bien entendu, fit-il en lui lançant un regard foudroyant.

Kate se sentit mal à nouveau et s'effondra dans un fauteuil.

— Qui est Philip, bon sang ?

— Comment le saurais-je ? C'est un jeu ?

Elle se sentait faible mais sa voix était pleine de fureur. Elle avait peur. Philip ? Philip de New York ?

— À vrai dire, je commence à me poser la même question. Est-ce un jeu ? Tous les deux mois, je découvre quelque chose de nouveau dans ta vie.

— Que veux-tu dire ?

— Ça.

Il traversa la pièce et lui lança une feuille de papier.

— Comme c'était dans une enveloppe vierge accrochée sur la porte d'entrée, j'ai cru que c'était toi qui l'avais laissée pour moi. Je me trompais.

Elle vit les initiales en haut de la feuille. P.A.W. : Philip Anthony Wells. Elle se sentit défaillir. Et la lettre elle-même n'arrangea rien.

« Désolé que vous ayez dû quitter New York aussi brusquement. Le déjeuner avait été merveilleux et le dîner d'avant également. La musique ne fut jamais la même après votre départ. Je suis dans l'Ouest, enfin, et deux promesses vont se réaliser. La vôtre et celle du zabaglione. Je suis au *Stanford Court*. À bientôt. P. »

— Mon Dieu ! fit-elle, les yeux pleins de larmes.

— C'est ce que je me suis dit, moi aussi. Quelle lettre ! Et surtout, ne t'occupe pas de moi, va dîner avec lui !

Il avait eu l'impression de recevoir un coup de poignard à la lecture de la lettre.

— Dis-moi, que s'est-il passé à New York ?

— Rien. J'ai dîné avec lui *Chez Gino*, par hasard. Je n'arrivais pas à trouver un taxi à l'aéroport, alors j'en ai partagé un avec lui. Il s'est trouvé qu'on séjournait au même hôtel. Ce soir-là, je suis allée dîner *Chez Gino*, seule, et il y était. On a bavardé au bar et puis on a décidé de...

Nick ne semblait nullement soulagé.

— ... On a décidé de dîner ensemble. Et alors ?

— Et ensuite ?

— Que veux-tu dire par « et ensuite » ?

— Dans quelle chambre êtes-vous allés, la tienne ou la sienne ?

— Je suis allée dans la mienne, lui dans la sienne. Qu'est-ce que tu crois que je suis ? Une putain ?

— Nous étions en froid cette semaine-là, si je me souviens bien.

— C'est vrai, mais tu crois donc que je couche avec n'importe qui à chaque fois qu'on se fâche !

— Non, mais apparemment, tu as dîné avec n'importe qui.

— Va au diable ! lança-t-elle, le regard flamboyant, en prenant son manteau. Oui, j'ai dîné avec lui. Et j'ai pris un verre avec lui après. Deux jours plus tard, j'ai déjeuné avec lui. Et si Tygue ne s'était pas enfui, j'aurais probablement dîné avec lui ce soir-là. Mais c'est tout. Ah non, j'y repense, je l'ai embrassé aussi. Hourra ! J'ai trente ans et je l'ai embrassé. Voilà, et je n'ai pas besoin de garde du corps. Je peux très bien me débrouiller toute seule. Je vais même te dire que j'ai été reconnaissante à Tygue de s'être enfui, parce que j'étais si malheureuse et incertaine à ton sujet que j'aurais couché avec lui. Mais je ne l'ai pas fait. Et j'étais ravie de ne pas l'avoir fait. Parce que je n'en avais pas envie. Parce que je t'aime, triple idiot ! Toi, et personne d'autre.

Elle criait et tremblait et s'avançait vers lui en agitant la lettre. Nick se sentait un peu calmé par sa réaction. Il ne l'avait jamais vue dans cet état. Jamais. Elle paraissait sur le point d'avoir une attaque et de tomber morte à ses pieds. Tout à coup, il regrettait presque d'avoir provoqué toute cette scène. Il savait qu'elle disait la vérité, qu'elle lui avait été fidèle. Le baiser l'agaçait un peu pourtant. Mais il pourrait survivre à un baiser et il était content qu'elle n'en ait pas fait plus. Cependant, il était trop tard pour être content. Les sanglots étouffaient la voix de Kate.

— Tu sais ce que tu peux faire de cette lettre ? Tu peux la redonner à Philip Wells et la lui faire avaler ! Et puis vous pouvez aller tous les deux chez *Vanessi* manger ce zabaglione ! Tout ce que je veux, c'est ne plus te voir !

Elle lança la lettre par terre, attrapa son sac et sortit.

Elle s'arrêta sur le seuil, craignant de s'évanouir. Nick la regardait. Quelque chose n'allait décidément pas.

— Tu te sens bien ?

— Occupe-toi de ce qui te regarde !

Elle claqua la porte. Tygue était chez un ami, donc sa présence à la maison n'était pas nécessaire et elle ne tenait absolument pas à rester avec Nick. Quel imbécile, ce Philip Wells ! Elle les détestait tous les deux. Elle réalisa soudain qu'elle avait laissé sa voiture en ville. Elle se dirigea vers la baie, à pied, pleurant comme une petite fille. Pourquoi Philip lui avait-il fait ça ? Pourquoi Nick avait-il lu la lettre ? Pourquoi l'avait-elle embrassé ce jour-là à New York ? Elle s'assit dans un jardin bien abrité, non loin de la maison, et y resta un moment, la tête dans les mains. Elle aurait voulu mourir.

Nick, lui, était assis au salon, les yeux fixés sur la lettre qu'elle avait oubliée par terre. Il réalisait qu'il aurait dû s'y prendre autrement. Elle avait bien besoin de consulter un médecin. C'était peut-être les nerfs. Le téléphone interrompit le fil de ses pensées. Il froissa la lettre et la jeta dans une corbeille.

— Madame Harper ? Non, je suis désolé, elle est sortie. Quoi ? Que voulez-vous dire par « se porte-t-elle bien ? » Elle a fait quoi ? Mon Dieu... Non, non, ça va. Je vais m'en occuper.

Il appela Felicia. Il eut de la chance de la joindre car il était presque 6 heures. Elle accepta de venir immédiatement. Elle devina au son de sa voix que quelque chose n'allait pas.

— Où est Tygue ?

La maison était étrangement calme et obscure.

— Il passe la nuit chez un ami. Ce n'est pas Tygue, Licia, c'est Kate. Je crois que quelque chose ne va pas.

Il était assis au salon, la tête dans les mains. Felicia s'assit en face de lui.

— Tu ne parais pas très en forme non plus. Que se passe-t-il ?

— Je me suis conduit comme un imbécile.

377

Il alla rechercher la lettre froissée et la lui tendit.

— J'ai trouvé ça quand je suis rentré, dans une enveloppe vierge. Je croyais que c'était pour moi.

— Je vois !

— Je l'ai attaquée de front quand elle est revenue. Elle m'a tout raconté. Il ne s'est rien passé en fait. Mais ce qui m'a complètement abasourdi, c'est sa réaction. Licia, je ne l'ai jamais vue dans un tel état. Elle a crié, elle tremblait ; j'ai cru qu'elle allait s'évanouir. Elle a mauvaise mine depuis un moment et elle ne veut pas consulter de médecin. Elle travaille trop, ne dort pas assez, elle est toujours fatiguée, elle pleure quand elle croit être seule. Je pense qu'elle est malade. En plus, le service des Relations publiques de chez *Saks* vient de me téléphoner. Elle s'est évanouie dans l'ascenseur cet après-midi.

— Si je comprends bien, elle n'est pas ici ? dit Felicia, inquiète elle aussi.

— Non. Elle est sortie précipitamment, après notre discussion orageuse.

Felicia hésitait à poser la question. Kate n'était pas du genre à faire des cachotteries, bien qu'elle ne lui ait rien dit sur son voyage à New York. Elle se rappela soudain l'étincelle dans son regard quand elle lui avait demandé ce qu'elle avait pensé du *Gino*. Mais cela n'expliquait pas l'état de ses nerfs et son évanouissement.

— Est-ce que... est-ce qu'elle pourrait être avec ce type ?

— Pas dans l'état où elle était quand elle est partie. Et puis, je suis certain qu'elle n'est pas avec lui.

— Moi aussi. Et elle est majeure. Il va falloir qu'elle se montre raisonnable et qu'elle consulte un médecin. Elle n'a rien mangé au déjeuner. Elle n'a pourtant pas perdu de poids.

Elle s'adossa à son fauteuil, soudain pensive.

— Qu'y a-t-il ? demanda-t-il, plus nerveux que jamais. Y avait-il quelque chose qu'il ne savait pas ?

— Ça me rappelle quelque chose. Je crois que Kate a

déjà été dans cet état. Il me semble que cela avait un rapport avec Tom.

Felicia fronçait les sourcils en réfléchissant. Bon sang, si elle arrivait à s'en souvenir, quel soulagement.

— C'étaient les nerfs ?

— Non. Pas exactement, dit Felicia avec un petit sourire. Excuse-moi d'avance, je ne voudrais pas être indiscrète, mais est-ce qu'elle pourrait être enceinte ?

— Kate ?

— Pas Tillie, évidemment !

— Je ne sais pas, répondit-il en souriant. Je n'y ai pas pensé. J'ai toujours cru que si c'était le cas, elle le saurait et...

— Tu parles ! La plupart des femmes réalisent qu'elles sont enceintes à leur troisième mois de grossesse. On pense toujours que si l'on est fatiguée, c'est à cause des voyages, de la nourriture, de la vie sexuelle... Ça pourrait donc être possible ? Lorsqu'elle était enceinte de Tygue, elle avait des crises de nerfs. Habituellement à cause des journalistes. Mais, en y repensant maintenant, je me rends compte qu'elle se faisait souvent une montagne de rien du tout. Elle s'est évanouie également deux ou trois fois. Et les deux premiers mois, elle avait une mine épouvantable. Mais il est vrai que sa vie n'était pas très drôle à cette époque.

— Elle vient aussi de traverser des moments pénibles.

Jusqu'alors, il avait pensé à une dépression nerveuse, ou à un cancer. Enceinte ? Cette idée ne l'avait pas effleuré. Et puis, il se souvint tout à coup.

— Mon Dieu ! J'avais oublié ! La première fois que Tygue est parti, la nuit, elle a oublié de mettre son diaphragme. Excuse-moi de te donner ces détails mais ils prouvent que c'est possible. Tant de choses sont arrivées depuis ! Tu crois vraiment qu'elle pourrait ne pas s'en être rendu compte ?

— Peut-être. Mais, tu sais, je peux me tromper. Au fait, est-ce que tu as quelque chose à boire ? La journée a été dure.

Elle alluma une autre cigarette.

— Bien sûr.

Il y avait toujours de quoi faire un martini au cas où Felicia débarquerait à l'improviste.

— Qu'est-ce que je vais faire, maintenant ?

— Attendre qu'elle rentre et lui poser la question.

— Et si elle ne rentre pas ? Si elle va retrouver ce Philip ? demanda-t-il en remuant frénétiquement le martini.

— Ne te venge pas sur ma boisson, Nick ! Elle va revenir. Est-ce qu'elle a pris la voiture ?

Nick la regarda d'un air étrange.

— Au fait, elle est revenue en taxi, tout à l'heure. Elle avait laissé la voiture en ville.

Felicia réalisa alors à quel point Kate avait dû se sentir mal.

— Attends-la ici et, je t'en prie, donne-moi des nouvelles. Si elle est malade, je veux être au courant.

Felicia se leva. Nick hocha la tête d'un air malheureux.

— Je suis désolée de devoir te quitter. Mais quelqu'un passe me chercher à 8 heures et il faut que je me prépare.

Elle allait au concert. Avec un homme nouveau.

— D'accord. Je te téléphonerai !

Il regarda sa montre.

— Seigneur, il va falloir que je parte, moi aussi. Je dois aller travailler.

— Elle sera peut-être là quand tu reviendras.

Felicia lui étreignit l'épaule. Nick la reconduisit jusqu'à sa voiture. Elle se demandait comment il était au lit. Beau et fort. Certainement. Kate avait bien de la chance. Elle leva les yeux vers lui en souriant.

— Elle ira bien. Et puis, tu vas peut-être te retrouver papa.

— Tu sais, ce serait formidable.

— Alors, j'espère que c'est toi, cette fois, qui seras près d'elle dans la salle d'accouchement !

Nick sut à sa voix qu'elle serait capable d'assister Kate une deuxième fois. Kate était son amie.

— Ne te tourmente pas, Licia. Je serai là. Tout ce que je souhaite, c'est que nos suppositions soient bonnes.

Quand il revint, il en était absolument certain. Il aurait pu fêter ça sur-le-champ s'il avait su dans quel état se trouvait Kate. Mais n'importe quoi avait pu lui arriver. N'importe quoi.

Kate s'était assise sur un muret pour pleurer. Elle voulait rentrer mais après le départ de Nick. 7 h 20, elle se dirigea vers la maison, monta dans sa chambre et se déshabilla pour se mettre au lit. Elle était à bout de forces. Elle ne se réveilla que lorsqu'elle sentit Nick lui secouer doucement l'épaule.

37

— Kate ?

Il la secouait et il faisait encore nuit dehors. La pièce était presque sombre. Seule une lampe brûlait dans un coin et diffusait une douce lumière.

— Bonsoir, trésor.

Il lui frottait le dos. Elle referma les yeux. Le contact de ses mains était si agréable... Mais, au fait, elle était furieuse contre lui. La mémoire lui revenait à mesure qu'elle se réveillait.

— Qu'est-ce que tu veux ?

— Te parler.

— À quel sujet ? demanda-t-elle, les yeux toujours fermés.

— Ouvre les yeux.

— Va-t'en !

Mais elle souriait et il s'en aperçut. Il se pencha et déposa un baiser sur sa joue.

— Arrête.

— Je veux te demander quelque chose.

Elle ouvrit un œil.

— Oh non, pas encore !

— Ce n'est pas ce que tu penses.

— C'est quoi alors ?

— Qu'est-ce qui s'est passé chez *Saks* aujourd'hui ?

Il la regardait en souriant tendrement mais ses yeux restaient inquiets. Il avait été préoccupé tout le temps de l'enregistrement de l'émission et s'était dépêché de rentrer pour voir si elle était là. Il avait presque pleuré de soulagement quand il l'avait découverte recroquevillée sous les draps. Cela lui était égal qu'elle le haïsse. Au moins elle était à la maison. Elle n'était pas morte ou malade dans un lieu étranger. Mais elle ne lui avait pas répondu.

— Dis-moi ce qui t'est arrivé chez *Saks* !

— Y a-t-il quelque chose que tu ignores encore à mon sujet ? fit-elle en s'asseyant, le regard surpris. Tu me fais suivre ?

Il secoua la tête avec un petit sourire.

— Non, quelqu'un a téléphoné. Ils voulaient savoir si tu étais bien rentrée chez toi. Alors, que s'est-il passé ?

— Rien.

— Ce n'est pas ce qu'on m'a dit.

— Bon, je me suis évanouie. J'avais trop mangé au déjeuner.

Ce n'était pas ce que Felicia avait raconté, mais il se tut, ne voulant pas l'acculer.

— Tu es sûre que c'est pour ça ?

Il prit son visage dans ses mains et les yeux de Kate se remplirent aussitôt de larmes. Elle se détendit.

— Je pense que peut-être... j'espère... Cendrillon, est-ce que tu pourrais être enceinte ?

— Pourquoi serais-je enceinte ?

Mais, comme Felicia, elle prit un air pensif et le regarda soudain avec un petit sourire.

— Peut-être, après tout. Je n'y avais pas pensé.

— Tu n'en es pas sûre du tout ? demanda-t-il.

— Si, c'est possible. Seigneur, comment se fait-il que ça ne me soit pas venu à l'esprit ?

Elle aussi avait cru qu'elle était malade. Elle lui sourit et il l'embrassa passionnément en caressant ses seins sous la chemise de nuit.

— Je serais enceinte de sept semaines. C'était la nuit où Tygue... n'est-ce pas ?

— Je ne sais pas. Est-ce que c'est trop tôt pour le savoir ?

— Non, je ne crois pas.

Elle était bien enceinte. Le lendemain, le test fut positif.

— Tu en es sûre ?

Il était près d'elle lorsqu'elle raccrocha le téléphone après avoir entendu le résultat. « Harper ? Oui, je l'ai. C'est positif », avait dit l'infirmière.

— Tu es enceinte ?

— Oui. C'est ce que la dame a dit, en tout cas.

Elle passa les bras autour de son cou et lui adressa un sourire triomphant.

— Kate, je t'aime.

— Moi aussi, je t'aime... Et je suis désolée pour New York.

Elle ne lui avait pas dit cela la nuit précédente et pourtant elle en avait eu envie.

— Tout est oublié maintenant, Il ne s'est rien passé de toute façon. Et si tu y retournes, je te ferai accompagner par un garde du corps.

Il la regarda tout à coup d'un air sérieux et ajouta :

— Je ne veux pas que tu voyages pendant ta grossesse. Pas de voyages, c'est clair ?

— Bien, monsieur.

— Mais ton nouveau livre ? Est-ce que tu vas accepter d'attendre avant d'aller où que ce soit ? Est-ce que ta carrière va en souffrir ?

— Mon livre ne va pas sortir avant au moins un an, de toute façon. Donc, tout va bien de ce côté-là.

Le téléphone sonna. Kate regarda Nick avec une grimace.

— Ils ont peut-être changé d'avis !

— Dis-leur que c'est trop tard. On a accepté !

Elle lui sourit et décrocha le téléphone. Son visage s'assombrit immédiatement.

— Bonjour, Stu.

Elle sentait combien Nick était tendu à ses côtés.

— Quelle surprise ! Quand ?... Je ne sais pas.

Elle jeta un regard vers Nick. Il était affolé et arpentait la chambre avec un visage désespéré. Tout recommençait : Weinberg et ses fichus voyages.

— Tu m'as promis !

— Du calme ! murmura-t-elle en couvrant le téléphone d'une main.

Elle poursuivit sa conversation avec Stu. Elle venait de lui répondre un vague « Je vais voir » quand Nick saisit le téléphone et posa une main dessus.

— Tu lui dis que la personne qu'il essaie d'exploiter est enceinte et qu'il peut se mettre où je pense son fichu voyage !

Elle reprit l'appareil en souriant.

— Désolée, Stu. Il ne veut pas faire le tournoi avec vous. Il croit que vous essayez de l'exploiter. Il est enceinte, vous savez. Et il a des sautes d'humeur !

Nick s'affala dans un fauteuil en souriant.

— Non, il a dit que vous pouviez vous le mettre quelque part. Ce sont ses propres paroles... Bon. Je vais le lui dire.

Elle raccrocha avec un large sourire.

— Vous vous inquiétez trop, monsieur Waterman.

— Et toi, tu es insupportable, Cendrillon !

— Au fait, quand aurai-je l'autre pantoufle de vair ? demanda-t-elle en s'asseyant sur ses genoux.

— Quand tu m'auras promis de ne pas voyager et de faire attention à toi pendant ta grossesse. Si tu me promets cela, tu pourras avoir tout ce que tu voudras.

— Tout ? Tu t'avances beaucoup !

— Tu n'as pas répondu à ma question.

— C'était une question ? Ça ressemblait davantage à un ordre.

Elle leva un sourcil et passa un doigt sur son oreille.

— Je veux ton bébé, Nick. Je crois que je l'ai toujours désiré. Tygue est à part. Il a toujours été seulement à moi. Je ne l'ai jamais partagé, je n'ai jamais partagé ma grossesse, sa naissance et tous les tracas qui arrivent ensuite. Avec ce bébé, tout sera différent.

— Même le fait que nous ne sommes pas mariés ? fit-il un peu gêné. Est-ce que ça sera très dur pour toi et Tygue ?

— Bien sûr que non. Tygue est trop jeune pour se soucier de cela. Tu crois vraiment que moi, je me soucie de ce que vont penser les gens ? Et puis, on se mariera bien un jour.

Elle baissa les yeux sur la marque que son alliance avait laissée à sa main gauche.

— D'ici là, ça n'a pas beaucoup d'importance. Mais pour toi, peut-être ! Je veux dire, vis-à-vis de l'émission ? Est-ce que ça pourrait te causer des problèmes ?

Elle devait penser à cela aussi. Sa réputation n'était pas seule en jeu. Mais il souriait.

— Vu le monde de fous dans lequel je vis, tu plaisantes ! C'est si nous étions mariés et si nous avions un bébé que ça leur paraîtrait bizarre. Mais tu sais, j'ai pensé à quelque chose, hier soir. Si ça te gêne, ou si tu préfères pour Tygue, nous pouvons dire aux gens que nous sommes mariés. Ils ne vont pas vérifier ! On dira qu'on s'est mariés quelque part en toute intimité.

Kate hochait la tête.

— Il n'en est pas question, monsieur Waterman.

— Et pourquoi ?

— Parce que, quand nous nous marierons, je ne veux pas que notre mariage se fasse en cachette. Je veux que ce soit une cérémonie à tout casser, et le monde entier sera au courant. Qu'en penses-tu ?

— Tu sais quoi, Cendrillon ?

— Dis-le-moi, fit-elle avec un large sourire.

— Pour ce que tu viens de dire, tu as gagné ton autre pantoufle de vair.

Elle l'embrassa sur la bouche, tendrement.

— Est-ce que tu sais combien je t'aime, Nicholas Waterman ?

— Tu veux monter dans la chambre pour me le prouver ?

— À ton service. N'importe quand.

Vous avez aimé ce livre ?
Vous souhaitez en savoir plus sur Danielle STEEL ?
Devenez, gratuitement et sans engagement, membre du
CLUB DES AMIS DE DANIELLE STEEL
et recevez une photo en couleurs dédicacée.

Il vous suffit de renvoyer ce bon accompagné d'une enveloppe timbrée à vos nom et adresse, au *CLUB DES AMIS DE DANIELLE STEEL – 12, avenue d'Italie – 75627 PARIS CEDEX 13.*

CLUB DES AMIS DE DANIELLE STEEL
12, avenue d'Italie – 75627 Paris cedex 13

Monsieur, Madame, Mademoiselle

NOM :
PRÉNOM :
ADRESSE :

CODE POSTAL :
VILLE :
Pays :

Age :
Profession :

La liste de tous les romans de Danielle Steel publiés aux Presses de la Cité se trouve au début de cet ouvrage.
Si un ou plusieurs titres vous manquent, commandez-les à votre libraire. Au cas où celui-ci ne pourrait obtenir le ou les livres que vous désirez, écrivez-nous pour le (ou les) acquérir par l'intermédiaire du Club.

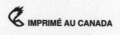